SOMEONE TO LOVE – DU MEIN EIN UND ALLES

WILD WIDOWS 3

MARIE FORCE

*Der dritte Band aus der Reihe »Wilde Witwen« mit der aufwüh-
lenden Geschichte von Wynters und Adrians neuer Liebe*

Seit ich als Nanny auf den kleinen Xavier aufpasse, hat mein
Leben nach dem viel zu frühen Krebstod meines Mannes
endlich wieder einen Sinn. Umso schrecklicher finde ich es, dass
ich es fast vermasselt hätte, daher strenge ich mich jetzt besonders an und schenke Xavier meine ungeteilte Aufmerksamkeit –
zumindest bis sein Daddy den Raum betritt, denn Adrian ist
einfach unwiderstehlich. Die Situation wird nicht besser, als ich
ihn aus Versehen beim Sex beobachte. Jetzt kann ich nur noch
daran denken, wie es wäre, selbst so mit ihm zusammen zu sein.

Doch er ist mein Chef und ein guter Freund. Eine Affäre
zwischen uns könnte verheerende Folgen haben, und das nicht
nur für uns. Außerdem habe ich eigentlich genug damit zu tun,
mein Leben als junge Witwe zu meistern. Die Komplikationen,
die eine Beziehung mit Adrian garantiert mit sich bringen
würde, kann ich da wirklich nicht gebrauchen. Wenn ich ihn
nur nicht nackt gesehen hätte ....

Impressum

Originaltitel: Someone to Love © 2023 HTJB, Inc.

Copyright für die deutsche Übersetzung: © 2023 Lotta Fabian

Lektorat: Birte Lilienthal, Ute-Christine Geiler Agentur Libelli GmbH

Deutsche Erstausgabe

ISBN 978-1958035603

Cover: Kirstina Brinton

Buchdesign und Satz: E-Book Formatting Fairies

1

Hör mal, atmest du nur und nennst das Leben?
(Mary Oliver)

Wynter

Ich wusste, ich hätte heute nicht herkommen sollen. Das hatte ich eigentlich auch gar nicht vor. Denn was bedeutet es schon, dass ein Jahr vergangen ist, seit Jaden gestorben ist? Inwiefern sollte dieser Tag anders sein als die dreihundertvierundsechzig davor? Er ist nicht mehr da, und wenn ich sein Grab besuche, fühle ich mich nicht besser.

Warum sollte ich auch?

Mein zweiundzwanzigjähriger Ehemann liegt hier zwei Meter tief unter der Erde, sodass ich ihn nie wieder anschauen oder ihn berühren oder mit ihm reden kann. Was ändert es also, wenn ich dastehe und seinen Grabstein anstarre, auf dem der Name JADEN MICHAEL HARTLEY und sein Geburts- und sein Todestag eingemeißelt sind, wobei diese beiden Daten viel zu dicht beieinanderliegen?

Meinen Namen offiziell von Wynter Snow – und ja, meine Mutter hielt das für eine geniale Idee, durch die meine Schulzeit allerdings zur Hölle auf Erden wurde – zu Wynter Hartley zu ändern gehört zu den Highlights meiner Witwenschaft.

Aber weil ich offensichtlich einen Hang dazu habe, mich emotional zu quälen, stehe ich jetzt hier. Denn das wird von mir als Witwe erwartet. Ich soll am Jahrestag seines Todes sein Grab besuchen. Das ist den Leuten wichtig.

Mir jedoch bedeutet es nichts. Es ist nur ein weiterer Tag, den ich irgendwie bewältigen muss, ohne dass Jaden mir den Weg weist.

Im letzten Jahr habe ich gelernt, dass ich selbst rausfinden muss, wie das geht. Leider bin ich seit dem Tag, an dem er gestorben ist, in dem Punkt keinen Schritt weitergekommen. Ich hab immer noch keine Ahnung, wie ich das schaffen soll. Wenn überhaupt, fühle ich mich von einer Antwort weiter entfernt als damals.

Xavier, den Sohn meines Freundes Adrian von den Wilden Witwen, in der Babytrage vor der Brust, erklimme ich den steilen Hügel zu der Stelle, die Jadens Eltern für seine letzte Ruhestätte ausgesucht haben. Ich hasse es, dass ich atemlos und verschwitzt bin, als ich oben eintreffe – das bin ich jedes Mal. Sollte Jaden hier noch irgendwie sein, gebe ich keuchend und mit gerötetem Gesicht echt keine gute Figur ab. Früher hat er immer behauptet, ich hätte das hübscheste Gesicht, das er je gesehen habe. Ich bezweifle, dass er das auch jetzt sagen würde, wo ich dunkle Schatten unter den Augen habe, die einfach nicht verschwinden wollen, und neue Falten sich um meine Mundwinkel gegraben haben, weil ich ständig so traurig gucke.

Welchen Grund hätte ich auch, zu lächeln?

Für mich fühlt es sich an, als läge der beste Teil meines Lebens hinter mir. Und wie soll man bei so einem Ausblick bitte eine positive Einstellung behalten?

An den riesigen Blumengestecken zu beiden Seiten seines Grabsteins kann ich erkennen, dass seine Eltern bereits hier gewesen sind. Natürlich haben sie etwas mitgebracht, während ich mit leeren Händen dastehe. Das ist eine gute Zusammenfassung meines Verhältnisses zu den beiden – sie machen alles richtig, ich hingegen nicht. Oder zumindest war das das Gefühl, das sie mir vermittelt haben, während Jaden uns langsam entglitten ist. Sobald ich diesen Gedanken habe, regen sich Gewissensbisse in mir, und ich komme mir undankbar und gemein vor. Sie sind immer so gut zu mir gewesen und haben mich nie verurteilt. Zudem war ich in jenen schrecklichen letzten Wochen vollauf damit beschäftigt, mich selbst mit Schuldgefühlen zu quälen, sodass ich gar keine Zeit hatte, auf das zu achten, was sie getan haben.

Xavier gibt ein leises Glucksen von sich, das mich daran erinnert, dass ich nicht allein bin. Irgendwie ist es mir gelungen, Adrian davon zu überzeugen, mich als Kindermädchen einzustellen, was meinen Tagen eine Struktur gegeben hat, die ich dringend brauche. Ich hatte keine Ahnung, wie sehr, bis mein Leben sich um Xavier und seine Bedürfnisse zu drehen begann. Nichts kann einen so nachhaltig von den eigenen Problemen ablenken wie ein Säugling mit einer vollen Windel und einem leeren Bauch.

Er ist so süß und fröhlich. Und er allein kann mir ein Lächeln auf die Lippen zaubern und meine Trauermiene auf den Kopf stellen, wie meine stets gut aufgelegte Mutter es auszudrücken beliebt. Mit ihrem unerschütterlichen Optimismus und ihrer Überzeugung, dass auch das hier wie alles andere irgendwann überwunden sein wird – sie meint meine viel zu frühe Verwitwung –, treibt sie mich noch in den Wahnsinn.

Was zur Hölle weiß sie schon? Sie ist nie verheiratet gewesen. Meines Wissens hatte sie nie auch nur eine Beziehung, die länger als ein halbes Jahr gedauert hat. Ich bin das Ergebnis eines One-Night-Stands mit einem Mann, an dessen Namen sie sich nicht mehr erinnern kann. Jaden und ich waren sechs Jahre zusammen und wären es für den Rest unseres Lebens geblieben, wenn uns nicht dieser verdammte Knochenkrebs einen dicken, fetten Strich durch die Rechnung gemacht hätte.

Jetzt könnte man sich fragen, woher ich das eigentlich wissen will, schließlich bin ich ja noch so jung. Aber wenn man es weiß, weiß man es eben. Jaden war für mich der Volltreffer. Er hat mich auf eine Art und Weise ergänzt, wie es im Leben nur ein einziger Mensch jemals tun kann. Von dem Tag an, an dem ich ihn in der neunten Klasse bei einer Rave-Party kennengelernt habe, auf der wir eigentlich beide nichts verloren hatten, waren wir Seelengefährten. Wir sind in einem Moshpit zusammengestoßen, und er hat mich rasch festgehalten, damit ich nicht hinfiel und niedergetrampelt wurde. Er hat mir bestimmt hundert Mal das Leben gerettet, wenn ich irgendwelche dummen Risiken eingegangen bin. Damals hatte ich diesen seltsamen Drang, das Schicksal herauszufordern und gefährliche Dinge zu tun, wie beispielsweise auf fahrenden Autos zu sitzen oder jede Droge auszuprobieren, die mir irgendwer in die Hand gedrückt hat. Das alles hat mir das Gefühl gegeben, lebendig zu sein, weil es mich nicht umgebracht hat.

Jaden war es, der mir gesagt hat, ich solle mit dem Mist aufhören und nicht länger so tun, als sei es egal, ob ich lebte oder starb. Denn ihm war das nicht egal, und das reichte dafür, dass ich mein Leben nicht länger leichtfertig aufs Spiel gesetzt habe.

Und dann ist *er* einfach gestorben. Inwiefern ist das bitte fair?

»Es ist nicht fair, und das weißt du«, teile ich ihm mit, als könnte er mich hören.

Ich trete gegen den Grabstein, und das sorgt dafür, dass ich mich ein bisschen besser fühle. Eine Sekunde lang zumindest. Dann ertappe ich mich bei dem Gedanken, ob er es am Ende spüren kann, dass ich ihn trete. Was natürlich albern ist. Willkommen zu dem Irrsinn, den mein trauerndes Gehirn am laufenden Band produziert.

Hier zu sein hilft mir kein bisschen, doch wenigstens kann ich es nun abhaken, nur für den Fall, dass Jaden im Himmel Buch führt. Ich hasse es, dass es zu dieser Jahreszeit so früh dunkel wird. Inzwischen hat ein leichter Nieselregen eingesetzt, was bedeutet, dass sich mein Haar in der Feuchtigkeit wild kräuselt und der Rückweg den Hügel hinab schwieriger wird.

Früher habe ich es geliebt, irre Herausforderungen anzunehmen, aber jetzt habe ich das Baby eines anderen vor die Brust geschnallt, und urplötzlich macht an einer gefährlichen Situation überhaupt nichts mehr Spaß. Seit ich begonnen habe, für Adrian zu arbeiten, gibt es Tage, an denen ich ehrlich glaube, dass meine Liebe zu Xavier das Einzige ist, was mich am Leben hält.

Nein, ich übertreibe nicht.

Bevor er in mein Leben gekommen ist, war mir alles egal.

Komisch, dass man sich so verändern kann, von jemandem, der leichtfertig alles aufs Spiel setzt, zu jemandem, für den ein kleiner Junge plötzlich so wichtig ist, dass er ohne das geringste Zögern sein eigenes Leben opfern würde, um ihn zu retten. Er ist ein so süßer kleiner Kerl mit seinen runden braunen Wangen und den großen dunklen Augen, die mich voller Liebe anschauen. Adrian sagt immer, dass Xavier dringend einen Haarschnitt braucht, doch ich liebe sein Haar, das jeden Tag ein wenig länger wird. Ich schmelze sogar beim Anblick seiner winzigen Babyzähnchen dahin oder wegen der Art, wie er sabbert, wenn er lächelt.

Man kann gar nicht überschätzen, welch ungeheuer positive Auswirkungen dieser Job auf meine Witwenschaft hat. Nach einer Zeit der totalen Verzweiflung ist ein Hoffnungsfunke in mir aufgekeimt, auch wenn dieser Funke wie eine Kerzenflamme im Wind ist, die jederzeit ausgeblasen werden kann.

Ich möchte mir lieber nicht vorstellen, was aus mir werden würde, sollte das passieren.

Xavier ist unverzichtbar für mein Überleben geworden.

So einfach ist das – und so kompliziert. Denn je länger ich für Adrian arbeite, desto mehr merke ich, dass ich mich in meinen Arbeitgeber und Freund verliebt habe. Aber wer würde das nicht tun? Schließlich sieht er atemberaubend gut aus mit seiner braunen Haut, den hohen Wangenknochen und den gleichen dunklen Augen, wie sein Sohn sie hat, und zudem Lippen, die mich viel zu oft dazu verleiten, davon zu träumen, ihn zu küssen.

Und wie gestört bin ich eigentlich, dass ich von Adrians Lippen träume, während ich an Jadens Grab stehe? Verwitwet zu sein ist in mehr als einer Hinsicht grotesk.

Ich werfe einen letzten Blick auf Jadens Grabstein inmitten der sonnengelben Rosen, die seine Mutter zu jeder Gelegenheit herbringt. »Ich schau wieder vorbei. Ich bin mir nicht sicher, wann, doch ich tue es. Geh bitte nirgendwohin, okay?«

Ich grinse über meinen eigenen lahmen Witz, während ich den Rückweg antrete.

In der einen Minute setze ich auf dem Abhang vorsichtig einen Fuß vor den anderen, und in der nächsten segle ich durch die Luft, Xavier immer noch in der Trage vor meiner Brust.

Wir landen hart auf dem Boden. Gott sei Dank komme ich auf dem Rücken auf, auch wenn ich einen Moment keine Luft kriege, während ich immer weiter den Hang hinabrutsche. Dabei tue ich alles, was in meiner Macht steht, um Xavier zu schützen. Es dauert gefühlt ewig, bis ich mich schließlich in einer Art Graben wiederfinde, den ich zuvor gar nicht bemerkt hatte. Mein linkes Bein liegt verdreht unter mir, und in meinem Rücken spüre ich einen so scharfen Schmerz, dass ich mich darauf konzentrieren muss, weiterzuatmen.

Xavier ist ganz still, und mich erfasst eine solche Panik, dass mir schwindlig wird.

»Xavier! Süßer. Xavier!« Da meine Hand auf seinem Rücken liegt, spüre ich, dass er atmet, was mich mit Erleichterung erfüllt. Vielleicht hat er den ganzen Unfall verschlafen. Das wäre möglich, oder?

Ich verlagere sein Gewicht auf meiner Brust und greife nach meinem Handy, das sich in meiner Tasche befinden sollte.

Aber da ist es nicht.

Ich taste unsere unmittelbare Umgebung ab, hoffe, es dort irgendwo zu finden, doch alles, was da ist, sind feuchte Blätter, Steine, Stöcke und kaltes Wasser, das langsam meine Kleidung durchweicht. Meine Zähne beginnen zu klappern, und dann öffnet der Himmel seine Schleusen, und es beginnt wie aus Eimern zu schütten.

Was zur Hölle soll ich jetzt tun?

Adrian

JEDE MINUTE, die verstreicht, ohne dass ich von Wynter höre, kostet mich ein Jahr meines Lebens. Wo zur Hölle steckt sie mit meinem Kind, und warum geht sie nicht ans Handy?

Das war eine der Bedingungen für ihre Einstellung: *Wenn ich dich anrufe, gehst du ran, egal, was du gerade tust.*

Warum zur Hölle tut sie das also nicht?

Gage und Iris sind bei mir, telefonieren sich die Finger wund, aber bislang ergebnislos.

»Hast du die Telefonnummer von ihrer Mutter?«, erkundigt sich Iris.

»Nein.« Mir wird klar, wie leichtsinnig das war. Ich hab Wynter eingestellt, obwohl ich wusste, dass sie unzuverlässig sein könnte. Allerdings habe ich nie an ihrer Liebe zu Xavier gezweifelt, die beinahe greifbar ist, und das seit dem Augenblick, in dem wir sie kennengelernt haben, kurz nachdem meine Frau bei seiner Geburt gestorben ist.

Ich musste mit meiner eigenen Trauer fertigwerden und gleichzeitig all die Herausforderungen meistern, vor die man als junger alleinerziehender Vater ohne jegliche Erfahrung gestellt wird. Alles war noch mal schlimmer geworden, nachdem ich meine Schwiegermutter durch einen Herzinfarkt verloren hatte – oder vielleicht war auch ihr gebrochenes Herz für ihren Tod verantwortlich. Jedenfalls hatte ich plötzlich niemanden mehr, der Xavier betreut, während ich arbeite.

Wynter hat ihre Hilfe angeboten, und unsere Freunde von den Wilden Witwen haben mir zugeredet, ihr eine Chance zu geben – und jetzt das. Ich sollte die Polizei verständigen, doch davor habe ich Angst. Sie da mit reinzuziehen wäre der letzte Ausweg. Außerdem kann ich es bestimmt nicht gebrauchen, dass mir das Jugendamt auf die Pelle rückt, weil mein Kindermädchen sich verspätet. Ein Freund aus der Highschool musste sich mal ein Jahr lang mit dem Jugendamt herumschlagen, nachdem seine kleine Tochter aus dem Bett gefallen war und sich dabei den Arm gebrochen hatte.

Ich gebe ihr noch eine Stunde, bevor ich die Polizei einschalte.

»Ich glaube, ich habe die Nummer ihrer Mutter irgendwo

zu Hause.« Iris schnappt sich ihren Mantel und läuft zur Tür. »Sie hatte sich damals bei mir gemeldet, um sich nach unserer Selbsthilfegruppe zu erkundigen.«

Mein Handy klingelt, und auf dem Display wird eine Nummer angezeigt, die ich nicht kenne.

Ich gehe ran, und Iris bleibt stehen, wartet ab, ob es Neuigkeiten gibt, bevor sie aufbricht.

»Hallo?«

»Spreche ich mit Adrian?«

»Ja. Wer ist da?«

»Ich bin Wynters Mom Ginger. Ist sie bei Ihnen? Eigentlich hätte sie schon vor einer ganzen Weile bei mir sein sollen. Wir hatten Pläne fürs Abendessen.«

»Nein, und wir können weder sie noch Xavier finden. Ich flippe hier gerade aus. Haben Sie eine Möglichkeit, ihren Standort zu ermitteln?« Das ist noch etwas, worauf ich im Rückblick hätte bestehen müssen. Aber was zur Hölle weiß ich schon davon, der alleinerziehende Vater eines Säuglings zu sein?

»Nach Jadens Tod hat sie mir die Erlaubnis entzogen, ihren Standort einzusehen.«

Mir sinkt das Herz. »Haben Sie irgendeine Ahnung, wo sie sein könnte? Sonst muss ich die Polizei einschalten.«

»Sie hat mich nicht in ihre Pläne für den Tag eingeweiht, aber heute ist Jadens erster Todestag, daher könnte sie zum Friedhof gefahren sein, auch wenn sie es hasst, dort zu sein.«

»Wo ist sein Grab?«

Sie nennt mir einen Friedhof, der etwa sechs Kilometer von meinem Haus entfernt liegt. »Er ist oben auf einer steilen Anhöhe begraben. Man kann es gar nicht verfehlen.«

»Wir machen uns sofort auf den Weg dorthin und schauen nach. Wenn Sie in der Zwischenzeit was von ihr hören – irgendwas –, rufen Sie mich bitte an. Ich befürchte das Schlimmste. Sie hat meinen Sohn bei sich.«

»Sie liebt dieses Baby von ganzem Herzen und aus tiefster Seele, daher würde sie nie etwas tun, was ihm schadet.«

»Ich weiß, nur ...«

»Halten Sie mich auf dem Laufenden. Ich telefoniere in der Zwischenzeit ihre Freunde ab.«

»Danke.«

Ich lege auf, während ich schon mit Iris und Gage zur Tür sprinte.

»Ich fahre«, verkündet Gage, während Iris auf die Rückbank klettert. »Du navigierst.«

Es ist gut, dass er mir eine Aufgabe zuteilt, denn ich hab das Gefühl, jede Sekunde durchzudrehen.

Ich benutze die App Waze, um unter Umgehung der üblichen Staus, die im nördlichen Virginia während der Rushhour bedauerlicherweise an der Tagesordnung sind, die schnellste Route zu finden.

»Wussten wir, dass heute Jadens Todestag ist?«, frage ich die beiden.

»Nein«, antwortet Iris mit einem grimmigen Unterton in der Stimme. »Ich sollte anfangen, eine Liste zu führen.«

Sie ist Mitbegründerin und quasi die Vorsitzende unserer Selbsthilfegruppe.

»Du ... Du denkst doch nicht, dass sie irgendetwas Dramatisches getan haben könnte, oder?« Der Gedanke ist so überwältigend, dass ich ihn kaum fassen kann.

»Nicht mit Xavier«, erwidert Iris entschieden. »Auf keinen Fall.«

Als wir ankommen, ist das Friedhofstor geschlossen.

»Da ist ihr Auto«, ruft Iris und deutet auf einen Wagen auf der anderen Seite.

Wir parken und steigen aus, laufen um das Tor herum auf den Friedhof. Ich rufe die ganze Zeit auf Wynters Handy an, in der Hoffnung, dass es mich zu ihr führt. Was, wenn sie nicht da ist, obwohl ihr Auto hier abgestellt ist? Wo sonst sollen wir nach ihr suchen? Ich weiß nur wenig über ihr Leben, abgesehen von dem, was sie bei unseren Gruppentreffen erzählt hat, was unterm Strich nicht viel ist.

»Wynter!«, ruft Gage. »Wynter!«

Ich wähle weiter ihre Nummer. Wieder und wieder, bis ich drohe verrückt zu werden, wenn ich noch einmal die Ansage auf der Sprachbox höre, die übrigens typisch Wynter ist. »Ich kann jetzt nicht rangehen. Jeder weiß ja, was zu tun ist.«

»Wynter!«, brüllt Iris.

Irgendwo weit weg meine ich das leise Klingeln eines Handys ausmachen zu können – oder ist das nur Wunschdenken?

»Hört ihr irgendwo ein Handy?«, frage ich Gage und Iris.

Wir drei keuchen vor Anstrengung und zittern im eisigen Regen.

Ich wähle wieder.

Wir lauschen in die Dämmerung.

»Da ist was«, erklärt Gage. »Hier entlang.«

Wir laufen wieder los, rufen dabei ihren Namen.

»Hier! Hilfe!«

Die Stimme ist schwach, aber es ist definitiv Wynter.

Ich breche beinah zusammen unter der Erleichterung, die meinen Körper durchströmt.

»Verdammt«, meint Gage. »Sie ist da unten in einem Entwässerungsgraben. Wähl den Notruf.«

Ich tue das und beschreibe die Lage, so gut ich kann, während ich verfolge, wie Gage sich zu ihnen vorarbeitet.

Wynter beginnt zu weinen, als Gage sie erreicht.

»Es ist alles in Ordnung«, sagt er zu ihr. »Wir sind da.«

»Xavier?« Ich trau mich kaum, zu fragen.

»Er ist bei ihr«, ruft Gage zu mir hoch. »Er atmet.«

Mir laufen Tränen übers Gesicht. Ich zittere am ganzen Körper, so heftig, dass ich mich kaum aufrecht halten kann, und in dem Augenblick erkenne ich, dass ich um sie beide Angst gehabt habe. Irgendwann ist mir Wynter wichtig geworden. Ich hab mir gleichermaßen Sorgen um sie wie um meinen Sohn gemacht.

Iris legt die Arme um mich. »Alles wird gut.«

In der Ferne ertönen Sirenen, was bedeutet, dass Hilfe unterwegs ist.

Ich möchte am liebsten zu ihnen hinabklettern, doch meine Beine versagen mir den Dienst. Ich sinke auf die Knie und höre, wie Gage Wynter fragt, ob sie sich verletzt hat.

Sie erzählt irgendwas von ihrem Knie und ihrem Rücken.

Mir fällt ein, dass ich ihrer Mutter versprochen hatte, mich zu melden, wenn wir Wynter finden. Irgendwie gelingt es mir, die Nummer anzutippen.

»Sie ist auf dem Friedhof gestürzt. Der Rettungswagen ist schon unterwegs.«

»O mein Gott. Ist alles in Ordnung? Wie geht es dem Baby?«

»Sie ist verletzt, aber ansprechbar. Xavier scheint nichts passiert zu sein, doch das wissen wir bisher nicht mit Sicherheit.« Würden sie es mir sagen, wenn mit Xavier irgendwas wäre? Warum weint er nicht oder macht sich irgendwie bemerkbar? Ich kann nicht noch einen weiteren Menschen in meinem Leben verlieren. Das würde ich nicht überstehen.

»Ist schon klar, wo man sie hinbringt?«, erkundigt sich Wynters Mutter.

»Nein, aber ich kann es Ihnen mitteilen, sobald ich was weiß.«

»Gott sei Dank haben Sie sie gefunden.«

»Ja, Gott sei Dank.«

2

Wynter

*I*n meinem ganzen Leben war mir noch nie so kalt. Trotz der Heizdecken zittere ich weiter unkontrollierbar. Die Krankenschwestern haben mir erklärt, dass es an dem Schock liege und aufhören werde, wenn die Wirkung der Medikamente einsetzt, die sie mir intravenös verabreichen.

Das wird jeden Moment passieren. Normalerweise jagt mir alles, was irgendwie mit Medizin zu tun hat, eine Heidenangst ein, mehr als nahezu alles andere, aber nachdem ich solche Panik hatte, dass Xavier durch meine Schuld etwas passiert sein könnte, stören mich ein paar Nadeln nicht mehr wirklich.

»Weißt du, wie es Xavier geht?«, frage ich Iris, die mit mir im Krankenwagen hergefahren und sogar dageblieben ist, nachdem meine Mutter aufgetaucht ist und sich die Augen ausgeheult hat.

»Alles gut«, antwortet mir Iris. »Adrian hat gesagt, dass er mit ein paar Abschürfungen und blauen Flecken entlassen wurde. Du hast ihn gut beschützt.«

»Nein, das habe ich nicht.« Meine Tränen laufen über. »Es war meine Schuld, dass er verletzt worden ist.«

»Es war ein Unfall, Wynter.« Iris tupft mir mit einem

Taschentuch die Wangen trocken. »Das Einzige, worauf es ankommt, ist, dass ihr beide in Sicherheit seid.«

Nach dem heutigen Tag wird mir Adrian seinen Sohn nie wieder anvertrauen, woraus ich ihm auch gar keinen Vorwurf machen kann. Ich hatte *eine* Aufgabe – dafür zu sorgen, dass seinem Sohn nichts passiert –, und dann ist der Kleine übersät mit Abschürfungen und blauen Flecken im Krankenhaus gelandet. Ich kann es nicht ertragen, mir vorzustellen, dass Xavier verletzt ist oder unterkühlt oder irgendetwas anderes als heil und gesund.

Der Zwerg hat mein Herz so nachhaltig erobert, dass er dort immer einen Platz haben wird, selbst wenn Adrian mich nie wieder in seine Nähe lässt. Xavier ist zu meinem Lebenszweck geworden, der Grund für meine Existenz, das eine, was mich morgens aufstehen lässt, obwohl es so viel leichter wäre, mir die Decke über den Kopf zu ziehen und mich vor der Welt zu verstecken. Das habe ich mehrere Monate lang getan, bevor meine Mutter mich genötigt hat, zu einem Treffen der Wilden Witwen zu gehen. Auch danach hat es noch eine Weile angehalten, doch im Trauerprozess passiert eben nichts schnell oder einfach. Die Witwen haben sich große Mühe gegeben, mich wieder aufzubauen, aber es hat nicht sofort funktioniert.

Hauptsächlich, weil ich so dringend an meinem alten Leben mit Jaden festhalten wollte. Denn wenn ich über seinen Tod hinwegkomme, würde das ja bedeuten, dass ich ihn hinter mir lasse. Das war besonders am Anfang zu schmerzhaft, um es mir auch bloß vorzustellen. Mit der Zeit ist dann etwas Interessantes passiert: Es wurde anstrengender, im Bett zu bleiben, als aufzustehen und sich mit der neuen Wirklichkeit auseinanderzusetzen.

Der Arzt, der mich in der Notaufnahme untersucht hat, betritt das Zimmer zusammen mit der Schwester, die sich um mich kümmert, seit ich hier eingeliefert worden bin. Ich hatte unzählige Schnitte und Kratzer, die versorgt werden mussten, nachdem mein Knie und mein Rücken geröntgt worden sind.

»Gute Nachrichten«, verkündet der Arzt. »Ihr Knie ist leicht geprellt, doch ihr Rücken weist keine ernsthaften Verletzungen auf. Nichts ist gebrochen oder gerissen. Ihnen wird ein paar Tage lang jeder Knochen wehtun, aber Sie sollten recht schnell wieder auf den Beinen sein. Wir werden Sie aufwärmen und hydrieren, sodass wir Sie morgen schon wieder entlassen können.«

Ich sollte dankbar sein, dass es nichts Schlimmeres ist, und das bin ich auch. Natürlich bin ich das. Ich mache mir nur Vorwürfe, weil es überhaupt passiert ist. Was habe ich mir dabei gedacht, Xavier auf den Friedhof mitzunehmen?

Meine Mutter streichelt meinen Arm und meine Stirn, um mich zu beruhigen, doch das klappt nicht, denn ich muss immerzu daran denken, wie furchtbar es hätte enden können.

Es ist mir zu keinem Zeitpunkt in den Sinn gekommen, dass es keine gute Idee sein könnte. Ich wollte lediglich an Jadens erstem Todestag kurz bei ihm vorbeischauen, was tags-über geschehen musste, während ich Xavier hatte. Ich würde auf keinen Fall nach Einbruch der Dunkelheit dorthin gehen.

Der Gedanke daran, dass Xavier bei dem Sturz hätte sterben können, verstärkt mein Zittern.

Die Schwester spritzt etwas in meinen Zugang, und die Wirkung setzt sofort ein. Wow! Was immer das war, ich will mehr davon.

Mir fallen die Augen zu, und ich kämpfe nicht länger gegen den Schlaf an.

Als ich die Lider wieder öffne, ist Adrian mit dem schlafenden Xavier in den Armen bei mir im Zimmer. Er wirkt erleichtert, dass ich wach bin, aber ein Blick in sein attraktives Gesicht reicht, und ich kann die Spuren des stressigen Tages an seinen geröteten Augen und dem Zucken in seiner Wange erkennen, das neu ist. »Hey. Wie sieht's bei dir aus?«

Ich überlege eine Sekunde, bevor ich antworte. »Im Großen und Ganzen okay.« Ich zittere nicht mehr, was eine echte Verbesserung ist, doch mir tut alles weh. »Was ist mit Xavier?«

»Alles gut, er hat das unbeschadet überstanden.«

»Und du?«

»Meine Nerven sind etwas strapaziert, aber insgesamt geht es mir gut, wenn es euch gut geht.«

»Es tut mir leid, Adrian.« Meine Stimme bricht, und ich schluchze. »Es tut mir so, so leid.«

»Es war ein Unfall. Es gibt nichts, wofür du dich entschuldigen müsstest.«

»Ich hätte ihn nicht dorthin mitnehmen sollen. Es war bloß … Ich … Ich wäre nie auf die Idee gekommen, dass irgendetwas passieren könnte.« Neue Tränen laufen mir über das Gesicht. »Ich wollte nur kurz zu Jaden. Und dann hat es zu regnen begonnen …«

»Schhh.« Er tätschelt mir die Schulter. »Es ist ja nichts passiert. Alles ist gut.«

»Du musst solche Angst um Xavier gehabt haben, als du mich nicht erreichen konntest. Ich bedauere es so sehr, dir das angetan zu haben.«

»Ich hatte um euch beide Angst.«

»Ich bin mir sicher, du dachtest, ich hätte irgendwas Furchtbares getan …«

»Ich weiß, wie sehr du Xavier liebst. Der Arzt hat gesagt, du hättest bei dem Sturz das Schlimmste abgefangen, obwohl du dich dadurch selbst schwerer hättest verletzen können.«

Ich weine so heftig, dass ich kaum Luft kriege, und ich komme mir schwach und dumm vor. Dabei wünsche ich mir so sehr, dass er mich als verantwortungsbewusste Erwachsene sieht, der er seinen kostbaren Sohn anvertrauen kann. Stattdessen muss ich wie ein dummes, melodramatisches, kindisches Mädchen auf ihn wirken.

»Du hast alles richtig gemacht«, beruhigt mich Adrian. »Du hast ihn beschützt und hast eigene Verletzungen in Kauf genommen, damit er keine davonträgt.«

»Ich hä… hätte ihn nie mitnehmen sollen.«

»Du wolltest Jaden am ersten Jahrestag seines Todes besuchen. Das verstehe ich.« Er setzt sich mit Xavier auf dem Arm neben mir aufs Bett. »Ich wünschte, du hättest uns gesagt, dass heute sein Todestag ist. Wir wären mitgekommen oder hätten etwas getan, damit du das nicht ganz allein hättest durchstehen müssen.«

»Am liebsten hätte ich mich überhaupt nicht damit befasst.

Ich kann nicht glauben, dass es bereits ein Jahr her ist. Wie ist das überhaupt möglich?«

»Die Welt dreht sich weiter, mit einer Rücksichtslosigkeit, die fast schockierend ist, wenn man das durchgemacht hat, was wir hinter uns haben.«

»Ja«, pflichte ich ihm bei. »Das stimmt.«

Ich bin so müde, dass ich kaum die Augen offen halten kann, doch ich möchte weiter mit ihm reden. Es erleichtert mich, dass er nicht sauer ist. Am liebsten würde ich ihn fragen, ob ich mich weiter um Xavier kümmern darf, ich bin mir nur nicht sicher, ob jetzt der richtige Zeitpunkt dafür ist.

Wie soll ich ihm erklären, wie wichtig Xavier für mein Überleben geworden ist? Sollte er entscheiden, mich nicht mehr auf ihn aufpassen zu lassen … Das darf nicht passieren. Ich weiß nicht, was ich tun würde, wenn ich ihn nicht mehr hätte, um meinem Leben einen Sinn zu geben. Jadens Pflege in den letzten Monaten vor seinem Tod hat all meine Zeit ausgefüllt. Obwohl unsere Tage im Krankenhaus ein Albtraum waren, den ich nie vergessen werde, hatte ich einen Platz, an dem ich sein sollte. Jemanden, der mich brauchte. Eine Aufgabe. Nachdem er gestorben war, waren meine Gedanken wie ein Luftballon, bei dem der Knoten aufgegangen ist und der jetzt kreuz und quer ziellos durch den Raum saust.

Xavier hat meinem Leben wieder Sinn gegeben.

Das ist der letzte Gedanke, den ich habe, bevor mich der Schlaf – und was immer sie mir intravenös verabreichen – erneut übermannt.

Adrian

ICH HASSE ES, Witwer zu sein. Ich hasse alles daran, insbesondere an Tagen wie diesem, an dem mein ganzes Leben auf den Kopf gestellt wurde und der einzige Mensch, den ich mir so verzweifelt an meiner Seite gewünscht hätte, nie wieder da sein wird. Ich sehne mich nach Sadie, meiner Frau, der Liebe meines Lebens, meinem Ein und Alles. Sie wusste immer und in jeder Lage, was zu tun war, und ohne sie bin ich wie ein außer Kontrolle geratener Kreisel. Oder zumindest fühlt es sich so an.

Dass ich Wynter als Xaviers Nanny eingestellt habe, war ein Risiko. Während ich arbeite, kümmert sie sich um meinen geliebten Sohn, und bis heute hat das auch einfach wunderbar geklappt. Xavier liebt sie, genau wie sie umgekehrt ihn. Sie ist ein wichtiger Teil unseres täglichen Lebens geworden, und ich ertappe mich dabei, dass ich mich auf die Zeit freue, die ich am Anfang und am Ende jeden Tages mit ihr verbringe. Sie ist lustig, spielt toll mit Xavier und ist unverzichtbar dafür, dass ich ruhigen Gewissens arbeiten gehen kann, ohne mir jede Sekunde Sorgen um meinen Sohn zu machen.

Ich hatte gerade aufzuatmen begonnen nach dem Doppeltiefschlag, kurz hintereinander erst Sadie und dann ihre Mutter zu verlieren. Meine Schwiegermutter ist immer eine wichtige Stütze für mich gewesen, und ganz besonders in der Zeit nach Sadies Tod.

Alyssa und ich befanden uns in einem Zustand von Schock und Verzweiflung, in dem Xaviers Gegenwart der einzige Lichtblick war, der verhindert hat, dass seine Großmutter oder ich in unserer Trauer versanken. Er hat uns gebraucht, und wir ihn. Und dann ist Alyssa ebenfalls gestorben, ganz plötzlich und ohne Vorwarnung, genau wie Sadie.

Heute habe ich kurz der Möglichkeit ins Auge sehen müssen, dass ich auch Xavier verlieren könnte, und in diesem Moment der Dunkelheit habe ich erkannt, dass er der Grund dafür ist, dass ich nicht einfach aufgebe. Ich denke nicht, dass ich ohne ihn weitermachen könnte. Ich weiß, das muss theatralisch klingen, doch innerhalb von nur ein paar Monaten habe ich erst meine geliebte Ehefrau und dann meine Schwiegermutter verloren, die mir sehr wichtig gewesen ist.

Sie hat mir gezeigt, wie man Teil einer Familie ist, was für mich nach meiner chaotischen Kindheit eine völlig neue Erfahrung gewesen ist. Alyssa zu verlieren war ein weiterer Schlag, zusätzlich zu dem von Sadies Tod. Man hat mir erklärt, sie habe einen schweren Herzinfarkt erlitten, aber ich bin mir sicher, in Wahrheit ist sie an gebrochenem Herzen gestorben.

Sadie und ihre Schwestern waren ihre ganze Welt, und nachdem Sadie die Geburt nicht überlebt hatte, hatte Alyssa zu kämpfen. Das konnte ich jeden Tag beobachten, wenn sie erschien, um mir mit Xavier zu helfen. Sie war entscheidend dafür, dass ich die ersten schrecklichen Wochen ohne Sadie überstanden habe, während ich versucht habe, herauszufinden, wie man alleinerziehender Vater für ein Neugeborenes ist, das alles Mögliche braucht, vor allem eine Mutter, die es jedoch nie kennenlernen wird.

Ich kann an diese Zeit nicht zurückdenken, ohne innerlich gegen die schiere Ungerechtigkeit des Schicksals zu wüten, die dafür gesorgt hat, dass Sadie nie das Baby halten konnte, das sie von dem Moment an geliebt hat, in dem wir wussten, dass es unterwegs war.

Mein Herz schmerzt, wenn ich daran denke, was ihr alles nicht vergönnt war. Seit sie ein kleines Mädchen gewesen ist, war alles, was sie sich gewünscht hat, Mutter zu sein. Wie oft hat sie mir erzählt, sie habe manchmal das Gefühl, dem Feminismus in den Rücken zu fallen, weil sie die Mutterschaft zu ihrem Lebensziel gemacht hatte?

Als sie mir das zuerst anvertraut hat, hat es mich erschreckt. Da will ich ehrlich sein. Ich meine, wir hatten gerade erst begonnen, miteinander auszugehen, und sie sprach schon davon, wie viele Babys sie haben wollte.

Mit Sadie war es so: Wenn sie etwas wollte – *wirklich* wollte –, hat sie es geschafft, dass ich es mir ebenfalls wünschte. Ihr ganzes Gesicht leuchtete auf, wenn sie von unseren zukünftigen Kindern sprach und davon, wie wunderschön sie sein würden, weil ihre Eltern das ja auch waren. Darüber haben wir immer gelacht, über unsere eigene Albernheit, aber wenn ich sage, dass sie sich dieses Baby gewünscht hat wie sonst nichts in ihrem Leben, dann stimmt das.

Für ihren Tod war eine Fruchtwasserembolie verantwortlich, zu der es kommt, wenn Fruchtwasser in den Blutkreislauf der Mutter gerät. In den allermeisten Fällen ist das kein Problem, doch ganz selten erleidet die Mutter einen allergischen Schock, was bei Sadie geschehen ist. Man hat uns erklärt, dass das gewöhnlich so rasch eintritt, dass die Mutter stirbt, bevor der Arzt überhaupt reagieren kann.

Alyssa und ich haben mit mehreren Anwälten darüber gesprochen, ob wir das Krankenhaus verklagen sollten. Jeder einzelne von ihnen hat uns die gleiche Antwort gegeben: Es würde eine kostspielige Angelegenheit werden, ohne Garantie auf Erfolg, denn bei dem, was Sadie passiert ist, handelt es sich um eine bekannte Geburtskomplikation. Wir hatten mit dem Gedanken gespielt, es trotzdem zu versuchen, als Alyssa starb. Danach hatte ich keinen Kampfgeist mehr. Sadie hatte über ihre Arbeit eine Lebensversicherung, und die Summe habe ich angelegt, um damit für Xavier das College zu bezahlen. Mit meinem Gehalt kann ich unseren Lebensunterhalt bestreiten, allerdings ist es manchmal knapp, weshalb ich schon daran gedacht habe, einmal die Woche eine Schicht als Barkeeper einzulegen. Ich sage mir, dass Xavier und ich alles haben, was wir zum Leben brauchen.

Aber ohne Sadie weiterzumachen war das Schwerste überhaupt.

Die ersten paar Monate habe ich in einem Nebel aus Trauer, Ungläubigkeit und Angst verbracht. Die Angst war nachvollziehbar, denn ich war nun allein verantwortlich für das winzige Kind, das wir gemeinsam in die Welt gesetzt hatten, was sich für mich wie ein gewaltiger Scherz des Universums anfühlte: dass ausgerechnet der von uns, der am wenigsten dazu geeignet war, sich um unseren Sohn zu kümmern, nun derjenige war, der ihn aufziehen musste.

Meine Schwester und ich sind in Pflegefamilien aufgewachsen, denn unsere Mutter hatte mit einer Reihe von emotionalen Problemen zu kämpfen, die zu einer Drogenproblematik geführt haben. Was weiß ich schon darüber, ein Kind aufzuziehen? Ich hab eine Nichte und einen Neffen, denen ich nahestehe, doch ich war noch nie für sie verantwortlich. Sie zu lieben hat mich nicht mal annähernd auf das vorbereitet, was jetzt von mir erwartet wird.

Alyssa war in jenen dunklen Tagen für mich da, hat mir gezeigt, was ich tun muss. Wir waren vereint in unserer Trauer um Sadie, aber sie hat mir beigebracht, wie ich Xavier füttere, ihm die Windeln wechsle, ihn tröste und mit ihm spiele. Ich war gerade dabei, wieder auf die Beine zu kommen, als sie ohne Vorwarnung gestorben ist.

Heute musste ich mich mit der Frage auseinandersetzen, was ich tun würde, wenn ich auch noch Xavier – und Wynter – verlöre.

Nach den Erfahrungen dieses letzten Jahres ist mir klar: Alles ist möglich. Sogar das Undenkbare.

Iris tritt ins Zimmer, um nach Wynter zu sehen, die immer noch schläft.

»Du solltest nach Hause fahren und Xavier ins Bett bringen«, rät mir Iris im Flüsterton. »Ich kann hierbleiben.«

»Wo steckt eigentlich ihre Mutter?«

»Ich glaube, die ist gegangen.«

»Wirklich?«

»Sie hat etwas davon gesagt, dass sie früh zur Arbeit muss und davor noch mal vorbeischauen würde.«

Ich mag vielleicht nicht der Vater des Jahres sein, doch wenn mein Kind aus irgendeinem Grund im Krankenhaus läge, gäbe es nur einen Ort, an dem ich wäre.

»Wer ist bei deinen Kindern?«, möchte ich wissen.

»Meine Mom. Alles ist organisiert, ich kann bleiben.«

»Ich bin morgen früh wieder da.«

»Melde dich erst bei mir. Wahrscheinlich wird sie schon bald entlassen.«

»In Ordnung.« Ich stehe da und verlagere Xaviers Gewicht, sodass ich ihn besser zum Auto tragen kann. Mein Sohn wird langsam größer. Bald ist er ein Jahr alt, und er fängt an, mehr wie ein kleiner Junge auszusehen als wie ein Baby.

»Ich weiß, du spürst vermutlich immer noch die Panik«, meint Iris. »Aber führ dir immer wieder vor Augen, dass alle in Sicherheit sind. Okay?«

»Ja, mach ich. Danke für deine Hilfe, Iris. Heute und immer.«

Ohne Iris und die anderen Wilden Witwen hätte ich mit dem Tod meiner Frau und meiner Schwiegermutter nie so klarkommen können. Sie sind mein Leitstern auf dieser Reise geworden, und ohne sie wäre ich aufgeschmissen.

»Hab dich lieb«, erklärt Iris mit der Offenheit und Aufrichtigkeit, die ich so zu schätzen gelernt habe. Wenn sie einen gernhat, lässt sie einen das auch wissen.

»Ich dich auch.« Bis Sadie in mein Leben getreten ist und mein Herz erobert hat, habe ich nie viel über meine Gefühle geredet, höchstens mal meiner Schwester und ihrer Familie gegenüber. Die berühmten drei Worte habe ich nur meiner Frau gesagt, doch jetzt sage ich sie die ganze Zeit, vor allem zu meinen Freunden, die mir eine zweite Familie geworden sind. Ich weiß, wie wichtig es ist, die Worte auszusprechen und die Leute nicht im Zweifel darüber zu lassen, wie man für sie empfindet, weil man nie weiß, wann sie einem entrissen werden.

Ich finde es schlimm, so zu denken. Eigentlich war ich nie so. Dafür gab es früher auch gar keinen Grund. Sicher, meine Kindheit war chaotisch, aber meine Schwester und ich haben sie überstanden. Unsere Mutter lebt jetzt in Florida bei einem Mann, den sie vor fünf Jahren geheiratet hat und mit dem sie, soweit wir wissen, ein schönes Leben führt. Sie verdient das, nachdem sie so viele Schwierigkeiten überwinden musste. Wir telefonieren ab und zu, doch sie spielt nicht wirklich eine Rolle für mich.

Was in Ordnung ist. Es gibt jede Menge Leute in meinem Leben, die Xavier und mich lieb haben, und ich bin für jeden Einzelnen aufrichtig dankbar.

Im Wartezimmer blickt Gage von seinem Handy auf, als er mich bemerkt. »Willst du nach Hause?«

Ich nicke und antworte: »Es fühlt sich nicht richtig an, sie hier zurückzulassen.«

»Iris und ich sind ja da. Xavier braucht seinen Schlaf, und du auch.«

Wer sind diese Menschen, die bereitwillig ihren Nachtschlaf für mich opfern? Es sind die besten Freunde, die ich je hatte.
»Danke.«

»Kein Problem.«

»Wir sehen uns morgen.«

»Auf jeden Fall.«

Ich trage Xavier zum Auto und schnalle ihn in seinem Kindersitz an.

Er ist ganz still. Von Anfang an war er ein total braves Baby, hat fast sofort durchgeschlafen, was ein echter Segen war. Zumindest bin ich nicht zusätzlich zu allem anderen auch noch hoffnungslos übermüdet.

Zu Hause wechsle ich ihm die Windel und stecke ihn in seinen Schlafsack, bevor ich ihn in sein Bettchen lege. Ich stehe noch eine Weile da und schaue in sein perfektes kleines Gesicht, danke dem Himmel, dass ihm nichts passiert ist, dass Wynter in Sicherheit ist und dass ich Freunde habe, die mich so sehr unterstützen.

Trotz der schweren Schicksalsschläge bin ich über die Maßen gesegnet, das ist mir durchaus bewusst.

Ich vermisse Sadie mit jeder Faser meines Herzens, aber in den vergangenen Monaten habe ich versucht, mich mit dem Geschehenen auszusöhnen, und ich fühle mich bereit, nach vorne zu schauen.

Der heutige Tag war eine weitere Erinnerung daran, dass das Leben kurz ist und man es bis zur Neige ausschöpfen sollte.

Es wird Zeit, wieder ins Leben zurückzukehren, anstatt einfach nur zu existieren.

Ich bin mir nicht sicher, was genau dazugehört, doch sobald Wynter wieder auf den Beinen ist, werde ich es herausfinden.

3

Iris

Mir bricht schier das Herz für Wynter. Sie hat sich so viel Mühe gegeben, Adrians Vertrauen zu gewinnen, indem sie sich aufopferungsvoll um Xavier gekümmert hat. Als die beiden vorhin vermisst wurden, sind mir tausend Möglichkeiten durch den Kopf geschossen, was passiert sein könnte, und jetzt schäme ich mich, weil einige davon Wynter in keinem guten Licht haben erscheinen lassen. Ich hab sie nämlich wirklich gern – *sehr* gern sogar –, aber sie kann manchmal unberechenbar und sprunghaft sein. Allerdings nie, wenn es um Xavier geht. Zumindest soweit ich weiß.

Als Adrian uns nach unserer Meinung dazu gefragt hat, ob er sie als Xaviers Nanny einstellen soll, habe ich das befürwortet. Ich würde ihr jederzeit meine Kinder anvertrauen. Ja, sie ist noch sehr jung, tut und sagt manchmal unerhörte Sachen und ist zuweilen auch schlecht drauf. Doch es ist nicht zu übersehen, wie sie unter dem Verlust ihres jungen Ehemanns leidet. Ich hege keinen Zweifel daran, dass sie ihn von ganzem Herzen geliebt hat und sein Tod sie völlig aus der Bahn geworfen hat.

Ich war in meinen Dreißigern, als ich meinen Ehemann verloren hab, sie hingegen war erst zwanzig, als ihrer starb.

Zwanzig.

Als ich zwanzig war, war ich kaum imstande, pünktlich zur Arbeit zu erscheinen, geschweige denn den Verlust des Menschen zu verkraften, den ich am meisten geliebt habe.

Wynter ist ein wichtiger Teil meines Lebens geworden, seit sie zu den Wilden Witwen gestoßen ist – wobei sie anfangs nicht wirklich freiwillig dabei war. Ihre Mutter hat sie gezwungen, zu einem unserer Treffen zu gehen. Danach ist sie immer wieder erschienen, und nach einer Weile haben sich ihre rauen Kanten etwas abgeschliffen, als die ersten Tage der quälenden Trauer einer Form von widerwilliger Akzeptanz gewichen sind.

Es war wunderschön, mitzuverfolgen, wie sie als Xaviers Kindermädchen aufgeblüht ist. In den letzten Monaten hat sie ein gewisses Strahlen bekommen, das nicht da war, ehe der kleine Junge ihrem Leben neuen Sinn gegeben hat. Alles in ihrem Leben hat sich sehr lange allein darum gedreht, ihren krebskranken Freund zu pflegen, den sie kurz vor seinem Tod noch geheiratet hat. Nachdem er gestorben war, hatte sie keinen Anker mehr.

Das kann ich gut verstehen. Nachdem ich meinen Ehemann Mike bei einem Flugzeugabsturz verloren hatte und plötzlich allein für drei kleine Kinder verantwortlich war, ist mein Leben für eine Weile komplett aus dem Ruder gelaufen. Der Schock, die Trauer, der schiere Wahnsinn, plötzlich alleinerziehend zu sein … Den brennenden Schmerz jener ersten Tage und Wochen werde ich mein Lebtag nicht vergessen.

Dieser Schmerz war es, der mich und meine Freundinnen Taylor und Christy überhaupt erst auf die Idee gebracht hat, die Wilden Witwen zu gründen. Eine junge Witwe zu sein ist ziemlich furchtbar, und die Unterstützung von anderen, die einen verstehen, weil sie ähnliche Erfahrungen gemacht haben, ist unglaublich wichtig. Ich weiß, wir haben Wynter und so vielen anderen geholfen, die sich uns in den vergangenen Jahren angeschlossen haben. Der feste Kern unserer Selbsthilfegruppe ist so was wie eine zusätzliche Familie geworden, und die dort entstandenen Freundschaften spenden uns großen Trost.

Wynter stöhnt, als sie aufwacht, dreht sich zu mir und scheint überrascht zu sein, mich zu sehen. »Hey.«

»Wie fühlst du dich?«

»Mir tut alles weh, und ich hab Durst.«

Ich halte ihr das Glas Wasser an die Lippen, das die Krankenschwester auf dem Nachttisch abgestellt hatte.

»Ist Adrian weg?«

»Er hat Xavier nach Hause gebracht, um ihn ins Bett zu stecken, lässt dir aber ausrichten, dass er morgen früh vorbeikommt, um nach dir zu schauen.«

»Und was ist mit meiner Mom?«

»Sie muss früh zur Arbeit und besucht dich morgen wieder.«

Wynter schließt die Augen. »Du musst nicht dableiben.«

»O doch.«

»Ehrlich, Iris. Es geht mir gut. Fahr nach Hause, und ruh dich aus.«

»Ich bleibe gern.«

»Warum machst du das?«, fragt sie, ohne die Augen zu öffnen.

»Was denn?«

»Die Nacht im Krankenhaus am Bett von jemandem zu verbringen, den du im Grunde genommen nicht besonders gut kennst. Und das, obwohl du eine eigene Familie hast.«

Diese Bemerkung ist so typisch für Wynter, dass ich beinah lachen muss. Sie ist die unverblümteste Frau, der ich je begegnet bin. Ich lege meine Hand auf ihre. »Du bist auch meine Familie, Wynter. Das weißt du, oder?«

Es überrascht mich, als sie mit einem tiefen Schluchzer antwortet.

»Ach, Süße.« Ich setze mich auf die Bettkante und streckte die Arme nach ihr aus.

Sie richtet sich langsam und schmerzerfüllt auf und sinkt gegen mich. »Ich hab nie irgendjemanden getroffen, der so lieb ist wie du.«

Ich halte sie, so wie ich mein eigenes Kind halten würde, und lasse sie weinen. »Ich bin hier für dich. Für immer. Du hast mich und Gage und den Rest von uns bis in alle Ewigkeit am Hals.«

»Ich hatte solche Angst, dass Xavier was passiert«, stößt sie zwischen zwei Schluchzern hervor. »Ich weiß nicht, was ich dann getan hätte.«

»Es geht ihm gut, weil du dafür gesorgt hast.« Ich streiche ihr das Haar aus dem Gesicht. »Du hast ihn beschützt.«

»Ich durchlebe in Gedanken immer wieder, wie ich begriffen habe, dass ich den Abhang mit ihm runterrutsche, und was für eine Angst ich hatte, dass ich ihn erdrücke oder so.« Ihr ganzer Körper bebt. »Ich liebe ihn so sehr.«

»Das weiß ich. Das wissen wir alle, und ganz besonders Adrian.«

»Er wird nicht mehr wollen, dass ich mich um seinen Sohn kümmere.«

»Doch, klar. Er weiß, wie sehr du ihn liebst.«

»Das tue ich wirklich. Ich liebe ihn mehr als alles andere.« Sie holt tief Luft, schluchzt erneut. »Nachdem Jaden gestorben war, dachte ich, ich würde nie wieder irgendjemanden oder irgendetwas lieben, weil es so wehgetan hat.«

»Das verstehe ich.«

»Und jetzt liebe ich Xavier so sehr, und ich komm damit einfach nicht klar. Wenn ihm je irgendetwas zustoßen würde …«

»Sch, Wynter, Süße, das wird nicht geschehen.«

»Wie kannst du das sagen? Wir wissen beide, dass es da keine Garantien gibt.«

»Sicher, aber die Wahrscheinlichkeit ist unfassbar gering.«

»Schau dir nur an, was heute los war … So gering ist sie gar nicht. Es kann jederzeit passieren. Es ist so viel sicherer, sich nicht wieder emotional an jemanden oder etwas zu binden.«

»Lass mich dich eins fragen.« Ich lehne mich zurück, sodass ich ihr ins Gesicht blicken kann. »Wenn du nicht länger auf Xavier aufpassen würdest, würde das bedeuten, dass du ihn weniger liebst?«

Ihr Kinn zittert, und sie sieht so unglaublich jung aus. »Nein. Ich liebe ihn. Ich werde ihn immer lieben.«

»Also wäre es nicht besser, ihn als festen Bestandteil deines Lebens zu behalten, statt ihn aus der Ferne zu lieben?«

Sie schüttelt den Kopf. »Nein, wäre es nicht. Ich bin nicht die Richtige dafür, die Verantwortung für ihn zu tragen.«

»Hast du das gestern auch schon geglaubt?«

»Nein, aber …«

»Kein Aber. Gestern hast du genau gewusst, dass du die am besten Geeignete dafür bist, auf ihn aufzupassen, weil du ihn liebst wie ein eigenes Kind. Was passiert ist, war ein *Unfall*, Wynter.«

»Was, wenn sich so was wiederholt und er es nicht überlebt? Was, wenn wir mit dem Auto unterwegs sind und wir werden in einen Unfall verwickelt? Oder jemand greift ihn an, wenn wir spazieren gehen? Oder er ertrinkt in deinem Pool, oder …«

»Hör auf, Süße. Mit diesem ›Was wäre, wenn‹ treibst du dich nur in den Wahnsinn.«

»Ich kann an nichts anderes mehr denken. Was, wenn er meinetwegen stirbt?«

»Das ist nicht geschehen.«

»Doch es hätte passieren können. Bei dem Sturz hätte ich ihn erdrücken können oder er sich das Genick brechen oder …«

»Stopp. Kinder sind sehr viel widerstandsfähiger, als wir ihnen zutrauen. Habe ich dir davon erzählt, wie ich Laney mal auf mein Bett gelegt habe und rasch unter die Dusche gegangen bin? Als ich zurückkam, war sie nicht mehr da. Sie war vom Bett gerollt und auf dem Boden gelandet. Ich hab einen Herzkasper gekriegt, weil ich dachte, sie sei tot, aber sie war einfach eingeschlafen, nachdem sie runtergefallen war.«

»Und sie hat sich nicht mal verletzt?«

»Nein. Meine Mutter behauptet immer, Kinder seien aus superelastischer Luftpolsterfolie gemacht. Hast du damit auch gespielt, als du noch klein warst?«

»Klar«, antwortet sie dem ersten Anflug eines Lächelns.

»Meine Mutter hat recht. Kinder überstehen fast alles unbeschadet. Verletzen sie sich manchmal? Klar, doch das ist ja bei allen so. Das gehört zum Leben dazu. Ich bin letzte Woche auf der Terrasse am Pool gestürzt, als ich einen Waschbären von meinen Mülltonnen verscheuchen wollte. Ich hab einen riesigen blauen Fleck an der Hüfte. Anfangs dachte ich, ich hätte sie mir gebrochen, aber das hat sich nicht bestätigt. Ich hab mir nichts getan.« Ich stecke ihr eine Strähne ihres dunklen Haares hinters Ohr, dessen Rand mehrere Piercings zieren. »Xavier hat es heil überstanden, genau wie du auch. Allen geht es gut.«

»Dieses Mal.«

»Hör zu, ich weiß, du hast gute Gründe, mit dem Schlimmsten zu rechnen. Du hast bereits mehr davon gesehen als manche Leute in ihrem ganzen Leben. Deshalb bist du jetzt darauf programmiert, genau das zu erwarten. Dabei ist es in Wirklichkeit nicht das, was gewöhnlich passiert.«

In diesem Moment schießt mir der Gedanke durch den Kopf, dass es für Wynter gar nicht so gut sein könnte, so viel Zeit mit einer Gruppe Witwen zu verbringen. Dass es uns gibt, unterstreicht ja die Richtigkeit ihrer Annahme. Schlimme Dinge passieren die ganze Zeit, und wir haben keinerlei Kontrolle darüber. Bevor ich diese Erkenntnis verarbeiten kann, kommt Gage ins Zimmer.

»Du bist auch hier?«, erkundigt sich Wynter. »Ihr könnt doch sicher Besseres mit eurem Leben anfangen.«

»Haha«, erwidere ich mit einem Lächeln. »Wir haben ein sehr schönes Leben, und du bist ein Teil davon, ob du das nun willst oder nicht.«

»Oh, ich will es. Natürlich. Ich will nur einfach nicht mehr leiden.« Sie blickt auf ihre verschränkten Finger. »Ich dachte, wenn ich das erste Jahr überstehe, würde alles besser werden, aber das ist nicht der Fall. Es ist genau gleich, es ist nur ein Jahr her.«

»Der erste Jahrestag ist wie ein Tritt in den Magen«, meint Gage.

Er muss es wissen. Er hat seine Frau und seine Zwillingstöchter bei einem von einem betrunkenen Autofahrer verursachten Unfall verloren.

»Es ist wie ein Leuchtfeuer in der Ferne, das dich mit dem Versprechen lockt: Wenn du mich erreichst, wird alles gut. Und dann erreichst du es irgendwie, und es ist doch das Gleiche, nur ein anderer Tag. Sie sind immer noch fort. Du bist immer noch allein. Also was für einen Unterschied macht ein Jahr?«

»Keinen«, antwortet Wynter leise. »Es macht überhaupt keinen Unterschied.«

»Willst du noch was wissen?«, fragt Gage sie.

»Ich denke schon.«

»Nach dem zweiten und dem dritten Jahr ist es auch nicht anders.«

Wynter stöhnt und hält sich mit beiden Händen die Ohren zu.

»War das wirklich nötig?«, will ich von ihm wissen.

Er grinst. »Als meine Töchter in der Schule die Wahrheit über den Weihnachtsmann erfahren haben, haben wir ihnen auch gleich über den Osterhasen und die Zahnfee reinen Wein eingeschenkt.«

Ich starre ihn ungläubig an. »Das ist gemein.«

»Alles auf einen Streich, haben wir uns gesagt. Bringen wir es hinter uns. Es ergibt keinen Sinn, Mythen am Leben zu halten.« An Wynter gewandt fügt er hinzu: »Die Jahrestage sind totaler Mist. Daran wird sich auch nie was ändern. Je eher du das begreifst, desto weniger Macht haben sie über dich.«

»Ich nehme an, das stimmt wohl«, bestätige ich seine Worte.

»Es ist wahr. Und es ist besser, das alles zu wissen, als sich der Illusion hinzugeben, dass die Dinge ab Jahr eins, zwei oder drei plötzlich besser werden. Die scharfen Kanten schleifen sich mit der Zeit ab, doch sie können immer noch verletzen.«

»Ihr seid die klügsten Leute, die mir je begegnet sind«, stellt Wynter fest.

»Lieb von dir, dass du das sagst«, erwidert Gage. »Aber Weisheit ist immer hart erarbeitet. Eines Tages wirst du möglicherweise jemandem beistehen, der das durchmacht, was du jetzt durchmachst, und dann wirst *du* die Weisheit, die du erworben hast, weitergeben können.«

»Ich bin jedenfalls dankbar, dass ihr eure Erfahrungen mit mir teilt«, erklärt sie.

»Jederzeit gern«, meint Gage.

»Ich möchte, dass ihr nach Hause fahrt. Es besteht keine Notwendigkeit, dass ihr hierbleibt. Ich verspreche euch, es geht mir gut.«

Ich wechsle einen Blick mit Gage, und er zuckt die Achseln, überlässt mir die Entscheidung.

»Na los, macht schon«, sagt Wynter.

Ich lege ihr eine Hand auf den Arm. »Ruf mich an, wenn du mich brauchst, auch mitten in der Nacht.«

Sie nickt. »In Ordnung, obwohl ich so müde bin, dass ich dich nicht brauchen werde.«

»Trotzdem. Falls doch …« Es fühlt sich nicht richtig an, sie allein zu lassen.

»Weiß ich, wo ich dich finden kann.«

»Morgen früh komme ich wieder, um dich heimzufahren«, teile ich ihr mit.

»Ich kann mir ein Uber nehmen.«

»Ich hol dich ab.«

»Na gut«, lenkt Wynter in dem gereizten Tonfall ein, der viel eher zu ihr passt als die Verzweiflung, die mir vorhin schier das Herz gebrochen hat.

»Okay.« Ich beuge mich vor, um ihr einen Kuss auf die Wange zu geben. »Ich hab dich lieb.«

»Ich dich auch. Euch beide.«

Gage küsst sie auf die Stirn. »Hab dich auch lieb, Kleines.« Er hält mir die Tür auf, damit ich vor ihm hindurchtreten kann.

»Es fühlt sich nicht richtig an, sie allein zu lassen«, teile ich ihm meine Überlegung von eben mit, sobald wir auf dem Korridor stehen.

»Sie ist nicht allein. Die Schwestern werden nach ihr sehen, und sie hat ja erklärt, dass sie müde ist.« Er legt einen Arm um mich, während wir gemeinsam zum Fahrstuhl laufen. »Sie wird etwas Schlaf bekommen, und wir auch.«

»Ich kann einfach nicht glauben, dass ihre Mutter gegangen ist«, bemerke ich. »Wo wäre ich wohl, wenn eins meiner Kinder im Krankenhaus läge, selbst wenn sie einundzwanzig wären?«

»Du wärst bei deinem Kind, aber nicht jede Mutter ist wie du.«

»Ich werde Wynter einladen, eine Weile bei uns zu bleiben. Ich bin tagsüber zu Hause, da kann ich mich um sie kümmern.«

»Das musst du nicht, Iris.«

»Ich weiß, doch ich möchte es gern. Ich möchte, dass sie die Unterstützung bekommt, die sie im Moment benötigt.«

Gemeinsam begeben wir uns zum Auto, und er hält mir die Beifahrertür auf, obwohl ich ihm schon oft gesagt habe, dass er das nicht tun muss. Als ich auf dem Beifahrersitz Platz genommen habe, beugt er sich vor, um mir einen Kuss zu geben. »Wir haben alle Riesenglück, dass du Teil unseres Lebens bist, aber ich ganz besonders.«

Ich hebe eine Hand, um ihm die Wange zu streicheln. »Wir haben beide Glück.« Nachdem Mike gestorben war, war eine neue Beziehung das Letzte, was ich wollte. Gage und ich waren lange Zeit Freunde, bevor sich die Dinge zwischen uns geändert haben. Oder, wie ich vielleicht besser sagen sollte, bevor *ich* die Dinge zwischen uns geändert habe, indem ich während eines gemeinsamen Wochenendes der Wilden Witwen nachts »versehentlich« in sein Bett gekrochen bin.

Sorry, doch ich bereue das nicht. Das war das Beste, was ich je für uns beide getan habe. Ich hatte völlig vergessen, wie es sich anfühlt, glücklich zu sein, so wie ich es mit ihm bin, und ich weiß, er empfindet genauso. Nach Jahren voller Trauer und Schmerz haben wir ein glückliches zweites Kapitel gefunden, und wir lieben jede Minute davon, insbesondere nach den turbulenten ersten paar Monaten unserer Beziehung. Ich hab erfahren, dass Mike ein Doppelleben geführt hat und ein weiteres Kind hatte, und Gage hat endlich das Gerichtsverfahren gegen den Mann, der seine Familie getötet hat, hinter sich gebracht. Wir waren gemeinsam dabei, uns unser eigenes Happy End zu erarbeiten, als Gage einen Knoten in meiner Brust gefunden hat, der sich als eine Vorstufe zu Krebs herausgestellt hat.

Das alles liegt inzwischen hinter uns, auf der anderen Seite der verrückten Monate, die den offiziellen Beginn unserer Beziehung gekennzeichnet haben, und das Leben ist wunderbar. Meine Kinder lieben ihn, ich liebe ihn, und er ist immer für uns da. Wir haben Riesenglück, was wir auch genau wissen. Das Verwitwetsein hat uns beide gelehrt, für jeden guten Tag dankbar zu sein, jedes Lächeln und jede Sekunde voller Freude, weil man nie weiß, wann es vorbei sein wird.

Mein Handy meldet den Eingang einer Textnachricht. Sie ist von Roni Connolly, einem weiteren Mitglied der Wilden Witwen.

Hab gehört, was mit Wynter passiert ist. Alles in Ordnung? Wie geht es Adrian? Was können wir tun?

Inzwischen geht es ihr wieder besser. Sie bleibt noch zur Beobachtung über Nacht im Krankenhaus und ruht sich aus. Bei dem Sturz hat sie das meiste abbekommen, weil sie versucht hat, Xavier zu beschützen. Adrian hat sich wieder gefangen, aber vorhin war er völlig durch den Wind, nachdem er sie einfach nicht erreichen konnte. Die arme Wynter war zum Friedhof gefahren, um Jadens Grab zu besuchen, weil heute sein Todestag ist. Dabei ist sie unglücklich einen Abhang hinabgerutscht, während sie Xavier in einer Trage vor die Brust geschnallt hatte.

O nein ... Ich bin so froh, dass sie in Sicherheit sind. Es muss die Hölle für sie gewesen sein.

Stimmt, doch inzwischen hat sie sich etwas erholt. Sie hat mich und Gage nach Hause geschickt. Morgen früh fahre ich wieder her und werde sie einladen, eine Weile bei uns zu wohnen.

Wo war denn ihre Mutter?

Sie war vorhin kurz da und ist dann wieder gegangen, weil sie ganz früh zur Arbeit muss.

Ernsthaft?

Jap.

Ich möchte ja nicht über sie urteilen, aber ...

Ich war auch überrascht, als sie plötzlich weg war. Wynter scheint das nicht besonders zu wundern.

Hmm. Findet unser Treffen morgen statt?

Lass uns erst mal abwarten, ob Wynter dazu bereit ist, dann gebe ich dir Bescheid.

Klingt gut. Melde dich, wenn es irgendetwas gibt, was wir tun können. Und richte ihr liebe Grüße und unsere besten Wünsche aus.

Mach ich.

Roni und ihr Verlobter Derek Kavanaugh haben beide ihre

Ehepartner durch Mord verloren und sind sich später in Capitol Hill begegnet, wo sie beide wohnen. Sie arbeiten auch beide im Weißen Haus, er als stellvertretender Stabschef des Präsidenten Nick Cappuano und sie als Kommunikationschefin für die First Lady Sam Cappuano.

Es war wunderbar, mitzuerleben, wie die beiden sich ineinander verliebt haben und ihre Familien zu einer geworden sind. Seine Tochter Maeve und ihr Sohn Dylan werden als Geschwister aufwachsen. Sie wecken in mir den Wunsch, einen Zauberstab zu haben, damit ich für jede meiner Wilden Witwen so ein neues Glück herbeizaubern könnte ... sofern es das ist, was sie sich wünschen.

Als wir zu Hause ankommen, ist alles ganz still, nur über der Kücheninsel brennt ein Licht.

»Ich bin halb verhungert«, sage ich zu Gage. »Und du?«

»Ich könnte schon was essen.«

Ich bereite uns aus den Resten des Truthahns, den ich zum Sonntagsdinner mit meinen Eltern gemacht hatte, Sandwiches zu, und wir setzen uns zusammen in die Frühstücksnische, von der aus man in den Garten mit dem für den Winter abgedeckten Pool schauen kann.

»Habe ich dir schon gesagt, dass dieser Truthahn der beste ist, den ich je gegessen habe?«, erkundigt sich Gage, nachdem er die Hälfte seines Sandwiches verspeist hat, auf das er sich noch was von der Füllung und Cranberry-Soße getan hat.

»Es kann sein, dass du das schon ein- oder zweimal erwähnt hast.«

»Er ist *so* gut.«

»Das liegt an der Marinade. Die ist das Geheimnis.«

»Ich bin bekehrt.«

Ich schaue ihn an, und er ist so attraktiv, auf eine raue Art und Weise, die mich früher vermutlich nicht angesprochen hätte. Jetzt blicke ich ihn an und sehe alles, was ich mir je gewünscht habe, und dazu noch mehr, was ich mir für mich gar nicht zu erträumen gewagt hätte. »Das ist schön.«

»Was?«

»Nach einem so stressigen Tag ein paar Minuten für uns zu

haben. Ich hatte ganz vergessen, wie es ist, jemanden zu haben, auf den man sich stützen kann, wenn es schwierig wird.«

»Ich auch. Aber ich dachte eigentlich, die schwierigen Zeiten lägen hinter uns.«

Wir haben kürzlich das Ende meiner Strahlentherapie gefeiert und schweben seither auf Wolke sieben. »Wir wissen beide, dass wir vor Schwierigkeiten niemals sicher sind.«

»Das sorgt fast dafür, dass ich mich nach den Tagen sehne, als ich noch vorhatte, mich auf niemanden mehr einzulassen.«

»Hör auf«, erwidere ich. »Danach sehnst du dich überhaupt nicht.«

»Doch, manchmal schon. Wie beispielsweise heute, wenn ich sehe, wie verzweifelt Wynter und Adrian sind. Dann würde ich am liebsten die Beine in die Hand nehmen und weit weglaufen, um mich irgendwo zu verkriechen.«

»Aber das hast du nicht getan, weil sie dir beide zu wichtig sind, als dass du sie im Stich lässt, wenn sie dich brauchen.«

»Ja, und das ist das Problem. Dass einem andere zu wichtig sind.«

»Mir ist es lieber, mir liegt zu viel an anderen, als überhaupt nichts. Denn das ist kein Leben.«

»Nein, ist es nicht. Was ich herausgefunden habe, seit du mich gezwungen hast, mich in dich und deine Kinder zu verlieben.«

»Ich hab dich gezwungen?«, sage ich mit einem Lachen. »Ganz bestimmt.«

»Doch. Ich hab mich schön um meine eigenen Angelegenheiten gekümmert, als du dich in mein Bett geschlichen hast, nackt und sexy.«

»Das war ein Versehen.«

Sein lautes Lachen ist das Beste überhaupt, denn nachdem er seine Familie verloren hatte, hat er jahrelang überhaupt nicht gelacht. Jetzt tut er das dauernd, und jedes einzelne Lachen ist ein Sieg für mich. »Ein Versehen, ja sicher. Darauf kannst du deinen kleinen Knackhintern verwetten.«

Ich werfe ihm einen Blick unter gesenkten Lidern zu. »Dein Hintern ist auch ziemlich knackig.« Mit ihm zu flirten ist meine

Lieblingsbeschäftigung. Eigentlich hatte ich geglaubt, ich hätte vergessen, wie man das macht, aber seit ich mit ihm zusammen bin, haben meine Fähigkeiten ein neues Level erreicht.

»Nicht so knackig wie deiner.«

»Einigen wir uns darauf, in dem Punkt uneinig zu sein«, entgegne ich, während ich unsere Teller nehme und zur Spüle trage.

Er ist direkt hinter mir, presst seine Erektion gegen meinen Po.

»Oh, was haben wir denn da?«, frage ich gespielt unschuldsvoll.

Sein tiefes Knurren entlockt mir ein Lächeln. Mit den Händen auf meinen Hüften dirigiert er mich aus der Küche und die Treppe hoch zu unserem Zimmer, dem Schlafzimmer, das ich nach Mikes Tod neu eingerichtet habe und das, seit Gage bei uns eingezogen ist, unser gemeinsames ist. Meine Mutter schläft im Gästezimmer. Sie ist mir eine riesige Hilfe, wann immer ich sie brauche.

»Ich muss noch kurz nach den Kindern schauen.«

»Da gibt es nichts zu schauen. Deine Mutter hat das sicher auch schon getan, bevor sie sich hingelegt hat.«

Das stimmt, wie ich genau weiß. Trotzdem möchte ich mich selbst davon überzeugen, dass alles in Ordnung ist. »Es wird nicht lange dauern.«

Sein Seufzen ist voller Ungeduld und Frust. »Dann eben nicht.«

»Geht ja gleich weiter«, sage ich über meine Schulter, während ich mich schon zu Tylers Zimmer aufmache.

Wie gewohnt hat mein Sohn die Decke von sich geworfen. Ich ziehe sie wieder über ihn, gebe ihm einen Kuss auf den Kopf und flüsterte ihm zu, dass ich ihn lieb hab. Sophia und Laney haben sich auch freigestrampelt, daher decke ich sie ebenfalls wieder zu. Ich liebe sie so sehr, dass es fast schon lachhaft ist. Seit meiner Krebstherapie liebe ich sie sogar noch mehr als zuvor.

Ich bin so froh, dass der Knoten frühzeitig entdeckt und behandelt worden ist. Meine Ärztin sagt, soweit man das beurteilen kann, müsste ich mir deswegen keine Sorgen mehr machen. Trotzdem bin ich besonders dankbar für die drei wunderschönen, gesunden Kinder. Alleinerziehende Mutter zu sein ist furchtbar anstrengend. Es hat in den Jahren, seit Mike gestorben ist, durchaus Zeiten gegeben, in denen ich nicht so dankbar war, wie ich hätte sein sollen. Alles ist anders, jetzt, wo ich weiß, was für ein Riesenglück es ist, dass ich sie habe und dass sie gesund sind.

Die Kleinigkeiten, die mich so genervt haben – die ständigen Streitereien, die Unordnung, die unablässigen Forderungen, die nicht schrumpfen wollenden Wäscheberge –, sehe ich jetzt in einem ganz anderen Licht. Dieser Tage bin ich vor allem dankbar, und ich möchte das an alle weitergeben, die es vielleicht brauchen.

Gage ist bereits im Bett, als ich das Schlafzimmer betrete und zum Bad gehe, um mir die Zähne zu putzen und die Gesichtscreme aufzutragen, die Falten verhindert. Zumindest ist das meine Hoffnung.

Das mit dem Nachthemd spare ich mir, denn das wäre ich ohnehin sofort los, sobald ich im Bett liege. Wir befinden uns noch mitten in dieser leidenschaftlichen Phase, die junge Liebe mit sich bringt. Ich denke immer, irgendwann muss die sich ja abkühlen, doch wenn überhaupt, dann stimmt das Gegenteil. Je mehr wir haben, desto mehr wollen wir.

Das ist witzig, denn eigentlich hat mir nach Mikes Tod der Sex gar nicht wirklich so sehr gefehlt. Ich hatte vollauf damit zu tun, mich um die drei trauernden kleinen Kinder zu kümmern und dabei nicht selbst unter die Räder zu kommen. Kurz nach Mikes Tod hatte ich eine kurze Affäre, um das »erste Mal« mit einem anderen hinter mich zu bringen, aber danach war nichts, bis Gage in mein Leben getreten ist.

Doch seit der Nacht, in der ich »versehentlich« in sein Bett gekrochen bin, ist Sex von den Hinterbänken zurück in der ersten Reihe.

Gage gibt mir das Gefühl, wieder wie ein Teenager zu sein, der das alles zum ersten Mal erlebt, und ihm geht es umgekehrt mit mir genauso. Sosehr ich Mike geliebt habe und Gage Natasha, das Feuer zwischen uns lodert heiß. Eine Weile lang hatten wir deswegen Schuldgefühle, aber inzwischen haben wir das hinter uns gelassen. Uns bleibt nichts anderes übrig, als das Leben ohne die Menschen weiterzuführen, die wir verloren haben. Unsere Beziehung bringt uns Freude und eine neue Form von Glück, die besonders kostbar ist, weil wir wissen, dass es uns jederzeit entrissen werden könnte.

Er ist bereit für mich, als ich ins Bett komme, und hat mich binnen Sekunden in seine Arme gezogen und unter sich gerollt. Mit seinen Küssen scheint er mich verschlingen zu wollen, seine Hände fachen das Feuer in mir nur weiter an, und dann ist er in mir. Diese Intensität ist neu für mich. Ich habe den Sex mit Mike geliebt, doch so war es nie. Es hat mir nicht das Gefühl vermittelt, auf die bestmögliche Weise wie besessen zu sein. Es hat nicht jeden anderen Gedanken aus meinem Kopf verdrängt, sodass mir nichts anderes übrig bleibt, als mich allein auf ihn zu konzentrieren, während wir unserem atemberaubenden Höhepunkt entgegenstreben.

»Iris …«

»Hm?«

»Ich möchte, dass du weißt …«

»Was?«

»Ich finde es toll, wie du uns alle liebst, wie du für Wynter da bist, als wäre sie dein eigenes Kind.«

»Ich hab sie wirklich lieb gewonnen.«

»Das weiß ich, und das sorgt dafür, dass ich dich noch mehr liebe, als ich es ohnehin schon tue.« Er küsst mich erst zärtlich, dann immer leidenschaftlicher, während er sich in mich stößt und einen Orgasmus auslöst, der sich von der Sekunde an angebahnt hat, in der er mich berührt hat.

»Ja«, flüstert er, als er mir zum Höhepunkt folgt, mich dabei so fest an sich presst, dass ich kaum Luft kriege. Aber wer braucht schon Luft, wenn der Mann, den man liebt, bei einem solche Lust erlebt? »Himmel, Iris … Was tust du mir nur an?«

»Du mir ja auch.«

Diese Diskussion führen wir beinahe jedes Mal. Wir sind immer noch erstaunt, dass wir diesen unglaublichen zweiten

Akt miteinander erleben dürfen. Manchmal muss ich mich daran erinnern, dass die meisten meiner engsten Freunde immer noch trauern, immer noch mehr in der Vergangenheit verweilen als an die Zukunft denken. Ich muss aufpassen, dass mein neues Glück mit Gage nicht dafür sorgt, dass ich für sie nicht mehr glaubwürdig bin. Die anderen Witwen und Witwer zu unterstützen ist eine echte Berufung in diesem neuen Leben, und ich habe bestimmt nicht vor, sie sich selbst zu überlassen, nachdem ich ein weiteres Mal die große Liebe gefunden habe.

Mein Kopf ruht an Gages Brust, und während ich langsam entschlummere, denke ich an Adrian und Wynter und hoffe, dass sie nach dem traumatischen Tag heute Nacht ein wenig Schlaf finden.

4

Wynter

Ich träume die verrücktesten Dinge. Jaden und ich sind oben bei dem Stausee, an dem wir immer mit unseren Highschool-Freunden waren. Eigentlich hatten unsere Eltern uns verboten, dort schwimmen zu gehen aus Angst, dass es eine Tragödie geben könnte, wenn wir irgendwo allein und unbewacht badeten. Uns war das egal. Wir waren jung und dumm und furchtlos.

Jaden ist immer vom höchsten Punkt am Ufer ins Wasser gesprungen. Ich habe ihm niemals verraten, dass ich es kaum ertragen konnte, ihm dabei zuzuschauen. Wie leicht hätte er sich dabei schließlich umbringen oder zumindest ernsthaft verletzen können! Denn er ist nicht nur einfach gesprungen, nein, er musste dabei Salti und andere irre Figuren einbauen. Es war okay, wenn *ich* so was machte, aber bei ihm war das etwas ganz anderes.

Im Traum bin ich wieder dort, als wäre es gestern gewesen, dass er auf die höchste Klippe geklettert und abgesprungen ist, sich auf dem Weg nach unten drehte und schraubte, als wäre das keine große Sache, bevor er in perfekter Haltung ins Wasser eintauchte.

Unsere Freunde haben ihm wie gebannt zugesehen. Wir

haben einander herausgefordert, es ihm nachzutun. Doch keiner von uns hat sich das getraut. Es war der Sommer, bevor das Leben, wie wir es kannten, für immer vorbei war, der Sommer, bevor sich mit einem Knoten auf seinem Schienbein eine so große Gefahr für sein Leben ankündigte, wie es die Sprünge nie gewesen waren.

Dann bin ich wieder in dem kleinen, stickigen Raum im örtlichen Krankenhaus, wo der Arzt uns erklärt hat, der Knoten sei etwas, was Ewing-Sarkom heiße. Zuerst haben wir gar nicht verstanden, dass das bedeutete, dass er Krebs hatte, weil der Arzt das Wort nie benutzt hat. Das haben wir erst später begriffen, nachdem wir gegoogelt hatten, was ein Ewing-Sarkom überhaupt ist, und herausgefunden hatten, was das bedeutet.

In den Träumen bin ich zurück bei all den Operationen und Therapien, wegen denen es ihm so furchtbar schlecht ging, den vielen Arztterminen, die folgten und bei denen es nie gute Nachrichten gab, der Amputation seines rechten Unterschenkels, der Verzweiflung danach, während er versuchte, mit dem Verlust eines Körperteils fertigzuwerden.

Es fühlt sich alles so wirklich an, als würde es wieder geschehen. Ich kann meine Hand ausstrecken und Jadens blondes Haar berühren, sein attraktives Gesicht, die Brust, die so muskulös und definiert war, weil er seit frühster Jugend Football und Fußball gespielt hatte.

Ich schrecke hoch, reiße die Augen auf und finde mich in meinem eigenen Krankenhauszimmer wieder. Der Albtraum des gestrigen Tages kehrt mit Erinnerungen an Dinge zurück, die ich viel lieber vergessen würde. Der Vorfall auf dem Friedhof mit Xavier verschmilzt mit Jadens Krankheit, seinem langsamen Dahinsiechen und letztlich seinem Tod.

Mein Herz rast, während sich meine Augen mit Tränen füllen, die schließlich überlaufen. Wie ist es möglich, solchen Schmerz zu empfinden und noch am Leben zu sein? Ich habe mir diese Frage in dem Jahr, das seither vergangen ist, häufig gestellt. Wir haben alles zusammen gemacht, häufig ohne andere, sodass ich, nachdem er gestorben war, erschreckend einsam war. Ich hatte nicht viele andere gute Freunde. Ich hatte ihn, und er hatte mich. Mehr haben wir nicht gebraucht.

Bei der Beerdigung waren Menschen aus unser beider Leben. Die Leute vom Bestattungsinstitut haben seinen Eltern erzählt, dass es eine der größten Trauerfeiern war, die sie je ausgerichtet haben. Manchmal denke ich, dass die meisten gekommen sind, weil es sie so erschüttert hat, dass jemand in unserem Alter tatsächlich sterben konnte. Vor allem jemand wie Jaden, der so voller Leben war. Sie sind zumindest nicht meinetwegen da gewesen. Die Hälfte der Mädchen hat mich gehasst, weil er mich geliebt hat. Die Jungs hat es gestört, dass er, nachdem wir ein Paar geworden waren, nicht mehr mit ihnen abgehangen hat.

Die meisten von ihnen haben mich ignoriert, und seit der Beerdigung habe ich keinen von ihnen wiedergesehen.

Aber das finde ich gar nicht schlimm. Ich brauche sie nicht, weder jetzt noch damals.

Ich habe neue Freunde, Menschen, die meinen Schmerz verstehen, die mich anders als meine Mutter nicht drängen, ihn hinter mir zu lassen. Die mir in meiner Zeit der Trauer Raum geben und nicht versuchen, das zu reparieren, was sich nicht reparieren lässt. Sie sagen mir nicht, dass ich jung bin und mich noch eine Million Mal verlieben werde, bevor ich den Richtigen finde. Ich hatte den Richtigen und habe ihn verloren. Und ja, es ist möglich, mit vierzehn, fünfzehn, sechzehn, siebzehn, achtzehn, neunzehn, zwanzig zu wissen, dass man den einen gefunden hat, mit dem man den Rest seines Lebens verbringen will. Ich werde mich mit jedem anlegen, der das Gegenteil behauptet.

Wenn ich das noch ein einziges Mal hören muss – *Du bist jung, du hast noch so viel Zeit, jemand Neues zu finden* –, kann es passieren, dass ich den, der das behauptet, umbringe. Vor allem wenn es meine Mutter ist, die das unablässig und bei jeder sich bietenden Gelegenheit wiederholt. Sie weigert sich, zur Kenntnis zu nehmen, dass es mir jedes Mal wehtut, wenn sie erklärt, Jaden sei ja nur meine erste Liebe gewesen. Und die richtige werde erst noch kommen.

Ich hatte genug Zeit, um zu begreifen, dass das vermutlich stimmt. Aber ich weiß auch dies: Wenn Jaden nicht gestorben wäre, wären wir für den Rest unseres Lebens zusammengeblieben. Punktum, Ende, aus. Ich kann es nicht ertragen, wenn Leute, die überhaupt keine Ahnung haben, mir sagen, er sei nur meine *erste* Liebe gewesen. Ich will diesen Mist einfach nicht mehr hören. Ich hab ihn von ganzem Herzen geliebt, er war mein reines Glück, mein Alles.

Ein Teil von mir denkt, dass meine Mutter neidisch auf das war, was ich mit ihm hatte, weil sie so etwas mit keinem der vielen Männer in ihrem Leben auch nur ansatzweise erlebt hat. Was sie auch genau weiß. Ich glaub, sie ist deswegen verbittert, aber trotzdem ändert das nichts an den Tatsachen: Sie ist neidisch auf die eigene Tochter, die mit zwanzig die Liebe ihres Lebens verloren hat. Ich liebe sie, und ich hätte das letzte Jahr ohne sie nicht überstanden, doch manchmal könnte ich sie auch hassen.

Sie erinnert mich gerne daran, dass sie bei meiner Geburt zwanzig war. *Ich* möchte *sie* dann daran erinnern, dass sie alles in den Sand gesetzt hat, dass sie in keiner Weise für die Mutterrolle bereit war, als sie mich gekriegt hat, und dass ich mich erst in Jaden verlieben und seine wunderbaren Eltern kennenlernen musste, um zu verstehen, was mir seit meiner Kindheit gefehlt hat. Dinge wie Stabilität, Routine, gesunder Menschenverstand … Die Liste ist endlos. Ich habe es kaum mal rechtzeitig zur Schule geschafft. Jaden hat bei unserem Abschluss einen Preis erhalten, weil er niemals zu spät gekommen ist und keinen einzigen Schultag verpasst hat.

Selbst nach der Krebsdiagnose nicht, weil er auf keinen Fall seinen perfekten Lauf ruinieren wollte. Bei mir war es schon ein Wunder, wenn ich überhaupt mal pünktlich war, weil mich zu Hause niemand aus der Tür geschoben hat, so wie seine Eltern es getan haben.

Meiner Mutter war es egal, ob ich rechtzeitig losgegangen bin oder nicht. Selbst nachdem das Jugendamt da gewesen war, um nach dem Rechten zu sehen, war es ihr egal. Allerdings habe *ich* mir danach mehr Mühe gegeben, denn ich wollte nicht zur

Sommerschule, was mir gedroht hätte. Ich hab meinen Highschool-Abschluss nur knapp geschafft, während Jaden der Jahrgangsbeste war und Angebote für Stipendien an mehreren Colleges hatte.

Er konnte jedoch keins von ihnen annehmen, weil er schon zu krank fürs College war. Aber ich habe dafür gesorgt, dass diese Stipendienangebote in seinem Nachruf erwähnt wurden, damit die Leute wussten, dass er eine goldene Zukunft vor sich gehabt hätte, wenn der Krebs nicht alles ruiniert hätte.

Eine Krankenschwester kommt ins Zimmer. Sie ist so leise, dass ich sie erst bemerke, als sie praktisch direkt neben mir steht. »Oh, Sie sind wach. Geht es Ihnen gut?«

Definieren Sie »gut«. »Ja. Ich kann nur nicht schlafen.«

»Dagegen könnten wir Ihnen etwas geben.«

»Ist schon in Ordnung.«

»Haben Sie Schmerzen?«

»Nur ganz wenig. Das ist problemlos auszuhalten.«

»Kann ich Ihnen sonst irgendwas bringen?«

»Ich hab ein bisschen Hunger.«

»Ich schau mal, was ich finden kann.«

Ein paar Minuten später ist sie mit einer Tasse Hühnersuppe und Crackern zurück. »Das ist das Beste, was ich um drei Uhr morgens auftreiben konnte.«

»Riecht lecker.«

Sie hilft mir, mich aufzusetzen, und schaltet ein kleines Licht über dem Bett ein.

Als ich mich bewege, bemerke ich, dass ich meine Verletzungen unterschätzt hatte. Mich durchzuckt ein heftiger Schmerz, und ich keuche.

»Ich hole Ihnen etwas gegen die Schmerzen«, sagt die Schwester und ist schon auf dem Weg aus dem Zimmer.

Die Suppe ist köstlich. Die beste Hühnersuppe, die ich je hatte. Ich habe sie fast ganz aufgegessen, als die Schwester mit zwei Tabletten zurückkehrt, die ich mit einem Schluck Wasser aus dem Becher nehme, den sie mir reicht.

»Vielen Dank.«

»Kein Problem.« Sie streicht meine Decke glatt und schüttelt mein Kissen auf. »Versuchen Sie, etwas zu schlafen. Ich sehe später noch mal nach Ihnen.«

Ich frage mich, ob ich sie mit nach Hause nehmen kann, damit sie mich dort weiter umsorgt.

Das hat Jaden auch oft über die Schwestern gesagt, die sich im Krankenhaus um ihn gekümmert haben. Wir haben sie ins Herz geschlossen und als Freunde betrachtet, während sie uns durch diesen Albtraum begleiteten. Ich vermisse sie beinahe so sehr, wie ich ihn vermisst habe, nachdem er gestorben war.

Als sie bei seiner Beerdigung waren, habe ich angefangen zu weinen. Sie waren mehr meine Freunde als unsere ehemaligen Mitschüler, die zwar erschienen waren, um Jaden die letzte Ehre zu erweisen, ihn aber nie im Krankenhaus besucht hatten. Ich habe später gehört, dass sie Angst davor hatten, ihn ausgezehrt und schwach zu sehen.

Die armen Kleinen. Wie schwierig das für sie gewesen sein muss.

Ich bin immer noch wach, als die ersten Sonnenstrahlen durch die Jalousien dringen.

Ein neuer Arzt macht die Visite. Ich weiß, dass das so heißt, weil ich in den letzten Jahren sehr viel Zeit im Krankenhaus verbracht habe.

»Wie fühlen Sie sich?«, fragt er, inmitten von seinen Assistenzärzten.

»Gut. Darf ich nach Hause?«

»Ja, dürfen Sie. Die nächsten paar Tage sollten Sie alle vier Stunden eine Ibuprofen nehmen, bis die Schmerzen abklingen. Bei Problemen wenden Sie sich bitte an Ihren Hausarzt, okay?«

»In Ordnung. Danke.«

»Die Schwestern kümmern sich um Ihre Entlassungspapiere. Sie können gehen, sobald Ihre Mitfahrgelegenheit da ist.«

Er wünscht mir gute Besserung und zieht mitsamt seiner Entourage weiter.

Ich schreibe Iris eine Textnachricht. *Sorry, dass ich dich störe, aber ich darf hier weg, sobald mich jemand abholen kann.*

Ich komme, nachdem ich die Kinder an der Schule abgesetzt habe. So in einer Stunde?

Okay, danke.

Für dich immer gerne, Kleines.

Die albernsten Dinge rühren mich, zum Beispiel wenn Iris so was schreibt. Sie ist so eine toughe Kämpferin, eine erstaunliche Mutter und tolle Freundin. Ich weiß, wie viel Glück ich habe, weil sie auf meiner Seite steht und mir Mut macht, dass ich die Witwenschaft und das Leben meistern werde. Zu erleben, dass sie und Gage zusammen eine neue Liebe gefunden haben, ist für mich und die anderen in unserer Gruppe ein Ansporn. Wenn zwei Menschen es verdienen, glücklich zu sein, dann die beiden.

Mein Telefon summt, es ist eine Textnachricht von Adrian. *Hey, ich hoffe, du hast einigermaßen schlafen können und fühlst dich heute schon besser. Ich wollte mich nur erkundigen, wie es dir geht, und schauen, ob du etwas brauchst. Melde dich einfach.*

Danke der Nachfrage. Ich darf nach Hause, und Iris holt mich demnächst ab.

Wie schön. Wir sehen uns nachher.

Er schreibt nichts über Xavier oder darüber, wie er das mit der Kinderbetreuung heute organisiert hat, da ich ja nicht zur Verfügung stehe. Ich hoffe, er hat eine Lösung gefunden, damit er zur Arbeit kann.

Eine andere Schwester betritt mein Zimmer und hilft mir beim Anziehen. Ich bin so steif, dass ich mich kaum bewegen kann, aber ich humple ins Bad, um mich frisch zu machen, bevor Iris kommt. Man hat mir eine Zahnbürste und einen Kamm gegeben. Nachdem ich mir das Gesicht gewaschen und die Zähne geputzt habe, fühle ich mich etwas vorzeigbarer.

Ich schleppe mich zurück zum Bett und lasse mich vorsichtig auf der Kante nieder. Jeder Muskel in meinem Körper brennt, und schon das Sitzen tut weh, weshalb ich vermute, dass ich mir beim Sturz eine Prellung am Hintern zugezogen haben muss.

Ich hocke immer noch dort, als Iris mit Xavier auf dem Arm eintrifft. Sie ist so hübsch mit ihrem hellbraunen Teint und dem lockigen Haar, das sie sonst fast immer zu einem Knoten hochgebunden hat. Heute trägt sie es offen, und sie sieht viel jünger aus als Mitte dreißig.

Xavier juchzt fröhlich, als er mich erblickt, und windet sich in Iris' Armen, weil er zu mir will.

»Sei vorsichtig mit Wynter«, ermahnt ihn Iris.

Ich drücke ihn an mich und atme seinen herrlichen Duft ein, dankbar, dass ich ihn wieder im Arm halten kann, während ich versuche, mich nicht zu sehr über den blauen Fleck in seinem süßen kleinen Gesicht aufzuregen. »Wie kommt es, dass er bei dir ist?«

»Ich hab mich als Ersatz angeboten, weil seine Nanny ja ausgefallen ist.«

»Du bist so wunderbar, Iris. Was würden wir nur ohne dich anfangen?«

»Darüber musst du dir ja glücklicherweise keine Gedanken machen. Ich bin da und habe nicht vor, zu verschwinden. Wollen wir dich hier endlich rausschaffen?«

»Ja, bitte.«

Ich bin überrascht, als wir zu ihr statt zu mir fahren. Weiß sie überhaupt, wo ich wohne? Ich bin mir nicht sicher. »Warum bringst du mich hierher?«

»Ich hab mir gedacht, ich nehm dich erst mal mit zu mir nach Hause. Dann kann ich mich um dich kümmern, bis es dir besser geht.«

»Das musst du nicht. Du hast drei Kinder zu versorgen.«

»Ich möchte es aber gern.« Sie wirft mir einen Blick zu. »Darf ich?«

»Warum willst du das tun?«

»Weil du Hilfe brauchst, und ich melde mich freiwillig. Außerdem kannst du so mit Xavier zusammen sein. Wie ich das sehe, gewinnen alle.«

»Du hast das alles präzise durchgeplant, was?« Das klingt leicht sarkastisch, was ich gar nicht beabsichtigt hatte. »Tut mir leid. Du bist so nett, und ich hör mich an wie eine blöde Mistzicke.«

»Dabei bist du das gar nicht«, erwidert sie und lacht. »Du willst nur, dass das alle denken.«

»Hör auf, mich zu durchschauen. Das nervt.«

Sie lacht nur noch mehr, was wiederum meine Lippen zum Beben bringt. Iris hat das ansteckendste Lachen auf der ganzen Welt. Wenn sie lacht, ist es nahezu unmöglich, nicht mit einzufallen. Am Anfang habe ich das gehasst. Ich wollte nicht lachen, wenn Jaden tot war. Doch Iris hat so eine Art, die diesen ganzen Trauermist durchdringt und uns daran erinnert, dass wir noch am Leben sind und keine andere Wahl haben, als weiterzumachen – und dass wir das dann auch genauso gut mit Freude tun können.

Meine Güte, was hat mich das am Anfang in den Wahnsinn getrieben! Ich wollte ihr so gerne sagen, sie solle mitsamt ihrer blöden Freude verschwinden. Sie war wie Cinderella, der kleine zwitschernde Vögelchen um den Kopf flogen. Ich wollte die Vögel vom Himmel schießen und weiter auf das Schicksal wütend sein. Wie konnte sie so positiv und optimistisch sein, obwohl ihr Ehemann sie durch seinen Tod allein mit drei kleinen Kindern zurückgelassen hat, die sie nun ohne ihn großziehen muss? Und sie hat diesen alles durchdringenden Optimismus nie verloren, selbst dann nicht, als sie rausfinden musste, dass ihr Mann sie jahrelang betrogen hat.

Ich will ehrlich sein: Das kann ich nicht verstehen. Ich wäre so unglaublich wütend, wenn ich dahintergekommen wäre, dass Jaden mit einer anderen Frau ein Kind hatte. Natürlich haben wir alle mitgekriegt, dass Iris am Anfang, als sie frisch von Mikes Betrug erfahren hatte, durchaus damit zu kämpfen hatte. Trotzdem hat sie sich insgesamt schnell und mit einer inneren Stärke davon erholt, die man bewundern muss.

Als bei ihr vor Kurzem eine frühe Vorstufe von Brustkrebs diagnostiziert wurde und ich mir ein Leben ohne sie darin vorstellen musste, wurde mir klar, wie wichtig sie für mich geworden ist. Ich habe zum ersten Mal nach Jadens Tod wieder gebetet. Iris zu verlieren ist für keinen von uns eine Option. Glücklicherweise hat sie das gut überstanden. Doch das Ganze war eine erneute Erinnerung daran, wie plötzlich uns die Menschen, die wir lieben, entrissen werden können. Abzustreiten, dass Iris für mich zu diesem Personenkreis gehört, wäre zu diesem Zeitpunkt unsinnig.

Man kann Iris nicht *nicht* lieben. Das geht einfach nicht.

Wenige Minuten nachdem wir in ihrem großzügigen Zuhause eingetroffen sind, hat sie mir geholfen, mich auf dem Sofa einzurichten.

Xavier beschäftigt sich neben mir auf dem Fußboden mit seinem Spielzeug, und bevor ich weiß, wie mir geschieht, serviert mir Iris auf einem Tablett ein Mittagessen, bestehend aus Tomatensuppe und einem gegrillten Käse-Sandwich – mit einer kleinen Blumenvase daneben. Ich möchte nie wieder von hier weg. Vielleicht könnte ich bei Iris, Gage und den Kindern einziehen. Ich könnte die Kinder bespaßen, während Iris mich bemuttert.

Mir ist klar, dass das eine Fantasie ist, aber es ist *meine* Fantasie, verdammt noch mal, und ich will daran festhalten, solange ich nur kann.

Nicht falsch verstehen: Ich liebe meine Mutter. Das tue ich wirklich. Sie ist nur einfach nicht besonders … mütterlich. Nicht so wie Iris. Iris kann gar nicht anders, als sich um alle zu kümmern. So ist sie nun mal. Meiner Mutter war es wichtig, mich zu einer unabhängigen Frau zu erziehen, die auf eigenen Füßen stehen kann, egal, was kommt. Dafür bin ich ihr wirklich dankbar, aber es war bei ihr nie so behaglich, wie es bei Iris ganz mühelos ist. Wie ich zu meiner eigenen Überraschung feststellen musste, gefällt mir diese Behaglichkeit. Ich hätte immer gesagt, so einen Unsinn bräuchte ich nicht in meinem Leben. Doch jetzt, da ich es kennengelernt habe, ist mir klar geworden, wie dringend ich einen gemütlichen Ort gebraucht habe, der mich nach Jadens Tod auffangen konnte. Und den habe ich bei Iris und den anderen Witwen gefunden.

Sie haben mir das Leben gerettet, ganz ohne Zweifel. Ich war selbstmordgefährdet, als ich sie getroffen habe. Ich denke nicht gerne darüber nach, wie furchtbar es mir in der Zeit nach Jadens Tod ging. Meine Mutter hat sich große Sorgen gemacht, und dann hat sie über eine Kollegin von den Wilden Witwen gehört. Sie hat Iris kontaktiert und mich dann gezwungen, an den Treffen teilzunehmen. Wenn ich das Wort »gezwungen« benutze, meine ich, dass sie mich praktisch zu Iris' Haus geschleift und vor der Tür gewartet hat, um ganz sicher zu sein, dass ich nicht einfach wieder abhaue.

Sie wusste, ich brauchte Hilfe, die sie mir nicht geben konnte, und dass der Therapeut, bei dem ich war, seit Jaden krank geworden war, nicht genug war.

Jetzt bin ich ihr dankbar, dass sie mich zu Iris und den anderen gebracht hat. Dabei war ich damals richtig wütend auf sie, weil sie glaubte, besser als ich selbst zu wissen, was ich brauchte, nachdem mein Ehemann gestorben war.

Es ist keine Übertreibung, wenn ich sage, dass Iris und die anderen mir das Leben gerettet haben. Sie haben sich geweigert, meinen Mist zu akzeptieren, und mir keine andere Wahl gelassen, als mich meiner Trauer zu stellen, obwohl das das Letzte war, was ich tun wollte. Um Jaden zu trauern bedeutete, zu akzeptieren, dass er tatsächlich tot war, und das war unvorstellbar für mich.

Die Wilden Witwen haben mir geholfen, zu begreifen, dass mir gar nichts anderes übrig blieb, als mit der Trauer klarzukommen und weiterzuleben. Jaden war tot, und je schneller ich das akzeptierte, desto schneller würde ich mich nicht mehr rund um die Uhr so schrecklich fühlen.

Zwar fühle ich mich immer noch die meiste Zeit schrecklich, allerdings nicht mehr so wie am Anfang, und ich bin ihnen dankbar, dass sie mir bis hierher geholfen haben. Und ich bin auch meiner Mutter dankbar, dafür, dass sie mich mit ihnen in Kontakt gebracht hat. Vermutlich sollte ich ihr das irgendwann mal sagen.

Wenn man vom Teufel spricht ... Sie fragt mich in einer Textnachricht, wann ich aus dem Krankenhaus entlassen werde.

Schon geschehen. Iris hat mich abgeholt und mit zu sich nach Hause genommen. Ich bleibe ein wenig bei ihr.

Wunderbar. Schön, dass sie für dich da ist.

Was verrät es über meine Mutter, dass sie noch nicht mal eifersüchtig wird, wenn mich jemand anders bemuttert? Vermutlich, dass sie keine Ahnung hat, was sie mit mir oder meiner Trauer anfangen soll, und es vorzieht, wenn Iris sich um mich kümmert, bis alles wieder »normal« ist. Die Wilden Witwen haben mir klargemacht, dass das niemals geschehen wird. Ich werde nie wieder die sein, die ich war, bevor Jaden erkrankt und schließlich gestorben ist. Ich bin immer noch dabei, herauszufinden, wer die neue Wynter ist und wie ihr Leben aussehen wird, während meine Mutter darauf wartet, dass sie die Tochter zurückkriegt, die sie hatte, bevor die Katastrophe uns getroffen hat.

Es ist gut, zu wissen, dass das unmöglich ist. Ich hätte Jahre damit verbringen können, zu versuchen, wieder so wie früher zu werden, wenn meine Witwen mir nicht geraten hätten, das gar nicht erst zu versuchen.

Ich erinnere mich, wie Christy, die die Gruppe zusammen mit Iris gegründet hat, gesagt hat, dass nichts je wieder so sein wird, wie es vorher war, und dass wir einen neuen Weg für uns finden müssen – und in ihrem und Iris' Fall auch für ihre Kinder.

Ich bin mir nicht sicher, wann ich auf Iris' Sofa eingeschlafen bin, aber ich wache auf, als die Kinder versuchen, auf dem Weg von der Garage ins Haus möglichst leise zu sein.

Als ich meine Augen aufschlage, steht Laney etwa zehn Zentimeter von mir entfernt.

Ich krieg einen Riesenschreck, was sie urkomisch findet.

Es ist wie bei ihrer Mutter: Wenn Laney lacht, lacht man mit. Ich stupse sie in den Bauch. »Du hast mich erschreckt.«

»Laney! Ich hab dir doch gesagt, dass du Wynter nicht stören sollst.«

»Hab ich ja gar nicht! Sie ist von ganz allein aufgewacht.«

Ich lege einen Arm um sie und drücke sie, sodass sie lacht. »Es geht ihr gut.«

»Es geht ihr *nicht* gut«, widerspricht Iris, die mit Xavier auf dem Arm ins Wohnzimmer kommt. »Ich hab ihnen extra eingeschärft, dass sie dich in Ruhe lassen sollen, und was ist das Erste, was sie tut?«

»Technisch betrachtet hat sie mich nicht aufgeweckt. Ich war schon wach.«

»Na ja, immerhin etwas«, erwidert Iris und meint zu Laney: »Wasch dir die Hände, und hol dir was zu essen.«

Ich strecke die Arme nach Xavier aus, der gleich zu mir will.

»Wyn«, kräht er.

»Jap. Ich bin hier.« Ich liebe es, dass seine Abkürzung für meinen Namen eins der drei Wörter ist, die er regelmäßig benutzt, zusammen mit »Dada« und »Nein«. Er liebt es, »Nein« zu sagen, worüber ich jedes Mal lachen muss. Adrian meint, ich dürfe das nicht lustig finden, aber ich kann einfach nicht anders. »Hat er geschlafen?«, frage ich Iris.

»Nicht wirklich. Er hat im Auto auf der Fahrt zur Schule ein Nickerchen gehalten. Damit war allerdings Schluss, sobald die Kinder im Auto waren.«

»Er kuschelt sich nämlich an mich, wie er es tut, wenn er müde ist.« Ich streiche ihm mit kreisenden Bewegungen über den Rücken, während er sich an sich schmiegt. »Vielleicht schläft er noch ein wenig.«

»Ich versuche, die Kinder ruhig zu halten.«

»Mach dir da keine Gedanken. Ich spiele während seines Mittagsschlafs immer Musik, sodass er keine völlige Stille braucht. Ich habe gelesen, dass es für sie besser ist, wenn sie etwas Lärm um sich haben.«

Sie wirft mir einen beeindruckten Blick zu.

»Was?«

»Schau dich nur an. Du liest also nach, wodurch Babys besser schlafen können.«

»Ich verbringe acht Stunden am Tag mit einem Baby. Google ist mein bester Freund.« Mir fällt ein, dass ich immer noch nicht weiß, ob Adrian mich als Xaviers Kindermädchen behalten will. »Nun, vielmehr *habe* ich acht Stunden am Tag mit ihm verbracht. Wer weiß schon, was jetzt passiert?«

Iris setzt sich auf einen der Sessel, die dem Sofa gegenüberstehen. »Was meinst du damit?«

»Wir wissen beide, dass Adrian lange gezögert hat, ob er mich überhaupt für den Job nehmen soll. Ich würde es verstehen, wenn er nach dem, was gestern passiert ist, lieber jemand anders für ihn haben möchte.«

»Es war ein Unfall, Wynter. Er wird dich nicht wegen eines Unfalls feuern.«

»Ich würde ihm keinen Vorwurf machen, wenn er das täte.«

»Das wird nicht passieren. Ja, er war besorgt, als er dich nicht erreichen konnte. Das waren wir alle, aber niemand von uns hat auch nur eine Sekunde geglaubt, dass Xavier bei dir nicht sicher ist. Wir sehen doch, wie sehr du ihn liebst. Und er umgekehrt dich. Mir wäre an Adrians Stelle nichts wichtiger bei der Nanny für meinen Sohn.«

»Trotzdem. Ich musste ihn erst dazu überreden, mir Xavier anzuvertrauen – und ich weiß, dass ihr anderen ihm einen Schubs in meine Richtung gegeben habt.«

»Wir haben ihm einen Schubs in Richtung der besten Person für den Job gegeben – jemand, der seinen Sohn innig liebt.«

»Vielen Dank dafür. Ich habe jede Sekunde genossen, die ich mit ihm verbracht habe. Er hat mir einen Grund geliefert, morgens aufzustehen. Ich weiß nicht, was ich tun würde, wenn ich nicht mehr jeden Tag mit ihm verbringen dürfte.«

»Wie gesagt, das wird nicht passieren, also mach dir darüber keine Gedanken. Bevor ich es vergesse: Ich wollte fragen, ob es dich stört, wenn die Wilden Witwen sich wie geplant heute Abend hier treffen.«

»Natürlich nicht! Warum sollte es?«

»Ich war mir nicht sicher, ob du dich schon dafür bereit fühlst.«

»Mir geht es gut, solange es Xavier gut geht. Ich würde mich freuen, sie zu sehen.«

Sie zieht ihr Handy aus der Hosentasche, um eine Textnachricht zu verfassen. »Ich lass alle wissen, dass das Treffen stattfindet. Kann ich dir irgendwas bringen?«

»Du musst mich nicht bedienen, Iris.«

»Es stört mich nicht im Geringsten.«

»Hast du etwas Ibuprofen?«

»Klar. Bin sofort wieder da.«

Sie kommt mit den Tabletten und einem Glas Wasser

zurück, das ich um Xavier herummanövriere, der in meinen Armen eingeschlafen ist. »Danke.«

»Ruh dich mit dem Kleinen zusammen aus. Alles ist gut.«

Sie sorgt dafür, dass ich das glaube, einfach weil sie es tut. Ich bin mir sicher, sie zieht hinter den Kulissen die Strippen, damit Adrian mich auch wirklich nicht feuert. Was immer nötig ist, um den Job zu behalten, der mein Rettungsanker geworden ist.

5

Iris

Ich gehe in die Küche, um Adrian zu schreiben. *Wynter macht sich Sorgen, dass sie nicht länger Xaviers Babysitterin ist. Sorry, das kannst du nicht tun. Ich weiß, gestern war schwierig, aber schau sie dir an …*

Ich schleiche ins Wohnzimmer, um ein Foto von Wynter und Xavier aufzunehmen. Sie hält das schlafende Kind im Arm, und der Ausdruck auf ihrem Gesicht spiegelt solche Liebe und Zufriedenheit wider.

Sie liebt ihn so sehr.

Adrian antwortet mit einem Herz auf das Bild. *Das gestern war echt heftig für mich. Meine Hände zittern immer noch.*

Ich weiß. Es war furchtbar, besonders nach allem, was du bereits hinter dir hast. Wir haben uns angewöhnt, mit dem Schlimmsten zu rechnen, weil uns das in der Vergangenheit ja tatsächlich passiert ist. Doch bedenke, wie viel Mühe sie sich gegeben hat, ihn zu schützen. Sie hat jede Menge Prellungen und gezerrte Muskeln, weil ihr Instinkt sie gedrängt hat, ihn um jeden Preis vor Schaden zu bewahren.

Ich hab Wynter fest in mein Herz geschlossen. Das weißt du. Und ich weiß wiederum, wie sehr sie Xavier liebt.

Aber?

Kein Aber. Ich versuche mich noch immer von dem Schreck zu erholen, dass ich ihn hätte verlieren können. Und sie. Ich weiß nicht. Meine Gefühle sind ein wirres Durcheinander, fast so, wie sie es nach dem Tod erst von Sadie und dann von Alyssa waren. Ich hasse das.

Das verstehe ich. Es fühlt sich schlimm an. Doch es ist ja gut gegangen, und Xavier liebt sie so sehr wie sie ihn. Ich glaube, sie brauchen einander – und du brauchst sie.

Was meinst du, wäre es zu viel verlangt, wenn ich sie bitte, ihre Standortdaten für mich freizugeben? Darüber könnte ich sie finden, sollte so was noch mal geschehen.

Ich finde überhaupt nicht, dass das zu viel verlangt ist.

Ich bin mir nicht sicher, wie sie darauf reagiert. Manche Leute sind seltsam, was das betrifft. Für mich wäre das allerdings der entscheidende Punkt dafür, dass wir unser Arrangement fortsetzen können.

Verständlich. Ich rede heute Abend mit ihr. Ich bin mir sicher, dass sie kein Problem damit haben wird. Schließlich ist es nicht so, als wärst du ihre Mutter, die ständig überprüfen will, wo sie gerade ist. Es wäre nur für den Fall, dass sie mit Xavier unterwegs ist. Und wenn du es unter dem Sicherheitsaspekt rüberbringst, hast du sogar ein noch stichhaltigeres Argument.

Ich werde mit ihr reden. Danke, dass du für mich da bist, wie immer. Für uns alle.

Hab dich lieb.

Ich dich auch.

Den anderen Wilden Witwen und mir ist das sehr wichtig. Wir sagen einander immer, dass wir uns lieb haben, weil wir wissen, wie wichtig es ist, solche Dinge auszusprechen. Ich liebe sie. Ich möchte, dass sie das wissen. Ein paar meiner Witwenfreunde sind die besten Freunde, die ich je hatte. Ich verbringe mehr Zeit mit ihnen als mit den Leuten von »davor«, weil die mein neues Leben nicht so verstehen, wie die Witwen das tun. Mir wird bewusst, dass ich mich auf Gage, Christy, Lexi, Roni und die anderen auf eine Art verlasse, wie ich es nie zuvor bei jemandem getan habe. Sicher, ich hab mit all meinen Freunden gern Zeit verbracht, doch ich hab sie nie so gebraucht, wie ich meine Witwenfreunde brauche. Bei einigen Müttern aus meinem Bekanntenkreis und anderen Leuten, die vor Mikes Unfalltod wichtig für mich waren, hab ich unterdessen eine gewisse Verstimmung wahrgenommen.

Julia, eine aus dieser Gruppe, hat mir mal vorgeworfen, dass ich sie quasi abserviert hätte, was überhaupt nicht stimmt, aber mir fehlt die Energie dafür, ihr zu erklären, dass sie die Bedürfnisse, die ich dieser Tage habe, einfach nicht erfüllen kann. Es ist unmöglich, selbst wenn sie es will. Und ich denke, sie will – oder sie wollte es zumindest. Sie war eine der Ersten, die zu mir gekommen sind, nachdem sich die Sache mit Mikes Unfall herumgesprochen hatte. In diesen frühen Wochen, als ich noch restlos überwältigt von allem war, war sie für mich da. Ich werde nie vergessen, wie sehr ich mich in jenen furchtbaren Tagen auf sie verlassen konnte.

Doch im Lauf der Zeit wandte sie sich nach und nach wieder ihrer Familie und ihrer glücklichen Ehe zu, während ich mich weiter in meinem neuen Alltag als plötzlich alleinerziehende Mutter zurechtfinden musste. Wir hatten nicht mehr viele Gemeinsamkeiten. Irgendwann ist mir aufgefallen, dass ich sie immer weniger vermisst habe, bis wir schließlich nur noch alle halbe Jahre Kontakt hatten. Und unsere Gespräche waren irgendwie ungelenk und gezwungen und überhaupt nicht mehr wie früher. Es tut mir leid, dass es sie verletzt hat, mich als Teil ihres täglichen Lebens zu verlieren, aber ich fühlte mich mehr zu den Leuten hingezogen, die mir helfen konnten, meinen Weg aus der Dunkelheit zu finden.

Gerade als ich an sie denke, trifft auf meinem Telefon eine Textnachricht von Christy ein, die die erste junge Witwe war, mit der ich mich nach Mikes Tod angefreundet habe, und die eine meiner engsten Freundinnen geworden ist. *Ich bin so froh, dass unser Treffen heute Abend stattfindet. Ich brauch das dringend.*

Was ist los?

Dieser Typ ... Er sagt, er sei fertig mit Nachdenken darüber, ob er es jeden Tag mit meinen Kindern aushält, und möchte reden, aber ich bin mir gar nicht sicher, ob ich noch interessiert bin. Hat er wirklich *DREI VERDAMMTE WOCHEN* gebraucht, um zu entscheiden, ob er meine Kinder ertragen kann?

Mir rutscht ein Lacher raus, von dem ich weiß, dass sie ihn missverstehen würde. *Es ist eine große Angelegenheit, den Nachwuchs eines anderen zu »übernehmen«, besonders wenn es jüngere Kinder und Teenager sind, die den Tod ihres Vaters miterleben mussten.* Christys Ehemann Wes ist vor vier Jahren an einer Aortendissektion verstorben. Er ist im Grunde vor ihr und den Kindern tot umgefallen, als die sieben und neun Jahre alt waren.

Ich weiß, dass es eine große Sache ist, und ich hab ihm gesagt, dass er nichts tun muss, was er nicht will.

Wenn er reden möchte, scheint es doch so, als würde er gern zurückkommen, oder?

Vermutlich schon, aber jetzt bin ich sauer und nicht mehr sicher, dass ich noch Interesse habe.

Wir sprechen heute Abend darüber. Gemeinsam finden wir eine Lösung.

Darauf verlass ich mich. Und auf einen sehr großen Drink. Joy holt mich ab, also könnte ich mir sogar zwei sehr große Drinks gönnen.

LOL. Ich schreibe Gage, dass er mehr Wein besorgen soll.

Ich bringe meinen eigenen mit! Kann es kaum erwarten. Wie geht's Wynter?

Besser. Sie hofft und bangt, dass Adrian sie als Nanny behält …

Erwägt er ernsthaft, das nicht zu tun? Komm schon! Es war ein Unfall.

Er ist sehr aufgewühlt. Sie müssen miteinander reden, was sie heute Abend tun werden.

Christy sendet ein trauriges Emoji. *Der Arme. Ich kann ihn natürlich verstehen.*

Na klar. Es ist eine echt schwierige Situation.

Ich bin absolut und total im Team Wynter.

Ich auch. Ich liebe sie, und ich möchte, dass ihr nur Gutes passiert.

Ja. Lass uns versuchen, ihn zu der Erkenntnis zu bringen, dass er sie genauso sehr braucht wie sie ihn.

Klingt nach einem Plan.

Ich habe ein bisschen Mitleid mit ihm, weil wir uns gegen ihn verbünden.

Darauf antworte ich mit einer Reihe lachender Smileys.

Ich liebe jeden Einzelnen von ihnen, und ich freue mich darauf, sie heute Abend alle zu sehen. Allerdings muss ich erst noch drei Kinder durch ihre Hausaufgaben scheuchen, bevor ich sie an meine Mutter übergebe, damit ich ungestört Zeit für meine Witwen habe.

Adrian

DEN GANZEN TAG lang sitze ich wie auf Kohlen und habe Mühe, mich auf die Arbeit in der Versicherungsagentur meines Schwagers zu konzentrieren. Nachdem mein letzter Arbeitgeber mir voller Bedauern mitgeteilt hatte, dass man mich nicht länger beschäftigen könne, solange ich noch mit meiner Trauer und meiner Rolle als alleinerziehender Vater zu kämpfen hatte, hat mir Mick einen Job in seiner Agentur angeboten. Er hat mich in dem ganzen schwierigen letzten Jahr beschäftigt, und ich versuche ihm das zurückzuzahlen, indem ich seinen Kunden während meiner Arbeitszeit stets meine volle Aufmerksamkeit schenke.

Aber nach gestern ist alles, worüber ich nachdenken kann, wie knapp ich an einer erneuten Katastrophe vorbeigeschrammt bin und ob ich Wynter wirklich vertrauen kann, wenn es um Xavier geht.

Ich hasse es, dass ich diese Gedanken habe, doch sie hatte nicht ganz unrecht, als sie gesagt hat, sie hätte ihn nicht mit auf den Friedhof nehmen dürfen. Und ja, natürlich kann ich nachvollziehen, warum sie gestern dorthin wollte und weshalb sie das Bedürfnis verspürte, Jadens Grab aufzusuchen. Trotzdem hätte sie Xavier bei Iris lassen oder ihn sogar zu mir in die Agentur bringen können, anstatt ihn mitzunehmen.

Ich hatte ihr schließlich schon vorher erklärt, dass er mit ins Büro kann, falls es einen Notfall gibt. Das ist das Schöne daran, für Xaviers Onkel zu arbeiten. Mick freut sich immer, seinen kleinen Kumpel zu sehen. Aber ich versuche natürlich, seine Großzügigkeit nicht auszunutzen.

Ich arbeite die letzten Kundenanrufe ab, die ich bis zum Ende des Arbeitstags noch erledigen muss, als ich Iris' Textnachricht zu dem Meeting und Wynter erhalte. Ich hatte mir schon früher überlegt, dass es vielleicht gut wäre, wenn ich ihren Standort checken könnte, und hab mich gefragt, ob es zu viel verlangt wäre, sie darum zu bitten. Iris' Einschätzung bestätigt meinen Entschluss, das Thema bei Wynter anzusprechen. Ich möchte nicht, dass sie glaubt, ich würde ihr nicht vertrauen, denn das tue ich nach wie vor. Ich *muss* ihr vertrauen, sonst hätte ich keine ruhige Minute, wenn ich nicht bei Xavier sein kann. Ja, ich hätte ihm einen Platz in einer Kindertagesstätte besorgen können, doch ich finde es schöner, wenn er die ungeteilte Aufmerksamkeit eines Erwachsenen haben kann. Und Wynter hatte ihn schon ins Herz geschlossen. Ich hab mich besser gefühlt bei der Vorstellung, dass er den Tag über bei uns zu Hause ist.

Mir war klar, dass ich ein Risiko eingehe, wenn ich sie einstelle, aber bislang hat es großartig funktioniert. Gestern war das erste Mal, dass ich Grund hatte, an meiner Entscheidung zu zweifeln – dann jedoch gleich in großem Stil. Nicht zu wissen, wo sie waren oder ob sie überhaupt noch lebten, war mehr, als ich ertragen konnte. Ich wünschte, ich würde nicht immer gleich das Schlimmste annehmen, aber kann man mir daraus einen Vorwurf machen, nach dem, was ich letztes Jahr erlebt habe?

Bald ist Xaviers erster Geburtstag. Das ist auch Sadies Todestag, doch ich bin entschlossen, meinen Sohn zu feiern und nicht über die Katastrophe nachzugrübeln, die uns am selben Tag heimgesucht hat. Ich bin mir ganz sicher, das ist es, was seine Mutter sich wünschen würde.

Sadie war voll und ganz dafür, allem etwas Positives abzugewinnen und in jeder Lage den Silberstreif am Horizont zu sehen. Wobei es selbst ihr schwerfallen würde, daran, dass sie gestorben ist, noch bevor sie Gelegenheit hatte, ihr Baby im Arm zu halten, etwas Gutes zu finden. Wenn sie hier wäre, würde sie mir sagen: Schau nach vorn, es geht aufwärts. Das war einer ihrer Lieblingssprüche, wann immer die Lage brenzlig wurde. Sie hat auch stets darauf verwiesen, dass wir nicht kontrollieren können, was andere Leute tun. Das Einzige, was in unserer Hand liegt, ist, wie wir darauf reagieren. In unseren drei gemeinsamen Jahren hat sie mich alles Wichtige über Freundlichkeit, Güte, Verzeihen und Liebe gelehrt.

Außer meiner wunderbaren älteren Schwester hat mich, bis ich Sadie getroffen habe, niemand wirklich geliebt. Sie zu verlieren war der schwerste Schlag meines Lebens. Manchmal frage ich mich, ob ich mich je davon erholen kann oder lernen werde, wie ich ohne sie weitermachen soll. Seit ihrem Tod funktioniere ich rein im Überlebensmodus. Unseren Sohn versorgen, essen, duschen, arbeiten und dann alles wieder von vorn. Die Einfachheit dieser Routine hat maßgeblich dazu beigetragen, dass ich das erste Jahr einigermaßen überstanden habe. Das und die Wilden Witwen, denen ich es zu verdanken habe, dass ich es überhaupt bis hierhin geschafft habe.

Der entscheidende Lichtblick in alldem war Xavier. Mit seiner lieben Art, seiner Unschuld und seiner ansteckenden Freude hat er mich gerettet. Er hat keine Ahnung, dass zwei der wichtigsten Menschen in seinem Leben fehlen. Er ist vollauf zufrieden mit mir, wie ungerechtfertigt das auch immer sein mag, und mit den anderen Menschen in seinem Leben, wie meiner Schwester und meinem Schwager und deren Kindern ebenso wie den Wilden Witwen, insbesondere Iris und ihren Kindern. Und natürlich Wynter.

Es ist seltsam, doch wenn Sadie nicht gestorben wäre, hätte ich weder Iris noch Wynter, Gage, Lexi, Christy, Roni, Derek oder all die anderen wunderbaren Menschen kennengelernt, die seither meine engsten Freunde geworden sind. Vor einem Jahr hatte ich keine Ahnung, dass es sie überhaupt gibt. Jetzt hingegen kann ich mir ein Leben ohne sie gar nicht mehr vorstellen.

Als ich zusammenräume, um für heute Schluss zu machen, tritt Mick an meinen Schreibtisch. Das Haar an seinen Schläfen wird langsam grau, womit meine Schwester ihn immer aufzieht.

Aber wir arbeiten jetzt schon so lange zusammen, dass ich weiß, er ist so fit und stark wie an dem Tag vor fünfzehn Jahren, an dem meine Schwester ihm zum ersten Mal begegnet ist. Er ist einer meiner besten Freunde, jemand, den ich oft um Rat frage. »Bist du sicher, dass alles in Ordnung ist, Adrian? Du bist heute ziemlich still gewesen.«

Ich hab weder ihm noch meiner Schwester erzählt, was gestern passiert ist, weil ich nicht möchte, dass sie an Wynter zweifeln oder an meiner Urteilsfähigkeit, was Xavier betrifft. Obwohl sie kein Wort darüber verloren haben, mussten sie nur einen Blick auf Wynter werfen, auf ihre helle Haut, den halb rasierten Kopf und die Piercings an Lippen, Nase und Ohren, um zu entscheiden, dass ich verrückt geworden sein muss, weil ich sie als Kindermädchen für meinen Sohn eingestellt habe. Doch anders als sie kann ich ihr ins Herz sehen. Und das ist der Grund, warum meine Wahl letzten Endes auf sie gefallen ist. Ich weiß, sie liebt allumfassend – so sehr, dass sie völlig verzweifelt ist wegen dem, was gestern geschehen ist. »Es ist alles in Ordnung. Nur dass sich Xaviers erster Geburtstag mit Riesenschritten nähert.«

»Nia und ich haben erst gestern Abend darüber gesprochen. Du bist herzlich eingeladen, die Feier bei uns zu Hause abzuhalten. Das hat sie dir schon gesagt, oder?«

Es betrübt mich, dass sie sich solche Sorgen um mich machen. Wobei ich es inzwischen gewohnt sein sollte. »Ja, hat sie, und das ist total lieb von euch. Ich hab mich bisher noch nicht entschieden.«

»Lass uns wissen, wie wir dir helfen können.«

»Danke, Mick, für alles.«

»Wir wünschten nur, wir könnten mehr tun.«

»Ihr tut schon mehr als genug.« Wir umarmen einander und verabschieden uns. Ich steige in Sadies Lexus-SUV und fahre zu Iris. Zwar sind die monatlichen Raten irrsinnig hoch, aber ich konnte mich nicht dazu durchringen, mich von dem Auto zu trennen, das sie so geliebt hat. Sie hat einen Bonus, den sie in ihrem Job als Recruiterin erhalten hatte, als Anzahlung verwendet und behauptet, wir bräuchten für das neue Baby ein Familienauto.

Nach ihrem Tod habe ich meinen Mustang verkauft und begonnen, ihr erstes Baby zu fahren, wie sie es genannt hat. Eigentlich kann ich es mir jetzt als Alleinverdiener nicht mehr leisten, doch irgendwie komme ich gerade so hin. Es darf nur nichts Unvorhergesehenes passieren. Wynter trägt dazu bei, dass ich mich über Wasser halten kann. Die fünfhundert Dollar, die ich ihr in der Woche zahle, damit sie auf Xavier aufpasst, sind dreihundert Dollar weniger, als die günstigste Kita verlangt, die ich finden konnte. Und wer möchte sein Kind schon in die billigste Kindertagesstätte geben?

Wynter meint, fünfhundert seien zu viel. Ich sage, es ist nicht annähernd genug. Wir haben uns schließlich widerstrebend auf die fünfhundert geeinigt. Die dreihundert, die ich dabei im Vergleich zur Kindertagesstätte spare, erlauben es mir, den Lexus weiter zu fahren. Meine Schwester findet, es sei verrückt von mir, ein Auto zu behalten, das ich mir eigentlich nicht leisten kann, doch sie versteht, dass es für mich mit Sadie verbunden ist, eins der letzten Dinge, die sie gekauft hat. Keiner von uns wird je vergessen, wie überglücklich sie war, als sie den Wagen abgeholt hat.

»Die Farbe heißt ›Champagner‹«, hat sie mir erklärt, obwohl sie für mich nach Hellbraun aussah.

Und ich war so ungeschickt, ihr das zu sagen.

Mir werden die Augen feucht, als ich mich daran erinnere, wie sie in die Luft gegangen ist, weil ich das Wort »hellbraun« verwendet habe, um ihr champagnerfarbenes Auto zu beschreiben. Sie ist so sauer gewesen.

Ich muss lachen, obwohl mir Tränen über die Wangen laufen. Ich musste vor ihr im Staub kriechen, damit sie mir das verzeiht. Am nächsten Tag habe ich ihr eine Flasche Champagner gekauft, um die Anschaffung ihres champagnerfarbenen Autos zu feiern. Danach war alles wieder in Ordnung.

Aber so war meine Sadie. Stinksauer in der einen Minute und anschmiegsam und zärtlich in der nächsten. Sie konnte nie länger als ein paar Stunden böse auf mich sein, selbst wenn ich ihr neues Auto beleidigt habe, indem ich ihm eine so langweilige Farbe wie Hellbraun unterstellt habe.

An einer Ampel wische ich mir die Tränen ab. Himmel, wie mir ihre Keckheit fehlt, ihre Unverfrorenheit, ihr Humor, ihr Stil, ihre Gabe, durch den ganzen Mist zum Kern eines Problems vorzudringen, und ihre Freundschaft, die ihr größtes Geschenk an mich war, bis sie mir Xavier beschert hat. Ich hatte nie einen Freund oder eine Freundin wie Sadie, die so loyal war und alle beschützt hat, die sie liebte.

Zu ihr gehörte eine weitverzweigte Familie, darunter ihre Mom und die beiden Schwestern mitsamt ihren Familien, die ich ebenso ins Herz geschlossen habe. Ich hatte gerade begonnen, mich an all das zu gewöhnen. Und dann … zack … war es vorbei. Sadies jüngere Schwestern sind weiter Teil meines Lebens, schauen regelmäßig nach mir und bieten an, Xavier in den Urlaub mitzunehmen. Doch es ist nicht mehr so, wie es war, als Sadie und Alyssa noch mittendrin waren und uns auf ihre unvergleichliche Weise zusammengeschweißt haben.

Ein paar Minuten später treffe ich an Iris' Haus ein und parke hinter Joys Wagen. Allein der Anblick der ganzen Autos und das Wissen, dass meine Freunde bereits hier sind, heben meine Stimmung, was dringend nötig ist. Und natürlich weiß ich auch, dass ich gleich Xavier sehen werde. Wenn ich bei ihm bin, geht es mir immer gleich besser, egal wie schlimm es vorher war.

Ich betrete das Haus einfach, weil ich weiß, dass ich hier stets willkommen bin, was ebenfalls ein großes Geschenk ist.

Xavier entdeckt mich und stößt einen fröhlichen Quietscher aus, ehe er in rasendem Tempo auf mich zukrabbelt.

Iris behauptet, er würde jeden Moment mit dem Laufen beginnen, aber noch ist es nicht so weit.

Ich hebe ihn hoch und drücke ihn, woraufhin er zu zappeln anfängt, weil er wieder runtermöchte. »Na, was macht mein Großer?« Nachdem ich sein Gesicht mit Küssen übersät habe, setze ich ihn ab, damit er weiterspielen kann. Das Stimmengewirr und das laute Lachen aus der Küche verraten mir, dass sich die anderen Mitglieder unserer Selbsthilfegruppe dort befinden.

Mein Blick fällt auf Wynter, die, mit einer Decke zugedeckt, auf dem Sofa liegt. Ich bin so froh, dass sie heute schon viel besser aussieht als gestern noch. »Wie geht es dir?«

»Gut.«

Xavier bringt seinen Plüschfrosch zum Sofa und reicht ihn ihr.

»Danke.« Sie drückt den Frosch an sich, und Xavier grinst. »Ich kümmere mich gut um ihn.«

Der Frosch ist sein Lieblingsspielzeug. Dass er ihn ihr überlässt, zeigt, wie lieb er sie hat.

»Hat er was gegessen?«, frage ich Wynter.

»Ja, zusammen mit Iris' Kindern.«

»Super, danke.«

»Der Dank gebührt ihr, nicht mir. Schließlich war sie es, die ihn gefüttert hat.«

»Bist du sauer auf mich, Wynter?« Ich hasse es, hasse es absolut, dass ich sie so sexy finde. Ich hab versucht, mir einzureden, dass es zu nichts Gutem führen wird, doch was soll ich sagen? Meine Nanny ist sexy, und ich werde nie irgendwas deswegen unternehmen, denn ich weigere mich, dieses Klischee zu bedienen. Sie ist sieben Jahre jünger als ich, und ich brauche sie dringend dafür, dass sie sich um meinen Sohn kümmert. Hände weg, Ende der Geschichte.

»Was? Nein, warum denn?«

»Ich weiß auch nicht.«

»Ich bin nicht sauer auf dich, sondern auf mich selbst, weil ich solchen Stress verursacht habe.«

»Das ist ja vorbei, mach dir deswegen keine Vorwürfe. Alles, worauf es ankommt, ist, dass ihr beide in Sicherheit seid.«

»Wirst du mich feuern?«

Ich hatte eigentlich nicht vor, gleich mit der Tür ins Haus zu fallen, aber damit bietet sie mir genau den Anknüpfungspunkt, den ich brauche. Als ich mich auf den Couchtisch setze, hebe ich Xavier hoch und nehme ihn auf den Schoß. »Nein, ganz bestimmt nicht. Ich brauch dich viel zu sehr. Allerdings hab ich eine Bitte.«

»Was denn?«

»Es würde mich beruhigen, wenn du mir Zugriff auf den Standort deines Handys geben würdest, damit ich dich immer orten kann. Bevor du antwortest: Ich möchte betonen, dass ich das natürlich ausschließlich im Notfall verwenden werde. Ich will nicht in deine Privatsphäre eindringen.«

»Ja, klar. Ich versteh das.«

»Wirklich?« Ich hatte nicht damit gerechnet, dass sie so schnell zustimmt.

»Ja, wirklich. Ich hab schließlich dein Kind bei mir. Natürlich möchtest du mich finden können, wenn irgendwas ist. Lass es uns gleich einstellen.« Als sie nach ihrem Handy greift, fällt mir der riesige blaue Fleck an ihrem Arm auf, und ich verziehe wie im Schmerz das Gesicht.

»Das sieht aus, als täte es weh.«

»Mir tut alles weh, doch das ist in Ordnung, solange Xavier nichts abbekommen hat.«

»Noch mal meinen aufrichtigen Dank, dass du ihn bei dem Sturz so gut beschützt hast.«

Sie schaut mich mit einem verletzlichen Ausdruck in ihren grünen Augen an. »Das werde ich immer tun, egal was es mich kostet.«

»Danke, dass du ihn so sehr liebst.«

»Das tue ich wirklich.«

»Ich weiß.«

Sie reicht mir ihr Handy. »Tu, was immer du tun musst.«

»Damit es fair bleibt, gestatte ich dir im Gegenzug auch den Zugriff auf meinen Standort.«

»Was immer dir hilft, nachts ruhig zu schlafen.«

Grinsend gebe ich ihr das Handy zurück. »Danke, dass du es verstehst.«

»Kein Ding. Er ist dein ganzes Leben. Ob du es glaubst oder nicht, das ist er für mich auch.« Sie streckt die Arme nach Xavier aus, der seine kleine Hand um ihren Zeigefinger legt. »Er gibt meinem Dasein einen Sinn.«

»Genau.«

»Danke, dass du ihn mir weiter anvertraust. Das bedeutet mir eine Menge.«

»Schon gut. Wo wir gerade übers Geschäftliche reden: Ich wollte dich fragen, ob du dir vorstellen könntest, zusätzlich am Samstagabend bei uns zu sein. Dafür würde ich dir einen Hunderter die Woche extra zahlen. Mir wurde gerade angeboten, im Lokal eines Freundes eine Schicht als Barkeeper zu übernehmen, wodurch ich dringend benötigte zusätzliche Einnahmen hätte.«

»Klar, das mach ich gerne.«

»Kannst du auch bei uns übernachten? Ich werde nicht vor zwei Uhr morgens wieder zurück sein.«

»Sicher.«

»Danke, Wynter.«

»Keine Ursache, Adrian.«

Iris kommt aus der Küche. »Ich dachte doch, dass ich dich mit jemandem hab reden hören. Alles in Ordnung?«

»Alles bestens«, antwortet Adrian. »Wynter hat sich damit einverstanden erklärt, dass ich ihren Standort über mein Handy abrufen kann. Außerdem übernimmt sie zusätzlich den Samstagabend, sodass ich bei einem Freund als Barkeeper einspringen kann.«

»Klingt super«, meint Iris mit einem Lächeln. »Ich freu mich so für euch.«

Als die anderen im Wohnzimmer eintrudeln, bringt Iris sie auf den neuesten Stand darüber, was Wynter und ich ausgemacht haben. Während ich Xavier nehme und mir was zu essen besorge, bin ich unglaublich erleichtert, dass Wynter keine Einwände hatte. Und dass wir eine Vereinbarung fortsetzen, die sich für uns beide so bewährt hat.

6

Wynter

Ich bin so erleichtert, dass ich kaum einen klaren Gedanken fassen kann. Er hat mich nicht gefeuert. Er hat vielmehr das Gegenteil getan und die Anzahl meiner Stunden mit Xavier um die Samstagabende erhöht.

»Hey«, sagt Iris leise, als sie Adrians Platz auf dem Couchtisch einnimmt. »Alles in Ordnung?«

»Ja.«

»Das waren gute Neuigkeiten, oder?«

»Unbedingt.«

»Es freut mich für dich, dass es weitergeht.«

»Mich auch. Ich weiß gar nicht, was ich sonst mit mir angefangen hätte.«

»Na, darüber musst du dir jetzt ja keine Sorgen mehr machen.«

Ich atme lang gezogen aus. »Genau.«

»Adrian hat jedenfalls die Beste für diese Aufgabe gefunden. Daran zweifelt keiner von uns, und das hat auch nie jemand getan.«

»O doch«, widerspreche ich lachend.

»Nein, Wynter, ganz bestimmt nicht. Sonst hätten wir ihn

nie ermutigt, dich einzustellen. Xaviers Sicherheit und Wohlergehen sind alles, was zählt. Wir wussten, dass du das großartig hinkriegen würdest.«

Es ist mir furchtbar peinlich, als sich meine Augen mit Tränen füllen. Ihr Lob bedeutet mir so viel. Wann genau ist das eigentlich passiert? Ich wische mir mit dem Handrücken über die Wangen. »Danke.«

»Fühlst du dich dem Treffen gewachsen? Du kannst dich auch gerne in meinem Zimmer oben verkriechen, wenn dir das lieber ist.«

»Nicht nötig, ich schaff das schon.«

»Okay. Dann lasst uns mit der Party beginnen.«

Die anderen bringen Stühle ins Wohnzimmer und stellen sie so auf, dass ich auf dem Sofa Teil des Kreises bin.

Roni kommt zu mir und drückt mich. »Schön, dass es dir besser geht.«

»Danke.«

Christy, Brielle, Lexi, Gage, Derek und Joy folgen ihrem Beispiel und schließen mich kurz in die Arme, bevor sie sich auf ihre Plätze setzen.

Adrian hat Xavier auf der Hüfte und balanciert auf seiner freien Hand einen Teller.

Ich strecke den beiden die Arme hin, und er überlässt mir Xavier, damit er selbst essen kann. »Danke.«

Xavier steckt sich den Daumen in den Mund und schmiegt sich an mich.

Ich kann die Gefühle, die es in mir weckt, wenn ich ihn im Arm halte, nicht beschreiben. Es ist die reinste Form von Liebe, die ich je erlebt habe. Selbst meine Liebe zu Jaden war nicht so, denn der hat sich gern mal einen Spaß daraus gemacht, mich absichtlich auf die Palme zu bringen, einfach weil er es lustig fand, mich zu provozieren. Ich habe ihn natürlich trotzdem geliebt, aber bei Xavier gibt es keine solchen Störfaktoren, sondern ausschließlich Liebe.

Ich öffne die Augen und merke, dass mich alle anschauen – und ihn. »Hört auf, so zu starren.«

Sie lachen, wie sie das bei meinen direkten Bemerkungen oft tun.

»Wer möchte anfangen?«, erkundigt sich Iris.

Christy hebt die Hand. »Ich brauche einen Rat, was ich tun soll.«

»Dafür sind wir hier«, erwidert Derek, der Ronis Hand hält.

Die beiden sind so verdammt niedlich zusammen. Und ich freue mich, dass sie derart glücklich miteinander sind. Sie geben mir zusammen mit Iris und Gage die Hoffnung, dass ich mich nicht für den Rest meines Lebens so schlecht fühlen muss, wie ich es ohne Jaden im letzten Jahr getan hab.

»Also, es ist so«, beginnt Christy. »Ich verabrede mich jetzt schon eine Zeit lang regelmäßig mit Trey. Wir verstehen uns großartig, lachen viel und mögen die gleichen Sachen. Er liebt mexikanisches Essen so sehr wie ich, und wir gehen auch total gerne zu den Spielen an der Virginia Tech in Blacksburg – er hat da ebenfalls studiert –, und ich mag seine Freunde und seine Familie. Es sind sehr nette Leute. Und zum ersten Mal seit Wes' Tod verspüre ich eine echte Verbindung zu jemandem – im Bett und außerhalb.«

»Was ist dann das Problem?«, will Gage wissen.

»Vor ein paar Wochen hat er gesagt, er brauche Bedenkzeit, weil er sich nicht sicher sei, ob er damit klarkommt, eine Beziehung mit einer Frau zu führen, die Kinder hat.«

»Autsch«, entfährt es Roni.

»Ganz genau. Drei Wochen lang habe ich kein Wort von ihm gehört, doch jetzt ist er wieder aufgetaucht und will reden. Einerseits hätte ich gute Lust, ihn nach seinen drei Wochen Grübeln zum Teufel zu schicken. Aber andererseits hat er mir auch wirklich gefehlt, was mich wiederum massiv gestört hat. Also, was meint ihr, was soll ich tun?«

»Das ist tatsächlich nicht ganz einfach«, erklärt Brielle. »Für mich wäre es schwierig, dass er so lange gebraucht hat, um zu entscheiden, ob er es mit meinen Kindern aushält.« Ihr Ehemann Mark ist bei einem Skiunfall gestorben, als sie mit ihrem gemeinsamen Sohn Charlie schwanger war. Sie ist hübsch, hat dunkles Haar und dunkle Augen sowie eine weibliche Figur und trägt ihr Markenzeichen, auffallend roten Lippenstift.

»Genau«, pflichtet ihr Christy bei. »Er hat von Anfang an gewusst, dass sie zum Gesamtpaket dazugehören. Und es fühlte sich irgendwie schäbig an, dass er auf einmal beschlossen hat, das sei für ihn ein möglicherweise unüberwindliches Problem.«

»Zu seiner Verteidigung muss man sagen, dass er ja noch nie mit Kindern in einem Haushalt zusammengelebt hat«, wirft Derek ein. »Und als er nur mit dir zusammen war, sind sie ja auch nicht dabei gewesen. Als es für ihn ernst geworden ist, hat er die Pausentaste gedrückt, damit er sich sicher sein kann, bevor er weitermacht. Ich finde das nicht falsch.«

»Aber drei Wochen Funkstille?«, fragt Christy. »Er braucht so lange, um zu entscheiden, dass er es mit ihnen aushalten kann? Und wenn das so ist, möchte ich ihn dann in ihrem Leben haben?«

»Was halten die Kids denn von ihm?«, fragt Joy.

Ehe Christy darauf etwas erwidern kann, kommt Naomi herein, die eine Welle kalter Luft mit sich bringt. »Tut mir leid, dass ich zu spät dran bin. Auf der Arbeit geht es gerade drunter und drüber.« Sie hat rotes Haar und ein sonniges Gemüt, das immer wieder durchschimmert, obwohl sie ihren Verlobten David auf tragische Weise durch ein Lymphom verloren hat. Es bereitet ihr Schwierigkeiten, weil sie unsicher ist, ob sie überhaupt zu einer Gruppe Witwen gehört, obwohl sie mit ihrem Liebsten nicht verheiratet war. Wir versichern ihr jedes Mal, dass sie zu uns gehört, egal wie die Umstände genau waren.

Sie schnappt sich einen Teller und nimmt Platz. »Was habe ich verpasst?«

Roni fasst das, was Christy uns erzählt hat, rasch für sie zusammen.

»Um deine Frage zu beantworten, Joy«, fährt Christy fort, »meine Kinder scheinen für ihn weder eine besondere Vorliebe noch spezielle Abneigung zu empfinden. Wenn ich sie frage, krieg ich zu hören, er sei nett oder okay oder irgend so was Nichtssagendes. Da scheint es keine echte Verbindung zu geben.«

»Denkst du, das ist von seiner Seite so beabsichtigt?«, erkundigt sich Iris sanft.

»Schon möglich«, erwidert Christy. »Er ist sich nicht sicher, wie er dazu steht, sich auf eine ganze Familie einzulassen, warum also sollte er sich um eine Beziehung zu ihnen bemühen?«

»Er klingt wie ein Idiot«, verkünde ich.

Die anderen schauen mich an, als hätte ich etwas Unerhörtes gesagt. Das tun sie oft.

»Was?«, frage ich nach. »Es stimmt doch. Er geht mit einer Witwe mit zwei Kindern aus, und dann, nach ein paar Monaten, legt er wegen der Kinder den Rückwärtsgang ein? Was soll der Mist?«

»Ich hasse es, das zuzugeben, aber auf ihre ganz eigene Weise hat Wynter da schon recht«, meint Iris.

»Im Moment sind sie allerdings wirklich anstrengend«, räumt Christy mit einem Seufzen ein. »Ich verstehe das. Sie haben eine große Klappe, sind launisch und trauern natürlich immer noch um ihren Vater, auch wenn inzwischen einige Zeit verstrichen ist. Ich bin mir nicht sicher, ob *ich* sie haben wollte, wenn es nicht meine wären.«

Darüber müssen alle lachen.

»Deine Kinder sind ganz wunderbar«, widerspricht Joy. »Sie haben so viel durchmachen müssen, und trotzdem entwickeln sie sich prächtig. Sie haben gute Noten und sind ausgezeichnete Sportler. Sie haben Freunde und so viele Interessen. Es gibt nichts, was man an ihnen nicht lieben müsste.«

»Wow, bei dir hören sie sich echt toll an«, gibt Christy zu.

»Das sind sie ja auch«, beharrt Joy. »Es sind großartige Kinder, und jeder kann sich glücklich schätzen, sie in seinem Leben zu haben. Wenn Trey das nicht so sieht, ist er nicht der Richtige für dich. Und PS, niemand verlangt von dir, dass du dauerhaft mit ihm zusammen bist. Du kannst mit ihm ausgehen und tollen Sex mit ihm genießen, ohne gleich mit ihm zusammenzuziehen, wenn es so für dich funktioniert.«

»Meine Schwester hat das Gleiche gesagt«, räumt Christy stirnrunzelnd ein. »Es ist nur so, dass ich noch nie so gepolt war.

Ich bin jemand, der feste Beziehungen mag. So war das schon immer. Manchmal kann ich einfach nicht glauben, dass ich all das noch mal durchmachen muss, wisst ihr? Ich frage mich: Wo steckt eigentlich Wes, und wie konnte mir das bloß zustoßen?«

»Das verstehen wir absolut«, gibt ihr Roni recht. »Für mich fühlt es sich immer noch total unwirklich an, dass jetzt nicht mehr Patrick da ist, sondern Derek und alles sich binnen eines Wimpernschlags geändert hat.«

Christy lächelt sie dankbar an.

Es hilft immer, zu wissen, dass andere verstehen können, wie man tickt.

»Nur weil du früher feste Beziehungen bevorzugt hast, heißt das nicht, dass es auch weiter so sein muss«, werfe ich ein. »Es ist nichts falsch dabei, ein bisschen Spaß mit einem Mann zu haben, während du deine Kinder aufziehst und dich um sie kümmerst.«

»Ich weiß, dass das völlig in Ordnung ist, aber sollte es sich nicht irgendwohin weiterentwickeln?«, will Christy wissen.

»Wer sagt das?«, entgegne ich. »Warum muss es sich irgendwohin entwickeln? Wir haben doch eigentlich gelernt, dass wir den Augenblick genießen sollten, ohne zu viel Druck wegen einer Zukunft aufzubauen, die für keinen von uns garantiert ist, oder?«

Die anderen starren mich so lange an, dass ich zu fürchten beginne, ich hätte entweder was im Gesicht oder hätte etwas Dummes von mir gegeben.

»Das ist sehr weise, Wynter«, meint Joy.

»Wirklich«, stimmt ihr Christy zu. »Und es war genau das, was ich hören musste. Danke, Wynter.«

»Kein Problem. Ich bin den ganzen Abend hier.«

Darüber müssen wieder alle lachen, was mir das Gefühl gibt, etwas Gutes getan zu haben.

»Ich könnte auch einen Rat brauchen«, bemerkt Lexi und steckt sich eine Strähne ihres langen dunklen Haars hinters Ohr. Sie hat hellbraune Haut und wunderbare braune Augen. Ihr Ehemann Jim ist nach einem langwierigen Kampf gegen ALS gestorben und hat sie in finanziell angespannten Verhältnissen zurückgelassen, da er keine Lebensversicherung hatte und sie viele Jahre nicht arbeiten konnte, weil sie ihn gepflegt hat. »Meine Eltern treiben mich noch in den Wahnsinn. Sie drängen mich ständig, dass ich mit meinem Leben weitermachen und mich entscheiden soll, wie die nächsten Schritte für mich aussehen könnten. Ich bin ihnen so dankbar für alles, was sie für uns getan haben, als Jim krank war, und dass sie nach seinem Tod uneingeschränkt für mich da waren, doch ich halte das nicht mehr aus. Es geht einfach nicht mehr.«

»Meine Wohnung ist immer noch frei«, erklärt Roni. »Der Eigentümer hat mich gebeten, mich nach einem Nachmieter umzuhören.«

»Das ist total lieb von dir«, antwortet Lexi. »Es ist nur leider ausgeschlossen, dass ich mir das von meinem Gehalt in der Datenerfassung leisten kann.« Sie hat nach Jims Tod Hunderte von Bewerbungen geschrieben und musste dann die einzige Stelle annehmen, die ihr angeboten wurde. »Vor Kurzem hab ich einen Freund von der Highschool wiedergetroffen. Wir haben zusammen was getrunken, und ich habe ihm irgendwann mein Herz ausgeschüttet. Er sagt, er habe ein freies Zimmer in seinem Haus, das er mir gerne überlassen würde. Die Miete ist lachhaft niedrig, doch ich weiß einfach nicht ...«

»Wie gut hast du ihn denn früher gekannt, Süße?«, erkundigt sich Joy. »Es klingt ja erst mal wie die Antwort auf all deine Gebete.«

»Stimmt. Auf der Highschool war ich total in ihn verknallt, und als ich ihn gesehen habe, war es, als sei überhaupt keine Zeit verstrichen, als sei das mit Jim nie geschehen. Ich hab solche Schuldgefühle gehabt. Und dann hat er mir das Angebot mit dem Zimmer gemacht und ... Ich würde das so gerne annehmen, um bei meinen Eltern ausziehen zu können, aber, na ja ... Ich war jahrelang verrückt nach ihm, doch er hatte keine Ahnung, dass es mich überhaupt gibt.«

»Das ist natürlich eine schwierige Lage«, meint Iris nachdenklich.

»Hast du denn bei dem Gespräch noch irgendwas anderes

wahrgenommen als das Angebot einer Bleibe für dich?«, fragt Derek.

»Vielleicht ein wenig«, räumt Lexi ein. »Er hat mir seine ungeteilte Aufmerksamkeit geschenkt und mich wie eine alte Freundin behandelt, obwohl ich ja immer den Eindruck hatte, als hätte er zu unserer Schulzeit gar nicht mitbekommen, dass ich existiere.«

»Ich glaube, er will was von dir, sonst hätte er dir nie das Zimmer angeboten«, werfe ich ein.

»Ich hab echt keine Ahnung, was ich davon halten soll«, erklärt Lexi. »Aber seit er mir das angeboten hat, kann ich nicht aufhören, daran zu denken, dem Haus meiner Eltern den Rücken zu kehren und mehr Zeit mit ihm zu verbringen.«

»Hast du ihn eigentlich in irgendeiner Weise überprüft?«, wirft Joy ein.

»Äh, ja«, antwortet Lexi beinahe ein bisschen verlegen. »Ich hab mich sofort bei meinen früheren Schulfreundinnen gemeldet und sie gebeten, mich ihn betreffend auf den neuesten Stand zu bringen. Sie haben mir erzählt, er sei sehr erfolgreich als Bauunternehmer und sei nie verheiratet gewesen. Er war vor langer Zeit mal verlobt, hat aber keinerlei Leichen im Keller, von denen sie wüssten. Und sie würden es wissen.«

»Dann würde ich sagen, probier es aus«, meint Gage. »Was ist das Schlimmste, was passieren kann? Du nimmst das Zimmer, schaust, wie es läuft, und wenn es nicht passt, ziehst du wieder zu deinen Eltern zurück.«

»Das wäre das schlimmstmögliche Szenario«, entgegnet Lexi.

»Nein, wäre es nicht«, widerspricht Roni. »Es gibt viel Schlimmeres, wie du sehr gut weißt.«

»Stimmt«, räumt Lexi ein. »Und es tut mir leid, dass ich das kurz vergessen hatte.«

»Es muss dir nicht leidtun«, beruhigt Roni sie. »Es war nur als Mahnung daran gedacht, dass wir alle genau wissen, wie viel schlimmer es werden kann, als mit Eltern zusammenleben zu müssen, die sich ständig in alles einmischen.«

»Absolut«, bestätigt Lexi. »Manchmal kommt es mir so

vor, als ob der Albtraum von Jims Krankheit so lange zurückliegt, dass es sich fast anfühlt, als sei das jemand anderem passiert.«

»Das kenne ich«, verkündet Kinsley. Sie hat makellose sahneweiße Haut, für die ich töten würde, hellbraunes Haar und hübsche blaue Augen. Ihr Mann Rory ist ganze zweiundvierzig Tage nach der Diagnose an Bauchspeicheldrüsenkrebs gestorben. »Das Ganze ist so schnell gegangen, dass es mir beinahe so vorkommt, als sei es bloß ein furchtbarer Traum gewesen. Wie oft wache ich auf und muss mir bewusst vor Augen führen, dass Rory tatsächlich tot ist?«

»Das kenne ich«, sage ich. »Auch wenn sich Jadens Krankheit über Jahre hingezogen hat, fühlt es sich gerade mal ein Jahr nach seinem Tod an, als sei es ein ganzes Leben her. Und ich möchte euch danken für all die Textnachrichten gestern anlässlich seines Todestages. Andere Leute haben es schon vergessen, aber ihr nicht, und das bedeutet mir viel.«

»Wir sind immer für dich da, Kleines«, erwidert Gage.

»Danke.«

»Mir fällt es schwer, zu entscheiden, wann ich wieder mit dem Daten anfangen soll«, erklärt Adrian. »Nächsten Monat wird es ein Jahr her sein – ihr seid übrigens alle zu Xaviers Geburtstagsfeier eingeladen. Mir ist klar geworden, dass ich bis zu meinem Lebensende den Tag feiern muss, an dem Sadie gestorben ist, was irgendwie Wahnsinn ist. Doch sie hätte gesagt, dass das Leben für die Lebenden da ist und ich mich auf Xavier konzentrieren soll.«

»Du machst das klasse, Adrian«, stellt Iris fest. »Und wir freuen uns alle schon auf Xaviers Geburtstagsfeier. Lass uns wissen, wie wir dir helfen können. Ich bin eine echte Expertin für Kindergeburtstage.«

»Danke, darauf werde ich garantiert zurückkommen.«

»Und wie ist deine Einstellung zum Daten?«, erkundigt sich Gage.

Geistesabwesend dreht Adrian den Ehering an seinem Finger.

Ich würde ihm gern sagen, dass er ihn abnehmen sollte,

bevor er sich verabredet, obwohl ich mir eigentlich sicher bin, dass ihm das bewusst ist.

»Ich hab mich schon mal bei Tinder, Bumble, Hinge und auf ein paar anderen Seiten umgeschaut.«

»Hast du da Profile angelegt?«, frage ich ihn.

»Ja, damit ich mich umsehen konnte. Ich hab die Profile im Moment alle auf ›privat‹ gestellt, weil ich mir nicht sicher bin, ob ich schon bereit bin. Aber irgendwie werde ich wohl anfangen müssen. Es ist nur so merkwürdig, dass ich mich überhaupt damit beschäftige. Ich fühl mich immer noch verheiratet.« Er legt sich eine Hand auf die Brust. »Hier drin.«

»Dieses Gefühl wird nicht einfach verschwinden.« Gage wirft einen Blick zu Iris. »Obwohl sich alles in meinem Leben in eine völlig neue Richtung entwickelt, die ich großartig finde und genieße, spüre ich Natasha weiter in meinem Herzen.«

»War es das erste Mal, als du mit jemand anders im Bett warst, nicht ziemlich hart?«, fragt Adrian.

»Das will ich doch hoffen«, werfe ich ein, und alle lachen.

»Ehrlich, Wynter«, erwidert Adrian, obwohl auch er lachen muss. »Ich versuche hier eine ernsthafte Unterhaltung zu führen.«

»Entschuldigung. Bitte mach weiter.«

Er verdreht die Augen. »Wie ich gerade sagte …«

»Es war auf jede nur denkbare Art und Weise hart«, antwortet Gage mit einem bedeutungsvollen Blick zu mir. »Es fühlt sich an, als ob du die Frau betrügst, die du am meisten geliebt hast, indem du eine andere berührst, obwohl du natürlich auf intellektueller Ebene genau weißt, dass dein Herzensmensch für immer fort ist. Emotional ist es allerdings eine völlig andere Geschichte. Das dauert eine Weile.«

»Gut zu wissen, dass es nichts Ungewöhnliches ist, wenn man zögert«, meint Adrian.

»Das ist völlig normal«, bestätigt Derek. »Es hat nach Vics Tod sehr lange gedauert, bis ich mich nicht mehr verheiratet gefühlt habe.« Seine Frau ist ermordet und seine kleine Tochter entführt worden, alles als Teil einer politischen Verschwörung, die ich immer noch kaum fassen kann.

»Du machst alles richtig, Adrian«, erklärt Iris mit der sanften Stimme, die jedem von uns so hilft, irgendwie mit allem fertigzuwerden. »Du kümmerst dich vorbildlich um deinen Sohn. Du arbeitest und lebst und führst dein Leben weiter. Da ist es nur natürlich, dass du mit dem Gedanken spielst, dich wieder zu verabreden. Aber ich möchte eins sagen …«

»Was denn?«, fragt er.

»Oft ist das zweite Jahr schwieriger als das erste.«

»Wie kann das sein?«, erkundigt sich Adrian mit einem Stöhnen.

Ja, das wüsste ich auch gern.

»Im ersten Jahr steht man unter Schock, die Trauer ist noch ganz frisch, und man ist vollauf damit beschäftigt, sich in der neuen Realität zurechtzufinden. Im zweiten Jahr muss man sich dann mit der Erkenntnis arrangieren, dass das Leben, wie man es kannte, endgültig vorüber ist und man von vorne anfangen muss. Das kann schwieriger sein als erwartet.«

»Ich kann mir beim besten Willen nicht vorstellen, dass irgendwas schwieriger sein könnte als dieses letzte Jahr«, erwidert er.

Ich zeige mit dem Finger auf ihn. »Was er sagt.«

»Ich möchte euch keine Angst machen«, fährt Iris fort, »sondern nur schon mal vorsorglich darauf hinweisen, dass ihr vielleicht noch die eine oder andere Krise vor euch habt.«

»Na toll.« Adrian wirkt nicht glücklich.

»Iris hat recht«, schaltet sich Gage ein. »Es gibt nicht den einen magischen Moment im Jahr eins, nach dem alles plötzlich einfacher wird. Das ist vielmehr ein mehrjähriger Prozess, der in vielerlei Hinsicht niemals endet.«

Es ist deprimierend, das zu hören, und ich kann sehen, dass Adrian das ebenfalls so empfindet.

»Wenn es irgendein Trost ist«, merkt Christy an, »das erste Jahr zu überstehen ist ein echter Meilenstein, und ihr könnt stolz auf euch sein, wenn ihr das geschafft habt.«

»Ich bin stolz auf mich«, verkünde ich. »Und du, Adrian?«

»Ja, zum Teufel. Das war das schlimmste Jahr meines Lebens. Und gleichzeitig das beste.« Er richtet seinen Blick auf

Xavier, der in meinen Armen eingeschlafen ist. »Es ist wie ein emotionales Schleudertrauma. Ich werde nie darüber hinwegkommen, dass Sadie ihn nicht einmal im Arm halten konnte. Alles, was sie sich gewünscht hatte, war, seine Mutter zu sein.«

»Sie wird immer seine Mutter sein, Adrian«, wirft Brielle ein.

»Ich weiß, aber ...« Er zuckt die Achseln. »Es ist trotzdem Mist. Und ich hasse mich dafür, dass ich überlege, wieder rauszugehen, neue Leute kennenzulernen und von vorn zu beginnen. Eigentlich möchte ich das gar nicht. Nicht wirklich. Andererseits ...«

»Das verstehen wir«, antwortet Gage. »Du hast noch viele Jahre von deinem Leben vor dir. Es ist nur natürlich, wenn es einem schwerfällt, sich vorzustellen, dass man bis zu seinem Tod allein bleiben soll.«

»Ja«, sagt Adrian mit einem Seufzen. »Das. Genau das.«

»Ich hab festgestellt, dass es mir hilft, neuen Möglichkeiten gegenüber offen zu sein, wenn ich meine Beziehung mit Wes im Geiste getrennt betrachte von dem, was nach ihm kommt«, meint Christy.

»Wie schaffst du das?«, erkundigt sich Adrian.

»Ich versuche mir Wes in meinem Kopf in einem anderen Zimmer vorzustellen, das nur ihm vorbehalten ist und uns. Dort ist alles aus unserer gemeinsamen Zeit. In einem anderen Raum befinden sich die Leute, die ich neu kennenlerne. Sie vermischen sich niemals mit Wes. Ergibt das für euch Sinn?«

»Ja, irgendwie schon«, erwidert Adrian.

»Ich hab eine Weile gebraucht, bis das für mich funktioniert hat«, fügt Christy hinzu. »Doch ich hab mich besser damit gefühlt, weiterzumachen, nachdem ich wusste, dass er in Sicherheit war.«

»Das gefällt mir. Sadie in Sicherheit bringen, bevor ich weitermache.«

»Ich weiß nicht, ob du schon mal mit Visualisierung gearbeitet hast, aber ich kann dir gerne ein paar Links zu Seiten schicken, die mir geholfen haben«, sagt Christy.

»Ich hab damit keinerlei Erfahrung«, gibt Adrian zu. »Also schick mir alles, was du hast.«

»Am besten an die ganze Gruppe«, schlägt Derek vor. »Ich würde mir das auch gern ansehen.«

»Danke für eure Unterstützung, Leute«, verkündet Adrian. »Das bedeutet mir viel. Ich weiß wirklich nicht, was ich im vergangenen Jahr ohne euch alle getan hätte.«

»Das gilt für mich genauso«, erkläre ich. »Ich hab nicht geglaubt, dass ich das hier brauche. Doch da habe ich mich geirrt.«

»Moment mal«, ruft Iris mit einem neckenden Lächeln. »Hat Wynter gerade zugegeben, dass sie uns mag?«

Ich verdrehe die Augen. »Wann habe ich das gesagt?«

»Ich wusste, es war zu gut, um wahr zu sein«, meint Iris lachend.

»Nein, mal im Ernst.« Plötzlich schnürt sich mir die Kehle zu. Ich schiebe das beiseite, weil ich möchte, dass sie wissen, wie ich empfinde. »Meine Mutter hat mich genötigt herzukommen, weil sie keine Ahnung hatte, was sie mit mir anfangen sollte. Ich hab mich mit aller Kraft dagegen gesträubt. Aber wie sich herausgestellt hat, hab ich hier gelernt, dass es Leute gibt, die verstehen, wie ich mich fühle. Ich bin nicht sicher, dass ich mir ohne eure Unterstützung die Mühe gemacht hätte, weiterzuleben. Und dafür wollte ich mich einfach mal bedanken.«

»Wir lieben dich, Wynter«, entgegnet Roni. »Selbst wenn du das gar nicht möchtest.«

»Ich liebe euch auch. Euch alle.«

»Ich wusste es!« Iris reißt triumphierend die Faust in die Höhe.

»Ruinier es nicht«, erwidere ich, worüber alle lachen müssen.

Das ist meine Rolle in dieser Gruppe geworden. Für die komischen Momente zu sorgen.

Kurz darauf nimmt Adrian Xavier und fährt mit ihm nach Hause, um ihn ins Bett zu bringen. Die anderen brechen ebenfalls auf, sodass ich mit Gage und Iris allein zurückbleibe. Iris kommt mit Drinks ins Wohnzimmer, bevor sie sich nach oben zurückziehen.

»Ich kann dir auch ein richtiges Bett zur Verfügung stellen«, bietet sie mir an.

»Nein, danke, die Couch ist prima. Die ist superbequem.«

»Das hat Mike auch immer gesagt«, bemerkt sie mit einem traurigen Lächeln.

Seit sie rausfinden musste, dass er sie betrogen hat, erwähnt sie seinen Namen nur noch selten. Ich hab so viele Fragen dazu, was sie wirklich empfindet, aber ich würde das nie von mir aus ansprechen. Ich möchte die Wunde nicht aufreißen, wo sie mit Gage so glücklich zu sein scheint.

»Ihr müsst nicht bei mir bleiben und mir Gesellschaft leisten. Mir geht es bestens, vor allem nachdem ich jetzt weiß, dass ich nicht gefeuert werde.«

»Ich bin sehr froh, dass ihr beide eine Lösung gefunden habt«, erklärt Iris. »Ich hatte gehofft, es würde dich nicht stören, dass er im Notfall deinen Standort übers Handy abrufen möchte.«

»Vor ein paar Jahren hätte ich ein Problem damit gehabt. Doch jetzt verstehe ich es. Ich habe ihm einen Riesenschreck eingejagt, und jetzt möchte er mich finden können, wenn das nötig ist. Das ist nicht unvernünftig.«

»Sehe ich genauso«, sagt Iris. »Ich würde das auch wollen, wenn jemand auf meine Kinder aufpasst und mit ihnen unterwegs ist.«

»Und er hat meine Stundenzahl sogar erhöht. Er möchte am Samstagabend als Barkeeper arbeiten, um zusätzliches Geld zu verdienen.«

»Es wird ihm guttun, wenn er rauskommt und unter Leute«, bemerkt Gage.

»Das hoffe ich.« Ich möchte nur das Beste für ihn, und wenn das bedeutet, dass ich zuschauen muss, wie er mit anderen Frauen ausgeht, dann ist das eben so. Und wenn sich mir bei der Vorstellung der Magen zusammenzieht, tut das überhaupt nichts zur Sache. Es ist schließlich nicht so, als dürfte ich irgendwelche Ansprüche auf ihn anmelden oder so. Natürlich soll er mit seinem Leben weitermachen, eine Neue finden, die er lieben und mit der er sich für sich und Xavier eine neue Familie aufbauen kann.

Nur dass der Gedanke, das mit ansehen zu müssen, ohne ein Teil davon zu sein, mir das Herz bricht.

Aber das braucht er nicht zu wissen.

Niemand braucht das.

7

Adrian

Zwei Wochen später mache ich mich gerade fertig für meinen ersten Einsatz hinter der Bar, als ich höre, wie Wynter die Haustür aufschließt. Sie ist pünktlich, das ist gut. Heute Vormittag hab ich mit Xavier einen ausgedehnten Spaziergang unternommen und am Ende noch einen Zwischenstopp auf dem Spielplatz eingelegt. Langsam gewöhne ich mich daran, ganze Tage allein mit ihm zu verbringen, was mich am Anfang total gestresst hat.

Jetzt ist er auf dem Boden meines Schlafzimmers mit seinem Spielzeug beschäftigt, während ich ein weißes Oberhemd und eine schwarze Hose anziehe, die Uniform für das Servicepersonal im Restaurant meines Freundes Brian.

Wir sind zusammen auf die Highschool gegangen und haben jahrelang miteinander hinter der Bar gearbeitet. Vor ein paar Wochen habe ich ihn kontaktiert, um ihn zu fragen, ob er vielleicht Bedarf an einem etwas eingerosteten Barkeeper hat.

Ich war wirklich froh, als er sich sofort zurückgemeldet und begeistert zugesagt hat, weil ihm gerade jemand aus seinem Team abgesprungen war.

Es war eine echte Erleichterung, zu wissen, dass ich ein paar Hundert Dollar die Woche dazuverdienen kann und außerdem auch noch aus dem Haus komme. Das passiert seit Sadies Tod nicht mehr so häufig, schließlich bin ich alleinerziehender Vater eines kleinen Jungen. Es hat sich alles immer einzig um Xavier gedreht, anders ging es am Anfang ja nicht. Aber jetzt bin ich bereit für ein bisschen mehr Input von außen als den von meinen wunderbaren Witwen und Witwern und den anderen, die schon vorher Teil meines Lebens waren.

Ich will nicht lügen. In letzter Zeit habe ich häufiger an Sex gedacht, nachdem das nach Sadies Tod monatelang überhaupt kein Thema für mich war.

Vielleicht bin ich bereit, etwas in der Richtung zu unternehmen. Ich will nicht sagen, dass es sofort passieren muss, doch es wird garantiert niemals passieren, wenn ich mich für den Rest meines Lebens mit meinem kleinen Sohn zu Hause vergrabe.

Ich bemerke durchaus, wie Frauen mich ansehen. Ich habe immer gewusst, dass sie mich heiß oder attraktiv finden, oder was auch immer zurzeit das aktuelle Wort dafür ist. Sadie hat immer behauptet, ich sei heißer als die Hölle, und ich habe sie dann damit aufgezogen, dass sie das ja sagen müsse, weil sie mich nicht mehr loswürde. Es hat sie verrückt gemacht, dass andere Frauen mich angestarrt haben, wenn wir zusammen unterwegs waren. Manchmal haben wir uns sogar deswegen gestritten, obwohl ich ihr immer versichert habe, dass die Blicke der anderen nichts mit uns zu tun hätten. Sie hat mir dann gedroht, ich solle besser nie in Versuchung geraten.

Das hat mich ziemlich geärgert. Sie hat genau gewusst, dass ich seit dem Tag, an dem wir uns begegnet sind, nie mehr eine andere auch nur angeschaut habe. Ihre Unsicherheit, was andere Frauen betraf, hat mich in den Wahnsinn getrieben. Ich habe ihr mindestens eine Million Mal versichert, dass sie sich keine Sorgen zu machen brauche, aber dann hat sich irgendeine ahnungslose Frau mir gegenüber unangemessen verhalten, und alles hat wieder von vorne begonnen, und ich musste Sadie daran erinnern, dass ich absolut nichts getan hatte, außer in der Gegend herumzustehen und zu atmen.

Sie hat es gehasst, wenn ich das gesagt habe.

Wenn ich daran denke, muss ich lachen. Doch es hat gestimmt. Inwiefern ist es bitte meine Schuld, dass andere Frauen mich attraktiv finden? Ich bin im Gegenzug nie durchgedreht, wenn ich mitbekommen habe, dass andere Männer meine wunderschöne Frau angesehen haben. Ich hab das als Kompliment aufgefasst, sie hat das umgekehrt, wenn es mich betraf, nie getan.

Wobei ein kleiner Teil von mir es insgeheim gemocht hat, dass sie so besitzergreifend war, zumindest bis es zu lautstarken Streitereien über irgendwelchen Mist gekommen ist, der völlig unbedeutend war. Ironischerweise hat die Schwangerschaft dafür gesorgt, dass wir häufig zu Hause geblieben sind, weil sie immer supermüde war. Dadurch gab es viel weniger Auseinandersetzungen als vorher, als wir noch jedes Wochenende ausgegangen sind. In diesem letzten Jahr ist es wirklich gut zwischen uns gelaufen, weshalb es umso schwerer war, sie so plötzlich nach der Geburt unseres Sohnes zu verlieren.

Ich kann nicht mal an jenen Tag denken, ohne in eine Abwärtsspirale zu geraten, also versuche ich, mir bildlich vorzustellen, wie ich diese Erinnerungen an einem bestimmten Ort verstaue, so wie Christy es mir geraten hat.

Bevor ich die Treppe runterlaufe, nehme ich meinen Ehering ab und lege ihn in die oberste Schublade meiner Kommode. Ich bin fest entschlossen, mich zusammenzureißen und nicht durchzudrehen wegen etwas, das irgendwann ohnehin getan werden muss. Trotzdem ist es schmerzhaft. Es fühlt sich an wie ein weiterer Schritt weg von Sadie, den ich nie machen wollte.

Ich hebe Xavier hoch und trage ihn nach unten, damit er seinen Lieblingsmenschen begrüßen kann.

Er liebt Wynter mehr als Eiscreme, wogegen ich nicht das Geringste einzuwenden habe. Er liebt mich auch, und wenn er sie mehr liebt, ist das schon in Ordnung. Das Einzige, was für mich zählt, sind sein Glück und sein Wohlbefinden.

Wie immer quietscht er aufgeregt, als er Wynter entdeckt, die genauso glücklich zu sein scheint, ihn zu sehen.

Sie streckt die Arme nach ihm aus, und ich überlasse ihn ihr.

»Ich habe dir Pizza und für ihn Nudeln bestellt«, sage ich. »Müsste gleich da sein.«

»Danke.«

»Kein Problem. Das Zimmer neben dem von Xavier ist für dich vorbereitet. Fühl dich ganz wie zu Hause.«

»Okay, danke.«

»Nach meiner Schicht trinke ich vielleicht noch was mit ein paar Freunden. Wäre das in Ordnung?«

»Klar. Ich schlafe dann vermutlich ohnehin schon tief und fest.«

»Super, danke. Ruf mich an, wenn irgendwas ist. Ich habe mein Handy immer bei mir und hab meinem Freund von vornherein gesagt, dass ich während meiner Schicht vielleicht Anrufe von meinem Babysitter annehmen muss.«

»Wir kommen schon klar. Mach dir keine Sorgen. Wir haben ein heißes Date mit *Toy Story*.«

»Buzz!«, ruft Xavier und überrascht uns damit beide.

»Da kann jemand ein neues Wort«, verkündet Wynter, während Xavier uns ein zahnloses Lächeln zeigt.

Er ist so unglaublich niedlich. Jeden Tag scheint er zehn neue Dinge zu lernen, und es ist aufregend, dabei zuzusehen, wie er sich weiterentwickelt.

»Ich werde verschwinden, bevor er merkt, was ich vorhabe.« Ich geb meinem Sohn einen Kuss auf die Stirn. »Sei lieb zu Wynter.«

»Wyn, Wyn, Wyn.«

»Na, schau sich das einer an«, sagt sie und strahlt vor Stolz und Liebe.

Alle Vorbehalte, die ich dagegen gehabt haben mag, sie als seine Nanny zu nehmen – und ich hatte am Anfang durchaus welche, da will ich nicht lügen –, lösen sich in Luft auf, wann immer ich die beiden zusammen sehe. Ich habe absolut keinen Zweifel daran, dass sie ihn genauso sehr liebt wie ich. Das verhilft mir zu einer großen Gelassenheit bei dem Gedanken, ihn bei ihr zu lassen, selbst nach dem, was an dem Tag passiert ist, den wir nicht weiter erwähnen wollen.

Sie ist, einige Tage nachdem es passiert ist, zur Arbeit zurückgekommen, und seitdem ist alles völlig glatt gelaufen. Sie schreibt mir jetzt jedes Mal eine Textnachricht, wenn sie mit ihm irgendwo hingeht, um mich über ihre Pläne auf dem Laufenden zu halten. Das ist etwas, womit sie von ganz allein angefangen hat, wofür ich echt dankbar bin.

Ich trete hinaus in die kühle Frühlingsnacht und setze mich für die halbstündige Fahrt zum Restaurant in Arlington hinters Steuer. Ich hab Jay-Z ganz laut gedreht, sodass das ganze Auto von dem Bass vibriert. Das kann ich nur, wenn Xavier nicht mit dabei ist, also nutze ich jede Gelegenheit, die sich bietet, um die Musik auf ohrenbetäubende Lautstärke zu stellen.

Ich parke in der Garage, in der Brian Stellplätze für seine Angestellten hat, und laufe hinüber zur 23rd Street, an der sich die Bars und Restaurants von Crystal City drängen.

Brian hat das Lokal nach seiner kleinen Tochter Luna benannt. Es ist ein exklusives Steakhouse mit einer Schlange vor der Tür, wie ich sehe, als ich das Gebäude umrunde, um durch den Kücheneingang hineinzugehen. Ich begebe mich direkt zur Bar, wo Brian mich erwartet. Er arbeitet dort mit zwei weiteren Barkeepern, als ich mich unter der Mahagonitheke hindurch in den Servicebereich ducke.

Mein Freund grinst, als er mich bemerkt. »Keine Minute zu früh, Mann.«

»Ich bin hier, um zu helfen.« Ich verstaue meinen Mantel unter einer Kühleinheit. »Sag mir, was du brauchst.«

Er spult eine Liste von Drinks herunter, und danach gibt es keine Pause mehr. Ein paarmal muss ich ihn bitten, meiner Erinnerung auf die Sprünge zu helfen, doch es klappt besser als erwartet, dank einer kleinen Lektion zur Auffrischung, als Xavier vorhin geschlafen hat. Es ist einige Jahre her, dass ich hinter einer Bar gearbeitet habe, aber das Muskelgedächtnis ist noch da. Der Abend verfliegt, es ist unheimlich viel zu tun, was tatsächlich eine willkommene Abwechslung ist. Ich habe keine

Zeit, über irgendetwas anderes nachzudenken als das, was direkt vor meiner Nase ist.

Brian erklärt mir die Grundlagen des elektronischen Kassensystems, eine neuere Version von Square, das ich schon zuvor benutzt habe.

Gegen halb zehn wird es dann langsam ruhiger, nicht mehr ganz so hektisch, sondern machbar. Ich wische über den Tresen, kassiere ein paar Gäste ab und begrüße zwei Frauen, die sich die ersten freien Plätze seit Stunden schnappen.

»Guten Abend, Ladys. Ich bin Adrian und werde Sie heute Abend bedienen. Was kann ich Ihnen an Drinks anbieten?« Sie sind atemberaubend und chic gekleidet. Die auf der linken Seite lässt ihren Blick von oben bis unten über mich wandern und lächelt. Offenbar gefällt ihr, was sie sieht. Mir geht es im Gegenzug genauso.

»Ich nehme einen Espresso Martini«, sagt sie.

»Oh, ich auch«, schließt sich ihre Freundin an.

»Ist schon in Arbeit.« Während ich die Cocktails mixe, muss ich grinsen. Ein Espresso Martini um diese Uhrzeit würde für mich vermutlich bedeuten, dass ich tagelang kein Auge zubekomme. Als ich ihnen die Drinks hinstelle, frage ich sie, was sie essen möchten. »Die Küche hat bis elf geöffnet.«

»Das hängt davon ab, was auf der Karte steht«, erwidert die zur Linken, während sie mir einen kaum misszuverstehenden Blick zuwirft.

Ich kann Sadie in meinem Kopf hören: »Siehst du? Ich hab's dir ja immer gesagt, dass die Frauen auf dich abfahren.«

Ich lächele die Frau an, während ich ihr die Speisekarte reiche.

»Ich heiße Kira«, erklärt sie.

»Freut mich, dich kennenzulernen, Kira.«

»Danke, gleichfalls, Adrian.«

Wynter

STUNDEN nachdem ich Xavier ins Bett gebracht habe und lange nachdem ich einen Film auf meinem Laptop zu Ende geschaut habe, werde ich von lautem Stöhnen aus dem Schlaf gerissen. Ich werfe einen Blick auf den Bildschirm des Babyfons, das Adrian auf dem Nachttisch in meinem Zimmer installiert hat, und sehe, dass Xavier friedlich schläft.

Also wer stöhnt?

Ich stehe auf und folge den Geräuschen nach unten, während mein Herz vor Angst rast. Ist jemand im Haus? Was soll ich dann tun? Ich schleiche auf Zehenspitzen zu Adrians Büro, von wo die Geräusche zu kommen scheinen, und spähe mit angehaltenem Atem vorsichtig hinein. Das Licht aus dem Bad ist gerade hell genug, dass ich Adrian erkenne, der mit einer Frau auf dem Sofa des Büros liegt. Sein nackter Hintern spannt sich, während er sich in die Frau stößt, die stöhnt und sich an seinen Rücken klammert.

Ich nehme nichts anderes wahr als die rhythmischen Bewegungen von Adrians muskulösem Hintern.

Mein Mund wird trocken.

Ich sollte wieder zurück nach oben in mein Zimmer gehen, doch ich stehe wie angewurzelt da. Mir ist klar, dass ich ihre Privatsphäre verletze, aber das ist mir in diesem Moment völlig egal.

Ich bin wie hypnotisiert, als wäre ich eine Jungfrau, die zum ersten Mal Sex sieht.

Ich hatte Sex, seit ich fünfzehn war.

Trotzdem ... Adrian zuzuschauen erregt mich, was seit dem Beginn von Jadens Erkrankung nicht mehr passiert ist. Es ist sehr lange her, dass ich auch nur einen Gedanken an Sex verschwendet habe, doch jetzt ist in mir ein Feuer entfacht worden, und alles, was ich tun will, ist, ins Zimmer zu stürmen und zu fragen, ob ich mitmachen kann.

O mein Gott, Wynter, du bist total pervers.

Genau als ich diesen Gedanken habe, höre ich Xavier oben weinen.

Adrian muss es ebenfalls bemerkt haben, denn er hält jäh inne.

Die Frau unter ihm stößt wegen der Unterbrechung einen verärgerten Laut aus.

»Das ist mein Sohn.«

»Du hast einen Sohn?«

Er löst sich von ihr und steht auf. »Jap.«

Bevor ich mich umdrehe, erhasche ich noch einen guten Blick auf Adrians beeindruckende Erektion. Herr im Himmel, dieser Mann ist überall schön.

Erst als ich halb die Treppe hinauf bin, meldet sich mein Verstand zurück. Ich bin entsetzt über mein Verhalten, allerdings nicht so entsetzt, dass ich es bereue, sie beobachtet zu haben.

Xavier steht in seinem Bettchen und weint sich die Augen aus.

Ich hebe ihn hoch und stelle erschreckt fest, dass er total warm ist. »Was ist denn los, mein Süßer?«

Adrian taucht neben mir auf. »Ist alles in Ordnung mit ihm?«

»Ich fürchte, er hat Fieber.« Ich schaue kurz zu Adrian hinüber, der nichts außer engen weißen Boxershorts anhat, die seine Erektion nur noch weiter betonen.

Ich sehe rasch weg, obwohl ich das eigentlich gar nicht will.

»Vielleicht zahnt er. Dann hat er ja immer Fieber. Ich hol mal das Nurofen.«

Während Adrian das macht, laufe ich mit Xavier auf dem Arm im Zimmer umher und streiche ihm über den Rücken. So kenne ich ihn gar nicht, also bin ich beunruhigt.

Als ich mich in den Schaukelstuhl in der einen Ecke des Zimmers setze, merke ich, dass ich immer noch ein Pulsieren zwischen den Beinen spüre, das da ist, seit ich Adrian mit der Frau beobachtet habe. Meine Brustspitzen haben sich aufgerichtet, und es fühlt sich an, als stünde mein ganzer Körper in Flammen. Das letzte Mal, dass ich so empfunden habe, ist schon so lange her, dass ich gedacht hatte, das sei für immer vorbei.

Während ich den kleinen Xavier tröste, schäme ich mich ein bisschen, weil ich nicht sofort wieder verschwunden bin, so wie ich es hätte tun sollen.

Ich schlucke schwer, als Adrian zurückkommt, der sich inzwischen ein T-Shirt und eine Jogginghose übergezogen hat.

Er nimmt mir Xavier ab und gibt ihm die Medizin. »Glücklicherweise schmeckt sie ihm.«

»Wenn du wieder ins Bett willst, kann ich mich um ihn kümmern.«

Sehr geschickt von mir, oder? Ich habe einfach so getan, als hätte uns Xavier beide aus dem Tiefschlaf gerissen.

»Das ist schon in Ordnung. Ich kann bei ihm bleiben.«

Die Stöhntussi muss abgehauen sein, nachdem sie das mit Adrians Sohn erfahren hatte.

So eine Neuigkeit wäre wohl für jede ein Schock, die gerade mit einem Mann Sex hatte, von dem sie vermutlich gedacht hat, dass er ungebunden ist. Ich überlege, ob sie wohl geglaubt hat, dass oben auch eine Ehefrau ist, doch ich kann Adrian ja schlecht fragen, was er ihr eigentlich erzählt hat, bevor er sie mit nach Hause genommen hat.

»Geh nur, und leg dich wieder hin«, sagt Adrian. »Er wird morgen früh wach werden.«

»Wenn du dir sicher bist.«

»Sehr sicher. Ich hab hier alles im Griff. Danke, dass du dich drum gekümmert hast.«

»Kein Ding. Ich kann morgen früh mit ihm zusammen aufstehen, wenn du länger ausschlafen willst.«

»Dazu sag ich nicht Nein.«

»Super. Dann gute Nacht.« Ich beuge mich vor, um Xavier einen Kuss auf den warmen Kopf zu geben, und erhasche einen Hauch von Mann und Sex und Eau de Toilette, von dem mir das Wasser im Mund zusammenläuft.

»Gute Nacht, Wynter.«

Erst als ich schon wieder im Bett liege, wird mir klar, dass Adrian mich gerade in nicht mehr als einem Tanktop und meinen knappen Pyjamashorts gesehen hat.

Diese Samstagsübernachtungen versprechen interessant zu werden.

Adrian

VERDAMMT. Das ist alles, was ich denken kann, nachdem Wynter verschwunden ist. Ich bin sofort wieder hart geworden, als mein Blick auf ihren perfekten Hintern in dem kurzen Pyjamahöschen und auf ihre Brüste in dem Tanktop gefallen ist.

Das ist nur passiert, weil ich und Kira unterbrochen wurden.

Das rede ich mir zumindest ein.

Es dauert über eine Stunde, bis ich Xavier zurück in den Schlaf gewiegt habe. Nachdem ich ihn in sein Bettchen gelegt habe, warte ich noch ein paar Minuten, um mich zu vergewissern, dass es ihm gut geht. Ich mach mir die ganze Zeit Sorgen wegen plötzlichem Kindstod oder irgendwelchen anderen lebensbedrohlichen Vorfällen, von denen ich nichts ahne. Entsprechend Alyssas Anweisungen sorge ich dafür, dass nichts im Bettchen liegt als die Matratze mit einem Laken und Xavier in seinem Schlafsack.

Am Anfang ist es mir merkwürdig vorgekommen, ihn nicht zuzudecken, doch Alyssa hat mir die Statistiken über die möglichen Gründe für plötzlichen Kindstod gezeigt. Mehr war nicht nötig.

Nachdem ich sein Zimmer verlassen habe, gehe ich wieder runter, schließe die Haustür ab und schalte die Außenbeleuchtung aus.

Als Kira gehört hat, dass ich einen Sohn habe, hat sie schnell das Weite gesucht. Vermutlich hat sie sich ein Uber gerufen und ist jetzt schon lange weg. Trotzdem überprüfe ich, dass sie nicht noch draußen steht, bevor ich das Licht ausschalte, kann sie allerdings nirgends entdecken. Ich habe ihre Nummer nicht, also kann ich ihr nicht schreiben, um mich zu erkundigen, ob sie gut nach Hause gekommen ist. Sie scheint mir aber die Art Frau zu sein, die sehr gut auf sich selbst aufpassen kann.

Ich hätte sie niemals zu mir mitgenommen, wenn Brian mir nicht zugeredet hätte.

»Hey, wenn dir gefällt, was du siehst, lass dich von mir nicht abhalten.«

Danach konnte ich den Flirt auf die nächste Ebene heben, mit Cocktails nach meiner Schicht, die zu ein wenig Vorspiel unter dem Tisch geführt haben.

Eigentlich hab ich ein schlechtes Gewissen, weil ich am ersten Abend, an dem ich in der Bar gearbeitet habe, gleich eine Frau abgeschleppt habe, doch für Brian schien nichts dabei zu sein, also sollte ich mir wohl auch nichts dabei denken. Zur Hölle, als wir zu unseren Collegezeiten gemeinsam als Barkeeper gearbeitet haben, haben wir Wetten darüber abgeschlossen, wer mit wem zusammen die Bar verlassen würde.

Kira wusste genau, was sie wollte, und als ich sie gefragt habe, ob wir zu mir fahren wollen, ist sie so schnell aufgestanden, dass sie fast die Gläser vom Tisch geworfen hat. Sie hat mich auf dem ganzen Weg nach Hause gestreichelt und mit mir gespielt, bis ich fast schon im Auto gekommen wäre. Irgendwie habe ich es geschafft, mich zu beherrschen, mit ihr ins Haus zu stolpern, mir ein Kondom überzustreifen und zum ersten Mal nach dem Tod meiner Frau Sex zu haben.

Ich hatte erwartet, dass es mich aufwühlen würde, aber das hat es nicht. Ich war glücklich, eine heiße, sexy, enthusiastische Frau unter mir zu haben, die genauso viel gegeben wie genommen hat.

Kira war so schockiert, als sie erfahren hat, dass ein Baby im Haus ist, dass sie, zwei Sekunden nachdem sie sich ihr Kleid übergestreift hatte, zur Tür hinaus war. Sicherlich hat sie sich gefragt, ob die Mutter des Kindes auch irgendwo in der Nähe ist. Ich hoffe, es ergibt sich die Gelegenheit, das noch mal klarzustellen.

Oben überprüfe ich rasch Xaviers Temperatur. Er liegt in seinem Bett und hat die Arme über den Kopf gestreckt, was bedeutet, dass er tief und fest schläft. Ich gehe über den Flur in mein Zimmer und weiter ins Bad, um mir die Zähne zu putzen und mir den Duft von Kira von Gesicht und Händen zu waschen. Im Bett lasse ich die Ereignisse dieses Abends noch einmal im Geiste Revue passieren.

Ich hab weiter eine ziemlich beeindruckende Erektion – endlich hat der arme Junge mal wieder etwas Action gesehen, auch wenn er es nicht zum Ziel geschafft hat. Also kümmere ich mich selbst darum und versuche mich in Gedanken in den Moment mit Kira im Arbeitszimmer zurückzuversetzen, doch ich denke dabei nicht an Kira oder Sadie.

Nein, es ist das Bild von Wynter in diesen verdammten Pyjamashorts, das mir schließlich den Orgasmus beschert.

8

Wynter

Als Adrian um halb elf die Treppe runterkommt, habe ich bereits einen Riesenstapel Pancakes gemacht, Xavier gefüttert und mit ihm fünf Folgen *PAW Patrol – Helfer auf vier Pfoten* geguckt, seine absolute Lieblingsserie. Heute geht es ihm richtig gut, und er scheint weder Fieber noch Schmerzen zu haben, was mich sehr erleichtert. Dass er gestern Nacht so untröstlich gewesen ist, hat mir Sorgen bereitet, und ich habe lange gebraucht, bis ich wieder einschlafen konnte.

Nach meinem unbeabsichtigten Voyeurismus gab es viel, was mich beschäftigt hat, unter anderem dass ich zum ersten Mal seit einer halben Ewigkeit so etwas wie Erregung verspürt habe. Ich hatte schon fast vergessen, wie sich das anfühlt.

Ich hab darüber nachgedacht, mir selbst Erleichterung zu verschaffen, doch das kam mir irgendwie falsch vor, sodass ich dem Drang widerstanden habe.

Wer beobachtet schon seinen besten Freund und Arbeitgeber beim Sex und befriedigt sich dann selbst? Ich meine, ich weiß, ich bin ziemlich verkorkst, aber das würde es noch mal auf ein völlig anderes Level heben, oder?

Und wie kann ich mit irgendwem darüber reden, ohne zugeben zu müssen, dass ich ihm beim Sex zugeschaut habe?

Ich bin angewidert von mir selbst, wenn auch nicht so sehr, dass ich es bereue, es getan zu haben.

Ich muss gestehen, wenn ich gewusst hätte, was für ein Anblick mich unten erwarten würde, wäre ich trotzdem die Treppe runtergeschlichen und hätte zugesehen. Ich verachte mich dafür, aber es ist die Wahrheit.

Ich darf einfach keine Gefühle für ihn entwickeln.

Ich kann mich nicht zu ihm hingezogen fühlen, selbst wenn er der sexyste Mann ist, den ich je getroffen habe. Und ja, allein der Gedanke sorgt dafür, dass ich mich furchtbar finde, denn eigentlich müsste ja mein verstorbener Ehemann der sexyste Mann für mich sein. Was er auch war, bis ich Adrian begegnet bin.

Vom ersten Moment an, als wir uns kennengelernt haben, fand ich ihn fast schon lachhaft heiß. Ich hab gehört, wie sich Lexi und Brielle Bemerkungen über seinen Sex-Appeal zugeflüstert haben, daher weiß ich, ich bin nicht die Einzige, der das aufgefallen ist. Man müsste auch schon blind sein, um nicht zu erkennen, wie unglaublich attraktiv er ist. Und jetzt weiß ich auch noch, wie sein Hintern und sein Schwarz aussehen und wie es ist, wenn er mit einer Frau schläft, und ich komme damit einfach nicht klar.

Ich mach ihm keinen Vorwurf daraus, dass er eine Frau mit nach Hause bringt oder mit ihr Sex hat, während Xavier und ich vermeintlich oben schlafen. Jemand anders könnte daran Anstoß nehmen, doch ich nicht. Nachdem ich aus nächster Nähe seine Verzweiflung und Trauer nach dem Tod seiner geliebten Frau miterlebt habe, freue ich mich für ihn, wenn er wieder ausgeht und Spaß hat.

Adrian kommt die Treppe in dem T-Shirt und der Jogginghose runter, die er sich gestern Nacht angezogen hat, nachdem er erst nur in Unterwäsche in Xaviers Zimmer aufgetaucht ist. Selbst so früh am Morgen sieht der Typ umwerfend aus.

»Tut mir leid, dass ich so lange geschlafen habe«, erklärt er, während er die Arme nach Xavier ausstreckt, der auf dem Sofa sitzt. »Das habe ich seit der Zeit vor Sadies Tod nicht mehr getan.«

Mir fällt auf, dass er seinen Ehering abgenommen hat. Am liebsten würde ich ihn danach fragen, verkneife es mir aber. »Kein Problem. Wir haben Pancakes gefrühstückt, ein paar Folgen *PAW Patrol* geschaut und mit seinen Autos gespielt.«

»Er fühlt sich deutlich kühler an«, bemerkt Adrian, nachdem er Xavier einen Kuss auf die Stirn gegeben hat.

»Heute geht es ihm viel besser.«

»Das ist schön.«

»Okay, ich fahr dann mal.«

»Danke, Wynter. Nicht nur für letzte Nacht, sondern auch für heute Morgen. Ich habe praktisch nie mehr die Gelegenheit, auszuschlafen.«

»Nun, wenn ich die Samstagnacht hier verbringe, kannst du es jetzt jeden Sonntag tun. Ich hab sonst keine Termine oder so.«

»Dann zahle ich dir einen Bonus.«

»Das ist nicht nötig. Ich biete es dir ja freiwillig an. Unter Freunden.«

»Danke, du bist die Beste.«

»Keine Ursache.«

Ich breite die Arme aus, und Xavier kommt zu mir, sodass ich ihn umarmen und ihm einen Kuss geben kann. Er wird mir fehlen, bis ich ihn morgen früh wiedersehe. »Ihr Jungs macht euch einen schönen Tag«, sage ich, während ich ihn an seinen Vater zurückgebe.

»Du dir auch.«

Auf der Fahrt nach Hause versuche ich vergeblich, meine Gefühle zu sortieren. Ich wollte sie nicht verlassen. Ich wollte bei ihnen bleiben und den Tag mit ihnen verbringen, auch wenn ich nicht das geringste Recht darauf habe, mir so etwas zu wünschen. Mich um Xavier zu kümmern ist mein Job. Adrian ist mein Freund, ja, aber auch mein Arbeitgeber, und es wäre klug, wenn ich das nicht vergesse.

Der Letzte, was ich möchte, ist, zu Hause bei meiner Mutter zu sein, die mich mit ihren Fragen, wie es mit meinem Leben weitergehen soll und welche Pläne ich habe, noch in den Wahnsinn treibt. Ich schaffe es gerade so, die Tage hinter mich zu bringen, ohne ständig darüber nachzudenken, wo ich wohl wäre und was ich wohl tun würde, wenn Jaden nicht krank geworden wäre. Ich hab immer das Gefühl, als ob sein Leben – und meins – abrupt zum Stillstand gekommen wäre, als wir von seiner schrecklichen Diagnose erfahren haben. Seit er gestorben ist und mich mit all meinen Fragen allein zurückgelassen hat, fühle ich mich, als wirbelte ich haltlos umher.

Ich bin nicht überrascht, als ich merke, dass ich nicht nach Hause fahre, sondern unwillkürlich den Weg zu Iris eingeschlagen habe.

Manchmal habe ich Schuldgefühle, weil ich mich so sehr auf sie stütze. Als ob sie als alleinerziehende Mutter von drei kleinen Kindern nicht schon genug um die Ohren hätte. Wobei sie ja nicht mehr alles allein machen muss, seit Gage bei ihnen wohnt.

Einen Block vor ihrem Haus halte ich an und schreibe ihr eine Textnachricht. *Ich bin gerade in der Nähe. Bist du da?*

Sie antwortet eine Minute später. *Jap. Komm vorbei.*

Die Erleichterung ist überwältigend. Ich bin nicht sicher, was ich getan hätte, wenn sie mich nicht eingeladen hätte. Ich brauche sie wirklich, doch als ich in die Einfahrt einbiege und hinter Dereks schwarzem Lexus-SUV parke, weiß ich nicht, was ich ihr überhaupt erzählen soll.

Derek, Roni, seine Tochter Maeve und ihr kleiner Sohn Dylan sind da, als ich Iris' Haus durch die Garage betrete, die offen steht. Sie hat mir schon oft gesagt, dass ich nicht klingeln muss, trotzdem fühlt es sich komisch an, einfach reinzugehen, als ob ich hier wohne. Aber das ist die Atmosphäre, die sie geschaffen hat. Alle sind immer willkommen, und dafür bin ich so dankbar, insbesondere an Tagen wie diesem, an denen ich total überdreht bin.

Sie begrüßen mich, als wäre ich ein lange vermisstes Familienmitglied.

Iris und Roni umarmen mich.

Maeve läuft zu mir, um mir ihre neue Puppe zu zeigen, und Iris' Kinder Tyler, Sophia und Laney fassen mich an den Händen und ziehen mich hinter sich her ins Spielzimmer, damit ich die neuen Legosteine bestaunen kann, die ihr Onkel Rob ihnen gestern mitgebracht hat.

»Leute, lasst Wynter erst mal ihre Jacke ausziehen und was trinken, bevor ihr sie mit Beschlag belegt«, meint Gage von der Tür aus. Er streckt mir eine Hand hin, um mich loszueisen.

Ich ergreife sie und lasse mich aus dem Spielzimmer führen. »Ich bin bald zurück, ihr Rasselbande.« Und an Gage gewandt füge ich leise hinzu: »Danke, Obi-Wan.«

»Du bist eine Kinderflüsterin. Sie lieben dich alle.«

»Was kann ich sagen? Ich bin eben selbst noch ein Kind.«

»Wynter, besorg dir einen Teller«, fordert mich Roni auf. »Wir haben jede Menge leckere Sachen aus der Stadt mitgebracht.«

Sie wohnt mit Derek in einem herrlichen Stadthaus, das sie sich nach ihrer Verlobung gemeinsam gekauft haben.

»Es fühlt sich für mich an, als würde ich mich aufdrängen. Ihr wolltet euch ja offensichtlich privat treffen.«

»Unsinn«, erklärt Iris. »Wir haben nichts Besonderes vor. Wir essen nur und reden. Du weißt, dass du hier stets willkommen bist.«

Ist ihr eigentlich bewusst, wie viel mir das bedeutet? Uns allen? Dass wir einen Ort haben, zu dem wir gehen können, wann immer wir nicht allein oder mit Leuten zusammen sein möchten, die sich nicht in uns hineinversetzen können und kein Verständnis für unsere Probleme haben? Meine Mutter wird das nie begreifen, sosehr sie sich auch bemüht. Keiner meiner Freunde aus der Zeit vor Jadens Tod versteht es. Selbst für Jadens Familie, die ja den Verlust desselben Menschen erlitten hat, ist es anders als für mich. Wie umgekehrt natürlich auch. Es ist wirklich schwierig.

»Ist alles in Ordnung mit dir?«, fragt Iris, als sie sich zu mir an die große Kochinsel in der Mitte ihrer Küche stellt.

Mir wird klar, dass ich mit einem Teller in der Hand ins Leere starre. »Ich könnte ein Gespräch unter vier Augen gebrauchen, falls das möglich ist.«

»Nachdem wir gegessen haben.«

»Danke, Iris.«

Sie legt mir einen Arm um die Taille und drückt mich. »Immer gern. Das weißt du doch.«

Ich bin entsetzt, als mir bei ihrer liebevollen Geste Tränen in die Augen steigen. »Du hast keine Ahnung, wie wichtig ihr, also du und unsere Gruppe, für mich geworden seid.« Ich bin selten so emotional und schon gar nicht nah am Wasser gebaut, aber die Worte sind mir über die Lippen gekommen, bevor ich noch mal darüber nachdenken kann.

»Doch. Ich weiß das ziemlich gut.«

Dieses Wissen, dieses Verständnis. Es ist unbezahlbar. Sie sind alle so viel älter als ich, aber sie behandeln mich nicht wie ein Kind. Sie wissen, dass ich schon vor einer ganzen Weile notgedrungen erwachsen geworden bin.

Die Sachen, die Roni und Derek mitgebracht haben, sind wirklich lecker. Bei den meisten davon habe ich keine Ahnung, was das eigentlich ist, trotzdem probiere ich zumindest einen Bissen von allem.

Gage stellt ein Glas von der Sorte Eistee vor mich, die ich mag. »Kann ich dir etwas Stärkeres bringen?«

»Nein, der Tee ist klasse«, antworte ich. »Danke.«

»Gerne.«

Hab ich schon erwähnt, dass ich es liebe, wie diese Leute sich um mich und umeinander kümmern? Keiner von ihnen zuckt auch nur mit der Wimper, wenn ich uneingeladen hier reinplatze. Wenn sie sagen, ich sei stets willkommen, dann meinen sie das auch.

»Wie war die letzte Nacht bei Xavier?«, will Iris wissen.

»Prima«, erwidere ich zwischen zwei Happen zarten Hähnchenfleischs. »Er ist so lieb und brav, dass ich fast ein schlechtes Gewissen habe, weil ich Geld dafür nehme, auf ihn aufzupassen.«

»Dafür solltest du dich nicht schuldig fühlen«, meint Roni. »Zu wissen, dass unsere Kinder in guten Händen sind, wenn wir nicht da sind, ist unbezahlbar.«

»Stimmt«, pflichtet ihr Derek bei. »Nach Vics Tod hatte ich ein Kindermädchen, und das war meine Rettung. Du verhilfst Adrian zu dem inneren Frieden, den er braucht, um zu arbeiten und ein Leben außerhalb seiner Vaterrolle zu führen. Das ist groß.«

Mein Verstand stolpert über die Worte »Leben außerhalb seiner Vaterrolle« und »groß«. Er ist wirklich groß, und ich brauche meine ganze Selbstbeherrschung, um nicht in Gelächter auszubrechen, weil meine Gedanken in diese völlig unpassende Richtung abschweifen.

Glücklicherweise reden sie einfach weiter.

»Ich wette, Adrian hat gestern Abend gut Geld verdient«, meint Gage.

»Das hoffe ich«, antwortet Iris. »Ohne Sadies Gehalt hat er ganz schön zu kämpfen.«

»Hatte sie keine Lebensversicherung?«, erkundigt sich Roni.

»Doch, aber das hat er für Xaviers College auf die hohe Kante gelegt«, erklärt Iris. »Er versucht zu vergessen, dass er es hat.«

»Das ist echt klug«, stellt Derek fest. »Später wird er froh darüber sein. Das College ist so absurd teuer.«

»Das ist der Grund, warum ich wieder arbeiten werde, sobald Laney in die Schule kommt«, bemerkt Iris. »Um dafür zu sparen.«

»Ich hab dir schon gesagt, dass Daddy Gage sich darum kümmern wird«, wirft Gage ein.

»Lalala, ich kann dich nicht hören«, entgegnet Iris.

»Warum zur Hölle eigentlich nicht?«, frage ich sie. »Er möchte die Ausbildung deiner Kinder finanzieren. Das solltest du ihm erlauben.«

»Genau«, bekräftigt Gage. »Hör auf Wynter.«

»Er wird nicht die Collegegebühren für sie zahlen«, stellt Iris klar.

»Ich vermute, dass er dir hilft, sie großzuziehen, wo er jetzt ja hier wohnt und sie ihn Daddy Gage nennen und so, richtig?«, frage ich sie.

»Ja, schon, aber …«

»Kein Aber, Iris. Lass ihn das machen, wenn er es will. Ich würde so etwas nie ablehnen, wenn das Angebot von jemandem kommt, der meine Kinder liebt.«

»Da hat sie recht«, sagt Derek. »Wenn irgendeine gute Fee des Wegs käme und mir anböte, die Collegegebühren meiner Kinder zu übernehmen, würde ich mich nicht wehren.«

»Die Collier-College-Stiftung steht auch deinen Kindern zur Verfügung«, verkündet Gage.

Derek starrt ihn an. »Nein. So hab ich das nicht gemeint. Hör auf.«

Gage zuckt die Achseln. »Deine Kinder, all eure Kinder, sind auch meine, seit ich meine Mädchen verloren habe. Es sollte mir erlaubt sein, alles, was ich will, für die Kinder zu tun, die diese furchtbare Lücke in mir füllen.«

»Das war jetzt unfair«, beschwert sich Derek, lächelt allerdings.

»Nenn es, wie du willst. Ich liebe deine Kinder. Es wäre mir eine Ehre, ihnen das College zu finanzieren.«

»Gage, ernsthaft …« Derek, der einer der redegewandtesten Menschen ist, denen ich je begegnet bin, ringt um Worte.

»Siehst du, was ich meine?«, erkundigt sich Iris. »Es ist anders, wenn er plötzlich anbietet, es auch für deine Kinder zu übernehmen, oder?«

»Lass es mich so ausdrücken«, erklärt Gage. »Ihr Leute habt mich gerettet. Ihr habt mir ein ganz neues Leben gegeben, das ich wirklich liebe. Ich hab meine Firma für eine Wahnsinnssumme verkauft. Eure Kinder bereiten mir Freude und machen mich glücklich. Ihnen den Collegebesuch zu bezahlen würde mir ebenfalls große Freude bereiten und mich glücklich machen. Nicht mehr und nicht weniger.«

»Und uns geht es ja allen darum, Freude zu finden, wo immer das möglich ist«, füge ich hinzu, um ihm zu helfen.

»Stimmt«, antwortet Gage. »Freude zu finden, wo wir nur können, ist unser Mantra.«

»Wenn es dem Mann Freude bereitet, kann man nichts mehr sagen außer ›Danke, Gage‹.«

Er deutet auf mich, grinst und zeigt mir ein Daumen-hoch.

»Danke, Gage«, erwidert Roni leise. »Ich hatte früher nie Freunde wie euch. Ich hasse es, dass Patrick sterben musste, damit ich euch alle kennenlernen konnte, aber was für ein

Riesenglück wir doch alle haben in diesem merkwürdigen ›danach‹.«

»Immer gern«, entgegnet Gage. »Und ich geb dir recht: Wir sind echte Glückspilze. Okay, wer möchte Nachtisch?«

»Der spinnt, oder?«, erklärt Derek.

»Ich kann dich hören«, bemerkt Gage, der inzwischen an der Kücheninsel steht und eine Schachtel von der Bäckerei auspackt.

»Gut«, meint Derek. »Du spinnst! Was für ein Freund.«

»Ich kriege bei dem Geschäft viel mehr, als ich gebe«, behauptet Gage. »Mir war gar nicht klar, wie sehr es mir gefehlt hat, Kinder in meinem Leben zu haben, bis ich bei euren sein durfte. Sie können nie den Platz meiner Mädchen einnehmen, aber es ist trotzdem schön.«

Er kommt mit einem Tablett voller Cupcakes, Brownies und Cookies zurück, die so gut duften, wie sie aussehen, und stellt sie vor uns. »Schnell! Schnappt euch, was ihr möchtet, bevor die Kinder Witterung aufnehmen.«

»Du bist wirklich der Beste, Daddy Gage«, sagt Roni leise.

»Ich liebe euch alle«, entgegnet er. »Bis zum Mond und wieder zurück.«

Während wir unser Dessert genießen, erzählt Roni uns von dem bevorstehenden Staatsbankett im Weißen Haus, das für den deutschen Bundeskanzler gegeben wird. »Es musste wegen der Herz-OP seiner Frau verschoben werden, doch inzwischen hat sie sich wieder erholt.«

»Hast du schon ein Kleid?«, erkundigt sich Iris.

»Shelby, die Privatsekretärin von Sam, hat jede Menge Kontakte zu Designern und arrangiert da was für mich.«

»Wie aufregend. Ich kann es gar nicht erwarten, dass du mir zeigst, wofür du dich entschieden hast.«

»Ich brauch vielleicht Hilfe beim Aussuchen«, gesteht Roni.

»Ruf uns an«, bietet ihr Iris an und schließt mich da mit ein. »Wir stehen für Beratertätigkeiten zur Verfügung.«

»Es ist echt cool, dass du in deinem Job so spannende Dinge erlebst«, stelle ich fest.

»Ich kneife mich immer noch jedes Mal, wenn ich morgens durch die Tür ins Weiße Haus gehe.«

»Und was ist, wenn Präsident Cappuano nicht mehr im Amt ist?«, will ich wissen. »Werdet ihr beide euren Job verlieren, wenn er das Weiße Haus verlässt?«

Sie zuckt die Achseln, als sei das keine große Sache. »Uns fällt dann schon was ein. Für den Moment genießen wir einfach das Abenteuer.«

»Wollt ihr meine Krokusse sehen?«, schlägt Iris mir und Roni vor. »Sie sind dieses Jahr besonders früh dran.«

»Was zur Hölle sind Krokusse?«, frage ich.

»Das sind Blumen, Süße«, antwortet Iris. »Komm mit, ich zeig sie dir.«

Ich greife nach meiner Jacke und folge ihr nach draußen in den Garten hinter dem Haus, wo der Swimmingpool immer noch abgedeckt ist.

»Ich wollte uns eine ungestörte Minute verschaffen«, teilt mir Iris mit.

»Oh«, erwidere ich. »Das habe ich überhaupt nicht mitgekriegt. Aber jetzt will ich erst mal wissen, was diese Krokusse sind.«

Sie lachen beide.

»Du bist echt urkomisch, Wynter.« Roni hakt sich bei mir unter. »Ich bin so froh, dass du vorbeigekommen bist.«

Diese Leute. Sie sagen oder tun immer Dinge, bei denen sich mir die Kehle zuschnürt. Wie schon mal erwähnt, hatte ich noch nie Freunde wie sie. Mit Ausnahme von Jaden hatten die meisten Kids, mit denen ich aufgewachsen bin, keinen Sinn für meinen schrägen Humor und fanden mich mindestens merkwürdig. Diese Leute hier halten mich jedoch für wahnsinnig witzig. Vielleicht habe ich lediglich ältere Freunde gebraucht, die mich verstehen.

Iris geht mit uns zum Zaun hinten im Garten und zeigt uns winzige lila Blumen, die sich ihren Weg durch die Mulchreste und das welke Laub vom letzten Jahr bahnen. »Das sind Krokusse. Sie sind beinahe immer die ersten Vorboten des Frühlings.«

»Aha, verstehe. Woher weißt du so was? Gibt es da ein Buch oder so, wo drinsteht, was man als Erwachsener wissen sollte? Beispielsweise was Krokusse sind?«

Wieder lachen sie.

»So ein Buch gibt es leider nicht, aber wir helfen dir gerne durch das Dickicht der Dinge, die du wissen musst«, erklärt Roni.

»Verrat mir die Wahrheit: Wann habt ihr gelernt, was Krokusse sind?«

»Meine Großmutter war eine begeisterte Gärtnerin«, erzählt Roni. »Als Mädchen kannte ich die Namen von allen Gartenpflanzen.«

»Das ist ein unfairer Vorteil.«

»Möglich. Doch dafür hatte ich keine Ahnung, was ein Vergaser ist, bis ich Patrick geheiratet habe.«

»Was zur Hölle ist das?«

»Ein Teil eines Motors«, erwidert Iris.

»Merkt ihr was? Woher soll ich all diesen Mist wissen?«

»Das nimmt man so mit«, antwortet Roni. »Du gehst nachher hier weg und weißt schon zwei Sachen mehr als bei deiner Ankunft.«

»Stimmt.«

»Also, was ist los?«, fragt Iris.

Ich spüre, dass mein Gesicht ganz heiß wird, als die Erinnerungen von letzter Nacht mich plötzlich wieder überfallen. »Es ist was ziemlich Peinliches.«

»Na, dann mal raus damit«, fordert mich Roni auf.

»Ihr dürft es aber niemals irgendwem weitererzählen. Weder Gage noch Derek oder sonst wem.«

»Großes Ehrenwort«, verspricht Iris für sie beide.

»Ich hab gestern zufällig beobachtet, wie Adrian Sex hatte.«

»Oh, verdammt«, entfährt es Roni. »Und wie war es?«

»Für die beiden sah es ziemlich gut aus. Nur ich hab mich irgendwie komisch gefühlt. Irgendwie …«

»Erregt?«, erkundigt sich Iris.

»Ja! Und ich bin mir so … so spannerhaft vorgekommen.«

»Du bist keine Spannerin«, widerspricht Roni. »Schließlich ist es ja zufällig passiert, oder?«

»Schon. Allerdings konnte ich dann erst mal nicht wegschauen. Ich hab mich so mies gefühlt. Irgendwie. Ich meine, er ist so unglaublich sexy, und ihm dabei zuzusehen war …«

Sie schütten sich erneut aus vor Lachen.

»Ehrlich, Wynter«, keucht Iris, als sie wieder Luft kriegt. »Du bist noch mal mein Tod.«

Roni wischt sich die Lachtränen aus den Augen. »Du hast nichts falsch gemacht, Wynter. Er ist sexy, und für dich ist es ja eine Weile her.«

»Dann hat er sich umgedreht, und jetzt kann ich an nichts anderes mehr denken.«

»Wow«, meint Iris. »Es war also beeindruckend?«

»Ja, zur Hölle. Das ist auf jeden Fall das passende Wort.«

»Wer war die Frau?«, wirft Roni ein.

»Keine Ahnung, und ich kann ihn ja schlecht danach fragen. Er weiß nicht, dass ich was bemerkt habe. Xavier hat angefangen zu weinen, daher bin ich nach oben gelaufen. Und dann ist Adrian, nur in engen Boxershorts, im Kinderzimmer aufgetaucht. Ich hab solche Schuldgefühle. Ich kann nicht glauben, dass ich dagestanden und zugeguckt habe.«

»Vermutlich ist es das erste Mal für ihn gewesen«, meint Iris. »Seit Sadie.«

»Ich glaub nicht, dass sie bis zum Ende gekommen sind. Sobald er Xavier weinen gehört hat, hat er aufgehört und gesagt, das sei sein Sohn. Es schien sie zu überraschen, dass er ein Kind hat. Das war das Letzte, was ich noch gehört habe.«

»Ich kann verstehen, warum du dich schuldig fühlst«, meint Iris. »Doch das solltest du nicht. Es ist nun mal passiert. Du hast es gesehen. Das ändert nichts an dem, worauf es ankommt.«

»Es hat mich irgendwie …«, ich zucke die Schultern, »wiedererweckt.«

»Ah«, erwidert Roni. »Vielleicht ist es auch für dich an der Zeit, dich zu amüsieren und dir die Hörner abzustoßen.«

»Ich kann mir einfach nicht vorstellen, es mit irgendjemand anders als Jaden zu tun.« Bevor sie Einwände erheben können, halte ich die Hände hoch. »Ja, ich weiß, ich werde den Rest meines Lebens ohne ihn verbringen müssen, und es wird natürlich andere geben. Es ist nicht so, dass ich das nicht wahrhaben wollte. Ganz bestimmt nicht. Nur kriege ich es einfach nicht in meinen Kopf, es tatsächlich mit irgendjemand anders zu machen.«

Iris legt ihren Arm um mich und führt mich zu einer Bank unter einem Baum.

Roni setzt sich auf die andere Seite neben mich.

»Vielleicht bist du noch nicht bereit dafür«, erklärt Iris.

»Meine Hormone behaupten, ich sei mehr als bereit. Mein ganzer Unterleib läuft auf Hochtouren, seit ich gestern Nacht Adrians Pornoshow gesehen habe.«

Roni beißt sich auf die Lippen, als müsste sie erneut Gelächter zurückhalten. »Das ist auf jeden Fall schon mal ein guter Beginn, aber womöglich ist da auch erst mal nicht mehr. Nur die Erkenntnis, dass da was gehen könnte.«

»Absolut«, pflichtet ihr Iris bei. »Stell es dir am besten wie eine alte Heizung vor, die wieder anspringt. Das ist die erste Vorbereitungsphase.«

»Ihr … Ach, ich *will* das einfach nicht mit irgendjemand anders machen. Ich *will* nicht.«

Iris lehnt ihren Kopf an meine Schulter. »Ich weiß, Süße. Aber irgendwann bleibt einem nichts anderes übrig.«

Ich werde wütend, als mir Tränen über die Wangen laufen. Ich bin es so leid, ständig zu heulen, und wische sie entnervt weg. »Manchmal hasse ich ihn dafür, dass er einfach gestorben ist und mich mit diesem ganzen Mist alleingelassen hat.«

»Das kann ich gut verstehen«, antwortet Iris. »Das ist völlig normal.«

»Den Menschen zu hassen, den man so unendlich geliebt hat?«

»Ja«, bestätigt Iris. »Komplett normal.«

Sie hat guten Grund, das zu sagen, nachdem sie rausfinden

musste, dass Mike mit einer anderen Frau ein weiteres Kind hatte.

»Hasst du Patrick, Roni?«

»Nein. Aber ich kann nachvollziehen, dass man die Situation hasst, in der wir zurückgelassen wurden. Denn das ist es ja, was man eigentlich hasst. Nicht ihn.«

»Nein, ich hasse Jaden dafür, dass er gestorben ist, dass er mich alleingelassen hat und dass er dafür gesorgt hat, dass ich mit niemand anderem Sex haben will als mit ihm.«

»Und vermutlich liebst du ihn auch aus all diesen Gründen, oder?«, fragt Iris behutsam.

»Ja, vermutlich schon.«

»Es ist ganz normal, selbst wenn die Situation an sich kompletter Mist ist«, stellt Roni klar. »Es gibt Tage, an denen ich immer noch nicht glauben kann, dass mein Leben jetzt Derek, Maeve und Dylan umfasst. ›Wo zur Hölle ist Patrick?‹, würde ich am liebsten fragen, wisst ihr?«

»Das denkst du immer noch?«, hake ich nach. »Obwohl du mit Derek so glücklich bist?«

»Jeden Tag.«

»Ich auch«, wirft Iris ein. »Ich wache neben Gage im Bett auf, und ich muss ein paarmal blinzeln, bis ich mich daran erinnere, wie er da hinkommt und wo Mike ist und was seit seinem Tod passiert ist. Es ist so schwer zu fassen. Manchmal denke ich, ich hätte alles nur geträumt, doch dann ist da Gage, der mich daran erinnert, dass es kein Traum ist. Es ist das echte Leben. Und wir tun unter den gegebenen Umständen unser Bestes.«

»Ihr beide seid echt tolle Witwen«, sage ich.

»Du aber auch, Wynter«, entgegnet Roni. »Du bist völlig anders als am Anfang, als du zu uns gestoßen bist. Du bist weiter der witzigste Mensch, den ich je gekannt habe, doch du hast deine scharfen Kanten verloren. Du bist nicht mehr so bitter wie zu Beginn.«

»Ich bin immer noch total bitter.«

»Das mag sein, aber es sticht nicht mehr so ins Auge.«

Iris deutet auf Roni. »Ich stimme allem zu, was sie gesagt

hat. Du machst es inzwischen so viel besser, als du dir selbst zugestehst.«

»Das habe ich allein euch zu verdanken. Ihr habt mir gezeigt, wie man es schaffen kann.«

»Und du wirst es eines Tages für jemand anders tun«, erklärt Iris. »So funktioniert das nämlich.«

»Und was unternehme ich jetzt wegen Adrian?«

»Was möchtest du denn seinetwegen unternehmen?«, will Roni wissen.

»Ist mit ihm ins Bett zu steigen eine Option?«

Sie lachen.

»Es ist vielleicht besser, wenn du dir dafür jemand anders suchst als ausgerechnet deinen Boss«, meint Iris.

»Alle anderen werden im Vergleich langweilig erscheinen.«

»Mag sein. Aber sei vorsichtig, und spiel nicht mit dem Feuer, was ihn betrifft«, erwidert sie. »Du liebst es, auf Xavier aufzupassen. Tu daher nichts, was das für dich ruinieren könnte. Ihr braucht einander im Moment zu sehr.«

»Ich weiß«, antworte ich mit einem Seufzen. »Du hast ja recht. Trotzdem wird es eine Weile dauern, diese Bilder aus meinem Kopf zu löschen.«

»Niemand sagt, dass du irgendwas löschen musst«, wendet Roni ein. »Wenn du es immer wieder durchleben willst, kannst du das problemlos genießen.«

»Heißt das, du erlaubst mir, Adrian als Masturbationsvorlage zu benutzen?«

Sie lachen noch heftiger.

»O mein Gott, Wynter«, keucht Roni. »Das habe ich nie gesagt!«

»Doch, hast du. Oder, Iris? Hat sie.«

»Irgendwie schon«, meint Iris mit einem Grinsen.

»Das war aber überhaupt nicht das, was ich gemeint habe!«

Wir drei lachen so heftig, dass wir kaum noch Luft kriegen, was genau das war, was ich gebraucht habe.

»Ich liebe euch so sehr«, teile ich den beiden mit, sobald ich wieder sprechen kann.

»Wir dich auch«, versichert mir Iris.

9

Wynter

*A*m nächsten Samstag werde ich nachts erneut von Geräuschen geweckt, die von irgendwo im Haus zu mir dringen. Nur ist es statt des Stöhnens von letzter Woche eher ein Quietschen.

»Bleib einfach im Bett, und kümmere dich um deinen eigenen Kram«, ermahne ich mich. »Vergiss nicht, Neugier ist der Katze Tod.« Das hat meine Großmutter immer gesagt, wenn ich als Kind meine Nase in Angelegenheiten gesteckt habe, die mich nichts angingen. Leider nützt es nichts, denn ich stehe trotzdem auf, um die Treppe runterzuschleichen und nachzusehen.

Wie letzte Woche ist Adrian im Büro und hat Sex. Allerdings glaube ich nicht, dass es dieselbe Frau ist, denn diese gibt leisere Laute von sich, die sich so frappierend nach einem Kätzchen anhören, dass ich mir nur mit Mühe das Kichern verkneifen kann.

Aber wen interessiert schon, was sie tut, solange ich Adrian mit seinem perfekten Hintern dabei zuschauen kann, wie er sich in eine willige Frau stößt?

Ich wünschte bloß, ich wäre die Frau unter ihm.

So.

Jetzt habe ich es ausgesprochen. Zumindest im Geist.

Jedes Mal, wenn diese Woche mein Blick auf ihm gelandet ist, hatte ich denselben Gedanken: *Ich möchte, dass ich es bin.* Tatsächlich würde ich ihn nur zu gern in mir spüren. Es fühlt sich an, als würde mein ganzer Körper vor Verlangen dahinschmelzen, und ich weiß nicht, wann ich das letzte Mal ein so intensives Pochen zwischen meinen Beinen erlebt habe.

Als Adrian das Tempo steigert, um sie zum Höhepunkt zu bringen, drehe ich mich um, um zu verschwinden, bevor er mich entdeckt. Ich habe Schuldgefühle, weil ich seine Privatsphäre verletzt habe, vor allem weil ich es dieses Mal mit voller Absicht getan habe. Das letzte Mal war es ein Versehen. Diesmal wusste ich genau, was mich erwartete, und bin trotzdem hingegangen.

Das darf nicht noch mal passieren.

Bevor ich in mein Bett zurückkehre, schaue ich nach Xavier, der auf dem Rücken liegt und die Arme über dem Kopf ausgestreckt hat. Er ist so verdammt niedlich, dass ich ein paar Minuten dableibe und ihm beim Schlafen zugucke, während ich versuche, meinen überhitzten Körper und meine überbordende Fantasie zu beruhigen.

Ich stehe immer noch da, als ich spüre, dass jemand hinter mir den Raum betritt.

Als ich mich umdrehe, entdecke ich Adrian auf der Türschwelle, wieder lediglich mit den engen weißen Boxershorts bekleidet, die schon die ganze Woche lang eine Hauptrolle in meinen Träumen gespielt haben. »Alles in Ordnung hier?«, erkundigt er sich im Flüsterton.

»Ja, ich wollte nur kurz nach ihm sehen. Bist du gerade nach Hause gekommen?«

Hoffentlich kauft er mir die beiläufig gestellte Frage ab und glaubt, dass ich keine Ahnung habe, was er da unten getrieben hat.

Er stellt sich neben mich an das Kinderbettchen und bringt einen sinnlichen, sexy Duft mit, der meine Sinne ausfüllt und in mir das Verlangen anfacht, die Hand auszustrecken und mir zu nehmen, was ich will. »Schon vor einer Weile.«

»War es ein guter Abend?«

»Ja, es war viel los, und ich hab ungefähr fünfhundert Dollar verdient.«

»Wow, super. Damit ist mein nächstes Wochengehalt ja gesichert.«

»Genau.«

»Okay, dann bis morgen früh. Ich stehe mit ihm auf.«

»Leider kann ich nicht ausschlafen, weil ich noch jede Menge für seine Geburtstagsfeier vorbereiten muss.«

»Versuch auf jeden Fall, bis um neun liegen zu bleiben. Mir macht es nicht das Geringste aus, die Frühschicht zu übernehmen. Sonst hast du ja nie Pause, also solltest du jede nutzen, die sich bietet.«

»Falls ich es dir bislang noch nicht gesagt habe: Du bist meine Rettung. Ein Geschenk des Himmels.«

»Jap, ich weiß.«

Ich will mich mit einem kecken Grinsen abwenden und erwische ihn dabei, wie er mir auf die Brüste starrt. Als ich das Zimmer verlasse, habe ich das Gefühl, dass er mir hinterherschaut. Er hatte gerade Sex, aber trotzdem starrt er mich so an. Warum erfüllt mich das mit einer merkwürdigen Mischung aus Aufregung und Vorfreude?

Weil du nicht ganz normal bist und einfach nicht weißt, wie man sich um seinen eigenen Kram kümmert und nicht ständig in Schwierigkeiten gerät. Dass Adrian mich in Schwierigkeiten bringen könnte, weiß ich so sicher, wie ich weiß, dass ich Jaden geliebt habe und für immer lieben werde. Adrian ist jemand, der mir wirklich gefährlich werden könnte, und es würde in einer Katastrophe enden, wenn das mit uns letzten Endes doch nicht klappt. Dann könnte ich Xavier nicht mehr sehen, und vermutlich könnte ich auch nicht länger zu den Wilden Witwen gehören, denn er war schließlich vor mir Mitglied dort und hätte gewissermaßen das ältere Recht an der Gruppe. Es vergeht kein Tag, an dem ich mir nicht bei einer oder einem von ihnen Rat hole oder tatkräftige Unterstützung von ihnen erhalte, daher wäre es mehr als wichtig, meine plötzlich durchdrehende Libido unter Kontrolle zu kriegen und mich von Adrian fernzuhalten.

Iris hat recht: Wenn ich unbedingt auf den Putz hauen will, könnte ich mir mühelos einen Typen suchen, der mit mir Sex haben will. Auf Tinder würde es keine drei Minuten dauern, jemanden zu finden, der über das erforderliche Equipment verfügt und bereit wäre, mit mir in die Kiste zu steigen. Männer haben mich auf diese spezielle Art angesehen, seit sich in der achten Klasse mein Busen entwickelt hat. Meine Mutter hat es fuchsteufelswild gemacht, dass erwachsene Männer ihre dreizehnjährige Tochter angestarrt haben, als wäre sie ein »Iss dich satt«-Buffet oder so.

Sie hat die Typen immer angefahren: »Hören Sie sofort auf, sie so anzugaffen, Sie Widerling. Sie ist *dreizehn*.«

Das war unfassbar peinlich.

Es hat dazu geführt, dass ich schließlich nirgendwo mehr mit ihr hingehen wollte, denn egal, wo wir waren, es gab immer Männer, deren Blicke auf diese unangenehme Weise an mir hängen geblieben sind. Und sie hat nie gezögert, diese Männer in ihre Schranken zu weisen. Da hab ich angefangen, übergroße Oberteile zu tragen, und diese Phase hat sich über den Großteil meiner Highschool-Zeit erstreckt. Genau genommen bis zu dem Moment, als Jaden mich davon überzeugt hat, keinen Deut mehr darauf zu geben, was andere Leute von meinem Körper halten. Er fand, dass ich sexy sei, und hat mich gerne betrachtet.

Daher habe ich mich für ihn und für ihn allein angezogen.

Wie schon erwähnt, es wäre bestimmt nicht schwierig, einen Typen zu finden, der es mir besorgt.

Nur wenn ich darüber nachdenke und es mir vorstelle, will ich es leider einzig und allein mit Adrian tun.

Womit wir wieder am Ausgangspunkt wären: Mir ist klar, dass das keine gute Idee ist, aber mein Verstand weigert sich, es mit irgendwem anders auch nur in Erwägung zu ziehen.

Ich hatte keine solchen selbstzerstörerischen Anwandlungen mehr, seit Jaden mich vor Jahren davon kuriert hat. Ich hatte den absolut tollsten Freund, bei dem ich mich wie eine Königin gefühlt habe, sodass ich nicht mehr das Bedürfnis hatte, Dummheiten zu begehen, mit denen ich mein Leben in Gefahr bringe. Dann ist er gestorben, und jetzt ist es mir so was von egal, ob es sich gehört oder nicht, mit dem heißen Mann zusammen zu sein, der mein Boss ist und auf dessen kleinen Sohn ich aufpasse, den ich mehr als alles andere auf der Welt liebe.

Es ist mir egal, ob ich mir mit meinem Verlangen nach Adrian alles versaue. Wobei, das stimmt nicht: Es ist mir natürlich *nicht* egal. Es ist mir sogar sehr wichtig. Nur hilft mir das leider nicht dabei, diese völlig unangemessenen Gedanken zu unterbinden.

Da es ihm ja nicht schwerzufallen scheint, mit irgendwelchen x-beliebigen Frauen ins Bett zu steigen, würde es ihm vielleicht nichts ausmachen, auch mit mir Sex zu haben.

Sollte ich einfach offen sein und ihn direkt fragen, was er davon halten würde?

Die Wynter von früher hätte so etwas nie in Erwägung gezogen, doch das musste sie auch nicht. Sie hatte ab der neunten Klasse einen festen Freund, der alle Bedürfnisse befriedigt hat, die sie je verspürt hat. Er hat ihr alles über Liebe und Sex und Höhepunkte und so beigebracht, was zählt. Aber jetzt ist er nicht mehr da, und sie muss irgendwie allein klarkommen.

»Bist du jetzt fertig damit, von dir in der dritten Person zu denken?«, frage ich mich laut.

Adrian erscheint in meiner Tür. »Hast du was gesagt?«

»Oh, äh ... Ich hab nur Selbstgespräche geführt.«

»Ha, das kenne ich. Antwortest du dir auch?«

»Die ganze Zeit, und mein Ich will Sachen, die ich definitiv nicht tun sollte.«

Er legt seine Hände an den Türrahmen über seinem Kopf, was meine Aufmerksamkeit auf seinen unglaublich sexy Körper lenkt. »Wie was zum Beispiel?«

Ich bin so fasziniert von seinen definierten Muskeln, dem Bauch und der stattlichen Ausbuchtung in seinen Boxershorts, dass ich einen Moment lang sprachlos bin. Wenn man noch sein atemberaubend attraktives Gesicht hinzunimmt, ist das eine ziemlich machtvolle Kombination.

»Wynter?«

»Na ja, also ... Beispielsweise nach unten zu gehen und

nachzugucken, was das für Geräusche sind, und dann zu entdecken, wie du … Na, du weißt schon.«

Er windet sich verlegen. »Mist. Tut mir leid.«

»Muss es nicht. Es war durchaus heiß.«

Er seufzt tief. »Es war okay. Tut mir trotzdem leid, dass du das sehen musstest.«

»Mir nicht.« Na, schau sich einer diese verwitwete Wynter an. Die schmeißt sich ja ganz schön ran.

»Nicht?«

»Nope. Und nur damit du es weißt … Letzte Woche habe ich's auch mitgekriegt.«

»Himmel, Wynter. Warum hast du nichts gesagt?«

»Was hätte ich denn sagen sollen? ›Sorry, ich dachte, es seien Einbrecher im Haus, daher bin ich die Treppe runtergeschlichen und hab dann gemerkt, dass du mit jemandem in deinem Büro Sex hattest?‹«

»Na ja, das wäre immerhin ein guter Anfang gewesen. Ich weiß, ich hätte sie nicht herbringen sollen. Es hat sich falsch angefühlt, andererseits wollte ich auch kein Hotelzimmer anmieten, das die Hälfte dessen gekostet hätte, was ich gerade verdient hatte.«

»Du hast nichts falsch gemacht.«

»Trotzdem fühlt es sich falsch an.«

»Weil es nicht Sadie war.«

»Ja, und weil du und mein Sohn im ersten Stock geschlafen habt – oder wenigstens dachte ich, ihr würdet das tun. Ich hätte dich zumindest vorwarnen müssen, dass ich jemanden mitbringe. Es tut mir leid, dass ich das nicht getan habe. Offenbar hab ich jedes Gefühl für Anstand und Schicklichkeit verloren. Meine Schwester würde mich ganz schön zusammenstauchen, wenn sie wüsste, was ich getan habe.«

»Es ist alles gut. Ich schäme mich dafür, dass ich deine Privatsphäre verletzt habe. Deswegen fühle ich mich furchtbar.«

»Ist nicht weiter schlimm.«

»Dürfte ich dir noch etwas anvertrauen?«

»Ja, klar.«

»Seit ich dich gesehen habe … letzte Woche und dann heute

Abend … habe ich mich gefragt, wie es wohl wäre … Na ja, du weißt schon … Das mit dir zu tun.«

Er lässt seinen Kopf in den Nacken fallen und atmet hörbar aus.

Doch die Ausbuchtung in seinen Shorts wird plötzlich größer.

»Nein, Wynter, das wäre nicht gut. Am Ende würde es alles ruinieren.«

Ich weiß nicht, was mich dazu treibt, aber ich stehe von meinem Bett auf, stelle mich vor ihn und lege ihm beide Hände auf die Brust. »Vielleicht auch nicht.«

Er schnappt nach Luft, als ich ihn berühre. »Doch. Ich brauche dich so verzweifelt für Xavier. Ich wüsste nicht, was ich ohne dich anfangen sollte.«

»Ich gehe nirgendwohin. Du weißt, wie sehr ich ihn liebe.«

»Stimmt. Und ich muss mich auf ihn konzentrieren, egal, wie sexy du bist.«

»Du findest mich sexy?«

»Wynter, *jeder* Mann findet dich sexy.«

»Ich frage nicht irgendeinen, ich frage dich.«

Er schließt seine Finger um meine Handgelenke, und ich muss mich zusammenreißen, damit ich mich nicht auf die Zehenspitzen stelle und ihn küsse. »Ja, ich finde dich sexy. Ich finde dich lustig und liebevoll und süß, auch wenn du allen den Eindruck vermitteln möchtest, dass du total abgebrüht seist.«

Dann zieht er meine Hände von seiner Brust und weicht einen Schritt zurück.

Ich schaue nach unten und stelle fest, dass die Spitze seines Schwanzes aus dem Bund seines Slips ragt. Was würde er tun, wenn ich mich jetzt einfach vor ihn knie?

»Wir können das nicht tun, Wynter. Es ist unmöglich. Sex macht alles kaputt, und das kann ich nicht zulassen, nachdem ich nach Sadies und danach Alyssas Tod endlich wieder auf die Füße gekommen bin. Es geht einfach nicht.«

Zwar höre ich, was er sagt, und muss ihm sogar recht geben, aber mein Herz schmerzt, als hätte ich etwas Kostbares verloren, obwohl ich es in Wahrheit ja nie besessen hab.

Er küsst mich auf die Stirn. »Schlaf ein bisschen, okay?«

Als ob ich das jetzt noch könnte. »Klar.«

»Wir sehen uns morgen früh.«

»Unbedingt.«

Ich blicke ihm nach, bewundere das Spiel der Muskeln unter der glatten Haut und muss mich zwingen, den Mund zu schließen.

Die Sache ist bloß die: Es geht mir nicht allein um seinen sexy Körper oder seinen perfekten Schwanz. Ich hab ihn aufrichtig gern. Mir gefällt es, wie er Xavier behandelt, wie er sich nach seinem schlimmen Verlust und trotz aller Widrigkeiten in die Rolle des alleinerziehenden Vaters eingefunden hat und alles irgendwie auf die Reihe kriegt. Mir gefällt es, dass er allen ein guter, zuverlässiger Freund ist und jedem von uns zur Seite steht, wenn er gebraucht wird.

Adrian ist in mehr als einer Hinsicht ein echter Schatz, und außerdem weiß ich jetzt etwas, das ich vorher nicht wusste: Er findet mich sexy, und er begehrt mich auch.

Damit kann ich arbeiten.

Adrian

WIE KANN ES SEIN, dass ich gerade erst Sex hatte – und dieses Mal auch zum Höhepunkt gekommen bin –, doch alles, woran ich denken kann, ist Wynters Vorschlag, dass wir es miteinander tun könnten? Die Frau, die ich heute Abend mit heimgenommen habe, heißt Tulip. Zumindest hat sie mir das erzählt, wobei ich mir nicht sicher bin, ob das wirklich ihr richtiger Name ist.

Beim Sex hat sie die sonderbarsten Laute von sich gegeben, was mich extrem abgelenkt hat. Nicht so sehr, dass ich es nicht geschafft hätte, uns beide ans Ziel zu bringen, aber es war schon merkwürdig.

Trotz der Störgeräusche wäre es viel sicherer, mich weiter mit ihr zu treffen, als etwas mit Wynter anzufangen, die wie ein Fass Dynamit ist. Sie ist meine Nanny und meine Freundin.

Außerdem haben wir eine Menge gemeinsamer Freunde, die davon betroffen wären, wenn sie und ich die Sache in den Sand setzen würden.

Wobei der Umstand, dass sie meine Nanny ist, das Allerwichtigste ist. Ich muss Xavier und seine Bedürfnisse über meine eigenen Wünsche stellen. Er liebt Wynter, und sie liebt ihn. Unser Arrangement funktioniert für uns alle perfekt, und ich wäre ein Narr, wenn ich das in Gefahr bringen würde.

Dabei ist die Wahrheit die, dass es mich jedes Quäntchen Willenskraft gekostet hat, sie gerade jetzt zu verlassen. Wenn es irgendjemand anders gewesen wäre, der süß, sexy und willig vor mir gestanden hätte, hätte ich nicht die Kraft gehabt, Nein zu sagen.

Doch es war Wynter.

Soweit ich weiß, hat sie mit niemandem geschlafen, seit ihr Mann gestorben ist. So beiläufig sie mir ihren Vorschlag auch unterbreitet haben mag, für sie wäre es alles andere als das. Oder für mich. Bei uns wären Gefühle im Spiel. Ich Lebe sie. Natürlich liebe ich sie. Wir sind zusammen durch die Hölle gegangen und kommen jetzt auf der anderen Seite der Trauer wieder heraus.

Ich liege auf dem Bauch im Bett und wünsche mir, mein Unterleib würde kapieren, dass mit Spiel und Spaß für heute Nacht Schluss ist. Aber alles, was ich sehe, wenn ich die Augen schließe, ist Wynter in ihrem engen schwarzen Tanktop und den ultraknappen, schwarz-weiß gepunkteten Shorts, die nur wenig der Fantasie überlassen.

Ich kann nicht glauben, dass sie mich letzte Woche und dann wieder heute Nacht beim Sex beobachtet hat. Das sollte mir eigentlich Sorgen bereiten, doch wenn ich daran denke, werde ich nur noch härter.

Mit einem Stöhnen wälze ich mich auf den Rücken und schiebe die Unterhose runter, damit ich mich um das Problem kümmern kann, was zwingend nötig ist, wenn ich auch nur die geringste Hoffnung auf ein wenig Schlaf haben will. Dieses Mal fühle ich mich nicht im Geringsten schuldig, wenn ich dabei an

Wynter denke. Schließlich ist diese hartnäckige Erektion allein ihre Schuld.

Nachdem sie mir die Idee in den Kopf gesetzt hat, dass wir beide miteinander ins Bett steigen könnten, wie soll ich da an irgendwas anderes denken können?

Ich muss aufrichtig mit mir sein. Das erste Mal, als ich Wynter gesehen habe, fand ich sie schon umwerfend. Meine unwillkürliche Reaktion auf sie, so kurz nachdem ich meine geliebte Ehefrau verloren hatte, hat mich entsetzt und schockiert. Und wütend auf mich selbst gemacht. Denn wie konnte ich sie umwerfend finden, wo ich gerade erst auf tragische Weise die Liebe meines Lebens verloren hatte? Eine Weile lang war ich Wynter gegenüber reserviert, was, wie ich jetzt begreife, total unfair war.

Es war ja nicht ihre Schuld, dass ich mich zu ihr hingezogen gefühlt habe, zu einer Zeit, da ich ein Neugeborenes hatte, das für alles auf mich angewiesen war. Sie konnte überhaupt nichts dafür, und nach einer Weile hatte ich den Ärger auf mich und über meine Reaktion auf sie auch überwunden.

Allerdings habe ich diese erste Reaktion nie vergessen.

Wenn ich irgendeine hätte nennen sollen, die die Erste nach meiner Ehefrau werden sollte, hätte ich sie genannt.

Dabei ist sie zu jung für mich.

Sie ist *zu viel* für mich.

Und sie arbeitet für mich.

Es gibt eine Million Gründe, warum sie die letzte Frau auf der Welt sein sollte, die mir eine Erektion beschert, aber während ich mich selbst zu einem Höhepunkt bringe, neben dem der von vorhin verblasst, lässt sich nicht bestreiten, dass ich Wynter begehre.

10

Wynter

Die Stimmung zwischen Adrian und mir ist angespannt, während wir die Geburtstagsfeier vorbereiten. Weil ich damit gerechnet habe, den ganzen Tag bei Adrian und Xavier zu verbringen, habe ich Kleidung zum Wechseln mitgebracht. Nach dem Duschen gehe ich in die Küche, wo Sadies Schwestern und die Wilden Witwen fleißig werkeln. Adrian hat uns anvertraut, dass er keine Ahnung hat, wie man eine Geburtstagsparty für ein einjähriges Kind organisiert, also packen wir alle mit an.

Lexi kommt mit der Feuerwehrauto-Torte herein, die sie abgeholt hat, da die Bäckerei in der Nähe ihres Hauses liegt. Sie stellt sie auf den Küchentisch, und wir versammeln uns gespannt um sie, als sie den Deckel der Schachtel hebt.

»Wow«, meint Adrian. »Ein echtes Kunstwerk. Du hattest recht, Iris. Das ist unglaublich.«

»Ich musste ein paar Beziehungen spielen lassen und die Witwenkarte einsetzen, um dich in ihren immer vollen Terminkalender reinzuschmuggeln.«

»Was auch immer du getan hast, um es zu ermöglichen, danke.«

»Sie haben extra für das Geburtstagskind noch einen

Cupcake dazugetan«, erklärt Lexi und deutet auf die zweite, kleinere Schachtel.

»Wieso?«, fragt Adrian.

»Es ist Tradition, dass der Einjährige seinen eigenen Kuchen kriegt«, sagt Iris. »Also gibt es immer einen kleineren, den er oder sie zermanschen und mit den Händen essen kann.«

»Das klingt nach einer Riesensauerei«, stellt Adrian fest.

»Das ist ja der Sinn der Sache«, erwidert Iris grinsend.

»Xavier wird das lieben«, meine ich. »Gut gemacht, Leute.« Ich nehme die Tüte, die ich vorhin aus dem Auto geholt habe, und reiche sie Adrian. »Die habe ich aus einem Partyladen. Es schien mir überflüssig, das einzupacken. Ich hoffe, es gefällt ihm.«

Die anderen schauen begeistert zu, wie Adrian ein winziges Feuerwehrmann-Kostüm aus der Tüte holt. »O mein Gott, Wynter. Xavier wird völlig aus dem Häuschen sein. Wo hast du so was im März gefunden?«

Es freut mich total, dass mein Geschenk ihn zum Lächeln gebracht hat. »In den Partyläden ist immer Halloween.«

»Wieso wissen Leute, die keine Kinder haben, das, aber ich nicht?«

»Halt dich einfach an mich«, antworte ich. »Ich weiß alles und helfe gern.«

»Zweifelt irgendjemand daran, dass das stimmt?«, fragt Iris in die Runde.

Lexi, Brielle, Joy und Christy lachen.

»Ich würde ihr nicht widersprechen«, wirft Christy mit einem Lächeln in meine Richtung ein.

»Ich halte euch Greise auf Trab«, entgegne ich.

»Hey!« erklingt aus aller Munde gleichzeitig, während ich laut lache.

»Wen bezeichnet sie hier als Greis?«, will Gage wissen, der gerade eine Kühlbox voller Eis hereinträgt.

»Alle von uns, die älter sind als sie«, erklärt Iris.

»Nun, im Vergleich zu ihr *sind* wir Greise.«

»Genau, Big Daddy«, sage ich. Wir haben mal nachgerechnet und festgestellt, dass er mein Vater sein könnte, auch wenn er das nicht hören wollte.

»Ich liebe diesen Spitznamen«, verkündet Iris mit einem Lachen.

»Ich nicht«, erwidert Gage, worüber wir uns nur noch mehr ausschütten müssen.

»Ihr seid so lustig«, bemerkt Adrians Highschool-Freundin Danielle.

Es fällt mir schwer, sie nicht spontan zu hassen. Sie ist groß, schwarz, wunderschön, klug und genau die Art von Frau, mit der ich ihn mir vorstellen kann. Ich habe gehört, wie sie Joy erzählt hat, dass sie ebenfalls Anwältin ist. Kurz gesagt, sie ist all das, was ich nicht bin.

»Wir versuchen, alle immer auf dem Boden der Tatsachen zu halten«, erläutert ihr Iris.

»Als Adrian erwähnt hat, dass heute seine ›Wilden Witwen‹ dabei sein würden, wusste ich nicht so recht, was mich erwartet«, meint Danielle.

»Na ja, wir sind nicht unbedingt bekannt für Zurückhaltung und respektvollen Umgang miteinander«, wirft Brielle ein. »Das ist eben unsere Art, mit allem klarzukommen.«

»Es ist großartig, dass ihr einander habt.«

»Finden wir auch«, sagt Iris lächelnd, bevor sie ins Bad muss, um Laney zu helfen.

Ich schaue zu Adrian, der heute offenbar Schwierigkeiten hat, mir in die Augen zu sehen. »Ich habe für die anderen Kinder Spielzeug-Feuerwehrhelme besorgt und ein paar Geburtstagstüten für sie gefüllt.«

»Du bist die Beste, Wynter. Tausend Dank.«

»Gern geschehen.«

Adrians Schwester Nia trifft mit ihrem Mann Mick und den Kindern Chantelle und Malik ein, die mir wohlerzogen die Hand geben. Adrian hat mir erzählt, sie seien zwölf und vierzehn Jahre alt. Zwar waren sie auch an dem Abend hier, an dem Alyssa gestorben ist, aber da hat sich keine Gelegenheit geboten, sich mit ihnen zu unterhalten.

»Sie sind Adrians Kindermädchen, richtig?«, erkundigt sich

Nia und mustert mich interessiert. Sie hat die gleichen markanten Wangenknochen wie ihr Bruder und trägt das Haar zu langen Zöpfen geflochten.

»Genau«, bestätigt Adrian. »Und verzichte bitte auf das, was du üblicherweise tust, Nia.«

»Was denn?«

»Ständig alles zu kritisieren. Wynter ist wunderbar, Xavier liebt sie, und alles läuft super. Daher kannst du beruhigt einen Gang zurückschalten und dich raushalten.«

»Ich weiß gar nicht, was du hast. Ich wollte ihr nur dafür danken, dass sie sich so gut um meinen Neffen kümmert«, sagt Nia und klingt leicht genervt, ehe sie sich an mich wendet. »Ich entschuldige mich für meinen Bruder. Ihm ist anscheinend irgendeine Laus über die Leber gelaufen.«

Ich beiße mir auf die Lippe, um nicht zu lachen, weil ich ahne, dass er nicht begeistert wäre, wenn ich das witzig fände.

»Achten Sie nicht weiter auf die beiden«, rät mir Nias Ehemann Mick. »So geht das ständig. Nach einer Weile gewöhnt man sich daran.«

»Gut zu wissen«, antworte ich. »Kann ich Ihnen etwas zu trinken anbieten?«

»Gibt es Bier?«

»Klar, in einer Kühlbox auf der Terrasse.«

»Mehr brauche ich erst mal nicht.«

»Ist das der Schwager, für den du arbeitest?«, frage ich Adrian, als ich mich zu ihm an den Küchentresen stelle, um die Pizzen für die Kinder fertig zu belegen.

»Ja. Wir sind schon ewig befreundet. Er und Nia sind zusammen, seit ich in der Mittelstufe war. Ich sage ihr immer, dass ich, wenn es zur Scheidung kommt, das Sorgerecht für ihn haben will.«

Ich verschlucke mich fast vor Lachen. »Du bist gemein.«

»Überhaupt nicht. Ich will bloß, dass sie weiß, woran sie ist. Natürlich ist das alles nur Spaß. Ohne die beiden hätte ich es nach Sadies und dann Alyssas Tod nie geschafft. Nia hat mich praktisch aufgezogen.«

»Was ist mit deinen Eltern?«

»Meinen Vater habe ich nie gekannt, und meine Mutter hatte eine Menge Probleme. Nia und ich sind ein paarmal in Pflegefamilien gelandet, aber glücklicherweise wurden wir nicht getrennt.«

»Wie schön, dass du sie hattest.«

»Finde ich auch. Allerdings ist es inzwischen unsere Lieblingsbeschäftigung, einander nach Kräften auf den Sack zu gehen.«

»Mom hat gar keinen Sack, Onkel Adrian«, wirft Malik ein, ehe er sich ein Stück Paprika von dem Haufen vor uns stibitzt.

Wir brechen beide in Gelächter aus.

»Ups.« Adrian wirft mir einen Blick zu, von dem mir die Knie weich werden. »Sei nicht so naseweis, du Schlaumeier.«

»Dafür kann ich nichts, das ist in meinen Genen.«

Nachdem Malik sich ein weiteres Stückchen Paprika geschnappt hat, zieht er ab.

»Ist es das, was mir in ungefähr zwölf Jahren bevorsteht?«, erkundigt sich Adrian.

»Könnte sogar noch früher sein. Xavier ist das klügste Kind, das mir je untergekommen ist.«

Wir rufen die älteren Kinder, damit sie sich ihre Pizzen selbst belegen. Ich hatte das vorgeschlagen, als Adrian mich gefragt hat, was es zu essen geben sollte. Auf meiner will ich nur Käse. Xavier, der sein Feuerwehrkostüm sofort angezogen hat, sitzt in seinem Hochstuhl und knabbert Cracker und die kleinen Käsestückchen, die ich ihm auf seinen Teller getan habe.

Er strahlt die ganze Zeit, während er den anderen beim Pizzabelegen zuschaut, und auch, als er seine Geschenke auspackt, während die Pizzen im Ofen sind.

Es macht solchen Spaß, ihn zu beobachten, seine Reaktion auf jedes neue Spielzeug, Buch, Spiel und sogar die Kleidung, die Nia und Mick ihm besorgt haben.

»Er entwickelt Stilbewusstsein wie sein Daddy«, stellt Nia fest. »Von dem Moment an, in dem Adrian es sich leisten konnte, schicke Klamotten zu kaufen, war er immer perfekt gestylt.«

»Was soll ich sagen?«, entgegnet Adrian. »Kleider machen Leute.«

Heute trägt er ausgeblichene Jeans und ein hellgraues T-Shirt, das sich an seinen muskulösen Oberkörper schmiegt. Ich wüsste gern, ob das Shirt so weich ist, wie es aussieht, doch nach unserem Gespräch gestern Abend traue ich mich nicht, ihm näher zu kommen. Obwohl nichts passiert ist, fühlt es sich an, als hätte sich alles zwischen uns verändert.

Nachdem Xavier sich Kuchen ins Gesicht geschmiert und eine echte Sauerei angerichtet hat, wie es sich für einen Einjährigen gehört, stehe ich an der Spüle und wasche ab, als Iris und Roni sich zu mir gesellen.

»Wie läuft's denn so?«, fragt Iris.

»Gut.«

»Nette Party«, meint Roni. »Adrian lobt dich in höchsten Tönen.«

»Das ist lieb von ihm, aber ich hab wirklich gern geholfen. Guckt euch nur Xavier an, er hat überall roten Zuckerguss im Gesicht.«

»Und wie läuft es *sonst* so?«, erkundigt sich Iris.

Ich riskiere einen Blick zu Adrian, der auf der anderen Seite des Raums, umgeben von Freunden und Familie, Xavier dabei beobachtet, wie er das Cupcake-Chaos vergrößert. Ich nicke in Richtung Wohnzimmer, wo wir ungestörter reden können.

»Letzte Nacht gab es mehr Sex, allerdings nicht mit mir«, teile ich ihnen mit, als wir dort sind.

»Hast du wieder zugesehen?«, fragt Roni.

»Nur ganz kurz, und nachher habe ich ihm gestanden, dass ich beide Male zugeschaut habe.«

»Was hat er dazu gesagt?«, will Iris wissen.

»Es schien ihm peinlich zu sein. Er hat erklärt, es täte ihm leid und es würde nicht wieder vorkommen. Darauf hab ich geantwortet, dass es *mir* nicht leidtäte, denn es wäre heiß gewesen.«

»Und was dann?«, erkundigt sich Roni.

Ich merke, dass die beiden mir förmlich an den Lippen hängen.

»Also, äh, ich hab versucht, was mit ihm anzufangen, doch er hat entgegnet, das könnten wir einfach nicht tun. Aus den bekannten Gründen. Dabei wollte er es durchaus, das war nicht zu übersehen …«

Iris fächelt sich das Gesicht. »Oh, wow.«

»Leute, was soll ich tun? Ich kann an nichts anderes mehr denken, seit ich mir eingestanden habe, dass ich mit ihm ins Bett will – und mit keinem anderen als ihm.«

»Natürlich hat er recht«, stellt Roni fest. »Das könnte spektakulär schieflaufen und letzten Endes heilloses Chaos stiften.«

»Das wird es nicht. Ich werde Xavier oder Adrian nicht einfach im Stich lassen, nur weil sich unsere Beziehung ändert.«

»Ich spreche hier als Mutter, nicht als Frau«, erklärt Roni. »Dass Dylan in der Kita betreut wird, ist entscheidend dafür, dass ich meinen Job ausüben und genug Geld verdienen kann, um unseren Unterhalt zu bestreiten. Das würde ich nie aufs Spiel setzen. Niemals. Für Adrian könnte es ganz ähnlich sein.«

»Die Kinder kommen an erster Stelle – immer«, bekräftigt Iris. »Eines Tages, wenn du selbst eins hast, wirst du verstehen, was wir meinen. Du kannst eine bestimmte Sache noch so sehr wollen – wenn es nicht im Interesse deines Kindes liegt, wirst du es nicht tun.«

»Echt, das ist deprimierend. Vielleicht sollte ich als seine Nanny kündigen.«

»Auf keinen Fall«, entgegnet Iris. »Er braucht dich so sehr. Du warst für ihn nach Alyssas plötzlichem Tod ein rettender Engel. Und außerdem wärst du am Boden zerstört, wenn du Xavier nicht mehr jeden Tag sehen könntest.«

»Stimmt. Er fehlt mir von der Minute an in der ich hier aufbreche.«

»Euer Arrangement funktioniert für alle Betroffenen bestens, oder zumindest war das so, bis plötzlich von Sex die Rede war«, meint Roni.

»Ich hasse es, das Klischee zu bedienen.«

»Inwiefern tust du das denn?«, will Iris wissen.

»Also bitte: das junge Kindermädchen, das sich in den alleinerziehenden Vater verguckt.«

»Dadurch bedienst du noch kein Klischee, schließlich seid ihr auch eng befreundet«, wendet Roni ein.

»Trotzdem herrscht in meinem Gefühlsleben völliges Durcheinander, seit ich erfahren hab, dass er mein Verlangen erwidert.«

»Darf ich was sagen?«, erkundigt sich Iris.

Ich werfe ihr einen verwirrten Blick zu. »Seit wann fragst du bei so was um Erlaubnis?«

»Nur wenn das, was ich zu sagen habe, für mein Gegenüber schmerzhaft sein kann.«

»Ich bin mir sicher, was immer es ist, ich komme nach dem, was ich bereits hinter mir habe, damit klar.«

»Ich habe den Eindruck, dass du bei deiner Trauerbewältigung einen entscheidenden Schritt nach vorn gemacht hast, indem du Adrian begehrst und es uns gegenüber eingestanden hast«, beginnt Iris vorsichtig. »Ich hoffe, du kannst das als Fortschritt betrachten.«

Obwohl sie ganz behutsam geäußert werden, treffen mich Iris' Worte tief. Es kommt mir vor, als sei ich Jaden untreu, wenn ich die Wahrheit in dem, was sie gesagt hat, irgendwie anerkenne. »Ich … äh …« Meine Augen füllen sich mit Tränen. »Verdammt.«

Die beiden umarmen mich.

»Das ist eine gute Sache«, flüstert Iris. »Selbst wenn es sich furchtbar anfühlt, wenn dir zum ersten Mal klar wird, dass es passiert ist.«

»Ich wollte das nie.«

»Ich weiß, Süße«, antwortet Roni. »Aber wir sind immer noch hier, leben immer noch und atmen und fühlen und wachsen an unseren Herausforderungen, obwohl wir den schlimmsten denkbaren Verlust verkraften mussten. Nach allem, was du uns über Jaden erzählt hast, hat er dich von ganzem Herzen geliebt. Er würde sich wünschen, dass du einen Weg findest, wieder glücklich zu sein.«

Tränen strömen mir über die Wangen.

»Was ist los, Wynter?« Adrian kommt mit einem inzwischen wieder halbwegs sauberen Xavier auf dem Arm ins

Zimmer und bleibt stehen, als er sieht, dass Iris und Roni mich trösten.

»Nichts.« Hastig wische ich mir die Tränen weg und ringe mir ein Lächeln ab. »Wie geht es denn meinem kleinen Wonneproppen, der heute ein Jahr alt ist?«

Xavier streckt seine Ärmchen nach mir aus, und Adrian überlässt ihn mir, wobei er mich allerdings weiterhin besorgt betrachtet.

»Warum hast du geweint?«, will er wissen.

»Wegen etwas, das mit Jaden zu tun hat. Kein Grund, sich Sorgen zu machen.« Ich setze mir Xavier auf die Hüfte. »Möchte jemand hier mit seinen neuen Spielsachen spielen?«

»Spielen!«, ruft er begeistert.

»Ui, und noch ein neues Wort. Na, dann mal los.«

Ich trage ihn zu seinen Geschenken und lasse Adrian mit Iris und Roni allein. Hoffentlich erzählen sie mir später, was er gesagt hat.

Adrian

»Geht es ihr gut?«

»Sie wird schon wieder«, meint Iris. »Du weißt ja, wie das ist.«

»Ja.« Ich reibe mir das Gesicht. »Es ist nur so, dass die Dinge zwischen uns gestern Abend eine seltsame Wendung genommen haben.«

»Inwiefern?«, fragt Roni.

»Na ja, wie soll ich das beantworten? Irgendwie ist uns klar geworden, dass wir einander attraktiv finden.« Bevor ich Witwer geworden bin, wäre es mir nicht im Traum eingefallen, mit jemandem über so was zu reden. Mittlerweile spreche ich mit den Wilden Witwen über alles, denn es hilft, sich mit Menschen auszutauschen, die einen verstehen.

»Oh«, bemerkt Iris. »Und wie fühlst du dich dabei?«

»Zwiespältig, aus naheliegenden Gründen.«

»Du hast uns nicht nach unserer Meinung gefragt, doch du

weißt ja, dass wir euch beide wirklich gernhaben«, sagt Iris, und Roni nickt zustimmend.

»Natürlich möchte ich eure Meinung hören, sonst hätte ich das Thema nicht angesprochen.«

»Du verlässt dich sehr auf sie«, stellt Roni fest.

»Genau, und sie macht das mit Xavier einfach wunderbar. Er liebt sie abgöttisch.«

»Das kann jeder sehen«, pflichtet ihm Iris bei. »Sie haben eine unglaublich enge Bindung.«

»Ich würde nie etwas tun wollen, was ein Arrangement gefährdet, das für uns alle so gut funktioniert.«

»Aber?«, will Roni wissen.

»Ich schaue sie an und begehre sie, was im Übrigen nichts Neues ist. Und jetzt weiß ich zwar, dass sie dieses Begehren erwidert, habe jedoch keine Ahnung, wie ich damit umgehen soll.«

Iris fächelt sich das Gesicht.

»Hör auf«, verlange ich und lache trotzdem. »Das ist nicht witzig.«

»Das weiß ich«, sagt Iris. »Und wir nehmen es durchaus ernst, ehrlich. Trotzdem ist es schön, zu sehen, dass zwei Menschen, die uns so viel bedeuten und die so sehr gelitten haben, langsam aus dem Nebel treten und wieder die Welt um sich herum wahrnehmen.«

»Ich hatte letzte Woche einen One-Night-Stand und diese Woche auch einen«, gestehe ich, nachdem ich mich vergewissert habe, dass niemand sonst in Hörweite ist.

»Wie war es?«

Ich zucke die Achseln. »Nachdem ich das Gefühl überwunden hatte, meine Frau zu betrügen, war es schon okay, denke ich. Nichts Weltbewegendes. Dennoch bin ich froh, dass ich es hinter mir habe.«

»So war es bei mir auch«, sagt Iris.

Sie hat nie ein Geheimnis daraus gemacht, dass sie sich kurz nach dem Tod ihres Mannes auf ein flüchtiges Abenteuer eingelassen hat, weil sie sich nicht ewig davor fürchten wollte, mit einem anderen ins Bett zu steigen. Inzwischen habe ich begriffen, dass jeder mit diesen Dingen auf seine Art umgeht, und in unserer Gruppe werden die Entscheidungen anderer nicht verurteilt, wenn die Betroffenen glauben, dass es ihnen bei der Bewältigung ihrer Trauer hilft.

»Es ist sehr schwierig, sich emotional und körperlich auf jemand Neues einzulassen, selbst wenn man die Person liebt, mit der man diesen Schritt in Angriff nimmt«, erwidert Roni.

»War es das für dich mit Derek?«

»Ja, und umgekehrt für ihn genauso. In gewisser Weise waren Patrick und Victoria mit im Raum und werden das vermutlich auch immer bleiben. Es ist seltsam und schmerzhaft und gleichzeitig wunderbar. Ich bereue es jedenfalls nicht, mich mit ihm eingelassen zu haben. Es ist herrlich, wieder Freude zu empfinden, auch wenn ich immer noch um Patrick trauere.«

»Ich fürchte nur, wenn ich das zuließe, würde ich eine Grenze überschreiten. Und das würde sich nie wieder rückgängig machen lassen.«

»Das stimmt wohl«, bestätigt Iris. »Trotzdem würdet ihr beide vielleicht gemeinsam neue Lebensfreude und am Ende sogar Glück finden.«

»Es geht um *Wynter*.« Ich werfe einen Blick über meine Schulter, um mich zu vergewissern, dass sie nicht zurückgekommen ist. »Sie ist so unberechenbar und … na ja …«

»Sexy?«, erkundigt sich Iris grinsend.

»Gott, ja. Das ist mir sofort aufgefallen, und ich habe mich so schuldig gefühlt.«

»Schuldgefühle haben im ›danach‹ nichts verloren«, verkündet Iris. »Das weißt du.«

»Ja, klar, aber ich empfinde es dennoch so. Außerdem ist sie sieben Jahre jünger als ich.«

»Wynter hat eine alte Seele«, stellt Iris fest. »Ich glaube, die hatte sie schon immer, und nach Jadens Tod hat sich das noch weiter herausgebildet. Wenn ich sie anschaue, sehe ich keine Einundzwanzigjährige. Na ja, außer wenn sie mal wieder was Unmögliches sagt oder tut. Aber die meiste Zeit sehe ich eine erwachsene Frau, die das Schlimmste erlebt hat, was das Leben zu bieten hat, und trotzdem nicht aufgibt.«

»Ich habe Patrick verloren, als ich neunundzwanzig war, und es hat mich fast umgebracht«, wirft Roni ein. »Ich kann mir kaum vorstellen, wie das für sie mit zwanzig gewesen sein muss. Wenn man bedenkt, was ihr beide erlebt habt, habe ich nicht den Eindruck, dass der Altersunterschied eine große Rolle spielt.«

»Soll das heißen, ihr wollt mich ermutigen, dieser Anziehungskraft nachzugeben?«, erkundige ich mich mit hochgezogenen Augenbrauen.

»Überhaupt nicht«, entgegnet Iris. »Wir möchten vielmehr, dass du es sehr sorgfältig erwägst, bevor du zulässt, dass aus einer engen Freundschaft und einer Chef-Angestellten-Beziehung mehr wird. Du musst darauf gefasst sein, dein Kindermädchen zu verlieren, falls das zwischen euch nicht klappt. Und das würde viel Herzschmerz nach sich ziehen, nicht nur für euch beide.«

Ehe ich auf diese schmerzliche Wahrheit antworten kann, kommen meine Schwester und ihre Familie, um sich zu verabschieden.

»Es war schön, euch alle kennenzulernen«, erklärt Nia, während sie Iris und Roni umarmt. »Adrian hat uns so viel über seine Wilden Witwen erzählt. Wir sind wirklich froh, dass er euch hat.«

»Wir haben ihn und Xavier ins Herz geschlossen«, erwidert Iris.

»Es war nett, euch endlich zu treffen«, fügt Roni hinzu.

Ich ziehe meine Schwester in die Arme. »Danke für die wunderbare Hilfe bei der Geburtstagsfeier.«

»Für euch immer gerne.«

Nachdem Nia mit ihrer Familie gegangen ist, verabschiedet sich erst Brielle und dann auch Christy.

»Ich muss meine Kinder von einer anderen Party abholen.« Christy legt mir die Hände auf die Schultern. »Bevor ich fahre: Heute ist ja nicht nur Xaviers Geburtstag. Kommst du zurecht?«

»Ich war so mit der Feier beschäftigt, dass ich überhaupt keine Zeit hatte, an etwas anderes zu denken.«

»Wenn es dich später einholt, weißt du, wo du uns findest.«

»Ja.« Ich umarme sie erneut. »Danke.«

»Wir haben euch sehr lieb«, sagt Brielle.

»Ich euch auch. Vielen Dank für die Geschenke für Xavier. Ihr seid wie die gute Fee aus dem Märchen.«

»Man kann nicht anders, als ihn ins Herz zu schließen«, fügt Christy hinzu. »Sehen wir uns am Mittwoch?«

»Ich werde da sein.«

Ich winke den beiden nach und kehre in die Küche zurück, wo Iris, Roni, Derek und Gage aufräumen, während Wynter mit Iris' Kindern sowie Maeve und Xavier in meinem Arbeitszimmer spielt. Der kleine Dylan schlummert in seinem Autositz, der auf dem Tisch steht, damit Roni und Derek ihn im Auge behalten können.

»Lasst uns auf eine erfolgreiche erste Geburtstagsparty anstoßen«, erklärt Iris und hebt ihr Weinglas. »Jetzt hast du nur noch siebzehn vor dir.«

»Himmel«, brumme ich und lache.

»Meine Mutter organisiert immer noch jedes Jahr eine Geburtstagsparty für mich, dabei bin ich fast neununddreißig«, wirft Derek ein und grinst.

Ich starre ihn mit großen Augen an. »Nicht dein Ernst.«

Alle lachen.

»Es stimmt«, sagt Roni. »Ruth hat mich erst letzte Woche angerufen und gefragt, was wir für Dereks Geburtstag planen wollen.«

»O Gott, du bist so ein Muttersöhnchen, Derek«, stöhnt Gage.

»Schuldig im Sinne der Anklage. Sie backt den besten Kuchen der Welt, also mache ich mit. Wegen des Kuchens und natürlich wegen der Geschenke.«

»Ihr habt großes Glück, so tolle Eltern zu haben«, bemerkt Lexi. »Ich liebe meine wirklich, doch sie ersticken mich förmlich.«

»Du hast ein Angebot für ein eigenes Zimmer auf dem Tisch«, erinnert Iris sie.

»Ich bin so in Versuchung, dass es nicht mehr lustig ist.«

»Dann tu es einfach«, sagt Roni. »Was hast du schon zu

verlieren? Falls es nicht klappt, kannst du ja jederzeit wieder nach Hause zurück.«

»Ich glaub, ich mach es wirklich.« Lexi strahlt, als hätte sie sich gerade entschieden. »Würdet ihr mir beim Umzug helfen?«

»Natürlich«, antwortet Gage. »Mein Dad hat einen großen Pick-up, den ich mir ausleihen kann.«

»Ich bin ebenfalls mit von der Partie«, meint Derek. »Was auch immer du brauchst.«

»Dito«, füge ich hinzu. »Der Witwen-Umzugsservice, zu Ihren Diensten.«

Darüber müssen wir alle lachen.

»Was ist so lustig?«, will Wynter wissen, die mit einem müden Xavier auf dem Arm in die Küche kommt.

Ich nehme ihn ihr ab und erzähle es ihr.

»Das ist klasse.« Sie nimmt das Glas Chardonnay, das Iris ihr eingeschenkt hat. »Der Witwen-Umzugsservice. Das hat einen so herrlich morbiden Klang.«

Während Xavier sich an mich kuschelt und einschläft, lassen wir uns die übrig gebliebene Pizza und die Snacks schmecken, während wir uns über Lexis Umzug, Tylers bevorstehende Base-ball-Saison und das Buch unterhalten, das Gage gerade über seine Erfahrungen und Erkenntnisse als Witwer schreibt.

»Ist es nicht schwierig, das alles noch einmal zu durchle-ben?«, erkundigt sich Roni.

»Die ersten paar Kapitel waren Schwerstarbeit«, stellt er fest. »Zu Papier zu bringen, was passiert ist, wie ich es erfahren habe, die ersten paar Tage, die Beerdigung und all das … Puh. Doch das habe ich jetzt hinter mir, sodass ich mich nun mehr der Bewältigung und der Rückkehr in den Alltag zuwenden kann.«

»Ich bin schwer beeindruckt«, wirft Derek ein. »Ich glaub nicht, dass ich das gekonnt hätte.«

»Genau jetzt, heute vor einem Jahr, wurde mir gesagt, dass Sadie heftige Blutungen hatte, die sich nicht stillen ließen.« Alle schauen mich mitfühlend an, während ich meinen Blick auf Xavier richte. Seine Körperwärme dringt durch den Stoff meines Hemdes. »Er war drei Wochen zu früh gekommen, also wurde er erst mal auf die Neugeborenen-Intensivstation gebracht.

Sadie wollte, dass ich mitgehe. Also habe ich ihr einen Kuss gegeben und versprochen, so schnell wie möglich zurück zu sein. Ich konnte ja nicht ahnen, dass ich sie nie wieder lebend sehen würde.«

»Meine Güte, Adrian«, sagt Iris. »Es muss so ein furchtbarer Schock für dich gewesen sein.«

»Anfangs habe ich es nicht geglaubt. Ich dachte, sie würden lügen. Wie konnte sie tot sein? Ich hatte ja gerade noch mit ihr geredet.«

Lexi legt einen Arm um mich und lehnt ihren Kopf an meine Schulter.

»Ich hab verlangt, dass sie mich zu ihr bringen. Zwar hat man mir abgeraten und mich gewarnt, das sei keine gute Idee, aber das war mir egal. Ich wollte mich mit eigenen Augen davon überzeugen. Im Nachhinein betrachtet war das ein Fehler.« Nach einer Weile Schweigen fahre ich fort: »Denn jedes Mal, wenn ich danach an sie gedacht habe, hatte ich stets das Bild davon vor mir, wie sie damals aussah, einfach so ... weg. Irgendwie konnte ich mich überhaupt nicht mehr daran erinnern, wie sie ausgesehen hatte, als sie noch gelebt hat. Immer wenn ich an sie gedacht hab, war ich sofort wieder in diesem Krankenhauszimmer. Ich wünschte, ich könnte das rückgängig machen, doch ich habe es einfach nicht glauben können.«

»Ich hätte es genauso gehalten, Adrian«, meldet sich Wynter zu Wort. »Wenn es bei uns so gelaufen wäre, hätte ich ihn auch sehen wollen.«

»Absolut«, pflichtet Iris ihr bei, und die anderen nicken.

»In der Rückschau war es ein großer Fehler.«

»So schlimm es auch gewesen sein mag«, meint Gage, »es war dennoch notwendig. Ich habe Nat und die Mädchen auch gesehen.«

»Ehrlich?« Iris wirkt schockiert.

»Ja, ich habe sogar darauf bestanden.«

Iris greift nach seiner Hand. »Ich hatte ja keine Ahnung. Himmel, Gage.«

»Wie Adrian musste ich mich selbst davon überzeugen, dass sie tatsächlich gestorben waren.«

»Hattest du hinterher das Gefühl, dass es ein Fehler gewesen ist?«, will Adrian wissen.

»Ein Riesenfehler sogar.«

Wir warten ab, ob er noch etwas hinzufügen will.

»Aber hey«, erklärt er und zwingt sich zu einem grimmigen Lächeln, »wenigstens wusste ich danach, dass sie wirklich tot waren.«

»Gage«, sagt Iris leise und legt ihre Hände um seinen Arm.

»Schon okay«, antwortet er. »Inzwischen ist es ja schon eine ganze Weile her.«

»Wie lange hat es gedauert, bis das Bild von ihnen verblasst ist?«, erkundige ich mich.

»Ein bisschen«, erwidert er. »Ein paar Jahre.«

Ich nicke, obwohl mir das Herz schwer wird, weil ich weiß, dass noch ein langer Weg vor mir liegt, bis ich den Horror durch andere Erinnerungen an meine Frau ersetzen kann.

»Schmeiß uns raus, wenn du allein sein willst, Adrian«, sagt Derek.

»Das will ich auf keinen Fall.«

»Wir sind für dich da«, meint Roni. »Solange du uns hier-haben willst.«

Wir füttern die älteren Kinder ab, lassen sie im Wohn-zimmer einen Film schauen und bestellen uns chinesisches Essen. Ich gehe nach oben, um Xavier in sein Bettchen zu legen, und stoße danach fast mit Wynter zusammen, die mit ihrem Rucksack auf der Schulter aus dem Gästezimmer kommt.

»Willst du schon los?«, frage ich.

»Nein, ich hole nur meine Sachen, damit ich sie nachher nicht vergesse.«

»Ah, verstehe. Danke noch mal für die Hilfe heute. Ohne euch wäre ich aufgeschmissen gewesen.«

»Es war sehr schön, und Xavier hatte einen Riesenspaß.«

»Er schläft in seinem Feuerwehrkostüm, weil ich ihn nicht aufwecken wollte, um ihn umzuziehen.«

»Das kannst du nachholen, wenn er später hungrig aufwacht.«

»Ja, ich denke, das wird er bestimmt noch mal, schließlich hat er bislang nur Käse und Cracker gegessen.«

»Und den Kuchen«, sagt sie mit einem Grinsen. »Den darfst du auf keinen Fall vergessen.«

Plötzlich verspüre ich den dringenden Wunsch, sie zu küssen. Er überrollt mich und schlägt wie ein Tsunami über mir zusammen. In mir mischen sich Verlangen und Begehren und Zuneigung zu einem Menschen, der im vergangenen Jahr so wichtig für mich geworden ist.

»Wynter …«

»Hat es eben geklingelt? Dann ist wohl das Essen da.«

Damit eilt sie die Treppe hinunter, bevor ich mich zu etwas hinreißen lassen kann, das alles zwischen uns ändern würde. Wie gut, dass zumindest einer von uns beiden einen klaren Kopf bewahrt. Denn ich kann das nicht.

11

Wynter

Er hätte mich geküsst.

Wenn ich mich nicht umgedreht hätte und die Stufen runtergehastet wäre, hätte er es getan.

Warum bin ich weggelaufen, wo es doch genau das war, was ich auch wollte?

Weil Iris und Roni recht haben: Wenn wir etwas miteinander anfangen und es nicht funktioniert, ruiniert es unser Arrangement, auf das wir beide angewiesen sind. Der heutige Tag hat mich daran erinnert, wie dringend wir die Wilden Witwen brauchen, und wenn Adrian und ich uns zerstreiten, wie sollen wir dann ein Teil davon bleiben? Ich liebe es, wenn wir als Freunde zusammen feiern, statt uns als Selbsthilfegruppe zu treffen.

Ich finde es toll, dass die, die noch da sind, nachdem sich der Staub gelegt hat, genau diejenigen sind, denen wir uns am meisten verbunden fühlen.

Wir stehen uns näher als unsere eigenen Familien. Zwei meiner Cousinen schreiben mir seit Tagen Nachrichten und wollen etwas mit mir unternehmen, aber ich hab ihnen gesagt, ich schaff das unmöglich vor Xaviers Geburtstag. Ich bin mir sicher, dass sie sich fragen, warum mir dieses Kind, das sie nicht mal kennen, so wichtig ist. Ich werde es ihnen erklären, wenn wir uns sehen.

Ich bezahle den Pizzaboten mit Geld, das Adrian mir gegeben hat, da er unbedingt alle einladen wollte, die bei der Party mitgeholfen haben.

Ich bringe die Lieferung in die Küche. »Das Essen ist da.«

Wir machen uns darüber her wie ein Heuschreckenschwarm, eine Beobachtung, die ich den anderen nicht vorenthalte.

Sie lachen, wie sie es immer tun. Ich bin so glücklich, wenn sie über meine Witze lachen. Es freut mich, dass sie mich verstehen. Ich finde es großartig, dass sie mich lieben, egal was passiert. Würden sie mich immer noch lieben, wenn das zwischen mir und Adrian schiefläuft? Würden sie sich für eine Seite entscheiden? Ich weiß es nicht, und das reicht, um mich innehalten zu lassen, trotz all der Gefühle, die ich für ihn habe.

Ich würde ja sagen, die Gefühle, die ich »plötzlich« für ihn habe, aber sie sind nicht plötzlich.

Nicht wirklich.

Er ist mir sofort aufgefallen, als ich zu der Selbsthilfegruppe gestoßen bin, doch damals hatte ich keinerlei Kapazitäten für irgendwelche Gefühle für irgendwen. Damals habe ich es gerade so geschafft, morgens aufzustehen, schließlich hatte ich ein ganzes Leben ohne meinen Liebsten vor mir. Ich konnte mir unmöglich vorstellen, wie es ohne Jaden weitergehen sollte, der jahrelang der wichtigste Mensch für mich gewesen war.

Das hat meine Mutter übrigens in den Wahnsinn getrieben. Bevor ich ihn kennengelernt habe, waren es immer wir beide gegen den Rest der Welt. Danach waren es er und ich, und sie war tief gekränkt. Ihr Verhalten hat dazu geführt, dass es zwischen uns zu einer Entfremdung gekommen ist. Sie hat nicht versucht, uns auseinanderzubringen, aber sie hat unsere Beziehung, anders als seine Eltern, auch nicht gefördert. Die haben mich geliebt, genau wie ich sie. Das war meine erste Begegnung mit einer traditionellen Familie mit zwei Eltern und mehreren Geschwistern, und ich habe ihre Normalität wie ein Schwamm aufgesogen.

Das hat meiner Mutter ebenfalls nicht gefallen.

»Wynter.«

Adrians Stimme holt mich zurück ins Hier und Jetzt.

»Wo warst du?«

Ich schüttele den Kopf. »In Erinnerungen versunken.«

»Geht's dir gut?«

»Klar.« Ich zwinge mich zu einem Lächeln. »So gut es mir derzeit eben gehen kann. Nein, warte. Das stimmt nicht. Nachdem wir heute Xaviers Geburtstag gefeiert haben, geht es mir besser. Er bringt so viel Freude in mein Leben.«

Adrians Lächeln ist wunderschön. »In meins auch. Ich bin so froh, dass es ihn gibt.«

»Auf Xavier«, sagt Gage und hebt seine Bierflasche.

»Auf Xavier«, wiederholen wir anderen und stoßen darauf mit Flaschen und Gläsern an.

»Er bringt Freude in unser aller Leben, Adrian«, bekräftigt Iris. »Ich bin wirklich froh, dass wir ihn aufwachsen sehen und Teil seines Lebens sein dürfen.«

»Ich bin auch froh, dass es euch gibt. Er und ich brauchen alle Hilfe, die ihr Eltern mit mehr Erfahrung zu bieten habt.«

»Du brauchst keine Hilfe«, widerspreche ich ihm. »Du machst das super.«

Er lächelt mich erneut an, und ich schmelze dahin, während ich mir die vielen, vielen Gründe in Erinnerung rufe, warum ich das wegen dieses speziellen Mannes nicht sollte.

»Ich brauche sehr wohl Hilfe«, beharrt er. »Die Hälfte der Zeit über habe ich das Gefühl, als hätte ich keine Ahnung, was ich überhaupt tue.«

»Willkommen im Elterndasein«, meint Gage. »Als wir mit den Zwillingen aus dem Krankenhaus und zu Hause waren, haben Nat und ich uns gewundert, dass sie uns mit ihnen haben gehen lassen. Wir hatten absolut keinen Schimmer, was Sache war, und das gleich im Doppelpack. Es war der totale Wahnsinn.«

»Ich kann mir nicht vorstellen, zwei zur gleichen Zeit zu haben«, erwidert Adrian.

»Das konnten wir auch nicht«, erklärt Gage. »Aber wir

haben es irgendwie hingekriegt. Genau wie du auch. Überleg mal, was du vor einem Jahr über Babys gewusst hast, und wie es da heute aussieht.«

»Das stimmt«, gibt Adrian zu. »Alyssa hat mir viel beigebracht, und meine Schwester auch. Sie haben mich durch den ersten verrückten Monat begleitet, als ich das alles noch gar nicht fassen konnte und praktisch gar nicht geschlafen habe. Das scheint mir jetzt sehr lange her zu sein.«

»Ist es«, bestätigt Roni. »Ein ganzes Jahr ist vergangen, und du hast es überlebt. Trinken wir auf Adrian, Xaviers Vater. Wir sind so stolz auf dich.«

Wir alle prosten Adrian zu.

»Ich hoffe, ihr wisst, wie unentbehrlich ihr und die anderen aus unserer Gruppe für mich dabei gewesen seid, dieses Jahr zu überstehen.«

»Wir sind froh, dass du uns gefunden hast«, sagt Iris.

»Ich auch.«

Nach dem Essen machen sich alle zum Aufbruch bereit, weil die Kinder ins Bett müssen, bis nur noch Adrian und ich da sind und die letzten Reste wegräumen.

»Ich kann das übernehmen«, bietet er an. »Ich bin mir sicher, du möchtest gern nach Hause.«

Nicht unbedingt, würde ich am liebsten antworten. Meine Mutter hat mir vor einer Stunde eine Textnachricht geschickt, um zu fragen, ob ich eigentlich ausgezogen sei. *Haha, sehr lustig*, habe ich zurückgeschrieben. *Komme gleich heim.* Sie wusste ja, dass heute Xaviers Geburtstagsfeier war.

»Sadies Familie schmeißt nächsten Sonntag eine Party für Xavier. Willst du uns vielleicht begleiten?«

Ich bin so verwirrt. Warum fragt er mich das? Was hat das zu bedeuten? Ist es wegen dem, was gestern Nacht passiert ist? All diese Gedanken schießen mir innerhalb einer Sekunde durch den Kopf.

»Natürlich musst du nicht«, versichert er mir, als ich nicht sofort etwas erwidere. »Ich dachte nur, vielleicht hast du ja Lust.«

»Supergerne, aber werden sie sich dann nicht fragen, ob da was zwischen uns läuft?«

»Sie wissen, dass du Xaviers Nanny bist, also sollte das kein Problem sein.«

Das kann er vermutlich besser einschätzen als ich. »Klar, warum nicht?«

»Danke noch mal für alles, Wynter.«

»Gern geschehen. Es war eine tolle Party, und du bist ein toller Dad. Xavier hat wirklich großes Glück, dich zu haben.«

»Danke. Wir haben beide großes Glück, *dich* zu haben.«

Er umarmt mich, bevor ich überhaupt begreife, was er vorhat.

Ich erwidere die Umarmung. Das Letzte, was ich will, ist, ihn loszulassen, doch ich muss es tun. Dringend. »Bis morgen.«

»Ja, bis dann.«

Ich verschwinde schnell, bevor ich irgendwas Dummes tue, wie beispielsweise ihn zu küssen.

***

DIE NÄCHSTE WOCHE verfliegt in einem Wirbel aus Aktivität. Ich gehe mit Xavier zum Schwimmunterricht im Sportverein und zu einem Vorsorgetermin beim Kinderarzt, damit Adrian sich nicht extra freinehmen muss. Es kostet mich eine Riesenüberwindung, Xavier festzuhalten, während er geimpft wird. Er ist untröstlich, was mir das Herz bricht.

Auf dem Weg nach Hause weint er sich in den Schlaf, und ich weine gleich mit. »Es tut mir so leid, mein Süßer. Wir wollen nur dafür sorgen, dass du gesund bleibst.«

Was interessiert einen Einjährigen schon Gesundheit, wenn ihn dafür jemand mit Nadeln pikt?

Kurz nachdem ich Xavier für seinen Mittagsschlaf hingelegt habe, ruft Adrian an. Xavier schluchzt immer mal wieder leise vor sich hin, was mich direkt ins Herz trifft.

Ich nehme den Anruf an, während ich nach unten gehe.

»Ich hab gesehen, dass ihr zu Hause seid«, sagt er. »Wie ist es gelaufen?«

»Das Impfen war furchtbar.«

»Das ist echt das Schlimmste. Tut mir leid, dass du das durchmachen musstest.«

»Ich fühle mich wie ein Monster.«

»Ich weiß. War bei mir letztes Mal genauso.«

Ich erzähle ihm alle Ergebnisse, Größe, Kopfumfang und Gewicht und andere wichtige Daten. »Kurz gesagt, er ist perfekt und wächst wie Unkraut. Er wiegt schon fast zehn Kilo.«

»Das glaub ich. Wenn man ihn trägt, ist er plötzlich richtig schwer.«

»Auf jeden Fall. Sie haben mir erklärt, dass er jetzt die nächste Kindersitzgröße braucht. Ich werde die Babyschale vermissen, die man einfach im Auto einklicken kann.«

»Ich kaufe auf dem Weg nach Hause zwei neue Sitze.«

Ich liebe es, dass ich ebenfalls einen für mein Auto bekomme. Wobei das nur vernünftig ist, schließlich ist Xavier ja unter der Woche mehr bei mir als bei seinem Vater.

»Benötigen wir sonst noch was?«

»Windeln, Feuchttücher und Babygläschen.«

»Alles klar. Bis später, und danke, dass du dich firs Team aufgeopfert hast.«

»Ha, kein Problem.«

Nachdem wir das Gespräch beendet haben, wird mir klar, dass wir tatsächlich ein Team sind – er und ich. Ein Team, das sich um Xavier kümmert. Der Gedanke erfüllt mich mit dem unglaublichen Gefühl, Teil von etwas Größerem als mir selbst zu sein. Seit ich noch ganz jung war, habe ich mich immer darauf gefreut, Kinder zu haben, auch wenn Jaden und ich uns Gedanken darüber gemacht haben, in was für eine kaputte Welt wir unseren Nachwuchs bringen würden.

»Das Ganze wird in dreißig Jahren ohnehin in Flammen aufgehen«, hat Jaden immer gesagt.

Wir haben viel über die globale Erwärmung gesprochen, die uns total Angst gemacht hat, doch dann hat der Krebs uns viel größere Sorgen bereitet. Außerdem war ich sowieso immer sehr empfindlich, was alles Medizinische betrifft, und seit ich Jaden durch seine Krankheit begleitet habe, hat sich das nicht gebessert.

Vor seiner Erkrankung haben er und ich darüber gesprochen, wie es sein würde, jung Eltern zu werden, sodass die Kinder das College hinter sich haben würden, wenn wir in den Vierzigern wären. Denn dann könnten wir mit dem Rest unseres Lebens anfangen, was wir wollten. Wir haben uns darauf gefreut, eine Familie zu gründen und später Enkel zu haben.

Seit Xavier in mein Leben gekommen ist, bin ich noch trauriger wegen der Kinder, die ich jetzt niemals mit Jaden haben werde. Ich meine damit nicht, dass ich sechs oder so haben wollte, aber eins oder zwei wären nett. Ich kann Jaden hören, wie er sagt: »Süße, willst du wirklich Kinder in eine Welt setzen, die abbrennt, bevor sie fünfzig sind?«

»Es steht ja überhaupt nicht fest, dass das so geschehen wird«, entgegne ich laut, als könnte er mich hören. »Und außerdem können wir nicht jede Sekunde damit rechnen, dass die Katastrophe eintritt. Was wäre das für ein Leben?«

Diese Worte hallen durch meinen Kopf, während mir erneut klar wird, dass ich nach Jadens Tod weitermache. Ich will nicht länger in der Furcht verharren, die jahrelang meine Tage geprägt hat, bevor er gestorben ist, und auch noch lange danach. Der Krebs war so unvorstellbar schrecklich. Ich werde nie die vielen Termine bei Ärzten vergessen, bei denen es keine einzige gute Neuigkeit gab. Die Situation ist einfach nur immer schlimmer geworden, selbst als wir dachten, dass das gar nicht mehr möglich sei. Wir hatten ja keine Ahnung.

Ich hasse es, über diese Dinge nachzudenken. Doch die Erinnerungen sind unauslöschlich in meine Seele gebrannt, ich kann das niemals vergessen.

Ich mache mir ein Sandwich mit Erdnussbutter und Marmelade und nehme es mit an den gemütlichen Küchentisch, von wo aus ich in den Garten schauen kann. Während ich esse, fällt mir ein Farbklecks in der Nähe von Adrians Zaun auf. Ich nehme das Sandwich mit, schnappe mir meine Jacke und gehe nachsehen, was das ist.

»Verdammte Krokusse«, sage ich mit einem Lachen, während ich ein Foto schieße, das ich Iris und Roni mit genau diesen Worten als Nachricht schicke.

Ich liebe es!, antwortet Roni.

Ich auch!, meldet sich Iris.

Werdet ihr mir die anderen Blumen ebenfalls beibringen?

Jede einzelne, kommt von Iris.

Ich kann es kaum erwarten.

Wenn die Welt ohnehin eines Tages abbrennen wird, habe ich vor, sie gründlich zu genießen, angefangen mit Blumenlektionen. Das wird schön.

ALS ICH AM nächsten Sonntagmorgen aufwache, fällt mir auf, dass ich in dieser Nacht keine verdächtigen Geräusche gehört habe. Heißt das, dass Adrian gestern Nacht allein nach Hause gekommen ist? Das hoffe ich wirklich. Mir sind die tausendundein Gründe, warum wir nichts miteinander anfangen können, sehr bewusst. Trotzdem hasse ich die Vorstellung, dass er es mit einer anderen tut.

Und ja, ich weiß, das ist verrückt, aber das ist mein geistiger Zustand, wenn es um ihn geht.

Meine Devise in Bezug auf ihn ist im Moment »Hände weg«. Ich wünschte allerdings wirklich, das wäre anders. Ich wünschte, ich könnte meinem Verlangen, meiner Lust, dem Wunsch nach Zärtlichkeit und der heftigen Anziehung einfach nachgeben. Allem. Ich wünschte, wir könnten zusammenwohnen und Xavier gemeinsam aufziehen, als *unser* Kind, nicht *seins*. Wenn ich in diesem neuen Leben haben könnte, was auch immer ich wollte, ohne irgendwelche negativen Konsequenzen, dann wäre es genau das, wofür ich mich entscheiden würde.

Leider funktioniert das in der echten Welt so nicht. Es gibt so viele Sachen, die man beachten muss, dass mir der Kopf schwirrt. Wir haben beide hart daran gearbeitet, unser Leben nach dem Tod unseres jeweiligen Partners weiterzuführen, das erste höllische Jahr ohne den geliebten Menschen zu überstehen, eine gute Routine mit Xavier aufzubauen, mit unserer alles durchdringenden Trauer fertigzuwerden, Freunde zu finden, die verstehen, wie herausfordernd das alles ist, nachdem das Allerschlimmste, das man sich nur vorstellen kann, eingetreten ist.

Dieser innere Frieden ist unerlässlich für unsere seelische Gesundheit. Ich weiß, dass Adrian das genauso empfindet. Früher war ich durchaus eine kleine Drama-Queen, selbst wenn ich nicht unbedingt Teil des Dramas sein wollte. Ich mochte es nur, davon zu wissen. Jetzt, da ich am eigenen Leib erfahren habe, wie sich echtes Drama anfühlt, halte ich mich davon möglichst fern. Und eine Affäre oder Beziehung mit Adrian wäre auf jede nur denkbare Art und Weise voll von Drama.

Ich begleite Adrian und Xavier zu der Geburtstagsparty, die Sadies Schwestern Sabrina und Selina im Haus ihrer verstorbenen Mutter abhalten. Ich lerne so viele Tanten, Onkel und Cousins und Cousinen kennen, dass es unmöglich ist, mir die ganzen Namen zu merken. Alle sind so freundlich zu mir, und sie bedanken sich bei mir dafür, dass ich Adrian mit Xavier helfe.

»Irgendwann werden wir das Haus wohl endlich ausräumen und für den Verkauf fertig machen«, sagt Sabrina, als sie uns nach der Feier nach draußen begleitet.

Adrian trägt eine riesige Tüte mit Xaviers Geschenken. »Ich kann euch dabei helfen, wenn ihr so weit seid.«

»Woher weiß man, dass man so weit ist?«, fragt Sabrina unter Tränen.

Adrian stellt die Tüte ab und umarmt seine Schwägerin. »Danke noch mal für die tolle Party.«

»Wir haben euch so lieb«, erwidert Sabrina.

»Ich euch auch.«

»Danke für die Einladung«, füge ich hinzu.

»War schön, dass du gekommen bist, Wynter.«

Auf dem Weg nach Hause ist Adrian sehr still.

»Alles in Ordnung?«

»Ich kann dir gar nicht sagen, wie merkwürdig es war, ohne Sadie und Alyssa dort zu sein. Ich habe die ganze Zeit darauf gewartet, dass sie hereinplatzen, mit irgendwelchen Erklärungen dazu, was sie aufgehalten hat.«

Ich greife über die Konsole hinweg nach seiner Hand und halte sie auf dem ganzen Weg bis nach Hause fest. Ich wünschte, es gäbe mehr, was ich tun könnte, damit er sich besser fühlt. Aber wie wir beide wissen, gibt es nichts, was diese Art Schmerz lindern kann.

ALS XAVIER am Mittwochnachmittag aus seinem Schläfchen aufwacht, wechsel ich ihm die Windel und gebe ihm eine Kleinigkeit zu essen.

Iris hat uns zu sich eingeladen, damit die Kinder vor dem Treffen der Wilden Witwen spielen können. Ich packe die Chocolate-Chip-Cookies ein, die ich gebacken habe, und schnapp mir die Wickeltasche mit allem, was Xavier brauchen könnte, bevor ich mich mit ihm auf der Hüfte auf den Weg in Richtung Tür mache.

Ich will mich ja nicht selbst loben, aber ich krieg das mit diesem Kindermädchen-Kram jetzt richtig gut hin. Sicher, der Sturz auf dem Friedhof hat meinem Selbstbewusstsein einen ganz schönen Schlag versetzt. Doch das liegt jetzt einen ganzen Monat zurück, und ich denke kaum noch daran, und ich glaube auch nicht, dass Adrian das tut. Es ist passiert, und wir haben es hinter uns gelassen. Ich bin einfach froh, dass er mir eine weitere Chance gegeben hat. Das Vertrauen, das er damit in mich setzt, werde ich niemals als selbstverständlich hinnehmen.

Wann immer ich jetzt mit Xavier irgendwo hinfahre, bin ich mir doppelt all der Dinge bewusst, die schiefgehen können, und versuche jede Form von Katastrophe vorauszuahnen. Wenn ich etwas angespannter bin, als ich vorher war, ist das ein geringer Preis dafür, dass Xavier nichts passiert. Das ist mein einziges Ziel: dafür zu sorgen, dass Xavier glücklich und in Sicherheit ist.

Er liebt es, mit Iris' Kindern zu spielen. Sie sind super mit ihm, ganz vorsichtig und süß. Er saugt ihre Aufmerksamkeit auf wie ein kleiner Schwamm, während Iris und ich in der Küche heiße Schokolade trinken, von wo aus man direkt ins Spielzimmer der Kinder schauen kann. Tyler und Sophia wissen, dass sie aufpassen müssen, dass sich Xavier nichts in den Mund steckt. Trotzdem behalte ich ihn die ganze Zeit im Auge.

»Wie hat er das mit dem Impfen verkraftet?«, fragt Iris.

»Besser als ich. Es war furchtbar.«

»Ich habe das immer gehasst. Bei Sophia und Laney habe ich Mike genötigt, es zu übernehmen. Ich bin damit einfach nicht klargekommen.«

»Es ist wirklich schlimm. Im Grunde genommen hält man sie fest, damit jemand anders ihnen wehtun kann. Er hat sich so verraten und verkauft gefühlt, das konnte ich ihm vom Gesicht ablesen. Glücklicherweise hat er mir irgendwann während seines Mittagsschläfchens verziehen.«

»Ja, immerhin sind sie nicht nachtragend«, gibt mir Iris recht und betrachtet mich über den Rand ihres Bechers hinweg mit einem Grinsen.

Ich stehe auf, um ein paar der Cookies zu holen, die ich gebacken habe, und reiche Iris einen.

»Hmm«, meint sie, nachdem sie abgebissen hat. »Die sind lecker.«

»Das ist die eine Sache, die ich in der Küche zustande bringe.«

»Ich dachte, das wären Pfannkuchen.«

Ich erinnere mich, dass ich bei Adrian welche gemacht habe, nachdem seine Schwiegermutter überraschend gestorben war. »Okay, eine von zwei Sachen.«

»Wenn du willst, kann ich dir das Kochen beibringen.«

»Du hast genug anderes um die Ohren, ohne mir auch noch Kochunterricht zu geben.«

»Man lernt leichter, wenn man etwas praktisch gezeigt bekommt.«

»Du bist echt der netteste Mensch, den ich je kennengelernt habe, weißt du das?«

»Ach, Quatsch«, wehrt sie ab.

»Doch. Du bist, was … zwölf Jahre älter als ich?«

Sie schneidet eine Grimasse. »Fast fünfzehn.«

»Was bedeutet es wohl, dass ich lieber mit dir zusammen bin als mit Leuten in meinem eigenen Alter?«

»Das bedeutet, dass du deutlich reifer bist als deine Altersgenossen, nachdem du etwas durchgemacht hast, was niemand in deinem jungen Alter sollte erleben müssen.«

»Ja, vielleicht. Es bedeutet aber auch, dass du großartig bist und ich gerne mit dir zusammen bin. Bei dir fühle ich mich … zu Hause.«

Sie blinzelt hektisch, und mir wird klar, dass sie versucht, nicht zu weinen.

»Was? Hör sofort auf!«

Lachend wischt sie sich eine Träne aus dem Auge. »Ich kann nichts dafür. Es ist so süß, dass du das sagst.«

»Es stimmt.« Ich spiele mit meiner Tasse. »Als meine Mom mir von euch erzählt hat, hab ich gedacht, das wäre das Affigste, was ich je gehört hatte. Die Wilden Witwen? Ernsthaft?«

»Christy und ich lieben die Reaktionen, die der Name auslöst.«

»Es ist ein toller Name, vor allem wenn man herausfindet, dass er von einem Mary-Oliver-Zitat stammt. Ich liebe ihre Texte.«

»O ja, ich auch. Manchmal scheint es fast so, als könnte sie direkt in einen hineinsehen.«

»Geht mir genauso. Und dabei haben mich Bücher nie wirklich interessiert, vor allem nicht solche. Ich habe ›Bis(s) zum Morgengrauen‹ gelesen, um herauszufinden, was daran so toll sein soll. Aber ich hab dieses ›Vampire kämpfen um ein Mädchen‹-Ding nicht wirklich begriffen.«

»Das liegt daran, dass du ohne den Schalter zur willentlichen Aussetzung der Ungläubigkeit geboren bist. ‹

»Was heißt das denn bitte?«

»Um ganz in eine Welt wie die von ›Bis(s) zum Morgengrauen‹ einzutauchen, muss man bei sich die Ungläubigkeit aussetzen. Das heißt, man muss akzeptieren, dass in der Romanwelt Vampire tatsächlich existieren und dass sie sich um ein Mädchen streiten und ewig leben und was auch immer die

Autorin noch will, dass man glaubt, damit die Story Sinn ergibt.«

»Das kann ich nicht. Wenn sich solcher Quatsch in einem Buch auch nur ansatzweise abzeichnet, bin ich raus.«

»Genau«, sagt Iris und lacht. »Du akzeptierst so was nicht, also kannst du Dinge, bei denen man das müsste, nicht genießen.«

»Mit Harry Potter war es genauso.«

»Das überrascht mich nicht. Dafür müsstest du ja hinnehmen, dass es Zauberer und Magie wirklich gibt.«

»Ausgeschlossen. Aber interessant, dass das einen Namen hat.«

»Mike war genau wie du. Er hatte auch keinen Spaß an Dingen, die er für Quatsch hielt. Vampire, Zauberer, Drachen und so weiter. Darauf hab ich ihm geantwortet, er solle gefälligst den Mund halten und mir meinen Harry Potter lassen. Er sich fast die Augen verrenkt, so sehr hat er sie verdreht, als ich ihn gezwungen habe, *Twilight* mit mir anzugucken. Ich musste mir dauernd das Lachen darüber verkneifen, wie sehr er gelitten hat, wenn ich aussuchen durfte, was wir schauen.«

»Es freut mich, dass du schöne Erinnerungen an ihn hast.«

»Oh, ich habe jede Menge schöne Erinnerungen an ihn.«

»Ich habe mich gefragt, ob die überschattet werden von dem, was du seither über ihn erfahren hast.«

»Ich versuche, das Gute und das Schlechte voneinander getrennt zu halten.«

»Wie schaffst du das? Wie kannst du das trennen?«

»Ich versuche, mich an Mike, meinen Ehemann, den ich geliebt habe, den Vater meiner Kinder, als an jemand anders zu erinnern als den Mann, der mich betrogen hat und mit einer anderen ein Kind hatte. Wie ein Gedankenspiel für mich selbst.«

»Und da braucht man das Aussetzen der Ungläubigkeit.«

Iris lacht. »Ja, genau. Jedenfalls scheint es zu funktionieren. Die zwei Versionen von ihm sind wie zwei verschiedene Personen für mich.«

Ich stütze meinen Kopf in die Hand, während ich Iris

betrachte. »Wie bist du so weise geworden? Wenn ich groß bin, will ich so sein wie du.«

»O Gott, Wynter. Nimm dir bitte nicht mich als Vorbild.«

»Warum nicht? Du bist ein großartiger Mensch, nett und liebevoll, und du nimmst jeden, der in dein Leben tritt, mit offenen Armen auf. Deine Kinder sind supersüß und perfekt erzogen. Du hast eine ganz wunderbare Beziehung mit Gage. Wir beneiden euch alle um das, was ihr habt. Und du weißt alles. Wie kann das sein?«

»Ich fühle mich unglaublich geschmeichelt, weil du mich so siehst.«

»*Alle* sehen dich so.«

»Oh, danke. Das ist sehr freundlich.«

»Nicht wirklich, aber du sorgst dafür, dass ich eine bessere Version meiner selbst sein möchte, damit du stolz auf mich sein kannst.«

»Süße«, seufzt sie und legt ihre Hand auf meine. »Ich *bin* unglaublich stolz auf dich. Gerade neulich habe ich mit Taylor gesprochen, die eine der Gründerinnen dieser Gruppe ist, und ich habe ihr von dir erzählt und davon, wie wunderbar du dich entwickelt hast, seitdem du zu uns gestoßen bist Ich hab gesagt: ›Ich bin so stolz auf Wynter und uns und auf das, was wir mit dieser Gruppe bewirkt haben.‹ Ich habe dich als leuchtendes Beispiel hingestellt.«

»Wow. Das ist ja toll. Danke. Das bedeutet mir sehr viel.«

»Ich bin unbeschreiblich stolz. Du bist wie eine Raupe, die sich gerade in einen Schmetterling verwandelt. Ich schaue zu, wie du deine Flügel spreizt, und ich bin schon so gespannt auf das, was die Zukunft für dich bereithält.«

»Ich würde sehr viel lieber meine Beine spreizen als meine Flügel.«

Sie muss so heftig lachen, dass sie nicht mehr sprechen kann. »Ehrlich, Wynter!«, keucht sie schließlich.

»Wir sollten ein Trinkspiel einführen. Jedes Mal wenn eine von euch ›Ehrlich, Wynter‹, sagt, müssen wir einen runterkippen.«

»Dann wären wir in null Komma nichts betrunken.«

»Ganz genau!«

Nachdem Iris' Mutter die Kinder für die Nacht abgeholt hat, ist Hallie die Erste, die kommt. Irgendwann haben wir aufgehört, uns abwechselnd reihum zu treffen. Iris' Haus ist unser Mutterschiff, und hier fühlen wir uns alle zu Hause. Glücklicherweise macht es ihr nichts aus, wenn wir immer bei ihr sind.

Hallie umarmt uns beide. »Schön, euch zu sehen.«

»Danke gleichfalls«, sagt Iris. »Wir haben dich letzte Woche vermisst.«

»Ich euch auch.«

Ich bewundere Iris' Zurückhaltung. Sie will fragen, was bei Hallie los ist, die kaum mal ein Treffen auslässt, aber sie tut es nicht. Falls Hallie darüber reden möchte, ist sie hier an der richtigen Stelle, und das weiß sie.

12

Wynter

*D*ie anderen trudeln nach und nach ein und bringen alle möglichen Hauptgerichte, Beilagen und Desserts mit. Irgendwie haben wir am Schluss immer eine super Kombination verschiedenster Speisen, ohne dass wir uns groß abstimmen müssen. Ein paar der Wilden Witwen sind wirklich tolle Köchinnen. Hallie hat ein Hähnchengericht dabei, das mir auf der Zunge zergeht, und von Joys Jambalaya sind alle völlig geflasht.

Meine Chocolate-Chip-Cookies werden sehr gelobt, und ich werde sogar nach dem Rezept gefragt, was mir schmeichelt. Schließlich wissen die anderen um die engen Grenzen meiner kulinarischen Fähigkeiten.

Ich setze Xavier in Laneys Hochstuhl und füttere ihn mit Bissen von Hühnchen, klein geschnittenen grünen Bohnen und einem Brötchen, das er zerpflückt, bevor er etwas davon isst.

Adrian trifft als Letzter ein und entschuldigt sich wortreich für sein Zuspätkommen. »Der verdammte Verkehr wird immer schlimmer.«

»Ich für meinen Teil vermisse das Pendeln nicht im Geringsten«, erklärt Gage. »Und wenn ich's genau bedenke, die Arbeit auch nicht.«

»Reib es mir nicht noch unter die Nase«, erwidert Adrian mit einem schiefen Grinsen, bevor er sich nach Xavier umsieht.

Und nach mir.

Oder zumindest möchte ich gerne glauben, dass er nach uns beiden sucht.

Xavier stößt einen Freudenschrei aus, als er seinen Daddy entdeckt.

Adrian ist im Anzug einfach unglaublich sexy. Das muss ich immer denken, wenn er nach Hause kommt und eins seiner engen Hemden trägt, die sich an seinen muskulösen Oberkörper schmiegen.

Zum Anbeißen.

Er beugt sich vor, um Xavier einen Kuss auf eine seiner Pausbacken zu geben, und verströmt dabei einen würzigen Zitrusduft, von dem mir das Wasser im Mund zusammenläuft. »Wie geht's meinem kleinen Kumpel?«

»Er hatte heute viel Spaß.«

Xavier streckt die Arme nach seinem Daddy aus und versucht aufzustehen.

Ich nehme das Tablett weg, um ihn zu befreien, und reiche Adrian ein feuchtes Stück Küchenpapier, damit er seinen Sohn säubern kann. »Pass auf, er hat schmutzige Hände.«

»Das macht nichts«, antwortet Adrian, während er mit geschlossenen Augen mit Xavier schmust.

Wenn ich die beiden zusammen beobachte, vollführt mein Herz ganz seltsame Kapriolen.

Nachdem wir den anderen ins Wohnzimmer gefolgt sind, setzt Adrian Xavier auf eine Decke. Als ich ihm ein paar Spielsachen bringe, belohnt er mich mit einem strahlenden Babylächeln, das sechs entzückende kleine Milchzähne zeigt.

»Willkommen, alle zusammen«, sagt Iris. »Wie geht es euch?«

»Kann ich anfangen?«, will Hallie wissen.

»Natürlich.«

»Also, ich hab jemanden kennengelernt.«

Diese Ankündigung wird mit so wildem Beifall quittiert, dass sogar Xavier aufschaut, um zu sehen, was da los ist.

Hallie hebt beschwichtigend die Hände. »Freut euch nicht zu früh, denn es ist kompliziert.«

»Für uns ist es immer kompliziert«, erinnert Gage sie.

»Mein Fall ist ungewöhnlich«, erklärt Hallie. »Zum einen hat sie gerade eine fünfzehnjährige Ehe mit einem Mann hinter sich. Zum anderen hat sie zwei Kinder, zwölf und neun, und ich bin die erste Frau, mit der sie sich jemals verabredet hat. Also, na ja … Ich weiß nicht so recht, was ich davon halten soll.«

»Oh, du wärst also ihre Erste«, bemerke ich. »Irgendwie ist das cool.«

»Aber irgendwie auch anstrengend«, erwidert Hallie. »Ich mag sie sehr gern. Ehrlich. Allerdings bin ich mir nicht sicher, ob ich die Energie habe, jemandem beim Experimentieren mit seiner sexuellen Identität zu helfen.«

»Hast du ihr von Gwen erzählt?«, erkundigt sich Iris.

»Nicht in allen Einzelheiten. Bloß dass ich verheiratet war und sie gestorben ist. Wir sind noch dabei, uns darüber klar zu werden, ob das mit uns etwas sein könnte oder nicht. Sie möchte das gerne, doch ich bin mir noch nicht sicher.«

»Was sagt sie denn, was es für sie bedeutet, mit einer Frau zusammen zu sein?«, fragt Roni.

»Dass sie schon immer intensive Gefühle für andere Frauen hatte, aber versucht hat, den Erwartungen an eine Beziehung mit einem Mann zu entsprechen. Sie hat mir anvertraut, dass sie schon an dem Tag, an dem sie geheiratet hat, den Verdacht hatte, dass sie einen Fehler begangen hat.«

»Wow«, meint Brielle. »Ich kann mir nicht mal vorstellen, wie es wäre, an meinem Hochzeitstag so zu empfinden.«

»Wie sie es beschreibt, war es furchtbar«, sagt Hallie. »Sie hatte den Eindruck, als würde sie einfach mechanisch einem festgelegten und unausweichlichen Ablauf folgen, statt etwas zu feiern, das sich total richtig anfühlt. Dann hat sie fünfzehn Jahre lang versucht, es hinzukriegen, vor allem ihren Kindern zuliebe, doch irgendwann war das keine Option mehr.«

»Es kann nicht leicht gewesen sein, so lange mit jemandem verheiratet zu sein, wenn es gar nicht das war, was sie eigentlich wollte«, wirft Derek ein.

»Richtig. Dabei lag es nicht daran, dass sie sich viel gestritten hätten, sondern eher an der Gleichgültigkeit, die sich zunehmend breitgemacht hat. Er ist allem Anschein nach ein wirklich netter Mann, ein wunderbarer Vater und all das, was man sich sonst noch wünscht. Aber ihre Beziehung ist in den letzten sieben Jahren rein platonisch gewesen.«

»Ich habe da einige Bedenken«, sagt Iris behutsam.

Wir alle schauen zu ihr, unserer weisen Anführerin.

»Nach allem, was du erlebt hast, gefällt es mir nicht, dass du dich auf jemanden einlässt, der nach ein paar Monaten feststellen könnte, dass du vielleicht auch nicht das bist, was sie eigentlich will.«

»Ich weiß.« Hallie seufzt. »Ich bin da ganz bei dir, und ich hatte die gleichen Bedenken, glaub mir. Es ist nur so, dass es eine Verbindung zwischen uns gibt, die ich zuvor bloß ein einziges Mal gespürt habe.« Sie zuckt hilflos die Achseln. »Ich fühle da was, etwas Bedeutendes. Wisst ihr, was ich meine?«

»Ja«, antwortet Gage. »Und wenn man das mitberücksichtigt, erscheint einem das Risiko im Vergleich gar nicht mehr so schlimm, oder?«

»Genau«, pflichtet ihm Hallie bei. »Sie ist die Erste, die ich seit Gwens Tod getroffen habe, bei der ich den Wunsch verspüre, es noch einmal zu versuchen.«

»Dann solltest du das auch«, verkündet Iris. »Solange du es nicht mit verklärtem Blick, sondern offenen Auges tust. Niemand möchte, dass du verletzt wirst.«

»Ich selbst auch nicht«, entgegnet Hallie. »Trotzdem heißt es doch immer, wir müssten wieder raus und leben, richtig? Nur geht das leider nicht ohne ein gewisses Risiko.«

»Genau«, gibt Joy ihr recht. »Pass bitte auf, dass das Risiko für dich nicht zu groß wird. Solange sie dich glücklich macht, finden wir sie gut.«

»Danke, Joy«, meint Hallie leise. »Das bedeutet mir viel.« Sie winkt ab. »Jetzt aber genug von mir. Erzählt, was bei euch anderen los ist.«

»Ich hatte eine Verabredung«, verkündet Joy.

Aller Augen richten sich auf sie.

»Und?«, will Roni wissen.

»Es war okay. Den Großteil der Zeit über habe ich ihn mit Craig verglichen, wobei er leider den Kürzeren gezogen hat.« Ihr Mann ist in seinen Dreißigern im Schlaf eines »natürlichen Todes« gestorben, was auch immer das heißen mag.

»Das solltest du nicht«, erwidert Lexi sanft. »Niemand wird ihm je das Wasser reichen können. Du musst versuchen, jeden neuen Mann dort zu treffen, wo er ist, und nicht an dem Punkt, wo du warst.«

»Das hast du sehr schön ausgedrückt, Lex«, stellt Brielle fest.

»Ja, wirklich«, pflichtet ihr Kinsley bei. »Denn ich habe mich ebenfalls dabei ertappt, dass ich neue Bekanntschaften mit Rory vergleiche. Das ist weder ihnen noch ihm gegenüber fair. Ich meine, nichts wird jemals so sein, wie es mit ihm war. Daher muss ich damit aufhören, Rory 2.0 finden zu wollen, und mir stattdessen Paul 1.0 oder Dan 1.0 suchen. Die Namen habe ich nur als Beispiel gewählt, nicht etwa, weil es tatsächlich einen Paul oder einen Dan gäbe.«

»Du hast recht, Kinsley«, sagt Gage. »Als Iris und ich ganz frisch zusammen waren, dachte ich, es müsste so sein, wie ich es von Natasha in Erinnerung hatte. In gewisser Weise ist es das auch, denn die Gefühle sind ähnlich. Aber alles an Iris ist anders, als es bei Nat war, wie es ja nur natürlich ist. Denn keine zwei Menschen sind genau gleich, und daher können auch keine zwei Beziehungen gleich sein.«

»Diese Erfahrung habe ich mit Roni ebenfalls gemacht.« Derek lächelt seine Verlobte an. »In allen wichtigen Punkten sind sie und Vic einander ähnlich, doch die Beziehungen sind völlig unterschiedlich. Ab und zu regen sich Schuldgefühle in mir, weil Roni eine viel bessere Version von mir bekommt, als Vic je hatte. Ich musste sie erst auf diese Weise verlieren, um aufzuwachen und einige dringend notwendige Veränderungen in meinem Leben vorzunehmen.«

»Das hilft«, antwortet Joy. »Danke, dass du uns das erzählst.«

»Willst du ihn wiedersehen, Joy?«, erkundigt sich Christy.

»Das habe ich noch nicht entschieden. Er hat sich gemeldet,

weil er unsere Verabredung sehr schön fand und gern ein weiteres Mal mit mir ausgehen möchte. Trotzdem weiß ich nicht. Vielleicht bin ich noch nicht so weit.«

»Das kannst nur du ganz allein beurteilen«, meint Iris. »Aber schreib ihn nicht ab, bloß weil er nicht wie Craig ist.«

»Ich bemühe mich, das in meinem Kopf klarzukriegen, bevor ich meine Entscheidung treffe«, entgegnet Joy. »Es ist auf jeden Fall echt merkwürdig, oder?«

»Absolut«, stimmt ihr Kinsley zu. »Man muss das Witwenleben einfach lieben.«

»Das tun wir doch, oder?«, fragt Lexi, und alle lachen.

»Der krasseste Verein, in dem wir nie Mitglied sein wollten«, wirft Brielle ein.

»Ich habe gemerkt, dass ich mich wieder für Dinge interessiere, von denen ich dachte, dass sie mich nie wieder reizen würden«, erwidere ich und wende meinen Blick von Adrian ab.

»Was zum Beispiel?«, erkundigt sich Iris, obwohl sie ja schon im Bilde ist.

»Körperliche Sachen. Sex. Verlangen. So was in der Art.«

»Du weißt aber schon, dass das normal ist, oder?«, wirft Lexi ein.

»Ja, natürlich. Es ist trotzdem irgendwie seltsam, dass man es erneut spürt und herausfinden muss, wie man damit am besten umgeht.«

»Du musst nichts tun, bis du wirklich dazu bereit bist«, erklärt Christy.

»Ich weiß. Und ich fühle mich allmählich tatsächlich bereit, was aufregend und traurig zugleich ist. Ich wollte das nie mit jemand anderem als Jaden, also habe ich keine Ahnung, wie ich das hinkriegen soll.«

»Keine Sorge, wenn die Zeit reif ist, ergibt sich das von ganz allein«, sagt Roni. »Und wenn der Betreffende der Richtige ist. Es gibt keinen Grund zur Eile.«

»Wir alle haben das Problem, dass wir das letzte Mal, als wir Sex hatten, mit jemand ganz Besonderem zusammen waren«, wirft Adrian ein, ohne von dem spielenden Xavier auf dem Boden aufzusehen. »Wir alle hoffen, so etwas ein weiteres Mal zu finden. Wenn es nur rein auf der körperlicher Ebene abläuft, fühlt man sich nur schlechter, sofern das überhaupt möglich ist.«

Irgendwie schon interessant, dass er damit im Grunde genommen zugibt, dass seine One-Night-Stands für ihn nicht wirklich befriedigend waren.

»Es ist immer besser, wenn es mit jemand Besonderem ist«, räumt Christy sanft ein. »Aber trotzdem muss es das nicht jedes Mal sein, schließlich kann es ja auch einfach dazu dienen, ein gewisses Bedürfnis zu erfüllen.«

»Mag sein.« Er hält inne, und wir warten, denn ganz offensichtlich hat er noch mehr zu sagen. »Diese Woche hatte ich damit zu kämpfen, dass Xaviers Geburtstag nie nur sein Geburtstag sein wird, wisst ihr? Es wird auch immer der Tag sein, an dem seine Mutter gestorben ist.«

Die Traurigkeit in seiner Stimme bringt mich fast um. Am liebsten würde ich ihn in die Arme nehmen und für ihn und Xavier alles besser machen. Kaum habe ich diesen Gedanken, trifft mich die Erkenntnis wie ein Schlag: Ich liebe sie beide so sehr.

Natürlich liebe ich sie. Wie könnte ich auch nicht, nach allem, was wir im letzten Jahr gemeinsam erlebt haben? Nur wissen wir ja: Es gibt Liebe, und dann gibt es *Liebe*. Ich fürchte, ich fange an, mit Adrian in die letztere Kategorie zu rutschen. Das erschreckt mich, und gleichzeitig ist es sehr aufregend.

Ich kann unmöglich solche Gefühle für den Mann haben, der mich angestellt hat, damit ich auf seinen Sohn aufpasse.

Oder vielleicht doch?

Es ist alles so verwirrend, aber immerhin bringt das Wissen, dass ich überhaupt noch so empfinden kann, eine gewisse Erleichterung mit sich. Trotzdem hätte es schlimmer nicht kommen können, als dass mir das ausgerechnet mit diesem Mann passiert. Ich würde ja lachen, wenn es nicht so absurd wäre.

Ich konzentriere mich wieder auf die Unterhaltung um mich herum. Die andern geben Adrian gerade den Ratschlag, dass er alle Gefühle im Zusammenhang mit Sadies Todestag zulassen soll.

»An jedem der drei Jahrestage habe ich mich bislang uneingeschränkt meiner Trauer hingegeben«, sagt Gage. »Ich nehme mir ganz bewusst Zeit, um all das Furchtbare zu fühlen, bevor ich dann versuche, es für ein weiteres Jahr wieder irgendwo in mir zu verstauen. Du hattest so mit Xaviers Geburtstag zu tun, dass du keine Minute Muße dafür hattest, auch dem Gedenken an Sadie Raum zu geben.«

»Du solltest beides planen«, fügt Christy hinzu. »Zum Beispiel kannst du mit Xavier unbeschwert seinen Geburtstag feiern, doch der nächste Tag ist für dich und Sadie reserviert. Da kannst du all das tun, wonach dir ist, aber du nimmst dir die Zeit, die alten Erinnerungen aufleben zu lassen, vor allem die schönen.«

»Das ist eine tolle Idee, Christy«, erklärt Iris. »So kannst du die beiden Ereignisse im Geiste voneinander trennen. Was meinst du, Adrian?«

»Ja, das ist eine gute Idee. Vielleicht gönne ich mir diese Woche einen Tag Urlaub und gehe ein Stück auf unserem Lieblingswanderweg oder so.«

»Das ist ein wunderschöner Gedanke«, erwidert Lexi.

»Danke, Leute«, verkündet Adrian. »Das hat mir wirklich geholfen. Jetzt bringe ich Xavier nach Hause ins Bett, trotzdem meldet euch bitte, wenn irgendwas ist, wobei ich euch unter die Arme greifen kann.«

»Konzentrier du dich erst mal ganz auf dich«, rät ihm Iris. »Wir stehen bereit, wenn du uns brauchst.«

»Ich weiß, dass wir das oft sagen«, entgegnet Adrian. »Doch ich meine es ernst, wenn ich euch versichere, dass ich dieses Jahr ohne euch nicht überlebt hätte, und … na ja, ich liebe euch alle. Sehr sogar.«

Nachdem er Xavier hochgehoben hat, stehen wir anderen auf, um die beiden mit einer Umarmung zu verabschieden.

»Wir sehen uns morgen früh«, meint er zu mir, als er mich an sich zieht.

»Auf jeden Fall.«

»Er tut mir so leid«, bemerkt Joy, nachdem Adrian und Xavier weggefahren sind. »Er hat das Beste und das Schlimmste, was einem überhaupt passieren kann, am selben Tag erlebt.«

»Das muss schwer sein«, stellt Brielle fest. »Aber insgesamt scheint es ihm allmählich besser zu gehen.«

Alle blicken mich an, als erwarteten sie von mir eine Bestätigung.

Einen Moment fühle ich mich wie ein Reh im Scheinwerferlicht, während ich mir den Kopf darüber zerbreche, wie ich darauf antworten soll. »Er gibt sich Mühe. Wie wir alle.«

»Du bedeutest ihm sehr viel«, teilt mir Iris mit. »Das ist dir hoffentlich klar.«

»Ja, und ich kann mir nichts Schöneres denken, als mich um Xavier zu kümmern. Diese Aufgabe hat meinem Leben wieder einen Sinn gegeben, dabei wusste ich nicht mal, dass mir der gefehlt hat. Es ist alles prima.«

»Schön, dass es für euch beide so gut läuft«, erwidert Derek.

Zum Glück verlagert sich das Gespräch auf andere Themen, wie beispielsweise die Hochzeit von Roni und Derek, die irgendwann im nächsten Jahr geplant ist, wobei sie noch kein genaues Datum haben. Christy hat auf die Textnachrichten von diesem Trey nicht geantwortet, obwohl er ihr jeden Tag schreibt, dass er dringend mit ihr reden möchte. Sie ist sich noch nicht sicher, ob sie darauf eingehen soll.

Danach beratschlagen wir, wer welche Aufgabe bei Lexis Umzug am Sonntag übernehmen kann. Gage wiederholt sein Angebot, sich von seinem Vater den Lieferwagen zu leihen, woraufhin Lexi in Tränen ausbricht, weil sie keine Ahnung hatte, wie sie all ihre Sachen transportieren soll.

»Keine Sorge, wir machen das«, versichert ihr Gage mit einem Lächeln, was bei Lexi weitere Tränen auslöst.

Schließlich trocknet sie sie sich mit einem Taschentuch ab, das Iris ihr reicht. »Was Adrian vorhin über euch gesagt hat … Ich pflichte ihm bei, in jedem Punkt. Ich wüsste nicht, was ich ohne euch anfangen sollte.«

»Uns wirst du so bald nicht los«, meint Roni mit einem Augenzwinkern.

Als alle anderen aufgebrochen sind, bleibe ich noch, um Iris beim Aufräumen zu helfen und Xaviers Spielsachen in den Rucksack zu stecken, den ich als Wickeltasche benutze, weil ich mich auf keinen Fall mit einer dieser albernen Taschen, die es in den Babyläden gibt, in die Öffentlichkeit begeben werde. Jemand hatte Sadie zur Babyparty eine Tasche mit Tieren darauf geschenkt, doch die liegt weiter unangerührt im Schrank in Xaviers Zimmer.

Iris bringt mich zur Tür. »Alles okay, Wynter? Du warst heute Abend so still.«

»Ja, alles gut.«

Iris drückt mich. »Ich hab dich sehr lieb.«

»Ich dich auch.«

Wie macht sie das nur? Wie schafft sie es, dass ich mit den Tränen kämpfe, einfach weil sie nett zu mir ist und mir sagt, dass sie mich lieb hat? Auf der Fahrt nach Hause wische ich mir immer wieder wütend übers Gesicht. Warum um alles auf der Welt heule ich eigentlich? Ich hasse es, so nah am Wasser gebaut zu sein. Das war ich vor Jadens Tod nie. Meine Mutter erzählt immer gern, dass ich selbst als Baby praktisch nie geweint habe. Das war nicht mein Ding. Und jetzt weine ich jeden Tag. Es ist, als hätte jemand all meine Nerven auf die Außenseite meines Körpers verlegt oder so etwas, sodass ich nicht anders kann, als alles überdeutlich zu empfinden, selbst wenn ich das gar nicht will.

Da klingelt mein Handy und unterbricht meine Gedanken.

Der Blick aufs Display verrät mir, dass es Adrian ist.

»Hey, was gibt's?«

Im Hintergrund höre ich Xavier weinen.

»Das klingt nicht so, als sei bei euch alles in Ordnung, oder?«

»Genau deshalb rufe ich an. Xavier jammert nach dir. Nichts, was ich ausprobiert habe, hilft. Wenn ich raten müsste, würde ich sagen, er zahnt.«

»Ich bin schon unterwegs.«

»Eigentlich möchte ich dich nicht so spät noch darum bitten.«

»Alles gut. Bis gleich.«

»Danke, Wynter.«

Bei der ersten sich bietenden Gelegenheit wende ich und mache mich auf den Weg zu Adrian. Ich kann es kaum erwarten, die beiden zu sehen.

13

Adrian

Ich hasse es, Wynter anzurufen und sie darum zu bitten, dass sie herkommt, obwohl sie ohnehin schon mehr Zeit bei mir verbringt als bei sich selbst. Manchmal glaube ich, dass es ihr hier vielleicht besser gefällt, aber sie redet nicht viel über sich, außer wenn wir uns über unsere Erfahrungen als Verwitwete austauschen.

Und warum will ich eigentlich alles über sie wissen?, frage ich mich, während ich mit Xavier auf dem Arm im Wohnzimmer auf und ab gehe, ihm den Rücken reibe und hoffe, dass er sich beruhigt.

»Wyn, Wyn, Wyn«, schluchzt er.

»Sie ist schon unterwegs, Kumpel.«

Eigentlich sollte ich hiermit allein fertigwerden, statt sie zu Hilfe zu rufen.

Doch als ich ihren Schlüssel in der Tür höre, bin ich einfach nur erleichtert, dass sie da ist.

»Was hat mein Kleiner denn?«, will sie wissen, als sie mir Xavier abnimmt.

Er hört sofort auf zu weinen. »Wyn.«

»Ich bin ja hier«, sagt sie und drückt ihn an sich, während unsere Blicke sich begegnen.

Sie ist so umwerfend hübsch, dass es nicht mehr komisch ist. Vor Sadies Tod hatte ich einen völlig anderen Geschmack, was Frauen betraf und in Bezug auf das, was ich attraktiv fand. Jetzt ist es Wynter, die meine Sinne auf eine Weise anspricht, wie es nur eine andere Frau zuvor getan hat.

Ich begehre sie.

Ich brauche sie.

Aber ich kann sie nicht haben.

Daran muss ich mich immer wieder erinnern.

Xavier liebt sie, und ohne sie wären wir verloren. Irgendwelche romantischen Verstrickungen könnten alles ruinieren, wenn nichts daraus wird. Und was, wenn es nicht schiefgeht? Wenn es super läuft, so super, dass es uns beiden eine zweite Chance auf das wahre Glück bietet?

Während ich zuschaue, wie sie meinen Sohn beruhigt, tobt in mir ein Kampf zwischen dem, was ich haben will, und dem, was ich damit aufs Spiel setze.

Im Handumdrehen ist Xavier in ihren Armen eingeschlafen.

»Du kannst zaubern.«

»Ich liebe ihn so sehr.«

»Er liebt dich auch.«

Und ich ebenfalls, würde ich am liebsten hinzufügen, doch das kann ich nicht. Womöglich denkt sie, ich meine es als Freund, als dankbarer Arbeitgeber, als Mit-Verwitweter. Natürlich liebe ich sie aus all diesen Gründen, allerdings vermute ich, ich tue es auch auf andere Weise. Im Grunde genommen will ich nicht wahrhaben, dass ich am letzten und vorletzten Wochenende, als ich mit diesen beiden Frauen Sex hatte, die ganze Zeit nur an sie gedacht habe.

Und dann hat sie mir gestanden, dass sie mich dabei beobachtet hat … Gott, jedes Mal, wenn ich mich daran erinnere, werde ich steinhart.

Denk jetzt nicht daran, Adrian, es sei denn, sie soll sehen, was sie mit dir anstellt.

»Ich bringe ihn besser ins Bett.«

Ich folge ihr die Treppe hinauf und achte darauf, dass mein Blick nicht zu ihrem sexy Hintern wandert, sondern schön sicher auf ihren Schultern verweilt.

Denk an das, was auf dem Spiel steht, Adrian. Denk an Xavier, der sie liebt. Denk an irgendetwas anderes als daran, wie es wäre, mit Wynter Sex zu haben. Denk an alles *andere, nur nicht an das.*

Ich konzentriere mich so auf diese Litanei, dass ich fast in sie hineinlaufe, als sie sich bückt, um Xavier in sein Bettchen zu legen.

Das wäre nicht gut gewesen.

Oder vielleicht doch.

Ich warte, bis sie Xavier zugedeckt hat, und folge ihr aus dem Zimmer.

»Noch mal danke, dass du gekommen bist.«

»Keine Ursache, das habe ich gern gemacht.«

»Wie wär's mit einem Drink?«

»Ach, warum eigentlich nicht?«

Gemeinsam gehen wir die Treppe runter, und ich bin froh, dass sie bleibt. Ich fühle mich weniger einsam, wenn sie in der Nähe ist, das habe ich schon vor einer ganzen Weile festgestellt.

Ich mixe uns beiden einen Wodka-Soda-Cocktail, den wir ins Wohnzimmer mitnehmen.

Wir setzen uns jeder in eine Ecke des Sofas, aber sie dreht sich zu mir.

»Er war heute Abend wirklich schlecht drauf«, erkläre ich. »Ich habe ihn noch nie so untröstlich erlebt.«

»Daran sind die Zähne schuld. In einem Online-Forum habe ich gelesen, dass das Zahnen selbst dem gutmütigsten Baby die Laune verhageln kann. Glücklicherweise dauert der Spuk nur ein paar Wochen. Und da stand auch, wir alle hätten Glück, dass wir uns nicht mehr daran erinnern, wie schmerzhaft es ist.«

Ich finde es großartig, dass sie sich so gut informiert hat. »Danke, dass du das nachgeschaut hast.«

»Kein Problem. Ich dachte mir, ich sollte besser verstehen, weshalb er so weinerlich ist.«

»Es gibt so viel, was man nachlesen müsste«, gestehe ich

seufzend. »Die meiste Zeit kommt es mir so vor, als befände ich mich im kompletten Blindflug.«

»Du liebst ihn, und das weiß er. Sobald er dich sieht, strahlt er.«

»Bei dir doch genauso.«

»Es macht mich glücklich, mich um ihn zu kümmern. Danke, dass du mir eine zweite Chance gegeben hast.«

»Dafür brauchst du dich nicht zu bedanken, sondern es verhält sich genau umgekehrt. Es ist eine große Erleichterung für mich, zu wissen, dass er, wenn ich bei der Arbeit bin, bei jemandem ist, der ihn liebt – und dass er in seiner vertrauten Umgebung bleiben kann. Nicht dass ich etwas gegen Kindertagesstätten hätte, aber ich finde es schön, dass er deine volle Aufmerksamkeit hat.«

»Die hat er definitiv, und wir haben unglaublich viel Spaß miteinander.«

Sie lächelt glücklich, wie immer, wenn sie von Xavier spricht.

Sie nimmt einen Schluck aus ihrem Glas und stellt es auf dem Couchtisch ab.

»Ist der Drink gut so?«

»Ja, ich muss nur noch fahren.«

»Wenn du möchtest, kannst du gern hier übernachten. Schließlich ist es schon spät.«

»Oh. Äh. Ja, vielleicht mach ich das wirklich. Danke.«

»Jederzeit.«

Sie hebt ihr Glas wieder an die Lippen und trinkt.

»Als Sadie und ich dieses Haus gekauft haben, dachten wir, das dritte Schlafzimmer wäre für unser zweites Kind. Eigentlich wollten wir sofort ein weiteres kriegen, damit sie miteinander aufwachsen und wir mit dem ganzen Babykram schnell durch sind.« Ich lache nervös. »Ich weiß gar nicht, warum ich dir das erzähle.«

»Tut mir leid, dass es nicht so geklappt hat, wie ihr es euch ausgemalt habt. Was Sadie passiert ist – und dir und Xavier –, ist herzzerreißend.«

»Ja, wirklich. Wir waren so furchtbar naiv, weißt du?«

»Wie meinst du das?«

»Wir hätten nie gedacht, dass sie tatsächlich sterben könnte.«

»Das ist nichts, worüber sich werdende Eltern gern den Kopf zerbrechen.«

»Nein, aber man hätte uns sagen müssen, dass es möglich ist. Jeder Arzt, bei dem wir waren, hat uns bescheinigt, dass sie gesund sei, dass das Baby gesund sei und alles in bester Ordnung. Selbst in den Geburtsvorbereitungskursen wurden mögliche Komplikationen nicht groß erwähnt.« Ich sehe sie an. »Sie haben mir erklärt, es sei eine Fruchtwasserembolie gewesen.«

»Nie gehört. Was ist das?«

»Dabei gelangt Fruchtwasser in den Blutkreislauf der Mutter, was gar nicht so selten vorkommt. Nur hat die Mutter manchmal eine Art allergische Reaktion, was dramatische Folgen haben kann. Das geht dann alles furchtbar schnell und endet oft genug mit dem Tod. Der Arzt hat beteuert, wie leid ihm das alles tue, und mir versichert, er denke jeden Tag an sie. Allerdings frage ich mich, ob er das bloß sagt, damit ich ihn nicht verklage.«

»Würdest du das denn gern tun?«

»Manchmal schon.«

»Hast du mit einem Anwalt darüber gesprochen?«

»Ja. Doch der hat gemeint, dass eine Klage wenig Aussicht auf Erfolg hätte, weil es eine bekannte Komplikation sei, auch wenn sie bloß selten auftritt. Nur wer rechnet denn damit, dass eine kerngesunde Frau bei der Geburt stirbt?«

»Es ist erschreckend. Alles, was mit Medizin, Ärzten und Krankenhaus zu tun hat, empfinde ich als beängstigend, besonders nachdem ich aus nächster Nähe miterleben musste, was Jaden durchgemacht hat.«

»Wenn man dem Glauben schenken kann, was im Geburtsvorbereitungskurs erzählt wird, vergisst man die Schmerzen und alles Unangenehme ziemlich schnell, wenn das Baby erst mal da ist. Man ist dann so glücklich, dass man kaum noch einen Gedanken an die Geburt verschwendet.«

»Wir reden nicht über mich, sondern über dich. Also, möchtest du Klage einreichen?«

»Vermutlich würde es auf einen Vergleich hinauslaufen, einfach damit ich Ruhe gebe. Und das Geld käme mir durchaus gelegen.«

»Trotzdem würdest du nicht mehr erfahren, als du ohnehin schon weißt, oder?«

»Eher nicht.«

»Meine größte Sorge wäre, dass es eine Wunde, die gerade zu verheilen beginnt, wieder aufreißt«, gibt sie zu bedenken. »Ich kann nachvollziehen, dass man verstehen will, wie das passieren konnte. Ich habe selbst eine Menge Fragen zu Jadens letzten Wochen, auf die ich wahrscheinlich nie Antworten erhalten werde. Andererseits ist es vielleicht einfacher, das alles hinter sich zu lassen, als diese furchtbare Zeit noch einmal zu durchleben. Ich meine, was würde das unterm Strich bringen? Sadie und Jaden werden trotzdem tot sein.«

»Welche Antworten hättest du denn gern?«, frage ich.

»Na, zum Beispiel warum sie uns verschwiegen haben, dass er höchstwahrscheinlich sterben wird, bis es nicht mehr anders ging. Warum haben sie uns nicht einfach die Wahrheit gesagt, damit wir uns darauf vorbereiten konnten?«

»Vielleicht, weil sie nicht wollten, dass er die Hoffnung aufgibt?«

»Möglich, wobei das doch eigentlich Blödsinn ist. Warum uns in falscher Hoffnung wiegen?«

»Das kann ich dir auch nicht beantworten. Ich habe allerdings gehört, dass Kinsley und Naomi das genauso erlebt haben. Die Ärzte klingen immer so hoffnungsvoll, weshalb sie ungerechtfertigt zuversichtlich waren. Letztendlich hat es sie dann umso härter getroffen.«

»Genau, es ist nicht fair.«

»Da hast du wohl recht.«

»Warum hätte ich glauben sollen, dass mein zweiundzwanzigjähriger Mann tatsächlich sterben würde, wo die Ärzte uns doch nicht darauf hingewiesen haben, dass das passieren könnte? Im Nachhinein sagen so viele Leute: ›Na ja, wenigstens war es nicht aus heiterem Himmel. Du warst vorgewarnt.‹ Nein, war ich nicht! Mir blieben ungefähr sechs Tage dafür, mich damit auseinanderzusetzen.«

Während sie spricht, ertappe ich mich dabei, dass ich neben sie rücke, um sie zu trösten. Ich greife nach ihr, und sie zögert eine Sekunde lang, bevor sie sich von mir in die Arme schließen lässt.

»Du musst das nicht tun«, erklärt sie.

»Das weiß ich. Doch ich hatte den Eindruck, als könntest du ein wenig Trost gebrauchen.«

Sie atmet lang gezogen aus und lehnt sich an mich. »Du riechst gut.«

Ich lache. »Okay.«

»Ich meine, du riechst immer gut.«

»Du auch.« Ich beuge mich vor, um den Duft ihres Haars einzuatmen.

»Wir, äh, sollten wahrscheinlich nicht … du weißt schon …«

Irgendwie hilft es mir, dass sie genauso verunsichert zu sein scheint wie ich. »Nein, das sollten wir wirklich nicht.«

Wynter

ER STIMMT MIR ZU, aber er lässt mich nicht los. Mein ganzer Körper scheint in Flammen zu stehen, als er mich fest an sich presst. Ich will ihn berühren und küssen und …

Das darf ich nicht.

Er ist mein Boss! Er ist Xaviers Vater.

Aus reinem Selbsterhaltungstrieb löse ich mich von ihm.

»Geh nicht«, sagt er. »Noch nicht.«

Ich brenne vor Verlangen. Und Schuldgefühlen. Das gehört vermutlich dazu, jetzt, wo ich mit jemandem schlafen will, der nicht mein geliebter Jaden ist. Trotzdem kann ich es nicht leugnen: Ich begehre Adrian. Das tue ich schon eine ganze Weile, schon lange bevor ich etwas gesehen habe, was ich besser nicht gesehen hätte ... und was ich jetzt nicht mehr aus meinem Kopf kriege.

Mein Herz klopft wie wild. Ich bekomme kaum noch Luft, und jeder Teil von mir drängt mich zum nächsten logischen Schritt. Wenn Xavier nicht wäre, würde ich mich Adrian an den Hals werfen. Es ist Xavier, wegen dem ich einen Schritt zurücktrete. Es ist Xavier, wegen dem ich mit wackeligen Knien aufstehe. Es ist Xavier, wegen dem ich meine Jacke nehme, um zu verschwinden, bevor ich etwas tue, was sich nicht mehr ungeschehen machen lässt.

»Wynter. Warte.«

»Ich kann nicht. Ich muss fort.«

»Nein.«

»Doch, Adrian. Es geht einfach nicht.«

Mit einer Hand an meiner Schulter hält er mich auf, und die Wärme seiner Berührung lässt mich fast vergessen, wie sicher ich mir eben noch war, dass es das Richtige ist, jetzt sofort aufzubrechen. »Bitte bleib.«

»Ich muss hier weg.«

»Warum?«

»Darum.«

»Das ist kein Grund.«

Ich zwinge mich, mich zu ihm umzudrehen und ihn anzuschauen. »Das alles ... du als mein Freund, Xavier, den ich liebe, ihr beide seid mir zu wichtig, als dass ich das aufs Spiel setzen und es am Ende verlieren würde.«

»Wir werden gar nichts verlieren.«

»Das kannst du unmöglich wissen.«

»Doch, ich weiß das. Du bist für uns beide ebenfalls unglaublich wichtig. Du bist der wichtigste Mensch in unserem Leben.«

Ich schüttle den Kopf. »Sag das nicht, nur weil du denkst, dass ich es hören will.«

Mit den Fingern an meinem Kinn dreht er meinen Kopf, sodass ich seinem Blick nicht länger ausweichen kann. »Es ist nichts als die Wahrheit. Irgendwann in all dem Wahnsinn bist du für uns beide der wichtigste Mensch überhaupt geworden.«

Ich schüttele den Kopf. »Adrian, bitte ...«

Langsam beugt er sich zu mir herunter.

Eigentlich müsste ich mich abwenden, aber das kann ich nicht. Ich stehe wie erstarrt da, als er mit seinen Lippen leicht über meine streicht.

»Geh nicht«, flüstert er.

Plötzlich muss ich an einen Vorfall denken, als ich als Teenager mit Jaden und ein paar Freunden am Strand von Ocean City war und fast ertrunken wäre. Irgendwie bin ich in eine starke Unterströmung geraten. Und obwohl ich darum gekämpft habe, über Wasser zu bleiben, war ich mir gleichzeitig so sicher, dass ich sterben würde, dass ich dem starken Sog des Wassers beinah nachgegeben hätte. Gott sei Dank hat mich gerade noch rechtzeitig ein Rettungsschwimmer erreicht.

»Adrian, ich fürchte, ich würde es nicht überleben, wenn ich Xavier nicht mehr sehen könnte.«

Er betrachtet mich verwirrt. »Warum solltest du ihn nicht mehr sehen können?«

»Wenn wir miteinander schlafen und das zwischen uns dann doch nicht funktioniert.«

»Das wird nicht passieren, weil ich es schlicht nicht zulassen werde. Ich würde dich nie davon abhalten, ihn zu sehen. Er liebt dich genauso sehr wie du ihn.«

Er bietet mir alles, was ich will: sich und Xavier und die Möglichkeit einer neuen Liebe und einer Zukunft mit ihnen. Warum spüre ich also trotzdem den Drang, schnellstens zu verschwinden?

»Ich ... äh ... Sorry, ich bin einfach noch nicht bereit dafür, Adrian. Ich dachte, ich wäre es, aber da hab ich mich getäuscht.«

Seine Hände gleiten von meinen Schultern, meine Arme hinab und schließen sich um meine Hände. »Ich gehe nirgendwohin und Xavier auch. Wenn du bereit bist, sag Bescheid. Ich warte auf dich.«

»Und wenn ich es nie sein werde?«

»Keine Sorge, irgendwann wird das der Fall sein. Und wenn

du so weit bist, möchte ich, dass du zu mir kommst. Zu niemandem sonst außer mir.«

»Du bist verrückt.«

»Ich bin verrückt *nach dir*, und das schon fast so lange, wie ich dich kenne. Anfangs war das problematisch, ja, beinah schmerzhaft. Denn wie konnte ich Gefühle für dich haben, während ich immer noch um meine Frau trauerte? Mit der Zeit habe ich gelernt, es als ein weiteres Zeichen dafür zu betrachten, dass das Leben weitergeht, auch wenn wir denken, das sei nicht möglich.«

Ich lehne meine Stirn an seine Brust.

Er streicht mir beruhigend über den Rücken.

Ich hatte schon fast vergessen, wie es ist, von einem Mann berührt zu werden, von ihm begehrt zu werden und im Gegenzug das Gleiche für ihn zu empfinden.

»Ich befürchte, dass wir es für uns selbst, für Xavier und unsere Freunde vermasseln.«

»Dann lass uns das doch einfach nicht tun, okay?«

Ich hebe meinen Kopf und schaue ihn wieder an. »Ist das denn so einfach möglich?«

»Klar, wenn wir es wollen. Du und ich, wir haben beide schon eine erfüllende Beziehung geführt. Warum also sollten wir das nicht auch miteinander hinkriegen?«

»Ich … Ja, warum eigentlich nicht? Was ist mit deinen anderen Freundinnen?«

»Welchen Freundinnen?«

»Na, die Frauen, die du mit nach Hause gebracht hast.« Ich hasse den Hauch von Unsicherheit, den ich in meiner Stimme höre, aber ich bin nicht bereit, Teil eines Harems zu sein, und das sollte er von Anfang an wissen.

»Das war nur Sex, Wynter. Was ich mit dir will, ist viel mehr als das.«

»Warum ich? Warum willst du das mit mir?«

»Hast du dich schon mal angeschaut? Du bist großartig. Du bist stark, unverwüstlich und mutig.« Er streicht mir eine Haarsträhne hinters Ohr. »Du bist unglaublich witzig. Du hältst stets zu deinen Freunden, und du lässt dir nichts gefallen. Du sprichst aus, was du denkst. Bei dir muss man sich nie fragen, woran man ist, weil du es einem einfach sagst. Und außerdem bist du verdammt sexy. Sonst noch Fragen?«

Er hat mich sprachlos gemacht, was er offenbar lustig findet.

»Eine Wynter, der die Worte fehlen? Wann kommt das schon mal vor?«

»Nicht sehr oft. Ich finde dich auch ziemlich großartig. Du bist ein toller Vater, und trotz der Nackenschläge, die das Schicksal dir verpasst hat, bist du weiter fähig, Freude am Leben zu finden.«

»Das mit der Freude ist wirklich nicht leicht, das weißt du ja. Doch in deiner Nähe fühle ich mich gut. Erinnerst du dich noch an die Nacht, in der Alyssa gestorben ist und du die erste der Wilden Witwen warst, die hier eingetroffen ist?«

»Sicher. Warum?«

»Ich werde nie vergessen, was du zu mir gesagt hast.«

»Was war das?« Ich kann mich nicht mehr erinnern.

»Du hast gesagt, dass dieser letzte Hieb in die Magengrube so beschissen ist wie nichts zuvor, aber dass ihr alle für mich da sein würdet, so wie ihr es in diesem Albtraum von Anfang an gewesen seid, und dass ich nie mit Xavier allein sein würde. Das war genau das, was ich hören musste, auch wenn mich andere mit der Versicherung trösten wollten, dass alles aus einem bestimmten Grund geschieht und Gott einen Plan hat.«

»Ich finde es immer ganz schrecklich, wenn die Leute so anfangen.«

»Ja, oder? Dir war klar, was ich hören musste, und daher hast du es ausgesprochen.«

»Ich bin froh, dass es dir geholfen hat. Ich kann immer noch nicht glauben, dass beide gestorben sind, deine Frau und deine Schwiegermutter.«

»An vielen Tagen fällt mir das ebenfalls schwer, doch du und die anderen habt den entscheidenden Ausschlag dafür gegeben, dass ich es überlebt habe.«

»Glaubst du, es ist möglich, dass diese ... Sache ... zwischen uns eher das Ergebnis dieser Nähe ist?«

»Der Gedanke ist mir auch gekommen, daher verstehe ich,

wieso du das fragst. Ich meine, es ist unfassbar hilfreich, Menschen um sich zu haben, die begreifen, was ich durchmache.«

»Für mich auch.«

»Trotzdem empfinde ich für Iris oder Brielle oder Lexi oder Christy, sosehr ich sie alle auch schätze, nicht annähernd so wie für dich. Was ich für dich fühle, ist etwas komplett anderes.«

»Das ist eine Menge, was ich erst mal verarbeiten muss.« Nach einer Pause stelle ich die Frage, auf die ich am dringendsten eine Antwort brauche. »Wenn deine Gefühle für mich nicht neu sind, sondern du sie vielmehr schon eine Weile lang hast, warum hast du dann mit diesen anderen Frauen geschlafen?«

Er atmet langsam aus. »Weil ich versucht habe, der Anziehung zwischen uns zu widerstehen – aus all den Gründen, die du genannt hast. Ich dachte, Sex mit anderen könnte mir helfen, meine Gefühle für dich zu überwinden und so unsere Vereinbarung in Bezug auf Xavier nicht zu gefährden. Stattdessen hat es alles nur noch schlimmer gemacht. Ich wollte es genießen, doch das hat nicht geklappt, weil sie nicht du waren.«

Ich fächle mir Luft zu und lache. »Wer auch immer deine Texte schreibt, hat echt ein Händchen dafür.«

Er lacht. »Das ist alles original ich, und es ist mir ernst, Wynter. Es tut mir so leid, dass du es gesehen hast, denn ich hätte sie nie herbringen dürfen, solange du hier warst. Das war falsch, aber ich dachte, du würdest schon längst schlafen.«

»Tief und fest zu schlafen ist nicht mehr so einfach.«

»Ja, das kenne ich.«

»Es gibt eine Menge, worüber ich nachdenken muss.«

»Kannst du das vielleicht hier tun?«

So gerne ich auch bleiben würde, ich schüttle den Kopf. »Leider wird das schwierig, wenn du in der Nähe bist. Das ist für mich schon seit einer ganzen Weile ein Problem.«

Sein Lächeln ist wunderschön, und es lässt sein ganzes Gesicht aufstrahlen.

»Hör auf, mich so anzulächeln. Sonst setzt mein Gehirn vollends aus.«

»Gut zu wissen.«

»Ich fahre jetzt nach Hause und atme mal durch. Du solltest das auch tun, und danach sollten wir noch einmal reden.«

»Ich bin hier, wann immer dir danach ist.« Er beugt sich vor und küsst mich auf den Hals, und so muss es sein, wenn man vom Blitz getroffen wird. Ich spüre diesen Kuss bis in die kleinste Faser meines Körpers. »Ich bin stets für dich da, Wynter. Ich möchte dich in meinem und Xaviers Leben haben, doch erst, wenn du bereit bist.«

»Danke für dein Verständnis.«

»Jederzeit. Kannst du selbst fahren?«

»Na klar.«

»Schick mir eine Textnachricht, wenn du gut zu Hause angekommen bist, damit ich mir keine Sorgen mache.«

»In Ordnung.«

Er küsst mich wieder, dieses Mal auf die Wange. »Ich bin froh, dass wir endlich darüber gesprochen haben. Jetzt, wo du es weißt, fühle ich mich besser.«

»Ich bin auch froh, dass wir geredet haben. Wir sehen uns morgen früh, okay?«

»Ja, bis dann. Ich freu mich schon.«

Ich gehe durch die Tür und die Eingangsstufen hinunter, als würde ich auf Wolken schweben. Selbst wenn ich mir nicht sicher bin, ob aus dieser Sache zwischen uns etwas wird, weiß ich jetzt schon, dass ich das, was er eben gesagt hat, für den Rest meines Lebens nicht mehr vergessen werde.

14

Adrian

Nachdem Wynter gegangen ist, bin ich so aufgedreht, dass absolut keine Chance auf Schlaf besteht. Daher nehme ich das Babyfon mit in den Trainingsraum im Keller, in der Hoffnung, dort etwas von der überschüssigen Energie in mir loswerden zu können.

Eine Stunde später ist klar, dass alles Hanteltraining der Welt mir nicht helfen wird, den Kopf frei zu bekommen oder das Verlangen zu vertreiben, das von meinem Körper Besitz ergriffen hat.

Wenn sie in meiner Nähe ist, spüre ich, wie ich wieder zum Leben erwache. Habe ich das so schnell nach Sadies Tod gewollt? Absolut nicht. Doch wie ich lernen musste, kann man diese Dinge nicht planen. Sie passieren einfach, und wenn das so ist, hat man die Wahl, entweder mitzumachen oder vor dem wegzulaufen, was die Macht hat, einen zu verletzen.

Was Wynter absolut könnte – mich *und* meinen Sohn –, aber ich kann mir nicht vorstellen, dass sie das jemals tun würde. Zumindest nicht absichtlich.

Ich erinnere mich an Gages Reaktion, als er in Iris' Brust

einen Knoten entdeckt hat, und daran, wie er für einen kurzen Moment der Panik nachgegeben hat, weil er es nicht ertragen konnte, sich mit der Möglichkeit auseinanderzusetzen, dass er den nächsten geliebten Menschen verlieren könnte. Glücklicherweise hat er sich schnell wieder gefangen und war während der Behandlung an ihrer Seite, und jetzt scheint alles gut zu sein. Gott sei Dank, denn schließlich brauchen wir sie dringend weiter in unserem Leben.

Das Ganze war eine Erinnerung daran, was für Leute wie uns, die schon einen schier unerträglichen Verlust verkraften mussten, auf dem Spiel steht.

Wynter ist jung und gesund und vital. Er gibt keinen Grund, anzunehmen, dass sie nicht noch Jahrzehnte unter uns weilen wird. Trotzdem. Schließlich habe ich das Gleiche von Sadie gedacht – genau wie von Alyssa. Man weiß nie, was einen hinter der nächsten Ecke erwartet, und nachdem man das Allerschlimmste erlebt hat, braucht man eine Menge Mut, um noch mal von vorne anzufangen.

Ich bin Wynter dafür dankbar, dass sie erklärt hat, sie sei noch nicht so weit. Ich will nicht mehr von ihr verlangen, als sie zu geben bereit ist. Es ist erst ein Jahr her, dass sie Jaden verloren hat und ich Sadie. In vielerlei Hinsicht stehen wir gerade erst am Anfang unseres Verwitwetendaseins. Wie Gage schon richtig meinte: Das zweite Jahr kann schwieriger sein als das erste, da sich der Nebel der Fassungslosigkeit lichtet und den Blick auf die harte Realität freigibt. Wenn das der Fall ist, will ich das lieber mit Wynter als ohne sie durchmachen und wünsche mir das auch für sie.

Nach meinem Work-out gehe ich nach oben, um zu duschen, und schaue auf mein Handy, bevor ich das Wasser andrehe.

Ich habe eine Nachricht von Wynter: *Gut zu Hause eingetroffen.*

Danke fürs Bescheidsagen. Schlaf gut.

Vermutlich eher nicht. Du hast mir viel zum Nachdenken mitgegeben.

Das ist später auch noch da. Schlaf jetzt erst mal.

Du auch.

Ich stehe für eine lange Zeit unter der Dusche, lasse das heiße Wasser über meinen Körper strömen und die Muskeln massieren, die von meinem Work-out brennen. Als ich fertig bin, schlinge ich mir ein Handtuch um die Hüften und rasiere mich, damit ich das nicht morgen früh tun muss. Bevor ich mich hinlege, gehe ich bei Xavier vorbei. Ich liebe es, ihm beim Schlafen zuzusehen, wobei er immer die Arme über dem Kopf ausstreckt, genau wie sein Daddy. Oft genug wache ich selbst so auf.

Es stimmt mich so traurig, dass Sadie ihn nicht ein Mal im Arm halten konnte. Sie wäre eine so wundervolle Mutter gewesen. Ich frage mich, ob wir schon unser zweites Kind erwarten würden, wenn sie noch hier wäre. Wenn ich einen Wunsch frei hätte, würde ich sie mir zurück zu uns wünschen, hierher, wo ihr Platz ist.

Da das leider nicht möglich ist, versuche ich, herauszufinden, wie der Rest meines Lebens ohne sie aussehen kann. Und ich hoffe wirklich, dass Wynter dazugehören wird.

Wynter

ALS ICH AM nächsten Morgen bei Adrian eintreffe, habe ich ein wenig Angst. Wird nach gestern Nacht alles zwischen uns anders und merkwürdig sein? Ich hoffe es wirklich nicht, denn das wäre total blöd. Nach Jadens Krankheit und Tod habe ich keine Nerven mehr für irgendeine Form von Drama. Das war genug für ein ganzes Leben.

Heute fahre ich mit Xavier zum Mittagessen zu Jadens Mutter, die ich länger nicht mehr getroffen habe, obwohl sie mich schon mehrmals eingeladen hat. Dabei möchte ich auf keinen Fall den Eindruck erwecken, dass mir seine Familie nicht mehr wichtig ist, also habe ich eingewilligt, vorbeizuschauen, solange ich Xavier mitbringen kann. Damit war sie sofort einverstanden, sie hat sogar erklärt, dass sie sich darauf freut, ihn kennenzulernen.

Eileen und ihre Familie sind immer so gut zu mir gewesen und haben dafür gesorgt, dass ich mich von dem Moment an, ab dem Jaden und ich zusammen waren, als Teil der Familie gefühlt habe. Während seiner Krankheit war sie Jaden und mir eine große Stütze.

Ich muss zugeben, dass ich sie im letzten Jahr gemieden habe. Es ist einfach zu schmerzhaft, ohne Jaden bei ihnen zu sein. Trotzdem will ich sie in meinem Leben behalten, weshalb ich zugestimmt habe, Eileen zu besuchen, während der Rest der Familie bei der Arbeit oder in der Schule ist.

Ich möchte behutsam anfangen. Das ist zumindest der Plan.

Ich laufe die Treppe hoch und in Xaviers Zimmer. Am frühen Morgen, wenn er strahlend lächelt und sich auf den neuen Tag freut, hab ich ihn am liebsten.

»Wyn!«

Vor Xavier war Jaden der Einzige, der mich so genannt hat. Als Xavier es als eines seiner ersten Wörter gesagt hat, war es, als würde mir jemand einen Dolch ins Herz stoßen. Mit der Zeit habe ich mich daran gewöhnt, und jetzt liebe ich es, von ihm so gerufen zu werden. Ich hebe ihn aus seinem Bettchen und trage ihn zum Wickeltisch, um die schwere Nachtwindel zu entfernen. Dann wische ich ihn mit frisch duftenden Babytüchern sauber und ziehe ihm fürs Frühstück einen Strampler an. Ich habe gelernt, ihn nicht für den Tag fertig zu machen, bevor er nicht gegessen hat.

Wir wollen gerade runtergehen, als Adrian in einer Anzughose und einem hellblauen Oberhemd mit passendem Schlips ins Zimmer kommt. Er ist so attraktiv, dass ich ihn für einen kurzen Moment einfach anstarren muss.

»Morgen«, sagt er mit einem Lächeln.

»Morgen.«

»Ich hab den kleinen Kerl brabbeln gehört.«

Ich reiche Xavier seinem Vater, der ihn herzt und küsst, bis der Kleine vor Lachen kreischt.

»Dieses laute Lachen ist das Beste überhaupt«, erkläre ich.

»Ich tu alles dafür, weil ich es so sehr liebe.«

Ich hatte gehofft, dass es nach unserer intensiven Unterhaltung gestern Nacht nicht unangenehm zwischen uns sein würde. Als wir uns nach unten begeben, wobei Adrian mit Xavier auf dem Arm vor mir hergeht, genieße ich den Anblick seines Hinterns in der eng sitzenden Hose. Jadens Po war flach und nicht knackig, womit ich ihn ständig aufgezogen hab. Adrians hingegen ist muskulös. Ich versuche, nicht daran zu denken, wie es war, ihn in seiner ganzen nackten Pracht zu sehen, was allerdings einfacher gesagt als getan ist.

Während ich Xavier eine Schüssel mit Baby-Müsli zubereite, setzt Adrian ihn in seinen Hochstuhl und gibt ihm weitere Küsse. »Sei für Wynter schön brav heute, okay?«

»Wyn, Wyn, Wyn.«

»Du bist sein absoluter Lieblingsmensch«, meint Adrian und lächelt mir über die Schulter zu.

»Gar nicht. Das bist du, und das wirst du auch immer sein.«

»Da bin ich mir nicht so sicher. Mein Sohn hat einen guten Geschmack, was Frauen betrifft.«

Jetzt bin ich verlegen. Na toll.

»Was habt ihr heute vor?«, erkundigt sich Adrian, während er sich seine Tasse aus der Kanne in der Kaffeemaschine füllt, die er am Abend vorbereitet und mit einem Timer geschaltet hat.

»Wir essen mit Jadens Mutter Eileen zu Mittag.«

Er hält inne und dreht sich zu mir um. »Ist das okay für dich?«

»Ja, klar. Sie ist supernett. Wir wollten uns schon seit einer ganzen Weile mal wieder treffen.«

»Trotzdem … Das könnte schwierig werden, richtig?«

Ich zucke die Achseln. »Vielleicht ein wenig. Doch hinterher ist alles schwierig, oder?«

»Das stimmt.« Er mustert mich eindringlich, was dafür sorgt, dass sich meine Haut anfühlt, als würde ich direkt neben etwas glühend Heißem stehen. »Hast du gut geschlafen?«

»Definiere ›gut‹. Wie ich dir ja erzählt habe, ist Schlafen schwierig für mich. Tagsüber ist es in Ordnung, aber wenn ich ins Bett gehe, ist es, als ob alles Negative und Aufwühlende, was mir je passiert ist, wie ein Film abläuft, den ich nicht abschalten kann.«

So viel wollte ich eigentlich gar nicht dazu sagen, also konzentriere ich mich darauf, Xavier zu füttern, der morgens immer richtig hungrig ist.

»Den Film kenne ich. Und hasse ihn.«

»Er ist echt schrecklich. Und manchmal auch wunderschön. Gestern Nacht bist du als eine der guten Sachen in ihm aufgetaucht, die sich aus dem Schlimmsten ergeben haben. Du und die anderen Witwen kommt darin häufiger vor.«

»Es freut mich, das zu hören. Du bist auch in meinem anzutreffen. Ich stelle fest, dass ich mehr an dich denke als an Sadie, und dann fühle ich mich schuldig.«

Ich weiß nicht, was ich darauf antworten soll.

»Ich denke, das ist normal, oder?«, fragt er. »Oder zumindest das, was dieser Tage als normal zählt.«

»Vermutlich. Weißt du noch, was Gage darüber gesagt hat, dass Schuld eine unproduktive Emotion ist? Du kannst nicht das Geringste an dem ändern, was Sadie zugestoßen ist. Alles, was du tun kannst, ist, das Leben, das du noch hast, auf die bestmögliche Art und Weise zu gestalten.«

»Danke. Das hab ich nach unserem Gespräch gestern Nacht gebraucht.«

»Du hast nichts Falsches getan«, versichere ich ihm. »Du bist immer nur respektvoll mit Sadie und der Erinnerung an sie umgegangen.«

»Bis vor Kurzem.«

»Du hast dir nichts vorzuwerfen, Adrian. Auch wenn es sich manchmal anders anfühlt, bist du nicht mehr verheiratet. Du kannst tun, was du willst.«

»Ruf mir das immer mal wieder ins Gedächtnis, okay?«

»Wann immer es nötig ist.«

»Fühlst du dich schuldig?«

»Ich war nicht so lange verheiratet.«

»Aber du warst jahrelang mit Jaden zusammen.«

»Wenn ich an ihn denke, ist es schwierig, sich an irgendetwas anderes zu erinnern als an die Krankheit. Der letzte

Monat war brutal und gehört definitiv zu den Dingen, die ich am liebsten vergessen würde.«

Er kommt an den Tisch, an dem ich sitze und Xavier füttere, und drückt mir die Schulter. »Das tut mir leid. Das muss schrecklich sein.«

»Es ist alles schrecklich und wunderschön und schmerzhaft und alles andere gleichzeitig.« Ich werfe einen Blick auf die Uhr am Herd. »Du musst los.«

Er versucht, niemals zu spät zur Arbeit zu erscheinen, weil er die Tatsache nicht ausnutzen will, dass der Chef sein Schwager ist.

»Habt einen schönen Tag.«

Ich sehe mit einem Lächeln zu ihm hoch. »Du auch.«

Er starrt mir für einen langen Moment ins Gesicht, bevor er sich losreißt. Er lässt seine Hand auf meiner Schulter, während er sich vorbeugt, um Xavier einen Kuss zu geben. »Ruf mich an, falls du irgendwas brauchst.«

»Mach ich.« Ich kann kaum atmen, wenn er mir so nah ist.

Ich kriege erst wieder richtig Luft, als er durch die Tür zur Garage geht, wobei sein frischer, sauberer Geruch hier bei mir und Xavier zurückbleibt.

»Dein Daddy riecht gut«, erkläre ich ihm.

»Gut.«

Lächelnd applaudiere ich ihm für das neue Wort.

»Wyn.«

»Genau, Süßer. Ich bin deine Wyn.«

Nachdem ich ihn angezogen habe, spielen wir ein wenig, bevor ich ihn für sein Vormittagsschläfchen hinlege. Nach allem, was ich gelesen habe, wird es damit bald vorbei sein, doch im Moment scheint er es noch zu brauchen. Wenn er anfängt, sich dauernd die Augen zu reiben, weiß ich, dass er so weit ist. Während seines Nickerchens schmeiße ich eine Waschmaschine an und schaue dann schnell bei Instagram rein, um Gages tägliches Posting zu lesen.

Meine süßen Mädchen Ivy und Hazel hätten heute ihren zwölften Geburtstag gefeiert. Ich versuche, sie mir mit zwölf vorzustellen, und frage mich, was gerade in ihrem Leben los wäre. Müsste ich versuchen, Tickets für Taylor Swift zu ergattern? Würden sie dieses Jahr zum ersten Mal ins Ferienlager fahren? Würden sie immer noch tanzen? Die Antworten auf diese und so viele andere Fragen werde ich niemals bekommen. Ich bin mir sicher, ihre Mom schmeißt im Himmel eine Riesenparty für sie. Ich wünschte nur, sie wären noch hier bei mir. Bitte trinkt keinen Alkohol, wenn ihr nachher noch Auto fahren wollt.

Mit Tränen in den Augen scrolle ich durch die Fotos der Zwillinge, von der Zeit, in der sie Babys waren, über ihren ersten Tag im Kindergarten bis hin zu ihrem letzten Tag in der vierten Klasse. Sie waren so wunderschön und voller Leben. Genau wie ihre Mutter, die ebenfalls bei dem Unfall umgekommen ist. Manchmal frage ich mich, wie Gage so einen schrecklichen Verlust erlitten haben und trotzdem eine so unfassbar große Stütze für uns alle sein kann.

Ich schicke ihm eine Nachricht. *Herzlichen Glückwunsch zu Ivys und Hazels Geburtstag. Sie hatten solches Glück, dich als Vater zu haben, und ich habe solches Glück, dich zum Freund zu haben. Bitte melde dich, falls du heute irgendetwas brauchst. Wir sind immer für dich da.*

Ich lese meine Worte noch einmal durch, bevor ich sie abschicke, und kann kaum glauben, wie weit ich es auf meiner eigenen Reise geschafft habe, dass ich so eine Nachricht schreiben kann. Bevor Jaden gestorben ist, hatte ich nicht viel Erfahrung mit Trauer und damit, wie man mit ihr umgeht. Ohne Gage und die anderen, die mir geholfen habe, würde ich immer noch an der Startlinie stehen. Vor meiner eigenen Katastrophe wäre es mir nie eingefallen, einem Freund zu sagen, er solle sich melden, falls er Hilfe braucht. Jetzt mach ich das, ohne eine Sekunde darüber nachzudenken. Das ist es, was wir füreinander tun. Wir sind an den schwierigen Tagen füreinander da, und wir feiern die Siege gemeinsam, wie klein auch immer sie sein mögen.

Ich schreibe Iris: *Kann ich kurz mit dir reden?*
Klar!
Sie sagt immer Ja, selbst wenn sie eigentlich gar keine Zeit hat.

»Hi«, meldet sie sich. »Wie sieht's aus?«

»Gut. Denke ich. Wie geht es Gage? Ich habe sein Posting gelesen. Es ist so herzzerreißend.«

»Das stimmt«, erwidert sie und seufzt. »Er scheint es ganz gut zu verkraften. Die Kids haben gefragt, ob wir später einen Kuchen zu Ehren seiner Mädchen holen können, also tun wir das.«

»Oh, das ist so süß.«

»Das findet er auch. Also schieß los, was ist?«

»Adrian und ich haben letzte Nacht geredet.«

»Oh! Und wie ist es gelaufen?«

»Er hat gesagt, dass er möchte, dass wir ... du weißt schon ... mehr als Freunde sind, oder Chef und Angestellte oder was auch immer wir momentan eben sind.«

»Wow. Und was hältst du davon?«

»Ich bin im Zwiespalt. Wenn es Xavier nicht gäbe, wäre ich sofort dabei. Aber ich befürchte, dass etwas zwischen uns geschehen könnte, was die beiden irgendwie aus meinem Leben reißt. Das könnte ich nicht ertragen.«

»Es ist gut, über mögliche Konsequenzen nachzudenken, bevor man den Sprung wagt.«

»Außerdem ist da ja auch noch unsere Gruppe. Wenn das zwischen uns in die Brüche geht, könnte das alles durcheinanderbringen. Hattet Gage und du euch da ebenfalls Sorgen gemacht?«

»Auf jeden Fall. Das war eine wichtige Überlegung für uns. Wir sind so sehr auf die Wilden Witwen angewiesen, während wir versuchen den Alltag zu bewältigen.«

»Genau. Und ich hätte nie gedacht, dass ich das mal sage.«

Iris lacht. »Vertrau mir, ich weiß. Du warst das widerwilligste neue Mitglied, das wir je hatten.«

»Tut mir leid, dass ich so eine Zicke war.«

»Warst du gar nicht. Du warst nur sehr verletzt. Das konnten wir alle sehen, und ich bin so froh, dass du bei uns geblieben bist.«

»Ich auch. Ich habe keine Ahnung, wo ich ohne euch wäre. Darum habe ich ja solche Angst, irgendwas zu tun, was das, was ich so sehr brauche, ruinieren könnte – und Adrian will das auch nicht.«

»Alles durchaus wichtige Überlegungen. Was hat er dazu gesagt?«

»Er ist ebenfalls der Meinung, dass wir vorsichtig vorgehen müssen. Er sagt, er könne sich nicht vorstellen, dass wir nicht immer wenigstens Freunde sein würden. Das würde ich auch gerne glauben, aber wir alle wissen, wie hässlich so etwas werden kann.«

»Stimmt. Ich weiß allerdings auch, dass ihr beide Sachen erlebt habt, die die meisten Menschen nicht erfahren müssen.«

»Da haben sie Glück gehabt.«

»In der Tat. Aber dafür ist euch stärker bewusst, wie wertvoll das Leben und Liebe und Freundschaft sind. Ich möchte ganz dringend glauben, dass ihr eure Freundschaft immer bewahren würdet, egal, was sonst zwischen euch geschieht.«

»Das würden wir. Oder wir würden es zumindest versuchen.«

»Das ist alles, was man tun kann, Wynter. Wenn du Gefühle für ihn hast und er für dich, dann könnt ihr entsprechend handeln und das Beste hoffen oder beschließen, dass es zu gefährlich ist. Das liegt ganz bei euch.«

»Ich mag keine der beiden Möglichkeiten.«

Iris lacht erneut. »In so einer Situation gibt es keine perfekte Lösung.«

»Es jagt mir Angst ein, wie sehr ich ihn mag.«

»Oh, Süße, das ist doch wunderbar. Wenn schon nichts anderes, erkennst du, dass es ein neues Leben nach Jadens Tod gibt, ob das nun mit Adrian sein wird oder mit jemand anderem.«

»Ich wollte nie ein neues Leben. Ich hab das gemocht, das ich hatte.«

»Ich weiß.«

»Danke, dass du mir zugehört hast. Ich bin mir nicht sicher, wie du es schaffst, dich um drei Kinder und noch um uns alle zu kümmern.«

»Ich liebe dich und die anderen, als wärt ihr meine Familie. Das weißt du.«

»Das bedeutet mir alles, Iris. Ich fürchte, dass ich dir das nicht häufig genug sage ...«

»Und das bedeutet *mir* alles. Als Taylor und ich diese Selbsthilfegruppe gegründet haben, hatten wir keine Ahnung, was wir eigentlich tun. Jetzt schaue ich mir an, was daraus geworden ist, und bin richtig stolz.«

»Das kannst du auch sein. Xavier und ich treffen uns heute mit Jadens Mutter zum Essen.«

»Oh. Wow. Und das fällt dir nicht schwer?«

»Nein, alles in Ordnung. Ich schreibe dir später. Drück Gage von mir.«

»Auf jeden Fall.«

»Danke noch mal, dass du für mich da bist.«

»Immer, Süße.«

Gott, ich liebe sie. Wenn ich eines Tages nur einem Menschen so helfen kann, wie sie das für mich getan hat, würde mich das überglücklich machen.

Als ich die Wäsche in den Trockner lade, höre ich Xavier in seinem Bettchen brabbeln. Ich hebe ihn raus und ziehe ihm eins meiner Lieblingsoutfits für ihn an: einen blau gestreiften Pullover mit einer süßen kleinen Jeans. Ich möchte, dass Eileen ihn genauso bezaubernd findet wie ich.

15

Wynter

Die Fahrt zum Haus von Jadens Eltern dauert dank des dichten Verkehrs über eine halbe Stunde. Trotzdem sind wir rechtzeitig da, was mir sehr wichtig ist. Eileen ist die Pünktlichkeit in Person, und ich will sie nicht warten lassen.

Ich habe Xavier auf dem Arm und die Tasche mit seinen Spielsachen und dem Mittagessen, das ich für ihn eingepackt habe, über der Schulter. Es ist kaum vorstellbar, wie viel Zeug man braucht, wenn man mit einem Kleinkind irgendwohin will. Aber ich hab auf die harte Tour gelernt, auf jede Katastrophe vorbereitet zu sein, mit Kleidung zum Wechseln und all seinen Lieblingssachen, damit ich etwas habe, womit ich ihn ablenken kann, wenn er quengelig wird.

Eileen begrüßt mich mit einem Lächeln und einer herzlichen Umarmung. »Es ist so schön, dich zu sehen!«

»Gleichfalls.«

Vor Jadens Tod haben wir uns jeden Tag getroffen. Wir haben damals praktisch im Krankenhaus gelebt.

»Darf ich vorstellen? Das ist Xavier Smith Parker.«

»Ach du meine Güte, was für ein süßer kleiner Kerl.« Sie schüttelt ihm die Hand und macht viel Trara um ihn.

Er ist sich nicht ganz sicher, was er von ihr halten soll, aber er wird schon noch mit ihr warm werden, denn er findet es total interessant, neue Leute kennenzulernen.

»Sein Name gefällt mir.«

»Smith ist der Nachname seiner Mutter.«

»Wie traurig, dass sie gestorben ist.«

»Ja. Nach allem, was Adrian mir erzählt hat, wäre sie eine wunderbare Mutter gewesen.«

Als ich Eileen in die Küche folge, überfallen mich die vertrauten Anblicke und Gerüche von früher, als das hier mein zweites Zuhause war. Die Erinnerungen treffen mich mit der Wucht eines Hiebs in die Magengrube, der mir den Atem raubt. Jaden, der mit Grapefruits jongliert, und seine Mutter, die verlangt, dass er sofort damit aufhört. Jaden, der auf dem Tresen sitzt und seine Mutter nervt, während sie das Abendessen zubereitet. Jaden, der mich im Schutz der offenen Tür der Speisekammer küsst und inmitten seiner Familie eine Sekunde Zweisamkeit für uns stiehlt.

Ich bin so überwältigt, dass ich kaum atmen kann, während ich mit Xavier auf dem Schoß auf einem Barhocker Platz nehme.

»Trinkst du immer noch am liebsten Cola light?«

»Ja, sicher.«

Allerdings hatte ich seit einem Jahr keine mehr. Bei Cola light muss ich stets an Jaden denken, denn er hat sie auch gemocht. Doch bei was muss ich das eigentlich nicht? Ich nippe vorsichtig an dem Glas eisgekühlter Cola, das Eileen vor mich stellt, und schon der erste Schluck ist kaum auszuhalten. Eigentlich müsste ich mich inzwischen an den Schmerz gewöhnt haben, der meist ohne die geringste Vorwarnung auftaucht, um mich an das zu erinnern, was ich verloren habe. Natürlich wusste ich, dass es schwer werden würde, wenn ich herkomme, aber ich hatte gehofft, dass es nicht so schlimm sein würde wie beim letzten Mal.

»Wie geht's dir, Süße?«, will Eileen wissen, während sie einen Teller mit Obst auf den Küchentresen stellt.

Ich pflücke mir eine Traube. »Eigentlich ganz gut, auch wenn es nicht leicht ist. Doch das muss ich dir nicht sagen.«

»Nein, ganz sicher nicht.«

Sie hat aufgehört, sich die Haare zu färben, sodass sie jetzt mehr grau als blond sind, und hat seit Jadens Tod bestimmt zehn Kilo zugenommen. Sie setzt sich neben mich und isst ein Stück Orange. »Ich denke immer, dass es besser wird, aber irgendwie scheint es eher umgekehrt zu sein.«

»Ich hab gehört, das zweite Jahr sei schwieriger als das erste.«

»Das habe ich auch gelesen. Man fragt sich, wie das sein kann.«

Xavier versucht, nach dem Obst zu greifen, also schiebe ich den Teller von ihm weg.

»Du machst das prima mit ihm.«

»Oh, danke. Er ist ein total lieber Junge und kein bisschen schwierig.«

»Ich hab Bob immer gesagt, dass du und Jaden mal wunderschöne Babys haben würdet.«

»Das hast du auch zu uns gesagt«, erwidere ich und muss lächeln. Jaden war jedes Mal tödlich verlegen, wenn sie das erwähnt hat, damals, als wir noch zu jung waren, um überhaupt an Kinder zu denken. Bevor wir wussten, dass er so bald sterben würde.

»Gut möglich«, antwortet sie mit einem kleinen Lächeln. »Ich freue mich schon so lange darauf, Großmutter zu werden, wie ich Kinder habe.«

»Wie geht es den Mädchen?«

»Insgesamt gut. Kelsey lernt fleißig für die Schule und kellnert an den Wochenenden, weshalb sie nicht oft zu Hause ist. Kristina hat dieses Jahr eine tolle erste Klasse, daher ist es viel besser als letztes Jahr. Dass ihr kleiner Bruder gestorben ist, war für sie schwierig zu verkraften, doch allmählich kommen sie wieder auf die Beine. Wir sind sehr stolz auf sie.«

»Hat eine von den beiden inzwischen einen festen Freund?«

»Nicht dass ich wüsste, aber ich wäre wahrscheinlich auch die Letzte, die es erfährt.«

»Was das betrifft, sind sie erstaunlich verschwiegen.«

»In dem Punkt waren sie schon immer nicht unbedingt mitteilsam. Und was ist mit dir? Tut sich da irgendwas?«

Fragt sie mich etwa, ob ich einen Freund habe? »Ich, äh …«

»Entschuldige, das geht mich nichts an. Ich möchte dich nicht in Verlegenheit bringen.«

»Nein, ist schon gut. Ich bin mit niemandem zusammen.«

»Wahrscheinlich ist es zu früh, um darüber nachzudenken. Trotzdem hoffe ich, du weißt, dass Bob und ich dich bei allem, was du tust, unterstützen werden. Du hast noch dein ganzes Leben vor dir.«

»Danke, dass du das sagst. Es bedeutet mir sehr viel.«

»Wir lieben dich, Wynter. Das weißt du doch.«

Sie ist so süß und nett, dass mir Tränen in die Augen steigen.

Sie drückt mir den Arm, bevor sie vom Hocker rutscht, zum Kühlschrank läuft und mit Sandwiches zurückkommt. »Für dich hab ich extra eins mit Hähnchen und Pesto gemacht, weil du das immer so gerne gemocht hast.«

Eine weitere Sache, die mich an Jaden erinnert. Es war sein Lieblingsessen und dann auch meins. »Vielen Dank, das ist total lieb von dir.«

Sie zuckt die Achseln. »Es ist wirklich schön, dich hierzuhaben. Fast wie in alten Zeiten.«

Ich muss sie unbedingt öfter besuchen.

Nach etwa einer Minute Schweigen gesteht sie mir: »Ich hab da etwas auf dem Herzen, das ich mit dir besprechen muss, und ich bitte dich, mir aufrichtig zu sagen, was du davon hältst.«

»Okay …«

»Ich wollte schon seit einer Weile mit dir darüber reden, doch irgendwie schien es nie der richtige Zeitpunkt zu sein.«

»Über was denn?«

Sie macht eine Pause, bevor sie antwortet. »Bevor Jaden mit der Behandlung begonnen hat, haben die Ärzte ihn gewarnt, dass er durch die Chemotherapie unfruchtbar werden könnte. Als wir neulich noch mal Unterlagen von ihm durchgegangen sind, haben wir das hier gefunden.« Sie schiebt mir ein Stück Papier hin, das wie eine Art Quittung aussieht.

»Was ist das?«

»Offenbar hat er Sperma von sich einfrieren lassen.«

»Was?«, frage ich schockiert. Davon wusste ich gar nichts.

»Wir waren genauso überrascht wie du. Er hat keinem von uns etwas davon erzählt.«

Ich weiß auch sofort, warum. »Das lag bestimmt daran, dass ich vor Medizinkram immer solche Angst hatte. Das wusste er natürlich und dachte wahrscheinlich, es würde mich aufregen, wenn ich es erfahre.«

»Das mag sein. Ich glaube jedenfalls, er wollte sich die Option offenhalten, Vater zu werden, falls ihr euch später dafür entschieden hättet.«

»Wow. Es liegt also einfach irgendwo in einem Gefrierschrank?«

»Ja.« Nach einer kleinen Pause fügt sie hinzu: »Meinst du, du möchtest deswegen etwas unternehmen?«

Ich starre sie verständnislos an. »Ich, äh …«

»Vergiss es«, erwidert sie und lacht verlegen. »Was denke ich da bloß?«

»Na ja, du denkst, dass wir vielleicht eine kleine Chance haben, weiter einen Teil von Jaden in unserem Leben zu haben.«

Ihre Augen füllen sich mit Tränen, und sie nickt. »Ja, der Gedanke ist mir gekommen. Doch selbstverständlich liegt die Entscheidung ganz bei dir.«

Das kann ich nicht. Auf gar keinen Fall. Ich fühle mich nicht dazu in der Lage, alleinerziehende Mutter zu sein. Das ist nichts, was für mich infrage kommt, auch wenn ich mich nicht überwinden kann, ihr das so direkt zu sagen. Außerdem habe ich eine ausgewachsene Phobie vor allem, was mit Medizin und Geburt zu tun hat, was insgesamt nicht besser geworden ist, seit ich weiß, was Sadie passiert ist. Dennoch ist die Vorstellung, dass Jaden in unserem Kind weiterlebt, wunderschön und verlockend.

»Ich hab dich schockiert, und das tut mir leid. Bob hat mich gewarnt, ich solle dich damit nicht aus heiterem Himmel überfallen. Aber ich dachte, du würdest wissen wollen, dass die Möglichkeit existiert, falls du daran interessiert bist.« Nach einer längeren Pause fügt sie hinzu: »Du bist nicht sauer, oder?«

»Ich weiß nicht genau, was ich bin. Ich bin schon so lange

innerlich aus dem Gleichgewicht, dass ich gar nicht mehr weiß, wie es sich anfühlt, es nicht zu sein.«

Sie legt ihre Hand über meine. »Das kann ich verstehen, Süße. Und wir sind so dankbar, dass Jaden das Glück hatte, dich an seiner Seite zu haben. Es macht uns froh, dass er die Chance hatte, die große Liebe zu erleben und zu heiraten, selbst wenn die Ehe nur ein paar Tage gedauert hat. Das hat ihm und uns sehr viel bedeutet.«

»Ihr wart immer so gut zu mir.«

»Wir lieben dich, als hättest du von Anfang an zu unserer Familie gehört.«

»Ich liebe euch auch. Ich weiß nicht, was ich dir antworten soll, Eileen. Ich fühle mich nach seinem Tod immer noch so … haltlos. Ich kann es gar nicht richtig beschreiben. Dir wird es da nicht viel anders gehen, kann ich mir vorstellen.«

»Richtig. Ich habe mich damit abgefunden, dass sich das vermutlich nicht mehr ändern wird.«

»Ja, ich auch.«

»Es gibt da noch etwas … Am Ende haben sich die Ereignisse überstürzt, sodass Jaden nicht die Zeit hatte, dir alle Vollmachten auszustellen und dich als Ehefrau eintragen zu lassen. Jedenfalls hatte er über seinen Job bei der Stadt eine Lebensversicherung, die vor Kurzem ausgezahlt wurde. Bob und ich sind uns einig: Jaden würde wollen, dass du das Geld bekommst.«

»Oh. Äh …«

»Es sind zweihundertfünfzigtausend Dollar.«

Ich habe das Gefühl, dass mir die Augen aus dem Kopf treten. »*Was?*«

»Wir glauben, Jaden würde sich wünschen, dass du das Geld für etwas verwendest, was dich glücklich macht. Egal, ob es Reisen sind oder College oder ein eigenes Haus.«

»Oder sein Kind großzuziehen.«

»Wie gesagt, das liegt ganz bei dir.« Sie drückt mir einen Umschlag in die Hand. »Wir möchten auf jeden Fall, dass du das Geld kriegst, was auch immer du damit machst. Du warst seine Frau, daher sollte es dir gehören.«

Xavier wählt diesen Augenblick dafür, unruhig zu werden.

Ich stehe auf, setze ihn auf seine Decke auf dem Boden und gebe ihm ein paar seiner Spielsachen.

»Kann er schon laufen?«

»Noch nicht. Aber ich rechne jede Minute damit.«

»Er ist total süß.«

»Ich hab ihn schrecklich lieb.« Und ich empfinde es als Erleichterung, mich auf ihn zu konzentrieren, während ich damit beschäftigt bin, zu verarbeiten, was ich gerade erfahren habe.

»Das kann ich sehen. Er hat ein Riesenglück, dass er dich hat.«

»Eigentlich bin ich es, die Glück hat. Er liefert mir einen Grund, jeden Morgen aufzustehen und mich dem Tag zu stellen.«

»Ich bin froh, dass du dich allmählich von dem schweren Verlust erholst, soweit das möglich ist.«

»Es hängt ganz von der Tagesform ab.«

»Ja, allerdings.«

Wir unterhalten uns noch ein bisschen, bis Xavier sich die Augen zu reiben beginnt.

»Ich bringe ihn mal besser für sein Nachmittagsschläfchen nach Hause.«

»Vergiss das hier nicht.« Sie schiebt mir erneut den Umschlag hin. »Mach irgendetwas Tolles damit, Jaden zu Ehren. Er würde sich wünschen, dass du deine Träume lebst.«

»Danke.« Ich stecke den Umschlag in meine Tasche. »Über das andere werde ich nachdenken.«

»Okay. Aber bitte fühl dich von uns in keiner Weise zu irgendwas gedrängt. Wir wollten einfach nur, dass du weißt, es wäre möglich.«

»Und das ist jetzt ja der Fall. Vielen lieben Dank für das Essen und alles andere, was du in den vergangenen Jahren für mich getan hast. Du und deine Familie, ihr habt mir gezeigt, wie es eigentlich sein sollte, und ich werde immer dankbar dafür sein, wie ihr mich hier aufgenommen habt.«

»Du wirst immer ein Familienmitglied für uns sein, Wynter. Daran wird sich nie etwas ändern.«

An der Tür umarmen wir einander, und sie gibt Xavier einen Kuss auf die Stirn.

Den Weg zu Adrian lege ich in einer Mischung aus Schock und Ungläubigkeit zurück. Zweihundertfünfzigtausend Dollar. Und die Möglichkeit, Jadens Kind zu bekommen. Ich bin mir nicht sicher, was von beidem unfassbarer für mich ist.

Bei Adrian zu Hause wechsle ich Xavier wie auf Autopilot die Windel und lege ihn zum Schlafen hin. Als ich wieder unten im Wohnzimmer bin, hole ich den Umschlag aus meiner Handtasche und öffne ihn. Darin befindet sich ein Scheck über zweihundertfünfzigtausend Dollar, der auf meinen Namen ausgestellt ist, ein letztes, völlig unerwartetes Geschenk von Jaden, das mir die Tränen in die Augen schießen lässt. Ich sehne mich so nach ihm, und ich hätte viel lieber ihn zurück als alles Geld der Welt.

Den Schmerz erneut zu spüren zerreißt mich schier. Er war mein Ein und Alles – meine Vergangenheit, meine Gegenwart und meine Zukunft. Monatelang nach seinem Tod war ich mir sicher, dass ich ohne ihn nicht überleben könnte. Ich wusste nicht mal, ob ich das überhaupt wollte. Manchmal kann ich immer noch nicht glauben, dass er wirklich tot ist. Wir hatten schon begonnen, Pläne zu schmieden für die Zeit, wenn er aus dem Krankenhaus heraus wäre. Wir wollten reisen. London stand als Erstes auf unserer Liste, dann Paris und Rom. Er wollte auch gerne nach Tokio, nachdem er einen Film gesehen hatte, der dort spielte. Ich war bereit, überall hinzugehen, solange ich nur mit ihm zusammen sein konnte.

Tränen strömen mir über die Wangen, wenn ich an unsere Pläne denke, die jetzt nie umgesetzt werden. Wir haben oft darüber gesprochen, Kinder zu haben. Am liebsten hätten wir ein Mädchen und einen Jungen gehabt. Wir hatten sogar schon Namen ausgesucht, das Mädchen sollte Willow heißen, der Junge Joshua. Jaden hat das Gespräch oft genug auf Kinder gebracht, dass mir klar war, er wollte wirklich welche, obwohl ich furchtbare Angst vor dem ganzen Medizinkram hatte. Aber ich wollte, dass er glücklich war, daher bin ich mir sicher, wenn er am Leben geblieben wäre, hätten wir welche gekriegt. Und wir wären großartige Eltern geworden, auch wenn wir uns um die Erde Sorgen gemacht haben.

Eine frische Welle der Trauer erfasst mich, lässt mich erschüttert darüber zurück, wie sehr es nach all dieser Zeit noch wehtut.

Ich sitze weiter auf Adrians Sofa und bin gedanklich in der Vergangenheit, als er von der Arbeit nach Hause kommt und mich im dunklen Zimmer vorfindet.

Er schaltet das Licht ein.

Ich kneife die Augen zusammen.

»Was ist los?«, fragt er.

»Ach, es ist nur wieder ein schwieriger Tag.«

»Warst du bei deiner Schwiegermutter?«

»Ja.«

Er setzt sich neben mich. »Hat sie was getan, das dich aufgeregt hat?«

»Nein, sie war total nett.«

»Was ist das denn?« Er nimmt den Scheck, den ich auf den Couchtisch gelegt habe, und reagiert genauso wie ich, als ich ihn mir das erste Mal angeschaut habe. »Wow. Meine Güte, Wynter.«

»Das ist Jadens Lebensversicherung. Sie wollen, dass ich das Geld kriege.«

»Unfassbar. Ist es das, was dich so aufgewühlt hat?«

»Die ganze Sache ist aufwühlend. Er sollte hier sein, bei mir, statt dass ich seine Lebensversicherung kassiere, weil er gestorben ist.«

Adrian rutscht näher zu mir und legt einen Arm um mich.

Ich lehne meinen Kopf gegen seine Brust und fühle mich sofort besser.

»Es ist so falsch«, meint er leise. »Alles daran bis ins kleinste Detail ist falsch.«

»Ich will das Geld nicht. Ich will ihn.«

»Ich weiß, Süße. Das verstehe ich. Ich hab fünfzigtausend aus einer Lebensversicherung erhalten, die Sadie über ihren Job hatte, und mir ist beinahe schlecht geworden, als ich den Scheck bekommen habe. Was soll ich mit dem Geld, wenn ich sie nicht habe?«

»Es ist unfair.«

»Total unfair.«

»Was zur Hölle soll ich mit so einer Summe anfangen?«

»Du könntest es investieren und dich nicht weiter drum kümmern, bis du es brauchst oder es für etwas ausgibst, das dich glücklich macht.«

»Eileen hat gesagt, Jaden würde sich wünschen, dass ich es dafür einsetze, meine Träume zu verwirklichen, doch ich weiß gar nicht, was die jetzt sind. *Er* war mein Traum. Unser gemeinsames Leben war mein Traum. Vielleicht bin ich naiv oder dumm, aber er war alles, was ich mir je gewünscht habe. Ich hatte keine Träume, in denen er keine Rolle gespielt hat.«

»Warum hättest du die auch haben sollen, wo du doch dachtest, du würdest den Rest deines Lebens mit ihm verbringen?«

»Die Leute haben uns immer gesagt, wir seien zu jung, um zu wissen, was wir wollten. Doch ich wollte ihn und er mich. So einfach war das bei uns, und so ist es jahrelang geblieben, bis er gestorben ist.«

»Manchmal weiß man es einfach.«

»War es für dich und Sadie auch so?«

»Für mich schon, für sie nicht unbedingt. Als wir uns kennenlernten, war ich Assistent der Marktleitung in einem Lebensmittelladen. Es war ein guter Job, den ich mochte, aber ich hab nicht vor Ehrgeiz gebrannt, auf der Karriereleiter voranzukommen. Sie hat mich ermutigt, mich an einer Hochschule einzuschreiben, dort meinen Abschluss zu machen und für das Leben zu arbeiten, das wir uns gewünscht haben. Ich wäre nie ans College gegangen, wenn sie mich nicht dazu gedrängt hätte. So habe ich abends und am Wochenende die Schulbank gedrückt und dann vor zwei Jahren an der George Mason mein Examen abgelegt.«

»Das ist bewundernswert, Adrian. Ich wusste das gar nicht.«

»Es war furchtbar anstrengend, und oft genug hätte ich am liebsten alles hingeschmissen, doch ich wollte, dass sie stolz auf mich ist. Sie hat mich stets unterstützt und mir erklärt, ich könne alles erreichen, wenn ich konsequent darauf hinarbeite. Sie hat mit zweiundzwanzig mit Auszeichnung ihren Abschluss an der University of Virginia gemacht und doppelt so viel verdient wie ich. Wir haben mit dem Kinderkriegen gewartet, bis ich mit dem Studium fertig war.«

»Hast du danach gleich bei deinem Schwager angefangen?«

»Nein, das hat sich erst ergeben, nachdem Sadie gestorben war und ich den Job verloren hatte, mit dem ich gerade erst angefangen hatte. Die Firma hat gesagt, sie könnten nicht alles auf Eis legen, bis ich wieder mit vollem Einsatz dabei sein könnte. Sie mussten weitermachen.«

»Was war das für ein Job?«

»Ich war bei einer Firma, die viele Aufträge für die Regierung übernimmt, in der IT tätig. Ich fand es toll da.«

»Sie hätten dir mehr Zeit geben und auf dich warten sollen.«

»Ich hab verstanden, warum sie das nicht tun konnten. Sie waren wirklich großzügig und haben mir drei Monatsgehälter gezahlt und ein Jahr lang meine Krankenversicherung.«

»Es tut mir leid, dass du zu allem anderen auch noch den Jobverlust verkraften musstest.«

»Nach Sadies Tod war ich so verzweifelt, dass mir das komplett egal war. Mein Schwager hat mich dann gefragt, ob ich nicht bei ihm arbeiten möchte, und ich hab zugegriffen, denn ich musste ja irgendwie Geld verdienen. Aber das ist nur ein Job für mich.«

»Es ist das, was du im Moment brauchst. Etwas, das dir nicht zu viel abverlangt.«

»Ganz genau. Und ich bin ihm sehr dankbar, dass er mir diese Möglichkeit bietet.«

Von oben ist ein leises Geräusch zu hören, und wir fahren auseinander.

Wie lang haben wir so dagesessen und uns aneinander festgehalten?

Ich stehe auf und gehe zur Treppe. »Ich hole ihn.«

Adrian folgt mir. Er möchte immer dringend zu Xavier, wenn er nach einem langen Arbeitstag heimgekommen ist.

Der Kleine freut sich, als er uns sieht, und rudert wie verrückt mit Armen und Beinen.

Ich beuge mich über das Bettchen und hebe ihn hoch, küsse ihn auf seine Pausbäckchen. »Das war ein ganz schön langes Mittagsschläfchen, Mister.«

»Ich hoffe, das heißt nicht, dass er die ganze Nacht lang wach ist«, meint Adrian.

»Ich hab gelesen, dass sie in diesem Alter Wachstumsschübe haben, und dann schlafen und essen sie mehr als sonst. Vielleicht ist das bei ihm gerade so.«

Ich nehme ihn mit zum Wickeltisch, um ihm die Windel zu wechseln, und reiche ihn danach an seinen Vater weiter.

»Wyn«, ruft Xavier, und wir müssen beide lachen.

»Ich bin ja hier, doch jetzt braucht erst mal Daddy ein wenig Liebe.«

»Möchtest du vielleicht zum Dinner bleiben? Ich wollte uns Nudeln kochen.«

»Sicher, das klingt prima.«

Nach dem Tag, den ich hatte, möchte ich auf keinen Fall allein sein.

16

Adrian

Mein Herz schmerzt für sie. Die Einschläge hören einfach nicht auf, auch lange nachdem man den liebsten Menschen auf der Welt verloren hat. Jede neue Entwicklung erinnert uns daran, dass das Leben, von dem wir einst dachten, dass wir es führen würden, nicht mehr möglich ist.

Sie füttert Xavier, während ich zu den Nudeln Hähnchen anbrate und einen Salat zubereite.

Ich muss immerzu an Jaden und seine Lebensversicherung denken. Es war richtig von seinen Eltern, Wynter das Geld zu geben. Sie war seine Frau, und auch wenn er nicht mehr die Gelegenheit hatte, sie als Begünstigte eintragen zu lassen, sollte sie es kriegen. Doch ich verstehe nur zu gut die Schuldgefühle, die man unwillkürlich hat, wenn man finanziell vom Verlust eines geliebten Menschen profitiert.

»Das riecht köstlich«, meint Wynter, als ich ihr den Teller hinstelle. »Danke.«

»Gern geschehen.«

Xavier lege ich ein paar Cracker hin, an denen er knabbern kann, während wir essen.

Da meldet sich ihr Handy mit einer SMS, die sie stirnrunzelnd liest.

»Alles in Ordnung?«

»Meine Mutter will wissen, ob ich überhaupt noch bei ihr wohne.«

Sie tippt rasch was und legt dann das Telefon zur Seite.

»Was hast du ihr geantwortet?«

»Dass ich noch arbeite und etwas später komme.«

»Mit dem Geld von der Versicherung könntest du dir eine eigene Wohnung leisten«, erinnere ich sie.

»Ja, daran hab ich auch schon gedacht.«

»Gibt es sonst noch etwas, was du gerne tun würdest und was bislang aus finanziellen Gründen ausgeschlossen war?«

»Keine Ahnung. Ich war seit Jadens Tod so viel mit der Dauerschleife aus ›Aufstehen, duschen, auf Xavier aufpassen, nach Hause fahren und versuchen zu schlafen‹ beschäftigt, dass in meinem Kopf kein Raum für irgendwas anderes war.«

»Das erste Jahr ist hart. Es kostet so viel Kraft, zumindest einigermaßen zu funktionieren, dass wir nicht über den nächsten Schritt hinausdenken können. Dennoch solltest du dir überlegen, was dein größter Wunsch ist, nachdem du es dir jetzt leisten kannst, alles zu tun, wonach auch immer dir der Sinn steht.«

»Manchmal spiele ich mit dem Gedanken, vielleicht aufs College zu gehen.«

»Würdest du das gern tun?«

»Jaden und ich waren beide an der George Mason akzeptiert worden, bevor der Krebs zurückgekehrt ist. Er hat gesagt, ich solle ohne ihn hin, aber das kam für mich nicht infrage. Ich hätte mich nie auf das Lernen konzentrieren können, solange er so krank war.«

»Jetzt wäre es möglich.«

»Vermutlich schon. Trotzdem weiß ich nicht so recht. Der Gedanke, wieder die Schulbank zu drücken, ist wenig verlockend. Das fand ich immer eher doof.«

»Das kann ich verstehen. Doch College ist anders als Highschool. Die meiste Zeit über beschäftigt man sich mit Sachen, die einen tatsächlich interessieren.«

»Ja, vielleicht. Ehrlich gesagt habe ich mir darüber keine großen Gedanken gemacht. Ich hatte mich nur an der Mason beworben, weil Jaden da hinwollte. Als ich tatsächlich angenommen wurde, war das beinahe ein Schock.«

»Ich wette, wenn du da mal nachfragst und erklärst, weshalb du das Studium nicht angetreten hast, nehmen sie dich noch, wenn du das möchtest.«

»Bei dir klingt es so einfach.«

»Das ist es auch, Wynter. Und außerdem kannst du dir die Studiengebühren jetzt ja leisten.«

»Es fällt mir immer noch schwer, das wirklich zu begreifen.« Sie schaut mich mit einem verletzlichen Ausdruck in den Augen an, der mir das Herz bricht. »Wenn ich ans College ginge, könnte ich nicht mehr so wie bisher auf Xavier aufpassen.«

»Wenn es das ist, was du willst, werden wir eine Lösung finden. Mach dir keine Sorgen um uns. Denk an dich selbst.«

»Es ist schwer, an mich zu denken, ohne dabei auch an ihn zu denken.«

Der Blick, mit dem sie meinen Sohn ansieht, ist liebevoll und wunderschön. Ich bin so froh über die enge Bindung, die die beiden haben, und sie hat recht damit, dass es schlimm wäre, wenn sie sich nicht mehr um ihn kümmern könnte. Aber ich würde nie die Person sein wollen, die sie daran hindert, ihre Träume zu verwirklichen.

Mir fällt auf, dass sie in ihren Nudeln herumstochert, anstatt sie zu essen.

»Hättest du lieber was anderes?«, frage ich.

Sie sieht mich überrascht an. »Nein, danke. Es schmeckt super.«

»Warum isst du dann nichts?«

Sie legt die Gabel weg und wischt sich den Mund mit der Serviette ab. »Eileen hat mir heute noch was erzählt, das mich beschäftigt.«

»Und was war das?«

»Jaden hat vor seiner Behandlung Sperma einfrieren lassen, damit wir Kinder haben könnten, wenn wir dazu bereit wären. Er hat mir nichts davon gesagt, weil er wusste, wie ich in Bezug auf Medizinkram empfinde. Ich bin sicher, er wollte auch nicht, dass ich mich unter Druck gesetzt fühle.«

»Wow. Das ist eine ziemlich große Sache, die er dir da verschwiegen hat.«

»Ich verstehe, weshalb er es getan hat. Damals gab es so viele andere Dinge, über die wir nachdenken mussten. Und da die Ärzte ihn offenbar darauf hingewiesen haben, dass er nach der Behandlung unfruchtbar sein könnte, war es insgesamt betrachtet ziemlich umsichtig von ihm.«

»Warum hat sie es jetzt angesprochen?«

»Sie haben überlegt, ob ich vielleicht ein Kind von ihm haben möchte.«

Ich bin fassungslos. »Was? Das hat sie dich gefragt?«

»Sie hat gemeint, sie wolle, dass ich es weiß, für den Fall, dass es eine Option für mich wäre.«

»War deine Zustimmung eine Bedingung für das Geld von der Versicherung?«

»Nein! Überhaupt nicht. Sie hat gesagt, sie seien sich einig gewesen, dass ich es bekommen soll. Aber natürlich würde das Geld es mir ermöglichen.«

»Puh. Das ist ganz schön heftig.«

»Das alles ist total heftig. Was macht da schon eine weitere Sache?«

»Es ist schon ziemlich groß.« Allein der Gedanke, dass sie schwanger werden und ein Kind auf die Welt bringen könnte, versetzt mich in Panik. Am liebsten würde ich sie beschwören, es auf keinen Fall auch nur in Erwägung zu ziehen. Doch ich zwinge mich, ruhig zu bleiben und ihr ein guter Freund zu sein. »Und was hältst du von der Idee?«

»Ich bin mir nicht sicher. Vor heute wusste ich ja nicht einmal, dass das eine Möglichkeit ist.«

»Was sagt dein Bauchgefühl?«

»Das äußert sich nicht so eindeutig, wie es das getan hätte, bevor Xavier in mein Leben getreten ist.«

»Wie meinst du das?«

»Früher haben wir nur abstrakt über Babys geredet. Wir dachten, dass das eines Tages schön wäre, auch wenn ich Angst davor hatte. Babys sind so schutzbedürftig und auf uns angewiesen. Ich dachte, ich würde es hassen, so viel Verantwortung für ein anderes Wesen zu übernehmen. Aber das stimmt überhaupt nicht. Seit ich dich und Xavier kenne, hab ich gelernt, dass Babys das Wunderbarste auf der Welt sein können. Wenn man einmal verstanden hat, was sie brauchen, ist es eigentlich ganz einfach.«

»Ich hab gehört, dass die Babyphase am leichtesten ist. Ab dem Kleinkindalter fängt es an, kompliziert zu werden.«

Sie zuckt die Achseln. »Ich freue mich schon auf jede einzelne Entwicklungsphase bei ihm.«

Mir wird klar, dass sie ernsthaft in Betracht zieht, Jadens Kind zu bekommen, und ich würde am liebsten heulen. Ich möchte sie anflehen, es nicht zu tun. Stattdessen reiße ich mich zusammen und versuche mich an einem Scherz, um nicht die Fassung zu verlieren. »Sogar wenn er Widerworte gibt, trotzig und frech ist?«

»Das wird mein süßer Xavier niemals tun«, entgegnet sie mit einem Lächeln für meinen Sohn.

Das er strahlend erwidert. Er hat zwar eine Sauerei mit den Keksen angerichtet, doch dabei ist er so unvorstellbar süß, also wen kümmert das schon?

»Sicher, das würden wir gerne glauben, aber diese Phase durchlaufen sie alle. Ich weiß noch, wie Iris uns erzählt hat, dass Laney sie fast in den Wahnsinn getrieben hat, weil sie ständig zu allem ›Nein‹ gesagt hat. Das Wort liebt sie immer noch.«

»Ich weiß«, antwortet Wynter und lacht. »Das war so lustig.«

»Na ja, für Iris nicht unbedingt. Wenn man ihr glaubt, ist das erste Jahr in vielerlei Hinsicht das einfachste, weil da die Hauptbeschäftigung von Babys darin besteht, zu essen, zu schlafen und ihre Windel vollzumachen. Schwieriger wird es, wenn sie in die Schule kommen und mit Sport anfangen oder Freunde finden. Sie behauptet ja immer, dass sie praktisch in ihrem Minivan lebt. Sie verbringen so viel Zeit in dem Auto, dass sie grundsätzlich Snacks und Getränke dabeihat.«

»Du möchtest mir sagen, dass ich auf Basis der geringen Datenmenge meiner Erfahrungen mit Xavier vermutlich lieber keine bedeutenden Entscheidungen über das Kinderhaben treffen sollte.«

»Ja, so ungefähr.«

»Es ist seltsam, weil ich nicht mehr so panisch werde wie früher, wenn ich mir das vorstelle, und das Einzige, was sich geändert hat, ist, dass Xavier in mein Leben gekommen ist.«

»Das ist nicht das Einzige. Du hast auch ein paar echt heftige Dinge erlebt, die dazu geführt haben, dass du manches in einem anderen Licht betrachtest.«

»Stimmt. Ich kann eigentlich gar nicht glauben, dass ich es überhaupt ernsthaft in Erwägung ziehe. Ich habe immer noch Angst vor der Geburt und alldem, besonders nachdem ich von Sadies Tod gehört habe, aber ich habe keine Angst mehr davor, Mutter zu sein. Dank meines kleinen Sonnenscheins da drüben weiß ich jetzt, dass ich das kann.«

»Du solltest dich nicht zu sehr mit dem belasten, was Sadie passiert ist«, erwidere ich, obwohl ich mehr als besorgt bin und sie sich ja außerdem auch noch gar nicht entschieden hat. »Die Komplikation, an der sie gestorben ist, ist extrem selten. Sie tritt nur bei ungefähr zwei bis acht von hunderttausend Schwangerschaften auf.«

»Zwei bis acht ist trotzdem schlecht, wenn man eine von den zwei bis acht ist.«

»Bitte zerbrich dir nicht den Kopf darüber. Es ist total unwahrscheinlich, dass du davon betroffen bist.« Warum versuche ich, sie zu überreden, wo es doch eigentlich das Letzte ist, was ich will?

»Es können eine Million andere Dinge schieflaufen.«

»Die allermeisten Frauen kriegen ein völlig gesundes Baby bei einer ganz normalen Geburt und dürfen dann nach Hause.«

»Zugegeben, ich habe ein Trauma, nachdem ich gesehen habe, was Jaden durchmachen musste. Als wir neulich anlässlich von Iris' Operation im Krankenhaus waren, ist alles zurückgekommen. Die Gerüche, die Geräusche ... Wenn es nach mir geht, setze ich da nie wieder einen Fuß hinein.«

»Verständlich. Es ist auch nicht mein Lieblingsort, aber ich fürchte, es ist unrealistisch, wenn man erwartet, sein Leben lang nie wieder in ein Krankenhaus zu müssen.«

»Da hast du vermutlich recht. Jedenfalls danke, dass ich mit dir darüber reden konnte. Seit Eileen es erwähnt hat, kann ich an nichts anderes mehr denken.«

»Das glaube ich gern. Zumal es für dich ja aus heiterem Himmel gekommen ist.«

»Richtig. Ich hatte nicht die geringste Ahnung, dass es überhaupt eine Option ist, und jetzt, wo ich es weiß, lässt mich der Gedanke nicht mehr los.«

Nein, nein, nein. Bitte, Wynter. Einfach nein. »Erst mal bist du ja nicht unter Zugzwang. Du hast jede Menge Zeit dafür, zu entscheiden, was du tun willst.«

»Das stimmt. Trotzdem bin ich seit dem Besuch bei Eileen komplett durcheinander.«

»Sie hat dir auf jeden Fall jede Menge Stoff zum Nachdenken geliefert.«

Xavier wird unruhig und macht Anstalten, in seinem Stuhl aufzustehen.

Ich hole schnell ein paar Feuchttücher, um ihm Gesicht und Hände abzuwischen, bevor ich ihn runterhebe. Als ich ihn auf den Boden stelle, erwarte ich, dass er sich wie sonst auf alle viere fallen lässt und davonkrabbelt, doch stattdessen bleibt er leicht schwankend stehen.

»Wynter ...« Mit dem Kinn deute ich zu ihm, damit sie hinschaut.

Sie sieht sofort, was ich meine, und springt auf, bereit, ihn aufzufangen. »Hol dein Handy.«

Ich gehe vorsichtig um ihn herum, um mein Smartphone aus dem Ladegerät zu ziehen. Als ich mich wieder umdrehe, kriege ich gerade noch seinen ersten zaghaften Schritt auf sie zu mit.

»Super! So ist es richtig!« Sie streckt ihm die Arme entgegen. »Komm zu mir, mein Süßer.«

Mit einem breiten, verschmitzten Grinsen macht er einen weiteren vorsichtigen Schritt und dann noch einen dritten, bevor er sich in ihre Arme fallen lässt. »Du hast es geschafft! Was bist du doch für ein wunderbar kluger großer Junge!« Sie drückt ihn an sich. »Hat Daddy das aufgenommen?«

»Ja, natürlich.«

Sie übergibt ihn an mich.

Ich halte ihn mit einem Arm fest, während ich ihr mit meiner freien Hand aufhelfe. »Ich bin so froh, dass wir beide dabei waren.«

»Ich auch. Ich hatte solche Angst, dass es passieren würde, während du bei der Arbeit bist.«

Ich ziehe sie an mich, sodass ich sie und Xavier umarme. »Ich wünschte …«

»Was?«, fragt sie und klingt dabei genauso atemlos, wie ich mich fühle.

»Ich wünschte, wir wären eine richtige Familie. Du, ich und Xavier. Ich wünschte, du müsstest abends nicht nach Hause fahren.«

»Adrian …«

»Mir ist klar, dass das ganz schön viel ist, was ich dir nach diesem Tag zumute, aber das ist es, was ich mir wünsche.«

Xavier fängt an zu zappeln, weil er runtermöchte, vermutlich um seine neu erworbenen Fähigkeiten weiter zu testen.

Wir lösen uns voneinander, und ich stelle ihn auf den Boden, bevor ich meine Aufmerksamkeit wieder auf Wynter richte. »Das war zu viel. Es tut mir leid.«

»Nein, war es nicht. Es ist schön, zu hören, dass du das denkst, vor allem weil es mir jeden Tag schwerer fällt, zu gehen, wenn du nach Hause kommst und mich ablöst. Alles, was ich will, ist, hier bei euch zu sein.«

Ich lege meine Hände auf ihre Hüften und schaue ihr in das wunderschöne Gesicht. »Dann bleib hier. Sei bei uns, sooft du willst.«

»So einfach?«

»Und so kompliziert. Das hier fühlt sich richtig gut an, und nachdem ich mich so lange furchtbar gefühlt habe, ist es doppelt schön, sich wieder gut zu fühlen.«

»Absolut. Für mich fühlt es sich auch gut an. Ich habe nur immer noch die gleichen Sorgen wie beim letzten Mal, als wir darüber gesprochen haben.«

»Ich weiß, und für mich gilt das genauso. Aber ... Gott, Wynter, ich will endlich wieder leben, statt nur zu existieren, und ich will das mit dir tun.«

Sie starrt mich lange an, ehe sie sich auf die Zehenspitzen stellt und mich auf den Mund küsst.

Wynter

Es IST NOCH IMMER eine schlechte Idee. Selbst als ich den ersten Schritt mache, indem ich ihm die Arme um den Hals lege und ihn küsse, bin ich mir dessen bewusst.

Doch es ist mir egal.

Ich fühle mich gut, wenn ich mit ihm zusammen bin, und nach den schlimmen Monaten, die hinter mir liegen, ist es, als würde die Sonne endlich hinter den dunklen Wolken hervorkommen. Ich kann mich nicht länger gegen meine Gefühle für ihn wehren, und ich will es auch gar nicht.

Er zieht mich ganz nah an sich heran, bis ich spüren kann, welche Wirkung das auf ihn hat.

Ich reibe mich schamlos an ihm, was ihm ein Stöhnen entlockt.

»Xavier«, flüstere ich an seinen Lippen.

Als wir uns voneinander lösen, merke ich, dass er genauso verwundert ist wie ich, weil wir beide fast vergessen hätten, dass ein Kleinkind in der Nähe ist.

»Fortsetzung folgt«, verspricht er, als er mich loslässt und sich auf die Suche nach seinem Sohn macht.

Ich erschauere in Vorfreude.

Das letzte Mal ist schon so lange her. Es war vor mehr als eineinhalb Jahren, als Jaden gerade ein paar gute Tage hatte. Seine Familie war übers Wochenende weggefahren, um an einer

Veranstaltung an Kelseys College teilzunehmen, und wir haben die meiste Zeit in seinem Zimmer im Souterrain verbracht. Damals ahnten wir noch nicht, dass es für uns das letzte Mal sein würde, dass wir auf diese Weise zusammen sein konnten.

Wenn ich jetzt daran denke, wo ich kurz davor stehe, es mit Adrian zu tun, habe ich plötzlich einen dicken Kloß im Hals. Ich hoffe, dass Jaden, wo immer er jetzt ist, weiß, dass ich niemals auch nur an einen anderen Mann denken würde, wenn er noch bei mir wäre.

Als ich Adrian nach oben folge, um Xavier zu baden und ins Bett zu bringen, spüre ich, wie Vergangenheit und Gegenwart aufeinanderprallen.

Genau wie Jaden ist auch Adrian etwas ganz Besonderes. Meine Gefühle für ihn sind ganz ähnlich, wie sie damals für Jaden waren. Das ist traurig und aufregend zugleich, denn ich wollte nie für einen anderen als Jaden so empfinden. Doch da er nicht mehr da ist, habe ich keine andere Wahl, als meinem Herzen zu folgen und mich auf etwas Neues einzulassen, ohne dabei den Mann zu vergessen, den ich immer lieben werde.

Das Spannungsfeld zwischen Vergangenheit, Gegenwart und Zukunft ist eins, über das ich die anderen Wilden Witwen reden gehört habe, wenn sie neue Beziehungen begonnen und sich ein neues Leben aufgebaut haben. Ohne diese großartigen Mitstreiterinnen würde ich an meinem Verstand zweifeln, aber dank ihnen weiß ich, dass das ein normaler Teil des Trauerprozesses ist.

Roni und Derek haben erzählt, wie sie die Vergangenheit in Ehren halten, während sie sich gemeinsam in die Zukunft miteinander und mit den Kindern aufmachen, die sie mit ihren verstorbenen Ehepartnern hatten. Als Gage sich in Iris verliebt hat, hatte er Schwierigkeiten, zu entscheiden, ob er für ihre drei kleinen Kinder wirklich die Vaterrolle übernehmen wollte, nachdem er seine Frau und seine beiden Töchter auf so tragische Weise verloren hatte.

Wie bei allem im Trauerprozess versteht man die Gefühle, die man hat, wenn man sich jemand Neuem zuwendet, nicht wirklich, bis es bei einem selbst so weit ist.

Ihre Geschichten haben mir den Mut verliehen, den Nebel der Trauer hinter mir zu lassen und einen Blick auf das zu werfen, was das Leben noch für mich in petto haben könnte. Wenn ich versuche, mir meine Zukunft vorzustellen, sehe ich ganz klar Adrian und Xavier vor mir. Vielleicht wird es noch mehr geben, wie beispielsweise das College, weitere Kinder und andere Abenteuer. Was auch immer passiert, ich hoffe, sie werden es mit mir erleben.

»Willst du noch die Gutenachtgeschichte hören?«, fragt Adrian.

»Klar.«

Ich folge ihnen in Adrians Schlafzimmer, strecke mich auf dem Bett neben ihnen aus und lausche Adrian, wie er seinem kleinen Jungen eine Geschichte über einen sprechenden Zug vorliest. Obwohl er müde ist, hängt Xavier an jedem Wort seines Vaters und beobachtet interessiert, wie die Seiten umgeblättert werden.

»Tschu-tschu«, macht Adrian.

Xavier kichert.

»Jetzt bist du dran, Wynter.«

»Tschu-tschu.«

Wieder ein Kichern.

Adrian lächelt. »Er liebt dieses Geräusch.«

»Tschu«, ahmt Xavier ihn nach.

»Tschu«, wiederholen Adrian und ich gemeinsam, worüber Xavier noch mehr kichern muss.

Mein Gott, ich liebe ihn. Ich liebe sie beide. Wenn ich das hier hätte, das mit ihnen, und nur das, für den Rest meines Lebens, wäre ich so glücklich. Doch ich hab auch Angst, denn ich habe gelernt, dass das Schicksal durchaus andere Pläne für einen hat, gerade wenn man glaubt, man hätte eigentlich alles im Griff.

Verdammt noch mal. Ich werde den Moment genießen, solange er andauert, und mich auf das Hier und Jetzt konzentrieren. Das ist eine weitere Sache, die ich von den anderen gelernt habe: Im Augenblick zu leben, denn das ist alles, was man sicher hat. Nichts anderes ist garantiert.

»Gib Wyn einen Gutenachtkuss«, sagt Adrian.

Xavier drückt mir einen feuchten Schmatz auf die Wange, dann lächelt er wieder strahlend.

»Gute Nacht, mein Süßer. Bis morgen früh.«

»Wyn.«

Er streckt die Ärmchen nach mir aus, also nehme ich ihn und drücke ihn fest an mich. »Ich hab dich lieb.«

»Lieb.«

»Oh, ein neues Wort«, meint Adrian und lächelt.

»Er ist so klug.«

»Ich bin gleich wieder da.«

Ich gebe Xavier noch einen Kuss und reiche ihn an seinen Daddy weiter, ehe sie das Schlafzimmer verlassen. Ein Anflug von Angst regt sich in mir, als mir bewusst wird, dass ich auf seinem Bett liege und darauf warte, dass er zurückkommt, um … was genau zu tun? In den zehn Minuten, die er braucht, um Xavier ins Bett zu bringen, habe ich mich in eine ausgewachsene Panik hineingesteigert. Ich setze mich auf, ziehe die Knie an die Brust und konzentriere mich auf meinen Atem. Tief einatmen. Halten. Ausatmen. Wiederholen. *Atme einfach weiter.*

»Wynter.«

Ich schaue hoch und sehe, dass Adrian mich mit besorgter Miene mustert. »Was ist los?«

»Nichts.«

Er setzt sich neben mir auf die Bettkante. »Sag nicht, dass es nichts ist, wenn das eindeutig nicht stimmt.«

»Ich war nur ein bisschen nervös, weil ich nicht wusste, was jetzt passieren wird.«

»Süße, hier wird nichts passieren, solange wir nicht beide dazu bereit sind und es wollen. Ich bin vollauf zufrieden damit, dich bei mir zu haben. Ich betrachte dein wunderschönes Gesicht, dein sexy Lächeln oder beobachte dich mit meinem Sohn, was zu den wunderbarsten Sachen gehört, die mir je untergekommen sind. Für den Moment ist das mehr als genug.«

Während er spricht, fährt er mir mit einem Finger übers Gesicht, was mir einen Schauer über den Rücken jagt und jeden Nerv in meinem Körper aus dem langen Schlaf erweckt. Es kostet mich all meinen Mut, zu sagen: »Ich weiß nicht, ob mir das reicht.«

»Wie meinst du das?«

»Ich weiß nicht, ob ich mit dem zufrieden sein werde, was wir schon haben, wenn ich weiß, dass es so viel mehr sein könnte.«

»Wynter …« Er atmet lang gezogen aus. »Eben gerade warst du noch am Rande einer Panikattacke.«

»Das ist vorbei.«

»Einfach so?«

»Es ist eine große Sache, solche Gedanken über jemanden zu haben wie ich über dich, wenn man das durchgemacht hast, was wir durchgemacht haben.«

»Ja, ist es. Und wir müssen nichts überstürzen, wenn du noch nicht so weit bist.«

»Ich will aber so weit sein.« Ich beuge mich näher zu ihm und hoffe, dass er den Wink versteht und mich wieder küsst, bevor mich meine Nerven im Stich lassen.

Er versteht es.

Verdammt, der Mann kann küssen wie kein anderer, und dieser Kuss … Wow. Dieser Kuss ist einer mit vollem Körpereinsatz und weckt eine Leidenschaft, wie ich sie mir selbst gar nicht mehr zugetraut hätte. Nun, da hab ich mich offenbar geirrt.

»Sag es mir, wenn ich aufhören soll, wenn es zu viel zu früh ist«, flüstert er an meinem Hals. »Sag einfach ›Stopp‹.«

»Das werde ich nicht.«

»Trotzdem kannst du das jederzeit tun, Wynter. Ein Wort genügt.«

17

Wynter

Ich weiß es zu schätzen, dass er mir die Wahl lässt, aber ich will mich gar nicht anders entscheiden. Ich will ihn. Ich will das hier. Wir fallen aufs Bett und greifen nacheinander, sodass sich mir vor Verlangen der Kopf dreht. Fast ist es wie ein Arm oder ein Bein, die wieder aufwachen, nachdem sie »eingeschlafen« waren, mit Kribbeln und Brennen an all den wichtigen Stellen.

Adrians Hand gleitet unter mein Top und landet auf meinem Rücken, und ich keuche unter der Empfindung auf, zum ersten Mal seit einer halben Ewigkeit von einem Mann berührt zu werden.

»Ist das okay?«

»Ich hasse es, mich so aufzuführen wie eine ängstliche Jungfrau.«

Sein leises Lachen zaubert mir ein Lächeln ins Gesicht.

»Was ist so komisch daran?«

»Du bist die am wenigsten ängstliche Person, die ich kenne.«

»Unsinn! Das kann nicht wahr sein.«

»Doch, das stimmt absolut. Du bist die Jüngste von uns, aber wir wünschen uns alle, wir könnten etwas mehr wie du sein.«

»So ein Quatsch.«

»Überhaupt nicht. Du bist unerschrocken und mutig und lustig. Du bist diejenige, die das ausspricht, was alle anderen denken.«

»Das macht mich höchstens nervig, doch zu nichts von den anderen Dingen.«

»Nein, Wynter. Das macht dich zu der, die du bist, und wir alle lieben diese Person.«

»Die Hälfte der Zeit über habe ich eher das Gefühl, ihr würdet mir am liebsten einen Maulkorb verpassen.«

»Niemals.«

Ich hebe ungläubig eine Augenbraue. »Ach, komm. Manchmal schon.«

»Auf keinen Fall. Ich möchte immer deine Meinung zu einem bestimmten Thema hören, weil das garantiert die interessanteste und unterhaltsamste von allen ist.«

»Nur falls du das alles sagst, um mich ins Bett zu kriegen: Da bin ich schon und zudem extrem willens.«

Er lacht laut. »Lass das.«

»Lass *du* es! Du machst dich über mich lustig.«

»Gar nicht.« Seine Hand gleitet von meinem Rücken zu meinem Po, und er zieht mich enger an sich.

Mein Mund wird trocken, als ich seine Erektion an meinem Bauch spüre. Mir wird klar, dass ich ihn berühren könnte, wenn ich das wollte.

Und ich will es.

Ich streiche ihm mit meiner Hand über die Brust, über die definierten Bauchmuskeln, stoße an seine Erektion, woraufhin er zischend einatmet. »Ist das okay?«

»Äh … Ja.« Er presst sich gegen meine Hand, um das zu unterstreichen.

Ich berühre ihn durch sein T-Shirt und seine Jogginghose und erkunde ihn. Was ich dabei finde, ist ziemlich beeindruckend. Es ist schwer, keinen Vergleich zu ziehen, wenn man nur mit einem anderen zusammen gewesen ist, aber Adrian ist größer. Sogar ein ganzes Stück, wenn ich ehrlich sein soll.

»Wynter«, flüstert er. »Du treibst mich in den Wahnsinn.«

»Willst du, dass ich aufhöre?«

»Gott, nein. Bloß nicht.«

Die Dringlichkeit in seiner Stimme sorgt dafür, dass ich noch enthusiastischer werde. Während ich ihn durch seine Kleidung hindurch verwöhne, streicht er mit seiner Hand von meinem Hintern zu meinem Bein und wieder dahin zurück, wo er angefangen hat. Er drückt und streichelt mich, bis ich mit jeder Faser meines Körpers allein auf ihn konzentriert bin.

Dann legt er sich auf mich und betrachtet mich mit Feuer in seinen unglaublichen Augen. »Hallo.«

»Selber hallo.«

»Ich will dir etwas sagen.«

»Okay …«

»Als du mich mit diesen Frauen beobachtet hast …«

»Was ist damit?«

»Ich habe mir immer dich vorgestellt, wenn ich mit ihnen zusammen war. Ich habe nicht sie gewollt, ich wollte nur dich.«

»Adrian …«

»Ich schwöre, es ist wahr. Sie waren nett, und wir hatten Spaß miteinander, doch wenn ich die Augen geschlossen habe, warst es immer du, die ich gesehen habe, nicht sie. Ich hab deswegen ein schlechtes Gewissen, weil ich Frauen nicht so behandle. Das hab ich noch nie getan. Aber ich konnte nicht anders.«

Das ist vielleicht das Süßeste, was ich je von einem Mann gehört habe, und das, obwohl der Mann, der mich geliebt hat, mir viele süße Dinge gesagt hat.

Ich schlinge die Beine um seine Hüften und meine Arme um seinen Hals.

Er lässt mich nicht aus den Augen, als er sich zu einem Kuss vorbeugt, der sehr schnell an Hitze gewinnt.

Zum ersten Mal seit einer halben Ewigkeit bin ich völlig auf etwas anderes konzentriert als auf meine Trauer. Und wow, fühlt sich das gut an. Ich zerre an seinem T-Shirt und streife es ihm über den Kopf, unterbreche den Kuss gerade so lange, wie es dauert, ihn von dem Kleidungsstück zu befreien.

Ich spüre, wie er mir das Oberteil hochschiebt, während er mich weiter leidenschaftlich küsst.

Wieder lösen wir uns nur so lange voneinander, wie wir brauchen, um mir das Shirt auszuziehen, sodass ich bloß noch meinen durchscheinenden BH trage, der schnell aufgehakt und zur Seite befördert wird, und dann presse ich auch schon meinen Busen gegen Adrians Brust.

Das Gefühl raubt mir den Atem und lässt mir die Augen feucht werden, was ich furchtbar finde. Das ist jetzt nicht die Zeit für Tränen. Ich kneife die Lider zu und hoffe, die Tränen verziehen sich schnell. Trotzdem läuft mir eine über die Wange, und natürlich bemerkt Adrian das.

»Was ist los, Süße?«

»Das hier ist überwältigend.«

»Sollen wir aufhören?«

»Nein, bitte nicht. Hör nicht auf.«

Mit seinen Lippen zieht er eine Spur von meinem Kinn über meinen Hals und zu meinen Brüsten. Ich hatte vergessen, wie gut es sich anfühlt, gehalten und geküsst und liebkost zu werden. Als er eine meiner Brustspitzen in den Mund nimmt, stöhne ich so laut, dass ich kurz befürchte, Xavier aufgeweckt zu haben. Ich beiße mir auf die Unterlippe, damit mir das nicht wieder passiert, während Adrian sich meiner anderen Brust zuwendet.

»Immer noch okay?«

»Mmm, merkst du das nicht selbst?«

»Ich will nur ganz sicher sein.«

Er küsst mich mitten auf den Bauch, bevor er sich gerade genug von mir löst, um mir die Leggings und die Unterwäsche abzustreifen.

Während er einen langen, bewundernden Blick über meinen nackten Körper gleiten lässt, durchläuft mich eine Hitzewelle.

»Du bist sogar noch sexyer, als ich es mir ausgemalt habe, und ich habe eine sehr lebhafte Fantasie, was dich betrifft.«

Ich streiche mit meinen Händen über seine festen Armmuskeln. »Danke gleichfalls.«

Er küsst die Haut an der Innenseite meines Oberschenkels und drückt meine Beine mit seinen Schultern auseinander.

»Sag es mir, wenn ich aufhören soll.«

»Wag es ja nicht.«

Er lacht, während er mich mit seiner Zunge verwöhnt, sodass ich mich kaum zurückhalten kann. Unwillkürlich erinnere ich mich daran, wie ich das erste Mal mit Jaden geschlafen hab und wie verlegen ich war, bis ich so heftig gekommen bin, dass ich buchstäblich Sterne gesehen habe. Das wird gleich auch mit Adrian geschehen, also verbanne ich diese Gedanken aus meinem Kopf und konzentriere mich auf das Hier und Jetzt und nicht auf die Vergangenheit.

Das Hier und Jetzt fühlt sich verdammt gut an.

Adrian schiebt einen Finger in mich und saugt an meiner Klitoris, löst damit einen epischen Orgasmus aus, den ersten, den ich seit dem Schicksalsschlag hatte.

Ich schnappe immer noch nach Luft, als ich spüre, dass er in mich eindringt.

»Kondom.«

»Schon erledigt.«

Wow. Wie lange war ich weggetreten?

»Soll ich aufhören?«

»Bloß nicht.«

Ich liebe sein Lachen und wie es ihn von einem trauernden Witwer in einen Mann verwandelt, der noch so viel zu geben hat. Wie viel Glück habe ich bitte, dass er es ausgerechnet mir geben möchte?

Als er in mich kommt, wird mir klar, dass es etwas wehtun wird. Glücklicherweise macht er es langsam und vorsichtig, sorgt dafür, dass ich bei jedem einzelnen Schritt mit dabei bin.

»Schau mich an.«

Ich hebe den Blick und begegne seinem, der intensiv und ganz konzentriert ist.

»Alles gut?«

»Auf jeden Fall. Und bei dir?«

»Sehr gut sogar, aber für mich ist es auch nicht das erste Mal.«

»Es ist alles okay, Adrian. Ich schwöre es.« Ich lege meine Hände um sein attraktives Gesicht. »Ich bin so froh, dass du es bist. Es wäre nicht okay, wenn es jemand anders wäre.«

»Ich bin auch froh, dass ich es bin. So, so froh.«

Als er das Letzte sagt, stößt er sich ganz in mich und löst damit eine ganze Reihe von Orgasmen aus, bei denen ich mich an ihn klammere und meine Fingernägel in die festen Muskeln seines Rückens grabe.

»O verdammt. Wynter …«

Wir bleiben sehr lange so, unsere Körper vereint, während wir dieselbe Luft atmen und uns in die Augen starren. Es ist ein brennend heißer, intimer Moment, der mir Hoffnung auf eine Zukunft gibt, die Freude und Liebe und das hier beinhaltet. Gott, mehr von dem hier.

Dann beginnt Adrian, sich zu bewegen, seine Hände auf meinem Hintern, während er mich auf einen wilden Ritt mitnimmt, bis hin zu einem überwältigenden Höhepunkt, der mich wie ein Tsunami aus Gefühlen und Verlangen und so viel Liebe zu diesem unglaublichen Mann überrollt.

Er lässt sich auf mich sinken, den Kopf an meiner Schulter, und atmet keuchend. »Sprich mit mir.«

»Hallo, Adrian.«

Er lacht schnaubend. »Hallo, Wynter. Wie geht's dir so?«

»Tatsächlich erstaunlich gut.«

»Freut mich zu hören.«

»Und dir?«

»Geradezu spektakulär.«

Ohne mich loszulassen, rollt er sich auf den Rücken, sodass ich auf ihm liege, während er weiter in mir pulsiert.

Ich erbebe unter einem Übermaß an Sinneseindrücken.

Er versteht mein Beben falsch und zieht die Decke über uns.

»Also«, meint er. »Dann ist es also passiert.«

»Jap.«

»Ich habe mit der Nanny meines Sohns geschlafen. Wie klischeehaft für einen Single-Dad.«

Ich lache zusammen mit ihm. »Meiner Ansicht nach hast du mit einer Freundin geschlafen.«

»Das auch.« Seine Hände streicheln mich, entzünden neue Funken des Verlangens, mit denen ich nicht gerechnet hätte. Ich dachte, das wäre für den Moment erledigt. Offenbar nicht. »Das fühlt sich so gut an, Wynter. Sag mir, dass es dir genauso geht.«

»Tut es. Ich hab vorhin gedacht, wenn man das gehabt hat, was ich mit Jaden hatte und was du mit Sadie hattest, erkennt man es, wenn es einem erneut begegnet. Ich hoffe, ich maße mir nicht zu viel an, wenn ich das über Sadie sage.«

»Tust du nicht, und du hast recht. Da ist dieses Gefühl, das man hat, wenn man mit der richtigen Person zusammen ist, und wenn man es weiß, weiß man es eben.«

»Ja, genau. Ganz genau das. Auch wenn ich nicht einschätzen kann, ob das hier für immer und ewig ist oder irgendwas in der Richtung, fühlt es sich gut an, mit jemandem zusammen zu sein, der es versteht.«

»Exakt.«

»Ich hatte Witwensex.«

»Richtig. Und darf ich dir versichern, dass du sehr gut darin bist?«

Darüber muss ich lachen. »Wenn du meinst.«

Es ist so schön, zu lachen, zu lieben, auf diese Art und Weise mit ihm zusammen zu sein.

»Nachdem Jaden gestorben war, hab ich gedacht, dass ich so etwas nie wieder tun würde. Dass ich damit einfach durch wäre.«

»Ich vermute, das denken wir am Anfang alle, bis sich herausstellt, dass das nicht dauerhaft tragbar ist.«

»Ich hab geglaubt, dass alles vorbei ist. Es ging mir richtig schlecht, als ich mich euch angeschlossen habe.«

»Das haben wir gemerkt. Wir haben uns echt Sorgen um dich gemacht. In Gedanken hab ich mich viel mit dir beschäftigt, obwohl wir uns gerade erst kennengelernt hatten. Ich konnte nicht fassen, dass jemand, der so jung ist wie du, schon so etwas hinter sich hatte.«

»Irgendwie fühle ich mich nicht besonders jung.«

»Das ist verständlich, trotzdem bist du es, und du hast noch dein ganzes Leben vor dir, mit dem du tun kannst, was immer du willst. Und jetzt, dank Jaden, kannst du es dir auch leisten.«

»Lustig, denn das Einzige, was ich wirklich will, ist, mich um Xavier zu kümmern und mit euch zusammen zu sein.«

»Das kriegen wir hin.«

NACH DER NACHT mit Adrian bin ich total übermüdet. Wir waren fast die ganze Zeit wach, haben uns unterhalten und hatten Sex und haben gelacht. Wir haben so viel gelacht, was herrlich war. Ich hatte Angst, dass es nach dem Sex merkwürdig zwischen uns werden könnte, doch das war es nicht. Es war mehr so, als könnten wir uns, nachdem wir diese Linie überschritten hatten, einander ganz hingeben und müssten uns keine Sorgen mehr über die Konsequenzen machen. Heute spüre ich jeden Muskel in meinem Körper, vor allem die zwischen meinen Beinen, die seit langer Zeit nicht mehr für das benutzt worden sind, was wir getan haben.

Ich hatte ganz vergessen, wie es ist, dort wund zu sein.

Jaden und ich haben miteinander geschlafen, seit wir fünfzehn waren, also ist es einige Zeit her, dass ich einen Sex-Hangover hatte.

Aber es ist alles gut. Mit Adrian zusammen zu sein war toll, und ich kann es kaum erwarten, das bald zu wiederholen.

Im Hinterkopf beschäftigt mich trotzdem weiter das Wissen, dass Jaden sein Sperma hat einfrieren lassen, und dringt in mein Glück ein. Ich habe keine Ahnung, was ich tun soll, also beschließe ich, es bei unserem wöchentlichen Treffen der Wilden Witwen anzusprechen. Sie wissen immer Rat.

Am Mittwoch darf Xavier bei Adrians Schwester übernachten, weil sie am nächsten Tag erst ab mittags arbeiten muss. Sosehr ich die Morgen mit meinem kleinen Kumpel auch liebe, ist es doch schön, seit langer Zeit mal bis nach sieben Uhr schlafen zu können.

Ich bin außerdem aufgeregt, weil ich die Nacht allein mit

Adrian verbringe. Nicht dass Xavier irgendwie stört, aber ich bin mir sehr bewusst, dass er im Zimmer nebenan schläft, während ich mit seinem Vater Sex habe.

Nach einigen gemeinsamen Nächten fühle ich mich so gut wie schon lange nicht mehr. Das Leben erscheint mir wieder hoffnungsvoll, und die durchdringende Düsternis, mit der ich seit Jadens Tod gelebt habe, lichtet sich allmählich. Das liegt allerdings nicht allein an Adrian. Ich muss mich auch selbst loben, weil ich das letzte Jahr überstanden habe, in den Wilden Witwen eine ganz wunderbare Quelle der Unterstützung gefunden habe (okay, das habe ich meiner Mom zu verdanken, die dafür gesorgt hat, dass ich hier lande, doch die Freundschaften, die daraus erwachsen sind, gehen auf mein Konto) und als Xaviers Nanny eine neue Aufgabe im Leben.

Ich bringe Xavier bei Nia vorbei und bin die Letzte, die bei Iris ist.

Adrian scheint erleichtert, mich zu sehen, als ich mit dem Sieben-Schichten-Dip und den Mais-Chips eintreffe, die ich auf dem Weg im Supermarkt gekauft habe.

»Tut mir leid, dass ich so spät dran bin.«

»Du hast nichts verpasst«, sagt Iris, die mich umarmt und mir meine Jacke abnimmt.

Wie immer fühle ich mich hier, als wäre ich nach Hause gekommen, was ganz und gar an ihr und ihrer wunderbaren Art liegt.

»Alles klar bei Xavier?«, fragt Adrian, als er mich mit einem herzlichen Lächeln begrüßt.

»Jap. Nia und die Kids sind hellauf begeistert, ihn zu Besuch zu haben.«

»Hat er geweint, als du gegangen bist?«

»Nein, er war viel zu sehr mit Spielen beschäftigt. Ich glaube, es ist ihm gar nicht aufgefallen.«

»Das ist gut.« Er legt mir eine Hand auf den Rücken, wo es niemand anders sehen kann, und drückt mich leicht, was dafür sorgt, dass ich die Minuten zähle, bis wir allein sein können.

Wir lächeln uns an, bevor wir uns trennen, um uns mit den anderen zu unterhalten, da keiner von uns die Änderung unseres Beziehungsstatus hinausposaunen will. Zumindest nicht sofort. Auch wenn ich mir ziemlich sicher bin, dass wir die anderen nicht täuschen. Ich habe nie eine intuitivere Gruppe getroffen als die Wilden Witwen. Sie bemerken Sachen, die noch nicht mal passiert sind, oder zumindest kommt es mir so vor.

»Update von Aurora«, verkündet Iris, während wir uns die Teller mit dem mitgebrachten Essen füllen. »Ihr Ehemann ist schuldig gesprochen worden. Er hat zwanzig Jahre im Gefängnis vor sich, für jede der drei Anklagen.«

»Hast du das von ihr gehört?«, will Naomi wissen.

»Ich hab's aus den Nachrichten«, erwidert Iris. »Ich hab mich bei ihr gemeldet, um sie wissen zu lassen, dass wir für sie da sind, falls sie uns braucht. Sie hat mir zum ersten Mal seit ewigen Zeiten geantwortet und gemeint, dass sie vielleicht demnächst mal reinschaut. Und sie hat sich auch dafür bedankt, dass wir alle an sie gedacht haben.«

»Ich hoffe, sie kommt wirklich vorbei«, sagt Brielle. »Sie muss sich ihr Leben genauso neu aufbauen wie wir, und sie verdient unsere Unterstützung.«

Wir anderen nicken zustimmend.

»Wartet, bis sie herausfindet, dass Derek mit Roni verlobt ist«, wirft Gage mit einem Grinsen ein.

»Stopp«, stöhnt Derek, während wir anderen lachen.

Aurora hatte Derek fest im Visier, bis deutlich wurde, dass er an Roni interessiert war. Kurz danach ist Aurora nicht mehr zu den Treffen erschienen.

»Wo ist Hallie?«, erkundige ich mich, als ich sie nirgendwo entdecken kann.

»Sie hat heute ein weiteres Date mit ihrer neuen Freundin«, erklärt Iris. »Ich hab vorhin mit ihr gesprochen, und sie schien sehr aufgeregt zu sein.«

»Machen wir uns ihretwegen Sorgen?« Christy hat ein Stück Stangensellerie in der Hand, das sie ins Ranchdressing taucht. »Ich befürchte, dass die Frau bloß experimentiert und Hallie das Herz bricht, wenn sie feststellt, dass das doch nichts für sie ist.«

»Schon klar«, sagt Iris und seufzt. »Das beschäftigt mich

ebenfalls, aber Hallie hat mir versichert, dass sie versucht, auf dem Boden zu bleiben und nicht zu weit vorzugreifen. Sie meinte, dass es ihr leidtue, das Treffen zu verpassen, doch dass heute der einzige Abend sei, an dem ihre Freundin Zeit hat.«

Ich weiß eigentlich gar nicht, warum ich mir Sorgen um Hallie mache, die gut auf sich selbst aufpassen kann. Ich will einfach nicht, dass irgendeiner von diesen wunderbaren Menschen je wieder so verletzt wird, wie das bereits geschehen ist. Obwohl mir bewusst ist, dass das kein realistisches Ziel ist, hoffe ich trotzdem darauf. Sie verdienen alle nur das Beste.

18

Wynter

Wir nehmen in der gewohnten Runde in Iris' Wohnzimmer Platz, wobei die meisten von uns mit der einen Hand ein Getränk halten und mit der anderen Dessert.

»Wer möchte anfangen?«, fragt Iris.

Ich hebe meine Hand. »Ich.«

Alle blicken mich überrascht an.

»Was guckt ihr denn so?«

»Normalerweise redest du nicht freiwillig über dich«, antwortet Brielle.

»Es gibt für alles ein erstes Mal.« Es amüsiert mich, dass sie mich so gut kennen. »Ich habe mich diese Woche mit Jadens Mutter getroffen, die mir etwas erzählt hat, was ich noch nicht wusste. Doch wenn ihr das lieber nicht hören wollt ...«

»Immer raus damit«, erwidert Naomi. »Und lass bloß nichts aus.«

»Offenbar hat mein Mann vor der Chemotherapie Sperma von sich einfrieren lassen, für den Fall, dass er danach zeugungsunfähig wäre. Mir hat er davon nichts gesagt, vermutlich weil

224

ich bei medizinischen Dingen immer ein mulmiges Gefühl habe und er nicht wollte, dass ich mich irgendwie unter Druck gesetzt fühle.«

»Wow«, meint Gage.

»Aber echt. Ich hab keine Ahnung, was ich mit dieser Information anfangen soll.«

»Du weißt schon, dass du rein gar nichts damit machen musst, wenn du es nicht willst, oder?«, erkundigt sich Roni.

Ich nicke. »Ja, natürlich. Es ist nur so, dass Eileen mich gefragt hat, ob ich mir vorstellen könnte, Jadens Kind zu bekommen, und sie hat so hoffnungsvoll gewirkt. Daran muss ich die ganze Zeit denken.«

»Du bist ihr gegenüber zu rein gar nichts verpflichtet, Wynter«, erklärt Lexi. »Was sie da von dir verlangt, ist ziemlich viel.«

»Sie verlangt es ja gar nicht. Uns ist beiden klar, dass es da keinerlei Verpflichtung gibt. Doch seit ich das erfahren habe, kann ich nicht mehr aufhören, daran zu denken.«

»Möchtest du denn ein Kind?«, will Iris wissen.

»Na ja … Ich habe bisher nicht wirklich darüber nachgedacht, schließlich wusste ich ja gar nicht, dass es überhaupt möglich wäre.«

»Bist du sauer, weil er es dir nicht gesagt hat?«, fragt Derek.

»Nein, denn ich kann gut verstehen, warum er das nicht getan hat. Wir waren in keiner Weise dafür bereit. Aber die Zeit mit Xavier hat meine Einstellung zu Babys verändert. Jetzt erscheint es mir nicht mehr ganz so unmöglich oder überwältigend, selbst wenn mir die medizinische Seite immer noch Angst macht.«

»So entzückend Xavier auch ist«, gibt Iris zu bedenken, »es ist etwas ganz anderes, alleinerziehende Mutter zu sein. Und es ist außerdem sehr teuer, Kinder großzuziehen.«

»Das ist das Nächste: Jadens Eltern haben mir den Scheck von seiner Lebensversicherung gegeben. Zweihundertfünfzigtausend, also könnte ich mir ein Kind durchaus leisten.«

»Wow, Wynter«, meint Roni. »Das ist ja fantastisch.«

»Total. Wir waren nicht lange genug verheiratet, dass er die

Gelegenheit gehabt hätte, mich direkt als Begünstigte eintragen zu lassen.«

»Es ist wirklich großartig, dass sie das für dich getan haben«, stellt Gage fest.

»Seit Eileen mir den Scheck mit den vielen Nullen ausgehändigt hat, ringe ich darum, es zu begreifen. Das Wissen, dass ich nicht nur Jadens Baby bekommen, sondern es auch ohne finanzielle Sorgen großziehen könnte, ermöglicht es mir, auf eine Art und Weise darüber nachzudenken, wie es ohne das Geld nicht ginge.«

»Sie haben keinerlei Bedingungen gestellt?«, fragt Derek.

»Nein, gar nicht. Sie hat gesagt, das Geld gehöre mir, so oder so.«

»Das ist gut.«

»Sie waren während der ganzen Zeit, in der Jaden und ich zusammen waren, unglaublich lieb zu mir. Sie haben mir gezeigt, was Familie bedeutet, und ich habe nicht den geringsten Zweifel daran, dass sie auch für unser Kind da sein würden. Falls ich mich darauf einlasse.«

»Du solltest nichts überstürzen und es dir wirklich gut überlegen«, rät mir Iris. »Das ist eine enorme Verpflichtung, wie du ja weißt. Bevor du es nicht selbst erlebt hast, ahnst du nicht, wie enorm genau.«

»Das glaube ich.« Ich schätze ihre Aufrichtigkeit. Wenn jemand die Herausforderung versteht, alleinerziehend zu sein, dann sie. »Doch jetzt genug von mir. Danke, dass ihr zugehört habt.«

»Wir stehen dir bei allem zur Seite, egal, wofür du dich entscheidest, Wynter«, stellt Christy klar. »Und da ich selbst alleinerziehend bin, möchte ich noch hinzufügen, dass Iris voll und ganz recht hat, wenn sie sagt, dass man nicht wissen kann, wie schwierig es tatsächlich ist, bis man es selbst erlebt hat.«

»Was ist eigentlich mit dir und dem Typen los?«, frage ich, denn ich möchte nicht länger über mich sprechen.

»Ich habe ihm immer noch nicht geantwortet«, räumt Christy ein. »Er schreibt mir jeden Tag, dass er an mich und die

Kinder denkt und hofft, es geht uns gut, und dass er mich gerne sehen würde.«

»Was hält dich davon ab, ihm zu schreiben?«, will Joy wissen.

»Ich komme nicht darüber hinweg, dass er eine so lange Bedenkzeit gebraucht hat, um zu entscheiden, ob er meine Kinder aushalten kann.«

»Das kann ich nachvollziehen«, wirft Gage ein. »Aber wenn ich etwas aus eigener Erfahrung beisteuern darf ...« Er lächelt Iris an. »Es ist keine Kleinigkeit, sich der Kinder eines anderen anzunehmen, vor allem, wenn sie so viel durchgemacht haben wie deine. Wie bei Wynter auch würde es mir eher Sorgen bereiten, wenn er sich, ohne gründlich und in Ruhe nachzudenken, einfach in die Sache hineinstürzt.«

»Das weiß ich«, entgegnet Christy. »Und ich kann es sogar verstehen. Aber es ärgert mich trotzdem, dass er es überhaupt gesagt hat.«

»Deine Kinder sind dein Leben«, meint Derek. »Du bist um ihretwillen gekränkt.«

»Ja!« Christy zeigt mit dem Finger auf ihn. ›Genau das ist es. Es kränkt mich, dass jemand zögert, sie ins Herz zu schließen. Und wenn ich das laut ausspreche, kann ich selbst hören, wie absurd es ist.« Sie lacht.

»Das heißt aber nicht, dass du die Kränkung nicht spürst«, erklärt Derek.

»Ich weiß sehr gut, wie schwierig sie sein können«, räumt Christy ein. »An manchen Tagen treiben sie sogar mich in den Wahnsinn, dabei liebe ich sie mehr als alles andere auf der Welt.«

»Er hat von Anfang an gewusst, dass du Kinder hast«, stellt Gage fest. »Und dass es euch nur als Gesamtpaket gibt. Insofern ist es nicht wirklich fair, dass er erst jetzt, wo ernste Gefühle im Spiel sind, darüber nachdenkt, ob er damit umgehen kann.«

»Das ist der Teil, der mich am meisten stört«, erwidert Christy. »Er hatte kein Problem mit meinen Kindern, bis er Zeit mit ihnen verbracht und eine bessere Vorstellung davon bekommen hatte, was das bedeutet. Und da braucht er mit einem Mal eine Pause zum Nachdenken? Finde ich schwierig.«

»Richtig«, antwortet Adrian zögernd. »Und ich verstehe, warum es dich kränkt. Doch ich kann auch seine Seite verstehen.« Er hebt abwehrend die Hände, damit sie nicht gleich auf ihn losgeht. »Ich bin immer auf deiner Seite, das weißt du. Es ist nur so, dass es einen Unterschied zwischen ›Kindern‹ ganz allgemein und ›Kindern‹ in konkreter Gestalt gibt. Er hat nie welche gehabt, also hat er keine Ahnung, wie anstrengend das tatsächlich ist. Vielleicht war er sich nicht sicher, ob er es schaffen kann, nachdem er es aus nächster Nähe miterlebt hat. Das muss also gar nichts mit deinen Kindern zu tun haben, sondern liegt möglicherweise daran, dass er sich erst mal darüber klar werden muss, ob er ihnen überhaupt eine Vaterfigur sein kann.«

»Ich hasse es, dass du recht hast«, entgegnet Christy. »Denn das hast du natürlich. Ich habe es sofort persönlich genommen, obwohl es vielleicht gar nicht um sie geht.«

»Es gibt nur einen Weg, das herauszufinden«, wirft Iris ein.

»Ja, das denke ich auch«, pflichtet ihr Christy bei.

»Du solltest mit ihm darüber reden«, sagt Roni. »Was auch immer am Ende das Ergebnis ist, wird besser sein als diese unklare Situation, in der du dich aktuell befindest.«

»Danke, Leute«, verkündet Christy. »Ihr seid wie immer sehr hilfreich.«

Uns anderen hilft es ebenfalls, wenn wir uns für eine Weile mit dem Mist von jemand anderem beschäftigen, statt uns ausschließlich mit unseren eigenen Sorgen und Problemen herumzuschlagen. Wir wollen gerade unser Treffen beenden, als Hallie zur Haustür hereinkommt. Zu meiner Überraschung ist ihr Gesicht vom Weinen rot und verquollen.

Wir springen alle auf.

»Was ist los?«, will Iris wissen, als Hallie ihr schluchzend um den Hals fällt.

Ich bemerke, dass sie sich die sonst rosafarbene Strähne in ihrem blonden Bob lila gefärbt hat. Es ist mir lieber, wenn ich mich darauf konzentriere, statt in ihr verweintes Gesicht zu schauen und ihre Verzweiflung zu sehen.

Es vergehen mehrere spannungsgeladene Sekunden, bevor sie sich zusammenreißt. »Ich war heute Abend mit Robin zusammen.«

Iris hilft ihr aus dem Mantel und führt sie zu einem Stuhl, den Gage aus der Küche reingetragen hat.

Roni holt ihr ein Glas Wasser.

»Was ist passiert?«, fragt Lexi.

Mein Magen tut weh, weil Hallie so aufgelöst ist. Ich kann es nicht ertragen, wenn eine oder einer von den Wilden Witwen unglücklich ist. Bevor die Katastrophe über mein eigenes Leben hereingebrochen ist, war mir diese Art von Mitgefühl fremd, außer für Jaden. Es hat sich allein auf ihn beschränkt. Jetzt empfinde ich es für alle hier.

Adrian legt einen Arm um mich, und ich lehne mich an ihn und bin dankbar für seine Nähe.

»Sie hat mir mehr von sich erzählt.« Hallie wischt sich mit einem Taschentuch, das Joy ihr gereicht hat, das Gesicht trocken. »Sie hat metastasierten Brustkrebs im vierten Stadium.«

Iris schnappt nach Luft, und Gage schließt sie rasch in die Arme.

Nachdem sie selbst an Brustkrebs im Frühstadium erkrankt war, muss es für sie besonders schlimm sein, von so einer Diagnose zu hören.

»Verdammter Mist«, entfährt es Brielle.

Genau mein Gedanke.

»Es geht ihr offenbar gut, und sie hat keinen Grund zu der Annahme, dass sie nicht noch eine ganze Weile leben wird. Sie hat ihren Mann verlassen, nachdem der Krebs zurückgekommen ist, weil sie den Rest ihres Lebens authentisch leben wollte. Ich weiß nur nicht, ob ich das schaffe, versteht ihr?«

»Natürlich, Süße«, verkündet Kinsley, während sie sich vor Hallies Stuhl hockt. »Wir verstehen das besser als alle anderen.«

»Ich war mir nicht sicher, ob ich wirklich etwas für sie empfinde, bis sie mir das gesagt hat, und dann sind plötzlich all diese Gefühle hochgekocht, und ich musste da weg.«

»Hast du sie in die Geschichte mit Gwen eingeweiht?«, erkundigt sich Roni behutsam.

»Noch nicht.« Ein Schluchzen schüttelt Hallies ganzen Körper. »Versichert mir bitte, dass ich das Richtige getan habe, indem ich aufgestanden bin und das Weite gesucht habe. Ich fühle mich schrecklich deswegen.«

»Du hast auf dich geachtet«, antwortet Derek. »Das ist dein gutes Recht.«

»Aber sie war so enttäuscht. Das konnte ich sehen. Ich habe es gehasst, ihr das anzutun.«

»Du bist ihr nichts schuldig«, meint Lexi. »Das mag hart klingen, doch es ist wahr.«

»Ja, aber sie war so nett und aufrichtig und hat mir gesagt, wie sehr sie es genossen habe, mich kennenzulernen, und dass die Zeit mit mir sie in ihrer Entscheidung, ihr Leben zu ändern, bestätigt habe. Und dann hat sie erklärt, es gebe da noch etwas, das sie mir nicht erzählt habe, und dass ich das wissen müsse, bevor das mit uns weitergeht. Danach ist alles ein bisschen verschwommen.«

Auf dem Handy, das sie in ihrer Hand hält, trifft eine Textnachricht ein.

Sie gibt das Telefon an Lexi weiter. »Sieh bitte nach, ob es von ihr ist.«

Lexi blickt auf das Display. »Jap. Willst du die Nachricht hören?«

Hallie nickt.

»›Ich weiß, dass du verärgert bist‹«, liest Lexi vor, »›und das aus gutem Grund. Es ist eine Menge, besonders für eine Witwe. Ich kann es verstehen, wenn ich nichts mehr von dir höre, aber ich wäre auch sehr traurig. Schon bei unserer ersten Begegnung hatte ich das Gefühl, dass du diejenige bist, die ich in diesem neuen Leben, das ich mir aufbaue, finden sollte.‹«

»Verdammt«, keucht Hallie, während ihr die Tränen über die Wangen laufen. »Warum muss sie nur so lieb sein?«

»Was wirst du tun?«, fragt Iris.

»Ich habe nicht den blassesten Schimmer.«

»Bleib heute Nacht bei uns«, schlägt Iris vor. »Du solltest nicht allein sein, solange du so aufgewühlt bist.«

»Ich will euch nicht zur Last fallen.«

»Das tust du nicht. Wir wollen dich hierhaben. Bitte bleib.«

»Wenn ihr euch sicher seid.«

»Sind wir«, sagt Gage und reicht ihr ein Glas von ihrem Lieblings-Rosé.

»Ihr seid alle großartig. Wirklich großartig.«

»Du auch«, antwortet Roni. »Und wir werden dir helfen, das durchzustehen.«

»Darauf zähle ich.«

ICH SCHREIBE MEINER MUTTER, dass ich morgen Abend zu Hause sein werde, und folge Adrian zu seinem Haus. Auf der Fahrt dorthin denke ich an Hallie und Christy und an die vielen Probleme und Schwierigkeiten, die das Witwendasein so mit sich bringt. Man könnte fast den Eindruck haben, sobald wir eine Krise mit Müh und Not überstanden haben, wartet schon die nächste darauf, gemeistert zu werden.

Wenn man zu einer Gruppe wie der unseren gehört, befindet man sich nur allzu oft in der ersten Reihe, was das turbulente Leben anderer Menschen betrifft, obwohl man selbst eigentlich genug mit seinen eigenen Problemen zu kämpfen hätte. Trotz all der Dramen würde ich auf keinen Fall auf sie verzichten wollen, und ich weiß, dass es ihnen genauso geht. Aber die Tiefschläge wollen einfach nicht aufhören.

Meine Mutter hat mir auf meine Textnachricht geantwortet, während ich unterwegs war. *Dann freue ich mich auf morgen. Wir müssen reden.*

Ach herrje. Was ist denn jetzt wieder? Jedes Mal, wenn sie »reden« will, heißt das normalerweise, dass sie Kritik an meinen Entscheidungen üben und sich in mein Leben einmischen will.

Sie kann erkennen, dass ich ihren Text gelesen habe. *Wann ungefähr wirst du da sein?*

Nach der Arbeit.

Wir sehen uns dann.

Toll. Da hab ich ja was, worauf ich mich freuen kann. Oder auch nicht.

»Was ist los?«, will Adrian wissen, der in der Garage auf mich wartet.

»Meine Mutter will ›reden‹, was nie gut ist.«

»Musst du nach Hause?«

»Nein, wir treffen uns morgen nach der Arbeit bei ihr.«

»Möchtest du etwas trinken?«

»Ja, sehr gerne.« Ich bin immer noch so aufgewühlt wegen Hallie, dass ich praktisch nur an sie und ihre Probleme denken kann. Ich folge ihm in die Küche, wo er uns beiden Wodka auf Eis einschenkt.

»Cheers«, sagt er, lächelt und hebt sein Glas.

»Cheers.«

Wir trinken einige Minuten lang schweigend, bevor ich ihm mitteile, was mich gerade am meisten beschäftigt: »Das Leben ist manchmal so unglaublich verkorkst.«

»Das stimmt.« Er stellt sein Glas auf den Tisch und nimmt mir meins ab, platziert es neben seinem. »Manchmal ist es aber auch unglaublich süß.«

Als er mich in die Arme schließt, spüre ich, dass ich mich ein wenig entspanne.

»Ich konnte es nicht erwarten, endlich mit dir allein zu sein«, flüstert er.

»Ging mir umgekehrt genauso.«

Ich hatte vergessen, wie schön es ist, jemanden zu haben, an den man sich anlehnen kann, wenn die Dinge aus dem Ruder laufen – selbst wenn das, was aus dem Ruder läuft, einen gar nicht direkt betrifft. Wenn dir andere wichtig sind, wird ihr Mist auch deiner. Ich habe keine Ahnung, wie lange wir dort in der Küche stehen, uns einfach nur in den Armen halten und einander Trost spenden.

Irgendwann nimmt Adrian meine Hand und führt mich die Treppe hinauf in sein Zimmer.

Wir ziehen uns gegenseitig aus und fallen in einem Gewirr von Armen und Beinen aufs Bett. Erstaunlich, doch es kommt mir vor, als wäre es Jahre her, dass wir zusammen waren, obwohl es erst heute Morgen war, ein Quickie, bevor Xavier aufgewacht ist. Obwohl wir die ganze Nacht Zeit haben, ist es wie ein Rausch, und als er unsere Körper mit einem tiefen Stoß vereint, kann ich mich nicht beherrschen und schreie auf.

Er hält kurz inne. »Hat das wehgetan?«

»Um Himmels willen, nein.« Ich ziehe ihn in mich hinein und hebe meine Hüften, um ihn tiefer in mich aufzunehmen. »Hör bloß nicht auf.«

Es ist wild, leidenschaftlich und unglaublich aufregend. Mein Herz schlägt wie verrückt, und ich krieg kaum noch Luft.

»Wynter ... verdammt ...«

Das verzweifelte Verlangen, das ich in seiner Stimme höre, verstärkt mein eigenes noch, während wir dem Höhepunkt entgegenstreben.

Ich bin mir nicht sicher, was genau passiert, aber im einen Moment bin ich bei ihm, und im nächsten reißt mich irgendwas in die Vergangenheit. Plötzlich bin ich in Jadens Krankenzimmer. Alles Hoffen war vergebens. Der Schmerz raubt mir den Atem. Ich schluchze haltlos, bevor ich überhaupt merke, was geschieht.

»Wynter, Babe, was ist los?«

Der arme Adrian hat keine Ahnung, was er machen soll. Ich weiß auch nicht, was mir helfen würde.

Er zieht sich zurück, streckt sich neben mir aus und hält mich fest, während ich mich ausweine.

Was tue ich in diesem Bett, mit diesem Mann? Ich sollte mein Leben mit einem anderen verbringen. Wir hatten Pläne. Wo ist er hin?

»Es ... Es tut mir leid.«

»Du brauchst dich nicht zu entschuldigen.«

»Ich gehe dann wohl besser mal.«

Er legt seinen Arm um mich. »Nein, nein, geh nicht. Bitte bleib.«

»Das ist das Letzte, was du brauchst.«

»Ich bin bei allem für dich da, Wynter. Sprich mit mir. Sag mir, was ich tun kann.«

»Es gibt nichts, was irgendjemand tun kann. Ich hatte urplötzlich einen Flashback, der mich völlig überraschend überwältigt hat. Es tut mir so leid, dass das ausgerechnet jetzt geschehen ist.« Es ist mir so peinlich, dass es tatsächlich beim Sex passiert ist. Was zur Hölle soll das? »Ich … Ich weiß nicht, warum. Warum jetzt. Ich … weiß es einfach nicht.«

»Schh, ist schon gut, Wynter. Irgendwann musste es ja geschehen.«

»Ach ja?«

»Sicher. Es ist für uns beide nicht leicht, den ersten großen Schritt nach der Katastrophe mit jemandem zu tun, der uns wichtig ist.«

»Wie machst du das?«

»Was?«

»Alles, was ich fühle, perfekt in einem Satz zusammenzufassen?«

Er lacht. »Daran ist rein gar nichts perfekt, außer das, was ich fühle, wenn ich mit dir zusammen bin.«

»Und was ist das?«

»Ein innerer Frieden und eine Ruhe, wie ich sie seit Sadies Tod nicht mehr gespürt habe. Seitdem herrscht überall verdammtes Chaos, aber das hier, das mit dir … das ist kein Chaos.«

»Nun, jedenfalls nicht, bis ich es in eins gestürzt habe.«

»Du hast keine Kontrolle darüber, wann die posttraumatische Belastungsstörung sich meldet und dich daran erinnert, wer das Sagen hat.«

»Ich hasse das.«

»Wir alle hassen das. Es ist einfach nur furchtbar.«

»Kennst du das aus eigener Erfahrung?«

»Ja, das ist mir auch schon das ein oder andere Mal passiert. Zum Beispiel einmal, als ich mit Xavier im Park war, war dort eine Mutter mit zwei älteren Kindern und einem Neugeborenen. Der Anblick der Mutter mit dem Baby hat mich tief getroffen. Es war, als würde mir erneut mit aller Brutalität klar werden, dass ich nie ein Bild von Xavier mit seiner Mutter haben werde, dem Menschen, der ihm das Leben geschenkt hat. Ich habe völlig die Fassung verloren.«

»Oh, Adrian, das tut mir so leid. Das muss furchtbar gewesen sein.«

»Es war mir vor allem unglaublich peinlich. Die Leute haben mich angestarrt, und eine Frau kam zu mir, um zu schauen, ob alles in Ordnung war. Ich hab ihr die ganze Geschichte erzählt. Im Nachhinein würde ich am liebsten vor Verlegenheit im Boden versinken. Obwohl sie wirklich nett war, war ich seither nicht mehr dort.«

Ich lege meinen Arm um ihn und drücke ihn so fest wie möglich. »Sosehr ich mir wünsche, dass uns beiden das erspart geblieben wäre, bin ich doch dankbar für dich und das hier und für das, was auch immer sich daraus ergibt – oder auch nicht. Im Moment ist es … Na ja, es ist das, was ich brauche.«

»Das gilt genauso für mich. Ich wünschte, Jaden wäre nicht gestorben und Sadie ebenso wenig, aber wenn das schon passieren musste, haben wir wenigstens ein paar wunderbare neue Freunde gefunden.«

»Ich denke jeden Tag daran und daran, wie meine Mutter mich praktisch gezwungen hat, zu meinem ersten Treffen mit den Wilden Witwen zu gehen, wahrscheinlich weil sie einfach nicht mehr wusste, was sie wegen mir und meiner nicht enden wollenden Trauer unternehmen sollte. Es war ihr unangenehm.«

»Ach, die Arme.«

»Ja, echt, oder?«, frage ich lachend. »Trotzdem mache ich ihr keine Vorwürfe. Sie ist dreiundzwanzig Jahre älter als ich und hat noch nie jemanden verloren, der ihr nahestand, also hatte sie keine Ahnung, was sie mit dem anfangen sollte, was mir passiert ist. Ich bin ihr wirklich dankbar, dass sie Leute gefunden hat, die wussten, was ich brauche, auch wenn ich erst von niemandem Hilfe annehmen wollte.«

»Ich verstehe das gut. Meine Schwester hatte von der Gruppe gehört und mich gedrängt, doch mal hinzugehen. Schließlich habe ich eingelenkt, einfach damit sie endlich Ruhe gibt.«

»Jeder scheint den Drang zu haben, die Dinge für einen in

Ordnung zu bringen. Dabei ist das unmöglich. Jadens Familie hat mich anfangs fast verrückt gemacht, weil sie mich jeden Tag sehen und in ihren Trauerprozess einbeziehen wollten, obwohl ich schon genug mit meinen eigenen Gefühlen zu tun hatte. Eines Tages bin ich wütend geworden und habe gesagt: ›Es reicht.‹ Danach hab ich mich wochenlang schlecht gefühlt.«

»Es war das, was du zu dem Zeitpunkt gebraucht hast.«

»Ja, trotzdem hatten sie es nicht verdient, dass ich so auf sie losgegangen bin. Dabei waren sie doch immer so lieb zu uns beiden.«

»Sie wussten, dass du gelitten hast.«

»Vermutlich. Trotzdem hatte ich danach ein schlechtes Gewissen und habe mich per Textnachricht entschuldigt. Sie waren sehr nett, wie immer. Ich glaube, das Schwierigste für mich war die Erkenntnis, dass er tatsächlich tot war, was einfach nicht richtig war. Während seines letzten Krankenhausaufenthalts sagten die Ärzte immer wieder, dass es ihm so viel besser ginge, bis zur letzten Woche, als klar wurde, dass das nur ein Strohfeuer gewesen war. Dadurch hatten wir praktisch keine Zeit, uns vorzubereiten, obwohl er zu diesem Zeitpunkt schon seit zwei Jahren gegen die Krankheit gekämpft hatte.«

»Gott, das muss so schrecklich gewesen sein.«

»Nicht so schrecklich wie der Verlust deiner völlig gesunden Frau aus heiterem Himmel.«

»Es ist beides schrecklich, Wynter.«

»Ja«, stimme ich ihm mit einem Seufzen zu, während ich meinen Kopf auf seine Brust lege und mit der Hand über seinen straffen Bauch streichle. »Übrigens, was ich noch sagen wollte: die ganze Zeit, die du im Fitnessstudio verbringst?«

»Was ist damit?«

»Mach damit unbedingt weiter. Ich hab da wirklich was von.«

Sein Lachen ist ansteckend. »Daran werde ich mich erinnern, wenn ich mal keine Lust habe, zu trainieren.«

»Wage es ja nicht, auch nur ein einziges Training ausfallen zu lassen.«

»Ja, Ma'am.«

»Was hältst du davon, wenn du mir mal zeigst, was man in einem Fitnessstudio so tut? Neben dir fühle ich mich wie ein Klecks Pudding.«

Er umfasst meinen Hintern und drückt ihn. »Der sexyste Pudding, der mir je untergekommen ist.«

»Wenn du meinst.«

»Das ist kein Witz. Wenn das Pudding ist, will ich mehr davon.«

»Du spinnst.«

»Schon möglich, aber du bist perfekt, so wie du bist. Wenn du allerdings wirklich mit mir trainieren willst, würde ich mich nicht wehren.«

»Ich würde es gerne lernen.«

»Das trifft sich gut, denn ich bringe es dir gerne bei.«

»Es tut mir leid, dass ich durchgedreht bin, bevor wir das zu Ende bringen konnten, was wir vorhin angefangen haben.«

»Reg dich deswegen nicht auf.«

»Doch.« Ich drücke mich hoch und küsse ihn auf die Brust.

Seine Hände gleiten über meine Arme und hinterlassen eine Gänsehaut, bei der auch meine Brustspitzen fest werden.

Ich bewege mich nach unten, küsse und lecke die glatte, leicht salzig schmeckende Haut und fahre mit dem Finger die Konturen seines Waschbrettbauchs nach, der mich ohne Ende fasziniert.

»Wynter ...«

»Ja, Adrian?«

»Was hast du vor?«

»Nichts weiter.«

Er lacht auf. »Den Eindruck habe ich aber nicht.«

»Es könnte sich möglicherweise noch zu was entwickeln.«

Als ich mit meinem Kinn seine Erektion streife, wird mir klar, dass er irgendwann das Kondom losgeworden sein muss.

»Wie du vielleicht schon bemerkt hast, ist das schon passiert.«

Ich lächle ihn an, und unsere Blicke finden sich, während ich ihn mit meiner Zunge ganz behutsam an der Spitze berühre, bevor ich sie über die gesamte Länge gleiten lasse.

Seine Hüften heben sich vom Bett, und seine Finger graben sich in mein Haar, während er keucht, als ich ihn in den Mund nehme und ihn mit Lippen und Zunge verwöhne. Obwohl ich mich bemühe, so viel wie nur möglich von ihm aufzunehmen, ist es höchstens die Hälfte. Ich schließe meine Hand um ihn und streichle ihn, während ich ihn gleichzeitig lecke und sauge, bis er zum Orgasmus kommt.

»Wow«, sagt er mit einem langen Ausatmen.

»Fühlst du dich besser?«

»Ich fühle mich großartig. Und du?«

»Es geht gerade steil bergauf.«

19

Wynter

Wir verschlafen und werden um acht Uhr von Adrians Wecker aufgeschreckt. Ich bin so ausgeruht wie seit Langem nicht mehr. Ich liege auf dem Bauch neben Adrian, der einen Arm um mich gelegt hat.

Er küsst mich auf die Schulter. »Guten Morgen, Schlafmütze.«

»Morgen.«

»Was hältst du von Frühstück im Bett?«

»Hast du dafür denn Zeit?«

»Ich habe mir heute Morgen ein paar Stunden freigenommen.«

»Ach ja? Wie praktisch.«

»Ja, allerdings. Also, Frühstück im Bett. Was hältst du davon?«

»Rein theoretisch oder tatsächlich in der Realität?«

»Eigentlich schon in der Realität.«

»Damit könnte ich mich anfreunden.«

»Bleib hier. Ich bin gleich wieder da.«

»Keine Sorge, ich geh nirgendwohin.«

Als er aus dem Bett steigt, drehe ich mich auf die Seite und schaue zu, wie er in seiner ganzen nackten Pracht das Zimmer durchquert. Er ist ein wunderschöner Mann, und ich genieße es, mit ihm zusammen zu sein. Zerbreche ich mir den Kopf darüber, wohin das alles führen wird? Nicht wirklich. Ich habe auf die harte Tour gelernt, dass man wie ein Weltmeister Pläne schmieden kann, das Leben einem dann aber einfach trotzdem einen dicken, fetten Strich durch die Rechnung macht. Wir sind nur Passagiere, und diese Fahrt mit Adrian ist wunderschön. Er scheint ganz ähnlich zu empfinden, was mir viel bedeutet.

Plötzlich erinnere ich mich an die Verabredung mit meiner Mutter heute Abend, und meine gute Laune kriegt einen Dämpfer. Über was will sie mit mir reden, und werde ich mich darüber ärgern? Das will ich nicht, wo ich mich gerade so gut fühle. Als ob sie genau wüsste, was ich denke, schickt sie mir eine SMS. *Bleibt es bei heute Abend?*

Ja, klar.

Auch wenn ich wahrscheinlich gar nicht hören will, was sie zu sagen hat. Ich liebe sie. Das tue ich wirklich, doch ihr Leben ist total chaotisch. Das war es schon immer, was bedeutet, dass meins das ebenfalls war – zumindest in meiner Kindheit und Jugend. Ich habe das gehasst. Bei Chaos schalte ich geistig, seelisch und körperlich ab. Ich bin Ordnungsfanatikerin, und das ist ein weiterer Grund, warum Jadens Krankheit so schwierig für mich war: Kein Tag war wie der andere. Ich konnte nichts planen und mich nie auf irgendwas einstellen, weil … ja, genau, immer alles vom einen Moment auf den anderen wieder über den Haufen geworfen wurde.

Meine Mutter hingegen blüht dann erst richtig auf. Je verrückter es wird, desto glücklicher scheint sie zu sein. Deshalb halte ich lieber einen gewissen Abstand zu ihr. Jaden hat mir vor langer Zeit geholfen, zu erkennen, dass ich sie am besten aus der Ferne liebe, sodass ich nicht in ihre Verrücktheiten mit hineingezogen werde. Er hat mir geholfen, ihr in unserer Beziehung Grenzen zu setzen, was mir unheimlich gutgetan hat.

Sie hat nie zu den Müttern gehört, die ihren Töchtern vorschreiben, was sie wann tun sollen. Ihr Erziehungsstil war sehr locker, was mir viele Freiheiten beschert hat. Das war nicht immer optimal. Vielleicht hätte ich zum Beispiel im Alter von fünfzehn Jahren nicht unbedingt Sex mit meinem Freund haben sollen.

Dabei will ich auf keinen Fall mein fünfzehnjähriges Ich verurteilen, aber Jaden und ich sind viele Risiken eingegangen, die zum Glück keine Folgen hatten, die uns in dem Alter überfordert hätten. Niemand hat mich zum Frauenarzt geschleppt oder mich über Empfängnisverhütung aufgeklärt. Das musste ich alles selbst herausfinden. Meine Mutter hat gar nicht gemerkt, wie schnell das mit Jaden ernst geworden ist.

Meine Reise in die Vergangenheit wird durch eine Textnachricht von Lexi unterbrochen. *Ich hatte wieder einen Riesenstreit mit meinen Eltern. Können wir den Umzug schon am Samstag statt am Sonntag machen? Ich nehme jede Hilfe an, die ich kriegen kann.*

Ich antworte ihr sofort. *Klar, ich bin dabei. Sag einfach, wann und wo.*

Die anderen melden sich nacheinander und erklären, dass sie ebenfalls zur Verfügung stehen.

Adrian kommt herein, mit einer Schürze bekleidet und ein Tablett in der Hand. »Frühstück für die Dame.« Er stellt das Tablett auf dem Bett ab.

»Lass mich mal deine Rückseite sehen.«

Er dreht sich schwungvoll einmal um die eigene Achse, wobei sich zeigt, dass die Schürze sein einziges Kleidungsstück ist.

Ich kriege einen ausgewachsenen Lachanfall. »Bitte lass mich das per Video für die Nachwelt festhalten.«

»Nur wenn du es niemandem zeigst.«

»Wem sollte ich es denn zeigen?« Ich halte das Telefon hoch. »Okay, Action.«

Immer wieder breche ich in Gelächter aus, sodass ich das Handy kaum ruhig genug halten kann, um das Video aufzunehmen. Die letzte Einstellung ist eine von Adrians strahlendem Gesicht. »Mit einem Lächeln serviert.«

»Stets zu Diensten, Babe. Lass es dir schmecken.«

Er hat mir Eier und Pfannkuchen mit Würstchen zubereitet und frisches Obst dazu angerichtet. »Wow, das sieht lecker aus.«

»Sei nicht zu beeindruckt. Die Pfannkuchen waren eingefroren.«

»Jetzt sind sie es nicht mehr, und ich *bin* beeindruckt.« Er reicht mir eine Tasse Kaffee. »Danke.«

»Gern geschehen.«

Ich stecke mir eine Erdbeere in den Mund. »Hast du Lexis Nachricht gelesen?«

»Noch nicht. Was gibt's?«

Ich erzähle ihm, dass der Umzug auf Samstag vorverlegt ist.

»Ich werde ihr gleich antworten, dass ich auch helfen kann. Ich denke, wenn wir beide dabei sind, können wir uns abwechselnd um Xavier kümmern.«

»Ja, auf jeden Fall. Dich wird sie für die schweren Sachen brauchen. Hast du eigentlich schon von Nia gehört?«

»Nur eine kurze Nachricht, in der stand, dass er gut geschlafen hat und Spaß mit den Kindern hat, die wegen des Elternsprechtags freihaben. Sie sagte, dass ihr Mittagsmeeting auf zwei Uhr verschoben wurde, also kann ich ihn nachher ganz in Ruhe abholen.«

»Schön, dass die Übernachtung gut gelaufen ist.«

»Ja, unbedingt. Sosehr ich ihn auch liebe, es ist großartig, mal einen Vormittag für sich zu haben.«

»Absolut.«

Wir frühstücken und duschen dann gemeinsam, bevor er zu seiner Schwester fährt.

Während ich darauf warte, dass er mit Xavier zurückkommt, beschließe ich, ein Nickerchen zu machen, denn ich habe ein ziemliches Schlafdefizit. Das war es aber auf jeden Fall wert, denke ich, als ich mit einem Lächeln auf den Lippen einschlafe.

Adrian

AUF DEM WEG zu meiner Schwester muss ich die ganze Zeit an Wynter denken. Sie ist so heiß, sexy, lustig, klug, wunderschön und so, so zerbrechlich, obwohl sie es hassen würde, wenn sie erführe, dass ich sie so beschreibe.

Und mich beschäftigt natürlich, was letzte Nacht passiert ist und wie bestürzt sie danach war. Ich kann verstehen, wie das Trauma aus dem Nichts wieder hochkommen kann, sogar wenn man eine neue Beziehung genießt. Vielleicht dann sogar besonders.

Womöglich gehen wir doch zu schnell vor, ein Gedanke, der mich ihretwegen mit Sorge erfüllt. Wenn ich in der Zeit, seit ich sie kenne, irgendetwas über Wynter gelernt habe, dann wie gut sie darin ist, nach außen stark zu wirken, sogar wenn sie innerlich leidet.

Ich denke noch immer an sie, als ich das Haus meiner Schwester betrete.

Xavier stößt einen Freudenschrei aus, als er mich sieht, und läuft auf wackligen Beinchen kreischend auf mich zu. Diese Begrüßung macht einen Tag, der bereits gut war, so viel besser. Ich schließe ihn in die Arme und atme seinen süßen Babygeruch ein. »Daddy hat dich vermisst, Kumpel.«

»Daddy!«

»Das bin ich! Ich bin dein Daddy!«

Er kichert und zappelt, um wieder abgesetzt zu werden, damit er weiter mit seinem Cousin und seiner Cousine spielen kann.

Auf dem Wohnzimmerboden liegt lauter Spielzeug, dazwischen tummeln sich Kinder.

Meine Schwester beobachtet alles vom Sofa aus, wo sie mit ihrer wahrscheinlich dritten Tasse Kaffee sitzt.

»Gibt es davon mehr?«, frage ich sie, nachdem ich mit Chantelle und Malik einen Faustgruß ausgetauscht habe.

»Du kennst dich ja aus. Bitte bedien dich.«

Mit dem Kaffeebecher in der Hand kehre ich ins Wohnzimmer zurück und lasse mich neben ihr nieder. »Danke fürs Aufpassen. Ich habe die kleine Auszeit wirklich genossen.«

»Ich nehm ihn jederzeit gern. Die Kinder waren auch

begeistert, ihn zu Besuch zu haben. Allerdings hatte ich erfolgreich verdrängt, wie früh kleine Kinder aufwachen.«

Ich verziehe das Gesicht. »Das tut mir leid«, entschuldige ich mich.

»Es war schon in Ordnung. Ich habe ihn ein oder zwei Stunden beschäftigen müssen, was nie nötig ist, wenn die Kinder da sind. In dem Moment, in dem sie auftauchen, ist Tante Nia sofort vergessen.«

»Ach was, er liebt dich.«

»Ich weiß, doch seinen Cousin und seine Cousine liebt er mehr.«

Wir lachen, denn das stimmt unbestritten. »Er liebt sie mehr als *mich*.«

»Er liebt niemanden mehr als dich.«

»Vielleicht Wynter. Solange sie da ist, interessiert er sich nur für sie.«

»Du auch?«

Hoppla, das kam aus dem Nichts. »Äh, nun, ich mag sie jedenfalls.«

»Du glaubst nicht wirklich, dass mir das entgangen ist, oder?«

»Woran hast du es gemerkt?«

»Du schaust sie so an, wie du Sadie angeschaut hast, als ihr frisch zusammen wart.«

»Echt?« Das überrascht mich.

»Ja, unbedingt«, bekräftigt sie sanft. »Und das ist gut, Adrian.«

»Es fühlt sich seltsam an, dass es jemandem auffällt.«

»Ich bin ja nicht irgendjemand. Schließlich kenne ich dich besser als die meisten anderen, daher bemerke ich es, wenn du jemanden magst.« Sie nimmt einen Schluck von ihrem Kaffee. »Sie ist allerdings schon ein bisschen jung, oder?«

»Niemand, der so was wie wir durchgemacht hat, ist noch in dem Sinn jung, den du meinst.«

»Da hast du wohl recht, schätze ich.«

»Sie ist sehr erwachsen für ihr Alter, und sie versteht mich besser als irgendwer sonst, vielleicht mit Ausnahme der anderen Wilden Witwen.«

»Ich werde nie so tun, als könnte ich die Größe deines Verlusts nachempfinden – oder ihres. Ich möchte nur, dass du vorsichtig bist.« Sie schaut zu Xavier, der mit meiner Nichte und meinem Neffen Auto spielt und begeistert einen Lastwagen über den Boden schiebt. Ich bin dankbar dafür, wie geduldig die beiden mit ihm sind. »Es geht um viel.«

»Ich weiß, was ich riskiere. Da sind Xavier und unsere vielen gemeinsamen Freunde, auf die wir uns beide stützen, um unseren Alltag mit all seinen Problemen zu meistern. Daher haben wir einander fest versprochen, dass wir, egal was zwischen uns passiert, nicht zulassen werden, dass es auf irgendwas davon einen negativen Einfluss hat.«

»Es ist gut, dass ihr über mögliche Probleme geredet habt.«

»Witwen reden über alles auf eine Weise, wie es andere Leute nicht tun. Wir haben auf die harte Tour gelernt, dass es keine Zeit zu verschwenden gilt.«

»Habt ihr auch über die Probleme geredet, die es mit sich bringen kann, wenn eine junge weiße Frau mit einem schwarzen Mann zusammen ist?«

»Nicht wirklich.«

»Du weißt, wie manche es aufnehmen werden, wenn diese Beziehung bekannt wird.«

»Ich hasse es, dass es Leute gibt, die so reagieren.«

»Ich auch. Aber es ist nun mal die Realität, daher solltest du sie darauf vorbereiten.«

»Ich verstehe, warum du das ansprichst, doch so wie ich Wynter kenne, wird sie ihnen einfach erklären, dass sie sich um ihren eigenen Kram kümmern sollen.«

»Das kann ich mir vorstellen«, antwortet sie mit einem Lachen. »Habe ich dir in letzter Zeit eigentlich gesagt, wie stolz ich auf dich bin?«

»Sei still.«

»Nein, ernsthaft. Ich bin unglaublich stolz darauf, wie du das mit Xavier machst und dass du insgesamt unter den schwierigsten Umständen ein wunderbarer Vater geworden bist.«

»Danke, Nia. Bloß was blieb mir schon anderes übrig?«

»Du hattest keine Wahl, trotzdem hast du dich dieser Aufgabe so großartig gestellt, und ich bin stolz auf meinen kleinen Bruder. Das musst du mir erlauben.«

»Wenn du meinst.« Ich bin von ihren lieben Worten gerührt, auch wenn ich das Lob nicht verdiene.

»Tu ich.«

»Ich schätze, ich muss dir beichten, dass ich Frauen mit nach Hause genommen habe, während Wynter und Xavier oben im Haus geschlafen haben, und sie hat uns gehört.«

»Adrian! Was? Warum hast du das getan?«

»Verzweifelte Zeiten und so«, erwidere ich. Mir ist es peinlich, ihr das zu erzählen, aber andererseits habe ich noch nie Geheimnisse vor ihr gehabt.

»Eigentlich müsste ich dir gehörig die Ohren dafür lang ziehen, dass du so wenig Respekt gezeigt hast, doch ich verzichte darauf, weil das Leben dich schon genügend gebeutelt hat. Was hat Wynter gesagt, als sie dich erwischt hat?«

»Sie hat es mir nicht sofort gestanden, aber als sie es gemacht hat, hat sie mir mitgeteilt, es sei heiß gewesen.«

Nia lacht. »Hab ich schon erwähnt, wie sehr ich sie mag? Ich möchte nicht, dass du wegen meiner Bemerkungen zu ihrem Alter und eurer unterschiedlichen Hautfarbe etwas anderes denkst.«

»Ich mag sie auch sehr. Diese Sache zwischen uns ist neu. Wir genießen es und versuchen, nichts zu überstürzen.«

»Ich freu mich für dich.«

»Ich freu mich auch für mich.«

Xavier kommt schwankend zu mir gelaufen und bringt mir den Lastwagen, mit dem er gespielt hat.

»Laster.«

»Genau! So viele neue Wörter in letzter Zeit.«

»Wörter.«

Auf unsicheren Beinchen kehrt er zu seiner Cousine und seinem Cousin zurück, und irgendwie erinnert er dabei ein bisschen an einen betrunkenen Seemann. Er stolpert zweimal und fällt fast hin.

»Ich wünschte, Sadie könnte ihn sehen«, sage ich zu Nia.

»Sie ist hier bei uns. Ich weiß, dass sie es ist.«

Ich hoffe, dass sie mich nicht letzte Nacht mit Wynter gesehen hat. »Meinst du, sie hätte ein Problem damit, dass ich mit Wynter zusammen bin?«

»Ja, auf jeden Fall. Sie würde ihr die Augen auskratzen.«

Ich zucke zusammen. »Glaubst du das wirklich?«

»Ich *weiß* es. Erinnerst du dich noch, wie sehr sie es gehasst hat, wenn andere Frauen dich angeschaut haben? Es hat sie wahnsinnig gemacht.«

Richtig. »Aber denkst du, sie würde verstehen, dass ich mit jemand anderem zusammen bin, wenn das mit ihr nicht geht?«

»Ja, ich schätze schon. Sie würde wollen, dass du glücklich bist, doch sie wäre trotzdem sauer.«

Wir lachen beide, obwohl ich jetzt wieder traurig bin, weil sie nicht hier ist. Die gute alte Trauer. Sie kommt immer wieder vorbei, um dich daran zu erinnern, dass nichts so ist, wie du es dir früher ausgemalt hast.

Da erhalte ich eine Textnachricht von Mick. *Heute ist nicht viel los. Nimm dir den ganzen Tag frei. Bis morgen.*

Wow, danke, Mann.

Kein Problem.

Ich schreibe Wynter, um ihr zu sagen, dass wir unerwartet den ganzen Tag füreinander haben.

Ich werde dich natürlich trotzdem für heute bezahlen.

Das ist nicht nötig. Ich brauch es nicht. Ich werde jetzt nach Hause fahren, um rauszufinden, was meine Mutter will. Danach treffen wir uns wieder bei dir?

Klingt gut. Hoffe, dass mit deiner Mom alles okay ist.

Ich auch!

Ich denke an Sadie und daran, wie sauer sie wäre, wenn sie mich mit einer anderen sehen würde. Ich verlasse mit Xavier Nias Haus und nehme ihn mit auf den Spielplatz, um ihn aufzuheitern, weil er nicht bei seiner Cousine und seinem Cousin bleiben konnte. Auf dem Heimweg halten wir für Chicken Nuggets und Pommes an. Ich schneide das Huhn und die Pommes in kleine Häppchen, die er sich begeistert in den

Mund stopft. Normalerweise versuche ich, ihm nicht zu viel Junkfood zu geben – hauptsächlich weil ich Angst habe, dass mich Sadie heimsucht –, aber ab und zu kann man sich schon mal was gönnen.

Außerdem, was ist eine Kindheit ohne Chicken Nuggets und Pommes?

Während Xavier schläft, stelle ich die Waschmaschine an, bezahle Rechnungen und erledige andere Sachen im Haushalt. Um fünf ist alles fertig, und ich warte auf Wynter.

Eigentlich seltsam, dass ich den ganzen Nachmittag über gar nichts von ihr gehört habe.

Ich hoffe, dass alles in Ordnung ist.

Wynter

ALS ICH ZU HAUSE EINTREFFE, wartet meine Mutter bereits auf mich, was beunruhigend ist, denn normalerweise arbeitet sie um diese Zeit noch. Ich habe ihr eine Nachricht geschickt, dass ich früher als geplant komme, und sie hat geantwortet, dass sie zu Hause sei. Eine weitere Sache, die man über meine Mutter wissen sollte, ist, dass sie wunderschön ist. Sie sieht aus wie ein Filmstar, was für sie immer eher Problem als Segen gewesen ist, wenn man mich fragt. Sie hat kastanienbraunes Haar, braune Augen und ein Gesicht, das den Verkehr zum Erliegen bringen kann. Die Männer überschlagen sich förmlich, wenn sie auftaucht, was nur noch mehr Chaos in ihrem Umfeld zur Folge hat.

»Hättest du gern was zu trinken?«

»Ja, am liebsten Eiswasser.«

Sie holt mir ein Glas und setzt sich neben mich aufs Sofa.

»Danke.«

»Gern geschehen.«

»Was gibt's?«, frage ich ohne Umschweife, weil ich die Spannung nicht länger aushalte.

»Nichts Schlimmes. Da ist bloß etwas, was ich dir erzählen möchte.«

»Was denn?«

»Na ja, ich glaub, ich werde heiraten.«

Wenn sie mir erklärt hätte, sie beabsichtige, von nun an auf dem Mond zu leben, hätte mich das nicht mehr überraschen können. Meine Mutter ist gegen die Ehe. Sie macht sich pausenlos darüber lustig. Sie hat mir sogar gesagt, ich solle Jaden nicht heiraten, obwohl der zu der Zeit im Sterben lag. »Du opferst deine Unabhängigkeit, indem du dich an einen Mann bindest«, hat sie mich damals gewarnt.

Ich erinnere mich, wie wütend ich deswegen auf sie gewesen bin, weil ja klar war, dass der Mann, den ich heiraten wollte, nur noch wenige Tage zu leben hatte.

»Du willst heiraten.« Ich muss mich zusammenreißen, um nicht lauthals loszulachen, so absurd ist das.

»Guck nicht so.«

»Wie soll ich denn sonst gucken, nachdem ich mein ganzes Leben lang nur Abfälliges über die Ehe von dir gehört habe? Sogar dann, als ich Jaden heiraten wollte und wir schon wussten, dass er im Sterben lag.«

»Das tut mir unglaublich leid. Ich hätte das nie sagen dürfen. Seit dem Moment, in dem ich es ausgesprochen habe, plagen mich deswegen Schuldgefühle.«

Das ist jetzt ein echter Schock. Meine Mutter entschuldigt sich sonst nie für irgendetwas.

»Was? Es tut mir aufrichtig leid.«

»Nun, danke. Glaube ich.«

»Ich möchte auch, dass du weißt, dass es mir das Herz gebrochen hat, mit ansehen zu müssen, was du und Jaden durchgemacht habt. Ich hatte keine Ahnung, wie ich dir da durchhelfen sollte, und deswegen habe ich mich furchtbar gefühlt. Dass er gestorben ist und deine Trauer um ihn, das war das Schlimmste, was ich je erlebt habe.«

»Du hast mir unglaublich geholfen, indem du mich zu den Wilden Witwen geschickt hast.«

»Ich bin so froh, auch wenn ich ein wenig eifersüchtig auf die enge Verbindung bin, die du zu ihnen hast.«

»Ach, echt?«

»Natürlich bin ich das. Ich wünschte, ich hätte die Weisheit, die du gebraucht hättest, und dass du dich in deiner Trauer an mich gewandt hättest. Auch wenn ich verstehe, warum du das nicht getan hast, hätte es mich trotzdem gefreut.«

»Mama ... Du weißt, ich liebe dich so sehr. Daran wird sich nie etwas ändern.«

»Ja, obwohl ich mich keinen Illusionen darüber hingebe, dass ich das eigentlich nicht verdiene.«

»Doch, natürlich verdienst du das. Hör auf, dich mit Vorwürfen zu quälen. Das will ich nicht.«

Wir lächeln beide, wobei ich wieder denken muss, wie verdammt hübsch sie ist. Sie ist vierundvierzig, würde aber problemlos für dreißig durchgehen.

»Also, wer ist dieser Typ, den du heiraten willst?«

»Er heißt Lou, und aus unerfindlichen Gründen liebt er mich.«

»Hast du ein Foto?«

Sie holt ihr Handy raus und öffnet ein paar Aufnahmen von ihm mit ihr zusammen. Das Erste, was mir auffällt, ist, dass er ein gutes Stück älter ist als sie und dass sie auf jedem einzelnen Bild lächelt.

»Er sieht nett aus.«

»Ja, absolut. Doch er ist auch wirklich liebenswert, was ja das ist, worauf es eigentlich ankommt.«

»Du weißt, ich möchte, dass du glücklich bist, egal, was dafür nötig ist. Allerdings muss ich zugeben, ich bin schon ein bisschen überrascht, nachdem du ja kein Geheimnis aus deiner Meinung über die Ehe gemacht hast.«

»Damit bist du nicht allein.«

»Wie lange kennst du ihn jetzt schon?«

»Fast ein Jahr.«

Das ist zufällig ungefähr so lang, wie ich verwitwet bin, was mutmaßlich auch der Grund ist, weshalb ich von der Entwicklung nicht das Geringste mitgekriegt habe.

»Wow, das ist ja ein Rekord für dich.«

»Ich weiß. Ich versuche ihm die ganze Zeit zu erklären, dass ich kein Hauptgewinn bin und er besser die Finger von mir lassen sollte, aber davon will er nichts hören. Er gibt mir das Gefühl, eine Königin zu sein. Er ist der netteste Mann, den man sich nur denken kann, und er möchte dich dringend kennenlernen.«

»Also wirst du wirklich heiraten.«

»Er hat mich vor einer Woche gefragt. Es war so romantisch. Erinnerst du dich noch, wie ich dir erzählt habe, dass ich in Middleburg übernachten würde?«

»Vage.«

»Er hat eine Besichtigungstour zu verschiedenen Weingütern organisiert, und es war ein Traum. Beim Abendessen hat er mir dann den Antrag gemacht, und mir wollte kein einziger Grund einfallen, weshalb ich Nein sagen sollte.« Sie streckt ihre linke Hand aus, um mir einen atemberaubenden Diamantring zu zeigen.

»Der ist wirklich wunderschön.«

»Ja, oder? Ich kann es einfach nicht glauben. Niemand hat mich je so behandelt wie er.«

»Hast du ihn schon mal gegoogelt?«

»Was? Nein, warum sollte ich?«

»Mom, komm schon. Du guckst doch genug Sendungen über reale Kriminalfälle, um zu wissen, weshalb das sinnvoll ist.«

»Ich finde, dass man ab einem gewissen Punkt auch einfach mal vertrauen muss. Er hat mir keinerlei Grund gegeben, mir in der Hinsicht irgendwelche Gedanken zu machen.«

»Dann sollte es ja keine große Sache sein, kurz zu prüfen, ob seine Geschichte stimmt.«

»Meinst du wirklich?«

»Ja, wirklich.«

»Also gut. In Ordnung.«

Sie nennt mir seinen vollen Namen, und ich tippe ihn in mein Handy ein, zusammen mit seinem Geburtsdatum, das sie mir ebenfalls verrät.

Das erste Ergebnis, das die Suchmaschine ausspuckt, ist sein Job als Vorstandsvorsitzender und Geschäftsführer seines Unternehmens für Luft- und Raumfahrt. »Ist er das?«

»Ja.«

»Also hat er Geld.«

»Vermutlich schon. Doch das weiß ich nicht wirklich.«

»Schau dir an, was er tut, Mom.« Wir scrollen durch die Informationen über das Unternehmen, das er Ende der Neunzigerjahre gegründet hat und das Verträge mit allen US-Streitkräften und anderen Armeen auf der ganzen Welt hat. »Klingt beeindruckend.«

Weiter unten steht was über sein Privatleben. Es scheint, dass er in den Zweitausendern einmal verheiratet war, allerdings nur für zwei Jahre, und keine Kinder hat.

»Wirkt alles super, und er ist außerdem reich.«

»Das ist aber gar nicht der Grund, weswegen ich mit ihm zusammen bin. Ich wusste, dass er erfolgreich ist, doch ich hab mich in ihn verliebt, weil er so nett und freundlich ist und mich so gut behandelt. So was habe ich nie zuvor erlebt.«

»Das freut mich für dich, auch wenn ich immer noch unter Schock stehe.«

»Ich auch. Glaub mir, ich habe nie mit irgendetwas in der Art gerechnet, als ich ihn online kennengelernt habe. Wir haben wochenlang gechattet, bevor wir uns persönlich getroffen haben, und von da an hat es sich stetig weiterentwickelt.« Sie legt den Kopf auf die Sofalehne und dreht sich zu mir um. »Ich möchte so gern, dass du ihn kennenlernst.«

»Klar, das können wir machen.«

»Die andere Sache, die ich dir sagen wollte, ist, dass er mich gebeten hat, schon zu ihm in sein Haus in Arlington zu ziehen, während wir die Hochzeit planen. Ich denke darüber nach, wollte aber erst mit dir drüber sprechen.«

»Wieso?«

Ihr kleines Lächeln enthält einen Anflug von Traurigkeit. »Du und ich, wir sind schon so lange ein Team. Selbst als du mit Jaden zusammen warst, waren wir trotzdem ein Team. Ich möchte dich nicht verlassen, wenn du dazu noch nicht bereit bist.«

»Alles prima, Mom. Du solltest dich auf dein Leben konzentrieren und dich nicht um mich sorgen.«

»Ich werde mich immer um dich sorgen.«

»Das musst du nicht. Es geht mir viel besser.«

»Das ist schön. Hat dein Adrian irgendwas damit zu tun?«

»Vielleicht. Ein bisschen. Doch es ist mehr als das. Ich komme allmählich aus dem Nebel und stelle fest, dass das Leben trotzdem lebenswert ist, selbst wenn es jetzt, ohne Jaden, schwerer ist.«

»Wie du das letzte Jahr verarbeitet hast, darauf bin ich so stolz – und Jaden wäre es auch.«

»Das hoffe ich.« Ich nehme ihre Hand. »Bitte zieh bei deinem Verlobten ein, und werde glücklich. Du verdienst es.«

»Findest du?«

»Ja. Und ich übernehme erst mal den Mietvertrag für die Wohnung hier, bis ich herausgefunden habe, wie es bei mir weitergeht.«

»Schaffst du das denn?«

»Ja, das kann ich mir leisten.« Ich berichte ihr von der Lebensversicherung. »Im Grunde genommen kann ich jetzt tun, was immer ich möchte.«

»Das ist ja wunderbar, Süße. Es war sehr großzügig von den Hartleys, dir das Geld zu geben. Es war richtig.«

»Genau das haben sie auch gesagt. Eileen hatte aber noch etwas auf dem Herzen.«

»Was denn?«

»Jaden hat offenbar vor seiner Behandlung Sperma von sich einfrieren lassen, für den Fall, dass wir später Kinder wollen würden.«

»Oh, wow. Und du hast nichts davon gewusst?«

»Nein. Wahrscheinlich wollte er keinen Druck auf mich ausüben, solange wir noch so jung waren.«

»Warum hat Eileen es dir denn überhaupt erzählt?«

»Na ja, für den Fall, dass ich Jadens Kind bekommen möchte.«

Sie schaut mich aus großen Augen an. »Und?«

Ich zucke die Achseln. »Vielleicht.«

»Wynter … Wow. Und ich dachte, ich hätte weltbewegende Neuigkeiten.«

»Deine Neuigkeiten *sind* weltbewegend.«

»Nicht so wie deine.«

»Freu dich bitte nicht zu früh, ich hab immer noch Todesangst vor all dem Medizinkram, und der Gedanke an die Geburt treibt mir den Angstschweiß auf die Stirn. Insbesondere, da Adrians Frau dabei gestorben ist.«

»Davon solltest du dich nicht ins Bockshorn jagen lassen. Die Geburt ist kein Klacks und auch keine reine Freude, doch das ist nur ein Tag in deinem Leben, und dann hast du ein wunderschönes Kind, das dich immer an Jaden erinnern wird.«

»Ich versuche mir vorzustellen, wie er oder sie wohl aussehen würde. Jaden war blond, ich hingegen bin dunkelhaarig. Also wem von uns beiden würde unser Kind wohl nachschlagen?«

»Es ist erstaunlich, dass Babys beiden Eltern gleichzeitig ähnlich sein können.«

»Meinst du, ich sollte es tun?«

»Nur wenn du es wirklich, wirklich willst. Es ist eine gewaltige Verantwortung, wie du ja dank Xavier weißt.«

»Das stimmt. Aber ich glaube, ich möchte mir zumindest mal mehr Informationen dazu besorgen, wie es ablaufen würde und was alles dazugehört.«

»Dann ist das genau das, was du tun solltest.«

20

Adrian

Wynter kommt so gegen halb sieben zurück und bringt einen Hauch der Kälte des Vorfrühlings mit sich. Ihre Wangen sind rosig überhaucht, und ihre Augen strahlen.

»Wyn!«

»Hey, Kumpel!« Sie beugt sich vor, gibt Xavier einen Kuss und schaut dann zu mir hoch. »Du wirst es nicht glauben.«

»Was genau?«

Sie lässt sich neben uns aufs Sofa fallen. »Meine Mutter, die der Ansicht ist, die Ehe sei nur was für Vollidioten, will einen Typen heiraten, der ein Unternehmen für Luft- und Raumfahrt hat. Ist das zu fassen?«

»Wow.«

»Ich weiß! Ich krieg das auch kaum in meinen Kopf. Sie hat mir erklärt, ich sei verrückt, weil ich Jaden heiraten wollte, obwohl wir wussten, dass er sterben würde. Irgendwas von wegen, sich an jemanden zu binden, der dich kontrollieren kann, oder so was. Das hat mich so wütend gemacht, denn schließlich war ja klar, dass es eine extrem kurze Ehe sein würde. Wie auch immer, sie hat sich dafür entschuldigt, dass sie das gesagt hat, was anerkennenswert ist. Wir hatten ein wirklich gutes Gespräch, und dann haben wir uns was zu essen bestellt. Sie zieht aus der Wohnung aus, die ich dann allein übernehme, bis ich entschieden habe, wie es weitergehen soll.«

»Das ist ganz schön viel Neues auf einmal.«

»War es, trotzdem war das die beste Unterhaltung, die wir je miteinander geführt haben. Ich freue mich so für sie. Dieser Lou scheint wirklich nett zu sein.«

»Lou Harris?«

»Ja, kennst du ihn?«

»Vor der Sache mit Sadie hab ich in seiner Firma gearbeitet.«

»Das ist ja verrückt! Was für ein unwahrscheinlicher Zufall. Ich wette, wir könnten dich wieder zurück in deinen Job bringen, wenn du das willst.«

»Schau dich nur an. So schnell hast du dich daran gewöhnt, einen Sugar-Stiefdaddy zu haben.«

»Stimmt doch gar nicht! Aber ich bin mir sicher, meine Mom würde ihn fragen, wenn du das möchtest.«

»Ist schon okay. Im Moment passt das so. Meinen jetzigen Job kann ich mit einem einjährigen Kind schaffen.«

»Nun, das Angebot liegt auf dem Tisch, falls du es dir anders überlegst.«

»Gut zu wissen.«

»Also, wow, meine Mom heiratet.«

»Das Leben geht immer weiter.«

»Ja, offensichtlich.«

Ich nehme ihre Hand. »Weißt du, du könntest hier bei uns einziehen, wenn du nicht allein leben möchtest.« Nach einer Sekunde fange ich an zu lachen. »Hat es dir die Sprache verschlagen? Ich hätte nicht gedacht, dass ich das mal erlebe.«

»Du hast mich überrascht.«

»Du bist ohnehin die meiste Zeit hier. Das würde es nur offiziell machen.«

»Ich weiß nicht, was ich darauf antworten soll.«

»Erst mal musst du gar nichts antworten. Denk in Ruhe darüber nach.« Ich halte ihr Xavier hin. »Sag Wyn Gute Nacht.«

»Wyn.«

Sie küsst ihn auf die Wange. »Gute Nacht, Xavier.«

»Wyn!«

»Bis morgen früh.«

»Bin gleich zurück«, erkläre ich und bringe Xavier nach oben.

Ich kann nicht glauben, dass ich sie das einfach gefragt habe, obwohl ich es nicht bereue. Mit ihr zusammen zu sein fühlt sich gut an, was bedeutet, dass ich extrem daran interessiert bin, es zum Dauerzustand zu machen. Wenn wir zusammenleben würden, wäre vieles entschieden einfacher. Von außen betrachtet, könnte man den Eindruck gewinnen, als ginge das alles zu schnell. Doch mir kommt es alles unglaublich langsam vor. Wir kennen uns jetzt schon fast ein Jahr und pflegen eine Freundschaft, die uns beiden, schon lange bevor sie Xaviers Nanny geworden oder irgendwas zwischen uns gelaufen ist, sehr viel bedeutet hat.

Diese Freundschaft, die während der schwierigsten Zeit unseres Lebens aus der Trauer erwachsen ist, bildet ein solides Fundament für die romantische Beziehung, die sich kürzlich entwickelt hat.

Da ich Xavier schon gebadet und ihm drei Gutenachtgeschichten vorgelesen habe, gebe ich ihm noch einen Kuss und lege ihn in sein Bettchen. »Hab dich lieb, Kumpel.«

»Dadadadada.«

Ich werfe ihm eine Kusshand zu und verlasse das Zimmer.

Er ist so niedlich und süß. Ich genieße es, zu verfolgen, wie er größer wird und Dinge lernt, selbst wenn der Schmerz über den Verlust seiner Mutter nie wirklich verschwindet. Bei jeder neuen Sache, die er tut oder sagt, überlege ich, was seine Mom davon halten würde. Ich hoffe, dass sie ihn, wo auch immer sie jetzt ist, sehen kann und weiß, wie toll er ist.

Irgendwie ist es schon überwältigend für mich, dass ich einerseits so glücklich in dieser neuen Beziehung mit Wynter bin, während ich andererseits weiter um Sadie trauere. Beides

existiert nebeneinander in meinem Herzen, was wirklich merkwürdig ist. Obwohl ich natürlich weiß, dass ich das nicht mehr
bin, fühle ich mich noch als verheirateter Mann. Vermutlich
kommt mir das mit Wynter auch deswegen falsch vor.

Dabei ist daran absolut gar nichts falsch.

Mir ist egal, was andere davon halten – selbst mein eigenes
Gewissen kann mich mal. Mit Wynter zusammen zu sein macht
mich glücklich, und ich bin mehr als bereit dafür, wieder glücklich zu sein.

Wynter

ICH KANN NICHT GLAUBEN, dass er mir tatsächlich angeboten
hat, bei ihnen zu wohnen – oder wie sehr ich das möchte. Fast
könnte man meinen, ich hätte den kläglichen Rest von meinem
Verstand auch noch verloren, weil ich mich am liebsten blindlings in die Beziehung mit Adrian stürzen möchte, als würde
nichts auf dem Spiel stehen.

»Jetzt mal ganz langsam. Atme tief durch, und beruhige
dich erst mal.«

»Redest du schon wieder mit dir selbst?«, fragt Adrian, der
nur mit Basketballshorts bekleidet die Treppe runterkommt.

Ich bin so damit beschäftigt, seine unglaublichen Brustmuskeln anzustarren, dass ich vergesse zu antworten.

»Wynter?«

»Hm?«

»Ich hab gefragt, ob du wieder Selbstgespräche führst.«

»Oh. Ja. Offenbar schon.« Wenn er so direkt vor mir steht,
kann ich mich nicht mehr daran erinnern, warum ich eben
noch dachte, es sei wichtig, langsam zu machen.

Er setzt sich neben mich und nimmt meine Hand. »Ist alles
in Ordnung?«

»Ja, alles super.«

»Hab ich dich mit meinem Vorschlag erschreckt, bei uns
einzuziehen?«

»Nein, natürlich nicht.«

Er wirft mir einen skeptischen Blick zu. »Nicht mal ein bisschen?«

»Okay, vielleicht. Aber alles gut. Es war nett von dir, das anzubieten.«

»Du solltest wissen, dass ich dich zwar jetzt gefragt habe, weil deine Mom aus ihrer Wohnung auszieht, doch ich hätte das auf jeden Fall bald getan. Du bist ohnehin die meiste Zeit bei uns, und wir haben dich so gern hier. In den letzten paar Monaten sind wir eine kleine Familie geworden, und das finde ich sehr schön.«

Mein Herz zerspringt fast unter den Gefühlen, die mich bei diesen Worten wie eine Welle überrollen. »Ich auch.« Ich lasse mir einen Moment Zeit, um darüber nachzudenken, was genau ich sagen möchte. »Danke, dass du es angeboten hast, allerdings glaube ich, dass ich etwas mehr Zeit für mich brauche, um das zu entscheiden.«

»Wie viel Zeit?«

»Das weiß ich nicht. Aber ich möchte in Ruhe nachdenken, um mir über mein Leben klar zu werden, bevor wir den nächsten Schritt in Angriff nehmen. Diese Woche ist viel geschehen. Ich habe das mit der Versicherung erfahren, das mit Jadens Sperma und der Verlobung meiner Mutter. Ich benötige einen Moment, um das zu verarbeiten und herauszufinden, was als Nächstes kommen sollte.«

»Ich will als Nächstes für dich kommen.«

»Das will ich auch, doch ich muss mir sicher sein, dass ich dazu bereit bin. Ergibt das Sinn?«

»Natürlich. Ich verstehe das, und ich will dich auch nicht unter Druck setzen oder mehr verlangen, als du im Moment geben kannst. Ich finde es nur schön, mich wieder so gut zu fühlen, wie es der Fall ist, wenn ich mit dir zusammen bin.«

Ich lehne den Kopf an seine Schulter. »Ich fühle mich auch wohl mit dir, und ich will definitiv mehr davon.«

»Hältst du mich auf dem Laufenden darüber, was du planst?«

»Selbstverständlich.« Ich hebe den Kopf von seiner Schulter und beuge mich vor, um ihn zu küssen. »Ich möchte nicht, dass du dir Sorgen machst. Wir wollen das Gleiche. Wie gesagt, ich muss mir nur erst über ein paar Dinge klar werden.«

»Ziehst du das mit dem Baby in Erwägung?«

»Schon. Was etwas ist, worüber du ebenfalls nachdenken musst. Wenn wir das hier wirklich tun wollen, werden wir beide miteinander dein Kind und mein Kind aufziehen.«

»Ja, das ist wohl so.« Nach einer Pause fügt er hinzu: »Es hört sich so an, als hättest du dich bereits entschieden.«

»Ich habe einen Termin bei meinem Arzt, um die Prozedur zu besprechen. Ich muss mehr darüber hören, was genau dazugehört, bevor ich in die Richtung weiterdenke.«

»Das ist vernünftig.«

Bilde ich mir das ein, oder klingt er nicht gerade glücklich darüber, dass ich mich näher informieren möchte? »Was ist los, Adrian?«

»Nichts.«

»Schwindel mich bitte nicht an. Dazu kenne ich dich zu gut. Ich kann sehen, dass du unglücklich bist.«

»Ich bin nicht unglücklich, ich bin besorgt.«

»Meinetwegen?«

Er nickt und sagt: »Wegen der Geburt …« Er schaudert. »Die macht mir Angst.«

»Das weiß ich, und es tut mir leid. Ich will nicht, dass du Angst hast.«

»Zu spät. Ich kann nichts dagegen tun.«

»Ich könnte das Ganze auch einfach vergessen. Dieser ganze Medizinkram ist ohnehin nichts für mich. Ich drehe jetzt schon halb durch, und ich hab mir noch nicht mal angehört, was da auf mich zukäme.«

»Bitte nicht meinetwegen. Du musst deinen eigenen Weg gehen, wo auch immer der dich hinführt. Ich sollte auf deine Entscheidung keinen Einfluss haben.«

»Ich wüsste nicht, wie sich das umgehen ließe. Ich meine … Es könnte sein, dass du der Mann sein wirst, der mir hilft, mein Kind großzuziehen. Deine Meinung ist mir sehr wichtig.«

»Ich habe Angst, dich zu verlieren.«

»Das wirst du nicht. Du hast mir ja erzählt, dass Sadies Komplikation unglaublich selten ist.«

»Das gilt aber nicht für andere Sachen.«

Ich habe ihn noch nie so angespannt erlebt. »Ich bin jung und gesund, und bisher ist ja gar nichts entschieden. Ich denke nur darüber nach.«

»Ich weiß.«

Seine Angst ist spürbar und lässt mich daran zweifeln, ob ich das überhaupt weiterverfolgen soll, wenn es ihn derart beunruhigt. Bis vor Kurzem standen Kinder für mich ja gar nicht auf dem Plan.

»Kann ich dich was fragen?«

»Klar«, antwortet er. »Was immer du möchtest.«

»Bevor du und ich ein Paar geworden sind, hast du da mal darüber nachgedacht, dass du eines Tages erneut heiraten und weitere Kinder bekommen könntest?«

Er schüttelt den Kopf. »Keine weiteren Kinder. Ich könnte das nicht noch einmal ertragen.«

Mich schockt es, zu hören, wie bestimmt er das sagt, auch wenn es mich eigentlich nicht überraschen dürfte. Er ist durch die Hölle gegangen, als er Sadie verloren hat. Es ist nur natürlich, dass er sich dem kein weiteres Mal aussetzen möchte.

Doch was bedeutet das für mich und für uns?

»Ich verstehe und respektiere das. Als Eileen mich darüber informiert hat, dass es eine Möglichkeit gäbe, mit Jadens Kind schwanger zu werden, hätte ich damit gerechnet, ›Auf keinen Fall‹ zu denken. Aber so war es nicht. Viel eher war es ein ›Was wäre, wenn?‹. Ich will dich und Xavier, Adrian. Ich will das hier. Ich will es so sehr, dass es mir Angst macht, denn ganz ehrlich, ich hätte nie gedacht, dass ich so etwas nach meiner Erfahrung mit Jaden je wieder würde haben wollen.«

»Ich will es auch. So wie du.«

»Trotzdem … Ich kann nicht aufhören, daran zu denken, wie es wäre, ein Baby von Jaden zu bekommen. Zu sehen, wie er in unserem Kind weiterlebt, so wie du Sadie in Xavier sehen kannst. Kannst du das nachvollziehen?«

»Ja, absolut.«

»Doch du willst kein Teil davon sein?«

»Ich weiß nicht, ob ich das kann. Ich weiß es einfach nicht, Wynter. Allein die Vorstellung versetzt mich in Panik.«

Seine Worte haben die Wirkung eines Hiebs in die Magengrube. Ich verstehe, warum er so empfindet, bloß … was bedeutet das für mich?

Das Herz schlägt mir bis zum Hals. »Vielleicht … sollten wir das mit uns erst mal nicht weiterverfolgen.«

»Sag das bitte nicht.«

»Das ist nur vernünftig, Adrian. Vielleicht bewegen wir uns in ganz unterschiedliche Richtungen.«

»Tun wir nicht.«

Ich drehe mich zu ihm, um ihm die schmerzhafte Wahrheit mitzuteilen, selbst wenn es mir das Herz bricht. »Ich liebe dich und Xavier so sehr. Das weißt du. Ich würde nichts lieber tun, als das anzunehmen, was du mir anbietest, und mir mit euch ein neues Leben aufzubauen.«

»Dann lass uns das tun.«

»Aber …« Ich zwinge mich, es auszusprechen. »Ich glaube, ich möchte versuchen, Jadens Kind zu bekommen. Seit ich erfahren hab, dass das möglich ist – und ich das Geld dafür habe, es auch als alleinerziehende Mutter zu schaffen –, hat sich alles geändert. Der Geist ist aus der Flasche und kann nicht wieder zurück, selbst wenn ich natürlich deine Befürchtungen nachvollziehen kann.«

»Ich will dich nicht verlieren, Wynter. Diese letzten paar Wochen sind die besten gewesen, seit mein Leben implodiert ist.«

»Mir geht es genauso, und ich will dich auch nicht verlieren. Doch ich muss tun, was das Beste für mich ist – auch wenn es das ist, was für dich das Allerschlimmste ist.«

»Selbst wenn wir nicht als Paar zusammen sind, werde ich trotzdem leiden, wenn du schwanger bist, weil ich dich ebenfalls liebe. Das weißt du.«

»Ich will nicht, dass du leidest.«

»Leider kann ich das nicht abstellen. Also, wenn ich

ohnehin leiden werde, dann möchte ich das lieber mit dir an meiner Seite tun als getrennt von dir.«

»Unsere Leben werden nie getrennt voneinander sein. Ich bin Xaviers Nanny und deine Freundin, egal, was passiert.«

»Ich will mit dir zusammen sein.«

»Wir müssen uns Zeit lassen und uns das gründlich überlegen, bevor wir irgendwelche Entscheidungen treffen.« Ich habe keine Ahnung, woher ich den Mut nehme, das hier zu beenden. Ich weiß nur, dass ich es tun muss, oder ich verzichte vielleicht auf etwas, was wirklich wichtig für mich ist, nur damit ich mit ihm zusammen sein kann. Ich bin mir nämlich echt sicher, dass ich es bereuen würde, es nicht wenigstens versucht zu haben.

Ich lehne mich in seine Arme. »Ich fahre jetzt nach Hause. Morgen früh komme ich wieder.«

»Ich will nicht, dass du gehst.«

»Das bedeutet mir viel. Und es bedeutet mir auch viel, dass du in Bezug auf deine Gefühle aufrichtig warst. Du hättest auch einfach das sagen können, was ich hören wollte, statt die Wahrheit.«

»Ich hätte meine Angst niemals vor dir geheim halten können.«

»Wenn du und ich zusammen sein sollen, werden wir eine Lösung finden. Aber wenn dem nicht so ist, will ich, dass du weißt, dass ich jede Sekunde genossen habe, die wir als Freunde und Paar miteinander verbracht haben.«

»Geht mir ganz genauso«, erwidert er mit rauer Stimme.

Ich küsse ihn auf die Wange und verschwinde, bevor ich es mir doch noch anders überlegen kann und seine Bedürfnisse über meine stelle. Wenn es eine Sache gibt, die ich gelernt habe, seit ich Witwe bin, dann dass ich zuerst an mich selbst denken muss, während ich mir darüber klar werde, wie der Rest meines Lebens aussehen soll. Das ist nicht immer einfach, vor allem wenn man jemanden so liebt, wie ich Adrian liebe – und Xavier. Doch ich weiß, es ist richtig.

Zumindest für den Moment.

Adrian

Ich bin am Boden zerstört, als sie wegfährt. Es erinnert mich viel zu sehr an die schrecklichen Tage, nachdem erst Sadie und dann Alyssa gestorben waren. Ich habe es so gründlich satt, mich schlecht zu fühlen. Ich nehme das Babyfon und gehe in den Keller, um meine Frustration im Trainingsraum abzuarbeiten. Eine Stunde später, als meine Muskeln vor Erschöpfung zittern, stehe ich unter der Dusche, und mir wird klar, dass kein Krafttraining der Welt und auch nichts anderes diesen neuesten Schmerz zu lindern vermag.

Ich will andere Dinge.

Ich will zurück zu der Zeit, als sie noch nicht wusste, dass sie Jadens Baby kriegen könnte, ehe sie ahnte, dass die Versicherung es ihr ermöglichen würde, als alleinerziehende Mutter ein Kind großzuziehen – oder alles andere zu tun, was sie will. Davor war alles ganz wunderbar. Wir hatten einander. Wir hatten Xavier. Und das war genug. Zumindest dachte ich das.

Vermutlich hätte sie Kinder mit mir haben wollen. Wir haben das bisher nicht diskutiert, was wahrscheinlich ein weiterer Beweis dafür ist, dass wir uns in diese Sache hineingestürzt haben, ohne wirklich die möglichen Konsequenzen zu bedenken.

Zur Hölle mit diesen Zweifeln. Wir haben uns nicht hineingestürzt. Ich kenne sie. Sie kennt mich. Das Zusammensein mit Wynter macht mich dankbar, dass ich es überlebt habe, Sadie und Alyssa so kurz hintereinander zu verlieren. Dabei gab es eine Zeit, die noch gar nicht lange zurückliegt, in der ich mir nicht vorstellen konnte, je dankbar dafür zu sein, dass ich so etwas Schreckliches überstanden habe. Ich bin auch jeden Tag dankbar für Xavier, doch selbst er konnte die klaffende Leere in mir nicht ausfüllen, wie Wynter das vermag.

Es ist alles so unendlich kompliziert.

Meine Schwester ruft an, und ich überlege, ob ich mit ihr reden möchte. Aber wenn ich nicht rangehe, macht sie sich Sorgen.

»Hey«, sage ich.

»Störe ich dich bei irgendwas?«, erkundigt sie sich mit einem Lachen.

»Überhaupt nicht.«

»Was ist los?«

Ich bin nicht überrascht, dass sie nach drei kurzen Worten merkt, dass etwas nicht in Ordnung ist. Sie hat mich schon immer mühelos durchschaut. »Wynter und ich machen eine Beziehungspause.«

»Warum? Hast du mir nicht gerade noch erzählt, wie toll es mit euch beiden läuft?«

»Das stimmte ja auch.«

»Was ist passiert?«

»Sie hat herausgefunden, dass ihr verstorbener Ehemann vor Beginn der Chemotherapie Sperma von sich hat einfrieren lassen, und jetzt spielt sie mit dem Gedanken sein Kind zu bekommen.«

»Oh …«

»Allein der Gedanke, dass sie schwanger werden und eine Geburt vor sich haben könnte … löst bei mir Panik aus.« Ein kalter Schauer überläuft mich.

»Das ist kein Wunder, zumal du ja auch allen Grund dazu hast. Vermutlich hast du das Richtige getan, wenn du dir das nicht zutraust.«

»Warum fühle ich mich dann so beschissen?«

»Weil du sie liebst.«

»Ja, genau. Wenn du mich vor einem Jahr gefragt hättest, ob es überhaupt möglich wäre, jemanden zu lieben, der nicht Sadie ist, hätte ich nur gelacht. Jetzt hingegen …«

»Jetzt liebst du Wynter, und Xavier tut das auch. Deswegen ist deine Angst davor so groß, dass du sie ebenfalls verlieren könntest.«

»Genau.«

»Es gibt eine Million Dinge, durch die du sie verlieren könntest, die alle nichts mit Schwangerschaft und Geburt zu tun haben. Das weißt du, oder?«

»Soll mich das irgendwie aufheitern?«

»Wie auch immer, jedenfalls stimmt es. Alles Mögliche kann

passieren. Jedes Mal, wenn sie in ein Auto steigt oder über die Straße geht oder irgendwas mit ihrer Gesundheit ist oder was auch immer.«

»Wie überleben es andere Leute, jemanden zu lieben?«

»Es ist nicht leicht, doch die guten Zeiten wiegen all die Sorgen auf, oder?«

»Vermutlich.«

»Das tun sie, Adrian. Das weißt du.«

Die guten Zeiten mit Wynter waren mir alles wert. Es ist unvorstellbar, dass das mit uns so einfach vorbei sein soll.

»Jetzt musst du dich fragen, was schlimmer ist: Wynter trotz deiner Befürchtungen und Sorgen bei Schwangerschaft und Geburt beizustehen oder den Rest deines Lebens ohne sie zu verbringen.«

Die Worte »den Rest deines Lebens ohne sie zu verbringen« schrecken mich mehr als die Geburt, und das will was heißen. Dennoch ... »Ich weiß einfach nicht, ob ich das schaffe.«

»Dann solltest du diese Zeit der Trennung nutzen, um dir darüber klar zu werden. Doch du musst wissen, dass du dir Sorgen um sie machen wirst, ob ihr nun zusammen seid oder nicht.«

»Das hab ich ihr auch gesagt. Egal, ich bin mir sicher, du hast mich nicht angerufen, um dir meine Probleme anzuhören. Was ist los?«

»Ich wollte dich und Wynter und Xavier morgen zu uns zum Abendessen einladen.«

»Ist es okay, wenn nur Xavier und ich kommen?«

»Na klar.«

»Danke. Das wird schön. Was soll ich mitbringen?«

»Du und dein Kleiner seid genug.«

»Danke, Nia.«

»Immer gerne, kleiner Bruder. Halt die Ohren steif. Es war schön, dich wieder glücklich zu sehen.«

»Es war auch schön, wieder glücklich zu sein. Selbst wenn es nur kurz war.«

»Gib noch nicht auf. Ich habe ein gutes Gefühl bei euch beiden.«

»Das freut mich. Bis morgen.«

»Bis dann.«

Ich beende das Gespräch und fühle mich dank Nias unerschütterlichem Optimismus etwas besser. Dass sie ein gutes Gefühl hat, was Wynter und mich betrifft, hilft mir, selbst wenn ich Zweifel habe.

21

Lexi

Ich bin den Wilden Witwen so dankbar, dass sie mir beim Auszug aus dem Haus meiner Eltern geholfen haben. Es liegt allein an ihnen, dass der Tag, der so unangenehm hätte werden können, unterm Strich lustig verlaufen ist. Adrian, Gage und Derek waren großartig – und urkomisch –, als sie das Sofa, die Couch, den Fernseher mitsamt Stereoanlage und das Bett aus dem Keller meiner Eltern die Treppe hinauf- und in den Transporter geschleppt haben, den sich Gage von seinem Vater geliehen hat.

Mein Freund Tom hat mir ein Schlafzimmer und eine Wohnecke für eine Miete überlassen, die ich mir locker leisten kann. Ich kann mein Glück immer noch nicht fassen und hoffe nur, dass das nicht einer dieser Fälle ist, in denen etwas zu schön ist, um wahr zu sein. Ich hoffe außerdem, dass er nicht denkt, ich sei ihm so dankbar, dass ich im Gegenzug mit ihm ins Bett gehe.

Unseren gemeinsamen Freunden zufolge tickt er nicht so, und das ist auch gut so, denn daran bin ich nicht im Geringsten interessiert.

Das soll nicht heißen, dass Tom nicht attraktiv wäre, das ist er nämlich durchaus: groß, muskulös und immer noch so breitschultrig wie damals auf der Highschool, als er Captain des Football-Teams war. Ich frage mich, wie es möglich ist, dass ein Typ wie er nicht schon längst verheiratet ist und einen Haufen Kinder hat. Doch dem Vernehmen nach war er in keiner ernsthaften Beziehung mehr, seit er vor mehreren Jahren eine Verlobung beendet hat.

Es liegt also nicht an ihm, sondern an mir. *Ich* bin nicht bereit. Ich war insgesamt zehn Jahre mit Jim zusammen, und die letzten vier davon waren von seinem Kampf gegen ALS geprägt. Ich habe meinen Job aufgegeben, um ihn zu pflegen, und hab seit seinem Tod vor zwei Jahren langsam, aber stetig daran gearbeitet, den Schuldenberg abzutragen, der sich durch seine Krankheit angehäuft hatte. Zum Glück haben uns meine Eltern während der schlimmsten Zeit in ihrem Keller wohnen lassen. Nicht nur dafür werde ich ihnen ewig dankbar sein, sondern auch dafür, dass sie sich so großartig um ihn gekümmert haben.

Ohne sie hätte ich das alles niemals geschafft – weder vor noch nach seinem Tod –, und es bricht mir das Herz, sie weinen zu sehen, als wir meine letzten Sachen aus dem Keller tragen. Als ich sie umarme, ist aller Streit der letzten Monate vergessen. Sie waren in der schlimmsten Zeit meines Lebens mein Anker.

»Danke für alles«, flüstere ich meiner Mutter zu. »Bitte sei nicht traurig. Das ist etwas Gutes. Ich mache einen Schritt nach vorne.«

»Du wirst uns hier fehlen«, erklärt mein Vater.

Jims Krankheit hat uns alle mitgenommen. Die Trauer um den geliebten Schwiegersohn hat genau wie die schmerzliche Erfahrung, sein qualvolles Siechtum mitzuverfolgen, Spuren in ihren Gesichtern hinterlassen.

»Ich werde so oft hier sein, dass wir gar keine Zeit haben werden, einander zu vermissen.«

Dies ist einer der Augenblicke, in denen es schwierig ist, Einzelkind zu sein. Wenn ich doch nur Geschwister hätte, die mir den Rücken freihalten könnten, während ich versuche, mein Leben in den Griff zu bekommen. Aber nein, ich bin allein, und das macht die Abnabelung umso schwieriger. Seit sechs Jahren wohne ich wieder bei meinen Eltern, als uns kurz nach Jims Diagnose klar wurde, dass mich seine Pflege hoffnungslos überfordern würde. Sie haben sich daran gewöhnt, dass ich da bin, auch wenn sie mich in letzter Zeit gedrängt haben, mir zu überlegen, wie es für mich weitergehen soll.

Von dem Moment an, in dem ich beschlossen habe auszuziehen, haben sie Einwände erhoben. *Wer ist dieser Mann?*, haben sie gefragt. *Was weißt du über ihn? Wie kannst du dir sicher sein, dass er vertrauenswürdig ist?*

Ich steige in mein Auto und winke ihnen zu, ehe ich den Motor starte, um den anderen den Weg zu meinem neuen Zuhause zu zeigen.

Gage fährt mit Iris auf dem Beifahrersitz im Transporter hinter mir her.

Fünf weitere Autos folgen ihnen.

Ich würde niemandem wünschen, seinen Ehepartner zu verlieren, doch es gibt auch Positives, allen voran die Gruppe von Freunden, die mir an einem Samstag beim Umzug helfen, obwohl sie bestimmt Besseres zu tun hätten.

Meine neue Bleibe liegt sechs Meilen vom Haus meiner Eltern entfernt an einer unbefestigten Straße, die zu einem großen, schönen Anwesen führt. Als ich es das erste Mal gesehen habe, konnte ich kaum glauben, dass ich dort wohnen darf. Tom hat es selbst gebaut. Während er gleichzeitig Häuser für andere Leute errichtet hat, hat er vier Jahre lang abends und am Wochenende geschuftet, um sein eigenes fertigzustellen.

Ich war von dem Haus überwältigt. Jedes Detail ist spektakulär, vom Bodenbelag über die Fliesenspiegel an den Wänden bis hin zur Beleuchtung. Einer Arbeitskollegin gegenüber habe ich es als feuchten Traum direkt aus den besten Renovierungsfernsehshows beschrieben.

Sie fand das lustig.

Ich kann es kaum erwarten, hier mit einzuziehen.

Als unser Konvoi in die Einfahrt einbiegt, bin ich so aufgeregt wie schon lange nicht mehr.

Ich steige aus meinem Auto und gehe zum Transporter.

»Wahnsinn!« Wynters Augen werden groß, als sie das Haus betrachtet. »Das ist ja umwerfend.«

»Ja, aber echt.«

Tom tritt durch die Garage nach draußen, um uns zu begrüßen. »Hey«, sagt er und umarmt mich kurz. »Willkommen zu Hause.«

Die herzliche Begrüßung wirft mich für eine Sekunde aus der Bahn, weil sie so natürlich und ungezwungen ist. Außerdem erinnert mich die Umarmung daran, dass ich auf der Highschool jahrelang total in ihn verknallt gewesen bin. »Danke. Lass dir meine Freunde vorstellen.«

Tom packt mit an, und mit vereinten Kräften haben wir meine Sachen im Handumdrehen ins Haus geschafft und aufgebaut.

Mein Zimmer befindet sich über der Garage und hat ein eigenes Bad. Am liebsten würde ich mich in den Arm kneifen, um mich zu vergewissern, dass das alles gerade wirklich passiert. Dass ich die Zeit und den Raum dafür habe, mein Leben zu gestalten, ohne mir wegen einer hohen Miete zusätzliche Sorgen machen zu müssen. Tom kann nicht mal ahnen, was er für mich getan hat, indem er mir diese Unterkunft zur Verfügung gestellt hat.

»Das ist toll«, sagt Iris, während sie mir hilft, Handtücher zu falten und in den Wäscheschrank zu räumen. »Mir gefällt, dass du deinen eigenen abgeschlossenen Bereich hast.«

»Mir auch.«

»Er scheint wirklich nett zu sein und sich zu freuen, dass du hier bist.«

Ich werfe ihr einen fragenden Blick zu. »Aber nicht zu sehr, oder?«

Iris lacht, gerade als Christy reinkommt, um sich das Bad anzuschauen.

»Ich freue mich so für dich«, erklärt sie. »Es ist einfach perfekt. Allerdings hast du mit keinem Wort erwähnt, dass dein neuer Mitbewohner total heiß ist.«

»Ach, ist er das? Ist mir gar nicht aufgefallen.«

»Ja, genau.« Christy lacht.

»Leute … Das ist nicht der Grund, warum ich hier einziehe. Ich hoffe, ihr wisst das. Ich bin einfach … noch nicht bereit für so was.«

»Das wissen wir, Süße«, antwortet Christy. »Ich hab dich nur ein bisschen aufgezogen. Tut mir leid, wenn ich dich damit gekränkt habe.«

»Hast du nicht, und natürlich hab ich bemerkt, wie attraktiv er ist.« Zu meinem Entsetzen steigen mir Tränen in die Augen, die dort an einem so tollen Tag wie heute eigentlich nichts verloren haben. »Ich sehe, wie ihr vorankommt, und ich möchte so sein wie ihr. Ich bin bloß noch nicht so weit. Manchmal frage ich mich, ob ich es jemals sein werde.«

»Natürlich wirst du das«, tröstet mich Christy.

»Wenn die Zeit reif ist, wirst du es wissen«, meint Iris. »Als das mit Gage und mir geschehen ist, war Mikes Unfall schon mehrere Jahre her, genau wie der von Nat und den Mädchen. Für uns ist es auch nicht über Nacht passiert.«

»Das stimmt wohl. An manchen Tagen hab ich nur das Gefühl, als würde ich irgendwie feststecken. Ich hasse es, dass Jim gestorben ist. Ich hasse meinen Job. Ich werde noch ewig brauchen, um die Schulden abzuzahlen. Und ich konnte es nicht mehr ertragen, bei meinen Eltern zu leben.«

»Nun, eins dieser Probleme hast du heute gelöst«, stellt Iris fest.

»Ich glaube, du wirst hier sehr glücklich sein«, fügt Christy hinzu.

»Ja, hoffentlich.«

Wynter

AN EINEM SAMSTAGMORGEN Anfang April bringe ich den Scheck, der bis dahin auf meinem Nachttisch gelegen hat, in die Bankfiliale in der Nähe, bei der ich seit meiner Zeit auf der Highschool ein Konto habe, als ich als Kellnerin in einem hiesigen Restaurant gejobbt habe. In Bezug auf die Einzahlung des Schecks habe ich gemischte Gefühle. Einerseits kann ich das Geld gut gebrauchen, wenn ich tatsächlich Schritte unternehmen will, um Jadens Baby zu bekommen. Andererseits ist es eine weitere Bestätigung dafür, dass Jaden wirklich nicht mehr da ist.

Als ob ich eine weitere Bestätigung bräuchte. Es erscheint wie der nächste Schritt auf diesem irrwitzigen Witwentrip: die Abfindung für den viel zu frühen Tod meines Mannes kassieren.

Aber ich habe Angst, dass ich den Scheck verlege, wenn ihn nicht einlöse, also mach ich mich auf den Weg.

Ich war nicht mehr in der Filiale, seit ich das Konto als Teenager eröffnet habe. Da heutzutage alles online funktioniert, gab es dafür ja keinen Grund.

Ich bin mir nicht sicher, womit ich rechnen muss und was geschieht, wenn ich mit einem so fetten Scheck auftauche, doch ich schätze, das werde ich gleich herausfinden.

Vor mir stehen vier Leute in der Schlange, die allesamt deutlich älter sind als ich. Wahrscheinlich überfordert sie das Online-Banking. Darüber muss ich innerlich grinsen, während ich warte, bis ich an der Reihe bin.

Eine junge Kassiererin mit dunklen Haaren und einem freundlichen Lächeln fordert mich mit einer Geste auf, zu ihrem Schalter zu kommen. »Was kann ich für Sie tun?«

»Ich möchte das hier einzahlen.« Ich lege den Scheck auf den Tresen und schiebe ihn zu ihr rüber.

Sie nimmt ihn und sieht ihn sich genau an. Ihre Augen weiten sich, als sie die Zahl liest. Dann wandert ihr Blick wieder zu mir. Vermutlich wirke ich mit meinem Undercut-Haarschnitt und den vielen Piercings entlang des Rands meiner Ohrmuschel und dem an der Nase nicht unbedingt wie jemand, der rechtmäßig im Besitz eines Schecks über eine so hohe Summe ist. Immerhin habe ich vor Kurzem den Lippenring entfernt, weil ich gemerkt habe, dass es ohne ihn einfacher ist, Adrian zu küssen.

»Darf ich fragen, woher das Geld stammt?«

»Muss ich das angeben, um es einzahlen zu können?«

»Ich fürchte ja. Bei Beträgen über zehntausend Dollar sind wir verpflichtet, uns danach zu erkundigen.«

»Es handelt sich um die Auszahlung der Lebensversicherung meines verstorbenen Mannes.«

Meine Antwort schockiert sie sichtlich. »Oh. Das tut mir sehr leid.«

»Danke.«

»Der Scheck ist nicht von einer Versicherung.«

Ich verkneife mir die bissige Erwiderung, die mir auf der Zunge liegt: dass sie das nicht zu interessieren hat. Denn offenbar hat es das doch. »Der Scheck ging an seine Eltern, die dann entschieden haben, das Geld mir zu geben.«

»Oh, ich verstehe. Das ist sehr nett von ihnen.«

»Ja.«

»Waren Sie lange verheiratet?«

»Vier Tage. Aber wir waren sechs Jahre lang zusammen.«

»Es tut mir sehr leid, dass Sie aus diesem Anlass hier sind.«

»Danke. Können Sie den Scheck meinem Konto gutschreiben lassen?«

»Ja, selbstverständlich. Allerdings wird der Betrag zehn Tage lang gesperrt.«

»Was bedeutet das?«

»Dass Sie erst nach zehn Tagen über das Geld verfügen können.«

»Und warum das?«

»Weil es so lange dauert, bis die Gutschrift im System verbucht ist.«

Ich bin mir nicht sicher, was das bedeutet, aber egal. »Okay.«

»Ich brauche außerdem die Genehmigung meiner Vorgesetzten, bevor ich den Scheck eingebe. Ich bin gleich wieder da.«

Sie kommt mit einer älteren Frau zurück, die mir einen misstrauischen Blick zuwirft, unter dem sich mir die Nackenhaare aufstellen. »Man hat mir gesagt, es handele sich um eine Lebensversicherung?«

»Ja«, antworte ich mit zusammengebissenen Zähnen.

»Mein aufrichtiges Beileid.«

»Danke.«

»Haben Sie etwas dabei, um sich auszuweisen?«

Ich reiche ihr meinen Führerschein, den sie kritisch betrachtet.

Die ältere Frau unterschreibt auf dem Einzahlungsbeleg und gibt ihn der jüngeren Frau zurück.

»Einen schönen Tag noch«, wünscht sie mir, während sie sich entfernt.

Die Kassiererin tippt etwas in den Computer und schiebt den Scheck in eine Maschine, die im Gegenzug eine Quittung ausspuckt, die sie mir über den Tresen zuschiebt.

»Ihnen noch alles Gute.«

»Danke.«

Ich stecke die Quittung ein und gehe zur Tür. Mein Herz schmerzt, weil ich soeben durch Jadens Tod finanziell abgesichert worden bin.

Mir ist schlecht.

***

DIE NÄCHSTEN WOCHEN SIND BRUTAL, denn Adrian und ich tun so, als würden wir einander nicht begehren, während wir uns wie zwei vorsichtige Fremde Xaviers Betreuung teilen.

Eigentlich ist es komisch, denn nach Jadens Tod habe ich fast ein Jahr lang praktisch keinen Gedanken an Sex verschwendet. Doch nachdem ich mit Adrian zusammen war, muss ich die ganze Zeit daran denken.

Er fehlt mir, obwohl ich ihn regelmäßig sehe.

Ich sitze ihm bei den Treffen der Wilden Witwen gegenüber und denke daran, wie es war, ihn in mir zu spüren, ihn im Arm zu halten, ihn zu küssen, ihn zu lieben und zu berühren. Die Erinnerungen an ihn und uns wecken ein fieberhaftes Verlangen in mir.

Iris hat mich gefragt, was zwischen uns los ist, aber es war zu schmerzhaft, darüber zu sprechen, selbst mit ihr.

Heute habe ich meinen ersten Termin bei der Fachärztin, die mir erklären wird, wie es um meine Chancen bestellt ist, schwanger zu werden. Ich hab gelesen, dass ich eine deutlich höhere Chance auf einen positiven Ausgang habe als eine ältere Frau. Ich habe auch erfahren, dass es interessanterweise zwischen gefrorenem Sperma und frischem kaum einen Qualitätsunterschied gibt.

Mein Arzt sagt, bei mir würde sogar eine intrauterine Insemination infrage kommen, weil ich bislang keine Fruchtbarkeitsprobleme hatte. Meines Wissens gibt es keinen Grund, weshalb ich nicht schwanger werden und in der Lage sein sollte, ein Baby auszutragen. Ich hoffe wirklich, dass es intrauterin klappt, denn dabei wird das Sperma direkt in meine Gebärmutter eingebracht. Das ist so viel einfacher, als wenn der Eisprung stimuliert werden muss, damit dann Eier entnommen und außerhalb meines Körpers befruchtet werden können, wie es bei In-vitro-Fertilisation der Fall ist. Zwar sind beide Methoden angeblich schmerzlos, trotzdem mache ich mir Sorgen deswegen.

Dr. Nancy Bauer ist pünktlich, was ich gut finde. Sie ist jünger, als ich erwartet hatte, und sehr hübsch. Bei ihrem freundlichen Auftreten fühle ich mich sofort besser.

»Ich habe gehört, dass Sie an einer intrauterinen Befruchtung interessiert sind«, sagt sie und überfliegt meine Akte.

»Das stimmt.«

»Haben Sie schon einmal versucht, auf natürlichem Wege schwanger zu werden?«

»Nein.«

Sie runzelt verwirrt die Stirn.

»Ich sollte vermutlich erwähnen, dass mein Mann vor etwas mehr als einem Jahr an Krebs gestorben ist. Aber bevor er mit der Chemotherapie begonnen hat, hat er Sperma einfrieren lassen.«

»Oh, verstehe. Mein aufrichtiges Beileid.«

»Danke.«

»Ich würde Sie gerne als Erstes gründlich untersuchen, um abzuklären, ob überhaupt die Voraussetzungen für eine erfolgreiche Behandlung gegeben sind.«

Das ist wiederum das Letzte, was *ich* gern tun würde. »Ich

möchte Sie darauf hinweisen, dass für mich alles, was mit Medizin zu tun hat, mit Angst behaftet ist, besonders nachdem ich aus nächster Nähe mitverfolgen konnte, was mein Mann im Zuge seiner Therapie durchgemacht hat.«

»Ich werde mir Mühe geben, die ganze Sache so angenehm wie möglich für Sie zu gestalten.«

Mehr kann ich wohl nicht verlangen.

Eine halbe Stunde später habe ich einen Vaginalultraschall hinter mir, und außerdem steht eine Blutuntersuchung an.

Die Arzthelferin, die mir das Blut abgenommen hat, sagt mir, ich solle mich anziehen und mich zu Dr. Bauer in das Behandlungszimmer auf der anderen Seite des Flurs begeben.

Sie sitzt an ihrem Computer, als ich durch die Tür trete.

»Kommen Sie herein, und nehmen Sie bitte Platz.«

Ich versuche, mich für schlechte Nachrichten zu wappnen, denn die sind nicht ausgeschlossen.

Sie klickt auf der Tastatur herum. »Wie ich sehe, haben Sie das Labor angegeben, in dem das Sperma Ihres Mannes gelagert wurde. Wenn Sie uns die Genehmigung erteilen, können wir es dort abholen.«

»Heißt das, meine Chancen stehen gut?«

»Sie erfreuen sich bester Gesundheit. Wir haben alles überprüft. Ich denke, Sie sind eine hervorragende Kandidatin für eine IUI. Wenn das nicht klappt, können wir es immer noch mit IVF versuchen. Sie sollten jedoch wissen, dass dabei Kosten anfallen können, die über das hinausgehen, was die Versicherung abdeckt.«

»Mein Mann hat mir etwas Geld hinterlassen.«

»Sehr schön. Sollen wir gleich einen Termin für den Eingriff vereinbaren?«

Okay, jetzt muss ich die Entscheidung treffen. Der medizinische Kram macht mir immer noch Angst, aber bei der Vorstellung, ein Baby im Arm zu halten, das ein bisschen wie Jaden aussieht, verspüre ich ausschließlich reine Freude.

»Ja, bitte.«

Nach einer Analyse meines Zyklus soll der Eingriff in zehn

Tagen stattfinden, wenn ich die größten Chancen habe, schwanger zu werden.

»Bitte freuen Sie sich nicht zu früh«, erklärt die Ärztin. »Wir haben nicht immer gleich beim ersten Mal Glück. Das ist gerne mal ein Marathon, kein Sprint. Okay?«

»Okay«, gebe ich die Antwort, die sie erwartet, trotzdem bin ich freudig aufgeregt. Wie auch nicht?

Und ich habe Angst, allerdings auf gute Art.

Ich darf nicht an Adrian denken und daran, was er dazu sagen würde, sonst lasse ich es vielleicht doch noch. Aber ich bin mir sehr sicher, dass ich es später bereuen würde, wenn ich es nicht wenigstens versuchen würde. Und das tue ich jetzt, selbst wenn mir bei dem Gedanken daran, was wir gemeinsam hätten haben können, das Herz bricht.

Natürlich kann ich sein Zögern voll und ganz verstehen. Bevor ich ihn kennengelernt und gehört habe, was Sadie widerfahren ist, hatte ich keine Ahnung, dass so etwas überhaupt möglich ist. Und es ging mir besser, als ich das nicht wusste. So schrecklich es auch ist, an eventuelle Komplikationen zu denken, ich ziehe das jetzt trotzdem durch.

Nach unserem Treffen neulich hat mir Eileen per E-Mail alle Informationen geschickt, die ich brauche, um das Geschenk zu nutzen, das Jaden mir hinterlassen hat. Dazu hat sie geschrieben: *Wie auch immer du dich entscheidest, wir sind für dich da.*

Ich hab mich bei ihr bedankt und beschlossen, meine Pläne fürs Erste noch für mich zu behalten, bis es geklappt hat. *Falls* es denn überhaupt klappt.

Ich habe niemandem von dem Termin heute erzählt, und ich werde auch über den Eingriff in zehn Tagen nichts sagen. Es ist nicht nötig, andere einzuweihen, bevor ich etwas zu verkünden habe. Hätte ich gerne jemanden zur Unterstützung dabei? Sicher. Doch ich werde niemanden darum bitten. Ich muss mich daran gewöhnen, Dinge allein hinzukriegen, wenn ich alleinerziehend sein will. Und jetzt scheint mir der beste Zeitpunkt dafür zu sein, damit anzufangen.

Die nächsten zehn Tage ziehen sich ewig hin. Das ist so schlimm, dass es mir fast vorkommt, als liefe die Zeit rückwärts.

Jedes Mal, wenn ich Adrian sehe, ist es wie ein Messerstich ins Herz. Er ist derselbe freundliche, nette Mann, der er immer war, aber die emotionale Entfremdung zwischen uns ist schmerzhaft. Wir konzentrieren uns auf Xavier, was uns hilft, die kurze Zeit, die wir jeden Tag miteinander verbringen, zu überstehen.

Als er spät Samstagnacht von der Bar nach Hause kommt, sitze ich vor dem Fernseher.

»Hey, du bist ja noch wach«, stellt er fest.

»Sorry, ich konnte nicht einschlafen.« Der Eingriff ist in drei Tagen. Ich habe Adrian mitgeteilt, dass ich am Dienstag einen halben Tag freihaben möchte, und er hat erwidert, dass er am Nachmittag von zu Hause aus arbeiten kann. Er hat mich nicht gefragt, warum, und ich habe es ihm nicht erzählt. Wir sprechen ausschließlich über Xavier, während wir vorgeben, uns nicht so intim zu kennen, wie es zwei Menschen nur möglich ist.

Wenn ich Xavier nicht so sehr lieben würde, würde ich kündigen, denn bei diesem bizarren ungeklärten Zustand, der gerade zwischen uns herrscht, ist es eine Qual, in seiner Nähe zu sein.

Zum Glück haben unsere Freunde nichts von der seltsamen Spannung zwischen uns bemerkt, oder falls doch, warten sie darauf, dass wir von selbst etwas dazu sagen. Das habe ich nicht vor, und ich bezweifle, dass Adrian es tun wird.

Meine Mutter zieht morgen aus, und danach habe ich die Wohnung für mich allein.

»Ich denke, ich fahre nach Hause, solange ich noch wach bin.«

»Bist du dir sicher? Es ist schon spät.«

»Ja, alles in Ordnung. Keine Sorge.« Ich laufe die Treppe hinauf, um meine Sachen zu holen. Als ich das Zimmer verlassen will, steht Adrian auf der Schwelle und nimmt den größten Teil der Türöffnung ein.

»Du fehlst mir.«

Seine Worte brechen mir das Herz. »Du fehlst mir auch.«

»Vielleicht können wir reden und eine Lösung finden.«

»Es ist besser, wenn wir das nicht tun.«

»Inwiefern soll das besser sein?«

»Ich möchte jetzt gerne gehen.«

Er macht einen Schritt zur Seite, um mich vorbeizulassen, aber die Verzweiflung in seinem Gesicht bleibt mir noch lange im Gedächtnis, selbst nachdem ich losgefahren bin.

2 2

Wynter

Während ich am nächsten Tag Lou kennenlerne und meiner Mutter beim Umzug helfe, muss ich dauernd an die Begegnung mit Adrian denken. Genauso am Montagmorgen, als ich zur Arbeit fahre. Ich freue mich darauf, ihn zu treffen, und gleichzeitig habe ich fast ein bisschen Angst davor. Nach einer so langen und schwierigen Zeit hatten wir im jeweils anderen etwas gefunden, was wir dringend brauchten. Jetzt wieder ohne das leben zu müssen ist bitter, aber andererseits war er nur offen und ehrlich, was seine Einstellung zum Thema Kinderkriegen und Geburt angeht. Ich bin trotzdem fest entschlossen, es durchzuziehen.

Wir bewegen uns in verschiedene Richtungen, auch wenn sich unsere Wege zweimal täglich kreuzen.

Nach seinem nächtlichen Geständnis bin ich mir seiner noch stärker bewusst. Ich sehe, wie er mich anschaut, und spüre den Schmerz des Verlusts von Neuem. Wie kann es so wehtun, wo wir doch nur so kurz zusammen waren, bevor wir entschieden haben, Schluss zu machen?

Nachdem Adrian das Haus verlassen hat, ruft mich Iris an.

»Hey, was ist los?«, frage ich sie.

»Das würde ich gern von dir wissen.«

»Wie meinst du das?«

»Was ist mit dir und Adrian? Und sag nicht, dass nichts ist. Wir können alle erkennen, dass sich zwischen euch etwas verändert hat, und wir sorgen uns um euch.«

»Wir haben bloß gemerkt, dass wir unterschiedliche Dinge wollen, also haben wir unsere persönliche Beziehung beendet.«

»Ach, so ein Mist, Wynter. Wie kommst du damit klar?«

»Inzwischen geht es mir schon wieder besser, aber es war ein herber Schlag. Für uns beide. Wir hatten eine tolle Zeit, die wir sehr genossen haben.«

»Das konnte ich sehen. Wir alle konnten das.«

So viel zu unserer Überzeugung, wir hätten sie getäuscht. »Ich vermisse es wirklich, so mit ihm zusammen zu sein.«

»Was immer es ist, was zwischen euch steht, es ist sicher nicht unüberwindbar.«

»Doch, ich fürchte leider schon. Ich hab mich nämlich entschieden, zu versuchen, Jadens Baby zu bekommen.«

»Oh, Wynter! Du meine Güte! Das ist ja unglaublich.«

»Und ich bin deswegen sehr aufgeregt und total nervös.«

»Das ist völlig normal, vor allem weil du es ja in dem Bewusstsein tust, eine alleinerziehende Mutter zu sein.«

»Deswegen mache ich mir keine Sorgen. Ich hatte ja selbst eine, und aus mir ist auch was geworden.«

»Unbedingt. Für wann ist der Eingriff denn geplant?«

»Für morgen. Das habe ich allerdings keinem gesagt. Ich fürchte, ich bin etwas abergläubisch.«

»Keine Sorge, ich verrate es niemandem. Und wenn du lieber jemanden dabeihättest, ich könnte es mir einrichten.«

»Das würdest du tun? Wirklich?«

»Auf jeden Fall.«

»Danke, das nehme ich gerne an.«

»Für dich jederzeit.«

»Iris …«

»Ja, Süße?«

»Ich bekomme vielleicht ein Baby. Jadens Baby. Es ist alles so ...«

»Überwältigend?«

»Ja, das. Aber auch irgendwie unvorstellbar.«

»O Gott, deshalb habt ihr Schluss gemacht. Weil Adrian bei allem, was mit Schwangerschaft und Geburt zusammenhängt, Panik kriegt.«

»Genau.«

»Der Arme. Und natürlich auch du Arme!«

»Ich weiß. Es ist furchtbar traurig. Ich habe sogar daran gedacht, das mit dem Baby sein zu lassen, weil ich erkennen konnte, wie sehr es ihm zusetzt.«

»Du kannst unmöglich aus Rücksicht auf die Ängste eines anderen darauf verzichten, selbst wenn du ihn liebst.«

»Genau. Ich liebe ihn aufrichtig, und ich hasse es, ihn leiden oder in Sorge um mich zu sehen. Es ist nur so, dass ich es mir so sehr wünsche, Iris. Ich will dieses Baby wirklich.«

»Dann mach es. Adrian wird entscheiden müssen, ob er ein Teil davon sein will oder nicht. Doch so oder so solltest du das tun, was *du* willst.«

»Ich wusste nicht einmal, dass ich es will, bis ich herausgefunden habe, dass es möglich ist. Und dann konnte ich an nichts anderes mehr denken.«

»Das heißt, du tust das Richtige.«

»Das hoffe ich.«

»Unbedingt. Und ich glaube, dass Adrian sich eines Besseren besinnen wird. Er hat einfach Sadies Tod noch nicht verwunden. Das kannst du bestimmt verstehen.«

»Natürlich.«

»Wenn Adrian die gleiche Krebsart wie Jaden hätte, wäre es für dich vielleicht ebenfalls problematisch, eine Beziehung mit ihm zu führen.«

»So hab ich das noch gar nicht betrachtet. Aber du hast recht. Das wäre eine Qual.«

»Schwangerschaft und Geburt werden für ihn für den Rest seines Lebens negativ belastet sein, egal ob du es bist oder jemand anders, der ihm wichtig ist.«

»Höchstwahrscheinlich. Das tut mir so leid für ihn, denn er ist ein wunderbarer Vater. Er sollte einen Haufen Kinder haben.«

»Genau. Das ist alles so verdammt traurig. Vielleicht, wenn du dein Baby hast …«

»Beschrei es bitte nicht.«

»Wenn du dein Baby heil auf die Welt gebracht hast – klopf auf Holz –, denkt er vielleicht anders darüber.«

»Möglicherweise.«

»Ich kann einfach nicht glauben, dass das mit euch beiden endgültig aus sein soll. Roni und ich haben erst kürzlich darüber geredet, dass ihr beide euer Strahlen zurückbekommen habt.«

»Und wir dachten, du wärst die Einzige, die davon weiß.«

»Haha, Wunschdenken. Wir wussten es alle, obwohl ich es niemandem weitererzählt habe. Wir haben uns für euch beide gefreut.«

»Ich habe mich auch für uns gefreut. Ich wusste, wie viel Glück wir hatten, dass wir uns gefunden haben.«

»Das ist eine seltene und schöne Sache.«

Ein riesiger Kloß schnürt mir die Kehle zu. »Ich vermisse ihn so sehr, obwohl ich ihn fast jeden Tag sehe.«

»Ich kann mir nur schwer vorstellen, wie schwierig das sein muss.«

»Es ist entsetzlich traurig. Das, was wir beide wollen, ist direkt vor unserer Nase und doch unerreichbar.« Ich lache. »Es klingt so theatralisch, wenn ich das sage.«

»Ich verstehe, was du meinst. Und lass dir versichern, ich bin unfassbar stolz auf dich, weil du das tust, was du willst.«

»Wobei ich wahrscheinlich verrückt bin, wenn ich an all das denke, was ich dann allein bewältigen muss.«

»Du wirst nie auf dich allein gestellt sein. Das weißt du, oder?«

»Ja«, erwidere ich leise. »Trotzdem danke für die Erinnerung.«

»Jederzeit. Wann und wo ist der Termin morgen?«

Ich nenne ihr Ort und Uhrzeit.

»Wir sehen uns dann dort.«

»Nochmals danke, Iris.«

»Keine Ursache. Ich hab dich ganz doll lieb.«

»Ich dich auch.«

Wie immer fühle ich mich tausend Mal besser, nachdem ich mit ihr gesprochen habe, und bin erleichtert, weil ich bei dem Eingriff morgen nicht allein sein werde.

Adrian

ICH FÜHLE mich furchtbar und bringe meine Tage irgendwie hinter mich, ohne mich am Ende auf Wynter freuen zu können. Unsere intime Beziehung war nur kurz, aber wenn ich auf die langen Monate nach Sadies Tod zurückschaue, ist die Zeit mit Wynter der einzige wirkliche Lichtblick – abgesehen von jeder Minute mit Xavier natürlich.

Ich liebe meinen Sohn so sehr. Er verschönert mir jeden Tag. Trotzdem hat mir das Zusammensein mit Wynter zum ersten Mal seit Sadies Tod Hoffnung auf eine Zukunft geschenkt, die vielleicht nicht total ätzend ist. Doch jetzt ist auch das weg.

Es ist zwar nicht so heftig wie direkt nach Sadies und dann Alyssas Tod, aber schlimm genug, um mich auf einen Tiefpunkt runterzuziehen, wie ich ihn schon lange nicht mehr erlebt habe.

»Was ist eigentlich los?«, fragt Mick am Ende des Arbeitstages, als er mich dabei ertappt, wie ich ins Leere starre. Außer uns ist niemand mehr im Büro. »Du bist in letzter Zeit überhaupt nicht du selbst.«

»Tut mir leid. Es ist alles erledigt.«

»Ich mach mir keine Sorgen wegen unerledigter Arbeit, sondern um dich.«

»Ach, es ist nur ein kleiner Rückschlag, mit dem ich klarkommen muss. Doch das wird die Arbeit nicht beeinträchtigen. Kein Grund zur Sorge.«

»Noch mal: Ich mach mir Sorgen um *dich*. Ich habe Nia gesagt, dass es für dich eine Zeit lang aufwärtsging, doch jetzt ist was geschehen, das dich wieder zurückgeworfen hat. Nia hat offenbar auch keine Ahnung. Also was ist, Mann?«

»Ich war eine Weile mit jemandem zusammen, aber letzten Endes hat es nicht geklappt.«

»Wynter?«

»Ja.«

»Wusste ich's doch! Ich habe Nia gesagt, dass sich da was anbahnt, aber wow, sie ist dein Kindermädchen.«

»Glaub mir, das ist mir bewusst. Außerdem ist sie eine sehr gute Freundin.«

»Okay. Was ist dann das Problem?«

»Wir wollen unterschiedliche Dinge.«

»Was soll das heißen?«

»Sie hat kürzlich herausgefunden, dass sie das Baby ihres verstorbenen Mannes bekommen könnte, und ich … Ich meine … Ich kann das nicht, Mick. Verstehst du?« Ich sehe zu ihm hoch und hoffe, dass er es kapiert, ohne dass ich es ihm genauer erklären muss. »Das kann ich einfach nicht.«

»Verdammt.« Er setzt sich an den Schreibtisch gegenüber von mir und rollt mit dem Stuhl zu mir rüber. »Ich kann das absolut nachvollziehen, und ich mach dir auch ganz bestimmt keinen Vorwurf.«

»Aber?«

»Kein Aber. Ich will nur sagen, es war schön, dich wieder lächeln zu sehen. Mir war gar nicht bewusst, wie sehr ich das vermisst habe.«

»Es hat mir so gutgetan, wieder einen Grund zum Lächeln zu haben – nicht, dass Xavier mir den nicht liefern würde.«

»Nein, Mann, ich hab's begriffen. Du meinst etwas Eigenes.«

»Ja.«

»Das, was Sadie passiert ist …« Er schüttelt den Kopf, während seine Augen feucht werden. »Das war das Schlimmste, was ich je erlebt habe. Und ich kann mir nicht mal vorstellen, wie es für dich gewesen sein muss. Doch du hast dich wacker geschlagen. Sie wäre stolz auf dich.«

»Meinst du?«

»Ich *weiß* es. Aber es verhält sich nun mal so: Es passiert so gut wie nie. Jedenfalls kenne ich niemanden, der seine Frau bei der Geburt verloren hat. In meinem gesamten Freundes- und Bekanntenkreis gab es nie eine Frau, die bei der Geburt ihres Kindes gestorben wäre. Was Sadie – und dir und Xavier – geschehen ist, war furchtbar. Allerdings ist es eine wirklich extrem seltene Komplikation.«

»Es können so viele andere Dinge schieflaufen.«

»Mag sein. Doch meiner Ansicht nach hast du zwei Möglichkeiten: Du kannst in Angst vor dem leben, was ihr dabei zustoßen könnte, oder du kannst im Moment leben und jede verdammte Minute Glück genießen, die du finden kannst.«

»Ich will nicht in Angst leben.«

»Dann tu es nicht, Adrian. Du könntest in diesem Augenblick bei ihr sein. Jemanden zu lieben, ihn *wirklich* zu lieben erfordert enormen Mut, denn es besteht immer die Möglichkeit, dass dem geliebten Menschen etwas Schlimmes zustößt. Ich mach mir jedes Mal Sorgen um Nia und die Kinder, wenn sie das Haus verlassen, besonders seit Sadie gestorben ist, was uns allen vor Augen geführt hat, wie unglaublich zerbrechlich das Glück ist. Aber es würde mir nie in den Sinn kommen, sie nicht mehr zu lieben, nur weil es sein könnte, dass ich sie verliere. Verstehst du?«

Ich nicke, denn ich bin so aufgewühlt, dass ich zu mehr nicht imstande bin.

»Ich finde es toll, wie sehr deine verwitweten Freunde dich unterstützen, obwohl ich mir anfangs nicht sicher war, welche Folgen es für dich haben würde, so viele traurige Geschichten zu hören. Das ist ein Haufen Kummer, den du dir noch zusätzlich auflädst, obwohl du selbst schon genug mit dir herumschleppst.«

»So ist es nicht. Ich finde da so viel Hilfe und Unterstützung.«

»Doch da ist auch jede Menge Trauer, und vielleicht beeinflusst das deinen Blick auf die Zukunft, hm?«

Daran habe ich bisher nie gedacht. Ich schaue meinen Schwager mit neuem Respekt an. »Danke.«

»Für was?«

»Du hast ein paar Dinge gesagt, die ich ganz offenbar hören musste. Ich weiß das zu schätzen.«

»Ich bin jederzeit für dich da, und ich möchte nicht, dass du noch mehr leidest, als du es ohnehin schon getan hast.« Er steht auf und stellt den Stuhl zurück an den anderen Schreibtisch. »Okay, lass uns verschwinden.«

Auf der Heimfahrt muss ich über Micks Worte nachdenken. Er hat recht. Mir ist klar, dass er recht hat. Irgendwie neige ich jetzt dazu, immer mit dem Schlimmsten zu rechnen. Das würde wohl jedem so gehen, der zwei Menschen, die ihm nahestanden, plötzlich kurz hintereinander verloren hat. Eine Sache, die er gesagt hat, die mir einleuchtet, ist, dass er vorher keine einzige Frau gekannt hat, die bei der Geburt ihres Kindes gestorben ist.

Ich auch nicht.

Ich schätze außerdem seinen Hinweis, dass die Trauer der anderen mich belasten könnte. Selbst wenn das stimmt, überwiegen die Vorteile der Wilden Witwen alle etwaigen Nachteile bei Weitem. Trotzdem ist es gut möglich, dass meine Trauerlast schwerer war als nötig und dass sich das auf mein Urteilsvermögen ausgewirkt hat, was Wynter und ihren Wunsch betrifft, Jadens Baby zu kriegen.

Das Leben ist manchmal so kompliziert.

Manchmal ist es aber auch ganz einfach. Ich liebe Wynter. Ich will mit Wynter zusammen sein. Macht mir der Gedanke an ihre Schwangerschaft und die Geburt große Angst? Auf jeden Fall. Nur was ist schlimmer? Mich von ihr fernzuhalten, weil ich Angst vor etwas habe, das passieren könnte oder auch nicht, oder mich ganz auf sie einzulassen, komme, was da wolle?

Ersteres.

Eindeutig Ersteres.

Ich trete aufs Gaspedal, weil ich unbedingt schnell bei Xavier – und ihr – sein will.

Wynter

ALS ADRIAN NACH HAUSE KOMMT, ist etwas anders. Er wirkt so unbeschwert wie seit Tagen nicht mehr. Er lächelt sogar ein paarmal, während ich rasch meine Sachen zusammensuche.

»Kannst du ein bisschen bleiben? Ich würde gern mit dir reden.«

»Heute leider nicht. Ich habe noch was vor.«

»Oh. Okay. Dann ein andermal.«

»Du hast auf dem Schirm, dass ich morgen den halben Tag freihab, oder?«

»Ja, ich bin gegen Mittag zu Hause.«

Ich gebe Xavier zum Abschied einen Kuss auf die Wange. »Danke.«

Ich bin fast an der Tür, als Adrian meinen Namen sagt.

Ich drehe mich zu ihm um. »Ja?«

Er starrt mich lange an, bevor er den Kopf schüttelt. »Nichts. Das heben wir uns auf, es wird ja nicht schlecht.«

»Gut. Dann sehen wir uns morgen früh.«

»Okay.«

Ich breche schnell auf, bevor ich mich noch umentscheide. Ich habe keine Pläne für heute Abend, doch ich bin wegen morgen so aufgeregt, dass ich nicht die nötige innere Ruhe für das habe, worüber er reden will. Ich will unbedingt wissen, was er auf dem Herzen hat, aber das muss jetzt erst mal warten.

Ich liege die ganze Nacht wach in dem stillen Apartment, das ich jetzt allein bewohne, starre an die Decke, denke über die gewaltigen Auswirkungen dessen nach, was ich im Begriff stehe zu tun, und vermisse Jaden so sehr, dass es schmerzt. Zum ersten Mal beginne ich ernsthaft daran zu zweifeln, dass ich es tatsächlich tun sollte. Wie komme ich auf die Idee, dass ich ein Kind großziehen kann, wo ich mich selbst noch wie ein Kind fühle?

Doch ich bin kein Kind mehr.

Ich bin eine erwachsene Frau, die das Schönste und das Schlimmste erlebt hat, was das Leben zu bieten hat. Ich weiß, wie man sich um ein Baby und ein Kind kümmert. Ich weiß, was man ihnen beibringen muss. Ich bin bereit und in der Lage, alles zu tun, damit unser Kind die Dinge hat, die es braucht.

Dank Jaden habe ich nicht nur die Chance, Mutter zu werden, sondern kann es mir auch finanziell leisten.

Ich kann nicht anders, als diese letzten Geschenke von ihm als Segen zu betrachten, und ich werde mir durch nichts die Freude nehmen lassen, die sich bei der Vorstellung in mir ausbreitet, wie ich unser Baby im Arm halte. Und das gilt auch für Adrians Ängste.

Am Morgen dusche ich ausgiebig und trinke zwei Tassen Kaffee, bevor ich zu Adrian fahre.

Xavier muss schon früh wach geworden sein, denn ich höre sein fröhliches Geplapper aus Adrians Zimmer.

Ich will gerade wieder nach unten gehen, um auf die beiden zu warten, als Adrian nur mit einer Unterhose bekleidet durch die Tür kommt.

Ich starre ihn an und habe völlig vergessen, dass ich das nicht mehr tun sollte.

»Oh, hey. Ich dachte, ich hätte dich gehört. Wir sind gleich unten.«

Ich befeuchte mir die Lippen und versuche, normal weiterzuatmen. »Äh, klar. Okay.«

Ich eile die Treppe runter und verspüre den heftigen Wunsch nach einem starken Drink, um meine Nerven und meine Libido zu beruhigen. Ich würde alles für eine halbe Stunde mit Adrian im Bett geben – oder meinetwegen auch an der Wand. Aber da das nicht passieren wird, setze ich mich an den Küchentisch, schlage die Beine übereinander und konzentriere mich auf mein Handy, bis die beiden runterkommen.

Xavier quietscht erfreut, als er mich sieht.

Adrian setzt ihn ab, und der kleine Kerl läuft auf unsicheren Beinchen zu mir.

Ich hebe ihn hoch, drücke ihn fest und gebe ihm einen Kuss.

Er windet sich, möchte wieder runter.

»Jetzt, wo er quasi motorisiert ist, will er nicht mehr so viel schmusen«, bemerkt Adrian, während er sich einen Kaffee zubereitet.

Die Erwiderung »Mit mir schon« liegt mir auf der Zunge, doch so was würde ich nie aussprechen.

»Außerdem hat er die Treppe entdeckt, also behalte ihn im Auge. Er kommt rauf, aber nicht wieder runter.«

»Ich habe gestern fast den ganzen Tag damit verbracht, ihn von den Stufen zu pflücken. Wahrscheinlich ist es Zeit für ein Treppengitter.«

»Ich kümmere mich drum. Übrigens habe ich auch den Couchtisch im Wohnzimmer abgeräumt.«

»Gute Idee. Er hat seine kleinen Hände überall.«

»Ja.« Er hebt Xavier hoch und gibt ihm einen Kuss. »Sei schön brav, und mach Wynter keinen Ärger.«

»Wyn.«

An mich gewandt fügt Adrian hinzu: »Ich bin gegen Mittag wieder zurück.«

»Danke.«

Er wirft mir noch einen forschenden Blick zu, bevor er durch die Garage verschwindet, während ich mich frage, ob es möglich ist, jemanden so sehr zu wollen, dass man spontan explodiert.

Nach Xaviers Frühstück, ein bisschen Toben und ein paar Folgen *PAW Patrol* ist er bereit für ein Nickerchen.

Während er schlummert, rolle ich mich auf dem Sofa zusammen, um mich kurz auszuruhen.

Eigentlich war ich mir sicher, dass ich wach bleiben würde, aber dann schrecke ich hoch, weil Adrian durch die Garage ins Haus kommt, und setze mich auf.

»Schläft er noch?«

»Ja.«

»Das ist lang für den Vormittag.«

Ich gucke auf meinem Handy nach der Zeit. »Ungefähr anderthalb Stunden.«

»Hoffentlich krieg ich ihn heute Nachmittag überhaupt noch mal dazu, sich hinzulegen, damit ich wenigstens ein bisschen was schaffe.«

»Das wird schon klappen. Schließlich liebt er seine Nickerchen immer noch sehr.« Ich ziehe mir meine Jacke an. »Danke, dass du früher nach Hause gekommen bist.«

»Kein Problem.«

»Ich, äh … ich denke, wir sehen uns dann morgen.«

»Bis dann.« Nach einem Moment sagt er: »Verdammt noch mal, Wynter. Es ist furchtbar. Ich vermisse dich. Ich begehre dich und will dich in meinem Leben haben.«

Die Worte brechen förmlich aus ihm heraus und machen mich sprachlos.

Er stellt sich vor mich und legt mir die Hände auf die Schultern. »Ich liebe dich.«

Als ich zu ihm hochschaue und von ihm die Worte höre, die mir alles bedeuten sollten, ist mir bewusst, dass er nicht weiß, was ich heute Nachmittag vorhabe. Wenn er es wüsste, würde er vermutlich alles zurücknehmen. »Ich kann jetzt nicht, Adrian. Es tut mir leid. Ich kann einfach nicht.«

23

Wynter

Ich fühle mich schrecklich dabei, ihn allein zu lassen, nachdem er mir das gesagt hat, doch wenn ich jetzt nicht fahre, komme ich zu spät zu meinem Termin. Während der halben Stunde Fahrt zur Klinik sind meine Gefühle ein einziges Durcheinander.

Iris erwartet mich auf dem Parkplatz.

»Was ist los?«, fragt sie nach einem Blick auf mich.

»Adrian … Gerade als ich loswollte, hat er mir erklärt, dass er mich liebt, mich vermisst, mich in seinem Leben haben will. Dass es so, wie es momentan ist, schrecklich ist.«

»Was hast du geantwortet?«

»Dass ich jetzt nicht mit ihm darüber sprechen kann. Ich musste los, damit ich nicht zu spät komme, aber ich musste immer denken: Wenn er wüsste, wo ich gerade hinwill, hätte er kein Wort davon gesagt.«

»Das kannst du nicht wissen.« Sie legt einen Arm um mich, während wir in die Praxis gehen. »Vielleicht ist ihm klar geworden, dass dich durch die Schwangerschaft und die Geburt zu begleiten nicht so schlimm ist, wie ohne dich zu leben.«

»Ich bin so nervös und angespannt, dass mich das momentan überfordert.«

»Dann beschäftige dich gar nicht erst damit. Konzentrier dich auf diesen Termin, und hinterher kannst du entscheiden, was du fühlst, nachdem er das gesagt hat.«

»Danke, dass du für mich da bist. Ich hätte nicht gedacht, dass ich dich so dringend brauchen würde.«

»Ich bin gerne hier und freue mich sehr für dich.«

»Ich versuche, meine Freude zu zügeln, bis ich weiß, ob es geklappt hat.«

»Es ist okay, zumindest ein bisschen zuzulassen.«

»Ich muss immer daran denken, wie absurd es ist, dass wir uns so viele Jahre lang solche Mühe gegeben haben, bloß nicht schwanger zu werden, und jetzt gibt es nichts, was ich mir sehnlicher wünsche, als mit seinem Kind schwanger zu sein.«

»Ja, komisch, wie das Leben manchmal so spielt.«

Drinnen begeben wir uns in den ersten Stock und melden uns an der Rezeption.

Zwanzig lange Minuten später werde ich aufgerufen. Sie reichen mir einen Kittel mit der Anweisung, mich untenrum frei zu machen. Als ich so weit bin, bringt die Krankenschwester Iris rein.

Sie steht neben der Untersuchungsliege und hält meine Hand. »Ich hab gestern noch mal nachgelesen. Angeblich ist es völlig schmerzfrei.«

»Ja, das hat man mir auch gesagt, aber ich hab trotzdem Angst.«

Kurz darauf kommt Dr. Bauer herein, und ich stelle sie und Iris einander vor.

»Ich bin so froh, dass Sie eine Freundin mitgebracht haben«, begrüßt mich die Ärztin. »Wie fühlen Sie sich, Wynter?«

»Nervös und aufgeregt.«

»Das ist verständlich, doch der Eingriff wird vorbei sein, bevor Sie es überhaupt merken, also kein Grund, sich aufzuregen.«

»Ich bemühe mich.«

Sie hat mir bereits erklärt, dass es ähnlich wie ein Abstrich abläuft, also bin ich vorbereitet, als sie mir hilft, ans untere Ende des Stuhls zu rutschen, meine Beine in die Halter zu legen, und das Spekulum einführt.

Während der nächsten zehn Minuten klammere ich mich an Iris' Hand und atme erst dann erleichtert auf, als das Spekulum endlich wieder entfernt wird.

»Und das war's auch schon«, verkündet Dr. Bauer, streift sich die Handschuhe ab und wäscht sich die Hände. »Es ist möglich, dass Sie ein paar Krämpfe und leichte Schmierblutungen haben, aber das ist normal. Bei Fieber melden Sie sich bitte. In zwei Wochen haben wir dann den nächsten Termin und überprüfen per Blutuntersuchung, ob eine Schwangerschaft besteht. Sie können vorher schon einen Selbsttest zu Hause durchführen, doch für ein zuverlässiges Resultat rate ich Ihnen, auf jeden Fall bis Tag vierzehn zu warten.«

»Vielen Dank für alles.«

»War mir ein Vergnügen. Ich drücke Ihnen die Daumen.«

Nachdem sie den Raum verlassen hat, entdecke ich bei Iris feuchte Augen. »Was ist los?«

»Nichts. Ich freu mich nur so für dich und bin stolz auf dich.«

»Du weißt immer genau, was du sagen musst.«

»Nicht immer, aber ich diesem Fall sind ›freuen‹ und ›stolz‹ auf jeden Fall angebracht. Sollen wir uns zur Feier des Tages ein leckeres Mittagessen gönnen?«

»Hört sich gut an.«

Adrian

Seit ich das alles gestern spontan zu Wynter gesagt habe, als sie einen Termin und überhaupt keine Zeit dafür hatte, fühle ich mich schrecklich. Ich musste mich bestimmt tausend Mal davon abhalten, ihr eine Textnachricht zu schreiben und mich für mein schlechtes Timing zu entschuldigen. Doch dass ich es ausgesprochen habe, bereue ich nicht. Ich bin froh und erleichtert darüber, dass sie jetzt weiß, ich liebe sie, vermisse sie und will sie. Ich hasse diesen merkwürdigen Zwischenzustand, in dem wir uns jetzt seit Wochen befinden.

Das ist alles meine Schuld. Ich gebe es zu. Ich wünschte nur, ich wüsste, wie ich es wieder in Ordnung bringen kann.

Ich komme gerade aus der Dusche und denke mal wieder darüber nach, als Gage mich anruft.

»Hey, alles in Ordnung?«, frage ich ihn.

»Ja, tut mir leid, dass ich dich so früh störe, aber ich wollte dich um einen Gefallen bitten.«

»Na klar, gerne.«

»Kannst du dir einen Grund einfallen lassen, warum das Treffen diese Woche plötzlich dringend bei dir stattfinden muss?«

»Sicher. Was ist los?«

»Ich will Iris einen Antrag machen, und ich möchte, dass ihr alle und unsere Familien dabei seid, aber ich kann die nicht in ihr Haus schmuggeln, ohne dass sie das mitkriegt.«

»Ah, verstehe. Ich bin dabei. Und außerdem: Herzlichen Glückwunsch!«

»Danke, Mann. Ich bin furchtbar aufgeregt. Ist es okay, wenn ich Wynter einweihe, damit sie bei der Vorbereitung hilft?«

»Sie hilft bestimmt total gerne.«

»Noch mal danke.«

»Ich freue mich, bei so einem bedeutsamen Moment dabei zu sein.«

»Ich hoffe, das wird er.«

»Ganz sicher. Ich habe da volles Vertrauen in dich.«

Wir verabschieden uns, und ich stehe mit dem Telefon in der Hand da, und meine Gedanken drehen sich um meine Freunde. Ich bin so froh, dass Iris und Gage heiraten wollen, zwei Menschen, die ihr Happy End mehr verdienen als so ziemlich jeder andere, den ich kenne. Doch ihre guten Neuigkeiten sorgen dafür, dass meine eigene Situation mit Wynter nur noch schwieriger zu ertragen ist. Gage und Iris haben alles auf der Reihe, während wir in diesem schrecklichen Zwischenzustand feststecken.

Ich höre sie unten ins Haus kommen, und sofort geht es mir besser, einfach weil ich weiß, dass sie da ist.

Ich will sie so sehr, dass es wehtut. Ich will wissen, was bei ihr los ist. Sie hat seit Wochen nicht mehr mit mir geredet, außer wenn es Xavier betrifft. Ist sie unterdessen schwanger? Es bringt mich fast um, das nicht zu wissen.

Ich hebe Xavier aus seinem Bettchen und wechsle ihm die Windel, bevor ich ihn nach unten zu seinem Lieblingsmenschen bringe.

Sie ist so wunderschön, dass es mir den Atem raubt, vor allem wenn sie meinen Sohn anlächelt.

Sie übernimmt ihn, und ich gehe wieder die Treppe hoch, um das Gitter anzubringen, das ich gestern Abend gekauft habe.

»Das wird mir das Leben so viel leichter machen«, meint Wynter. »Danke.«

»Gern geschehen. Noch was: Gage hat mich heute Morgen angerufen.« Ich berichte ihr von seinem Vorhaben. »Er wäre dir dankbar, wenn du vielleicht helfen kannst, indem du vor dem Treffen alle reinlässt.«

»Das ist so aufregend! Ich schreibe ihm sofort und sorge dafür, dass hier alles vorbereitet ist.«

»Danke.«

Ich will schreien, weil wir so überaus höflich und nüchtern miteinander sind, obwohl ihr Anblick ausreicht, um mein Blut vor Verlangen zum Kochen zu bringen.

»Ich möchte, dass du weißt ...«

Sie hat meine volle Aufmerksamkeit.

»Was du gestern gesagt hast ... Also, ich empfinde genauso.«

Ich mache einen Schritt auf sie zu.

Sie hebt eine Hand, um mich aufzuhalten. »Es gibt einige Dinge, über die wir irgendwann reden sollten.«

»Wann immer du willst. Sag mir einfach, wann.«

»Wenn du heute Abend heimkommst.«

»Okay.«

Nachdem ich mich mit einem Kuss von meinem Sohn verabschiedet und ihn ermahnt habe, brav zu sein, fahre ich zur Arbeit und frage mich, wie ich den Tag bis heute Abend durchstehen soll. Ihre Worte von vorhin gehen mir ständig durch den Kopf.

Ich empfinde genauso.

Haben drei Worte je mehr bedeutet?

Wynter

ES IST GEGEN DREI, und Xavier schläft, als ich höre, wie sich die Tür von der Garage zur Küche öffnet. Ich bin gerade fertig damit, eine Ladung Wäsche zusammenzulegen, als Adrian mit einem fiebrigen Ausdruck in den Augen ins Wohnzimmer platzt.

»Was ist los?«

»Du. Du bist los.«

»Was hab ich denn getan?«, frage ich, ehrlich verwirrt.

»Alles, was du tun musst, um mich wild zu machen, ist, zu atmen. Ich kann nicht schlafen oder essen oder arbeiten oder überhaupt irgendetwas zustande bringen, außer dich zu wollen.«

Ich fächele mir mit der Hand Luft zu. »Es ist plötzlich so warm hier.«

»Wynter … bitte. Bitte.«

Auch wenn wir keine Antwort auf eine der Fragen gefunden haben, die uns auseinandergebracht haben, stehe ich auf und gehe zu ihm, weil ich ihm nicht widerstehen kann.

Er reißt mich in seine Arme und küsst mich mit solcher Leidenschaft, dass ich mich frage, wie ich es so lange ohne ihn ausgehalten habe. »Wie lange schläft er schon?«

»Etwa eine Viertelstunde.«

»Danke, Gott.«

Bevor ich weiß, wie mir geschieht, hat er mich hochgehoben und trägt mich zur Treppe, wo er von dem Gitter gestoppt wird.

Ich muss kichern, während ich seine verzweifelten Versuche verfolge, es mit einer Hand zu öffnen.

»Lach nicht. Das ist nicht lustig.«

»Doch, ist es. Du musst den Hebel da betätigen.«

Er löst den Hebel und zerrt so heftig an dem Gitter, dass es sich fast aus der Verankerung löst.

Ich lache hilflos, während er die Stufen hinaufstürmt und ins Schlafzimmer läuft, wo er die Tür mit einem Tritt hinter uns schließt.

Gott, es fühlt sich gut an, so zu lachen, von dem Mann gehalten zu werden, dem ich so wichtig bin, so sehr gewollt zu werden.

Er presst mich an sich, während er mich mit einem sengenden Blick mustert. »Ich habe dich vermisst, Wynter. Ich habe dich so verdammt vermisst.«

»Geht mir umgekehrt genauso.«

»Nicht nur hier.« Er deutete mit dem Kinn aufs Bett. »Ich habe dich überall in meinem Leben vermisst. Dich jeden Tag zu sehen, aber diese Distanz zwischen uns zu spüren war ...«

»Ich weiß, Adrian. Ich weiß.« Ich ziehe ihn zu mir runter, und unsere Lippen verschmelzen in einer feurigen Vereinigung, die so heiß ist, dass ich mich frage, warum das Zimmer nicht in Flammen aufgeht. Ich löse mich nur von ihm, weil ich das Gefühl habe, dass ich ihm von meiner möglichen Schwangerschaft erzählen muss. »Adrian, es gibt da eine Sache, die du wissen musst ...«

»Später.«

Also gut.

Wir zerren uns die Kleidung vom Körper, bis wir beide nackt voreinanderstehen.

Er schlingt die Arme um mich und lässt seinen Kopf auf meine Schulter fallen. »Ich hatte Angst, dass ich dich nie wieder so halten würde, und ich war so traurig, wie ich seit Sadies Tod nicht mehr gewesen bin.«

»Adrian ...«

»Ich war so, so traurig ohne dich, Wynter.«

»Ich möchte nicht, dass einer von uns traurig ist.«

»Ich auch nicht.«

Er küsst mich, und wir landen auf dem Bett, in einem Aufflammen von Verlangen, von dem mir schwindelig wird.

Es ist schwer zu glauben, dass ich das zweimal in meinem

Leben gefunden habe, aber wegen Jaden und der Art, wie ich ihn verloren habe, ist mir bewusst, wie dankbar ich für jede Minute sein muss, die ich mit Adrian verbringen darf.

Er hält nur kurz inne, um sich ein Kondom überzustreifen, und dann sind wir auf dem Bett, und er sieht mich an, während er mich ganz ausfüllt. »Ich liebe dich, Wynter. Ich liebe dich.«

»Ich liebe dich auch.«

Von ihm scheint die Anspannung von Wochen abzufallen, und er schließt die Augen.

Während es zuvor immer hektisch und schnell gewesen ist, ist es dieses Mal langsam und fast ehrfürchtig.

»Wynter …« Seine Lippen an meinem Hals sind weich, und ich erschauere. »Du darfst mich nicht ein weiteres Mal verlassen. Das geht einfach nicht. Ich werde mich gegen nichts, was du willst, sperren.«

Als mir klar wird, was er da sagt, läuft mein Herz vor Liebe zu diesem erstaunlichen Mann über, der bereit ist, seine größte Angst hintanzustellen, wenn er dafür mit mir zusammen sein kann. Wie viel Glück habe ich bitte?

Kaum habe ich das gedacht, da meldet sich auch schon wieder die Trauer, um mich daran zu erinnern, dass ich mich nicht zu behaglich in meinem neu gefundenen Glück einrichten soll.

Zur Hölle damit.

Ich bin so glücklich wie seit Jahren nicht mehr, und ich werde es voll auskosten und genießen, angefangen mit einem Orgasmus, der meinen gesamten Körper mit den unglaublichsten Empfindungen flutet. Ich klammere mich an Adrian, während wir gemeinsam zum Höhepunkt kommen.

Hinterher hält er mich so fest, dass ich kaum atmen kann.

»Du darfst mich nie wieder verlassen.«

»Das werde ich nicht.«

»Versprichst du mir das?«

»Ja.« Es ist ganz leicht, das zu tun, weil ich auch nie wieder ohne ihn sein will.

»Wir werden es tun, du und ich. Wir werden uns ein gemeinsames Leben aufbauen und Xavier aufziehen und glücklich sein. Ich ertrage es nicht, mich auch nur eine weitere Minute meines Lebens lang so schlecht zu fühlen «

»Ich bin hier, und ich werde nirgendwo hingehen, wenn das hier das ist, was du willst.«

»Ich will alles mit dir.«

Ich nehme mir eine Sekunde, um durchzuatmen, bevor ich das ausspreche, was das Glück, das wir uns gerade zurückerobert haben, platzen lassen kann. »Auch mein Kind mit Jaden?«

»Wenn es das ist, was *du* willst, dann ist es das, was *ich* will, und ich werde ihn oder sie lieben, so wie du Xavier liebst.«

»Wirklich?«

Er nickt und hebt den Kopf von meiner Brust, um mich anzusehen. »Ich habe Angst um dich – und um mich. Da will ich dich nicht anlügen.«

»Das würde ich auch nicht wollen.«

»Nachdem ich in den letzten Wochen ohne dich auskommen musste, obwohl das das Letzte war, was ich wollte, habe ich erkannt, dass ich mein Leben nicht voller Angst vor dem leben kann, was passieren *könnte*. Ich muss für den Moment leben, in dem wir uns gerade befinden. Und dabei hätte ich nicht gedacht, dass ich das, was wir beide miteinander haben, je wieder erleben würde.«

Ich streichle sein attraktives Gesicht. »Das ist bei mir genauso. Ich hab gedacht, dass diese Gefühle für mich vorbei wären, selbst wenn ich jetzt erkenne, dass es irgendwann wieder passiert wäre. Ich bin froh, dass es mit dir und Xavier passiert ist.«

»Ich auch. Du wirst die einzige Mutter sein, die er je gekannt hat.«

»Wir werden dafür sorgen, dass er die Frau, die ihm das Leben geschenkt hat, genauso gut kennt wie mich.«

»Ich danke dir.«

»Du musst mir nicht danken.«

»Doch, muss ich. Du kümmerst dich so wunderbar um ihn. Er liebt dich mehr als alles andere auf der Welt.«

»Nicht mehr als dich.«

»An vielen Tagen stehst du an erster Stelle. Aber das ist okay.

Ich kann bestens nachvollziehen, warum mein Sohn gar nicht anders kann, als dich zu lieben.«

»Du solltest wissen …«

»Was, Süße?«

»Der halbe freie Tag, den ich mir gestern genommen habe?«

»Was ist damit?«

»Ich war in einer Praxis für Reproduktionsmedizin und habe mich künstlich befruchten lassen.«

»Oh, also bist du …« Er schluckt schwer. »Bist du schwanger?«

»Das werde ich erst in zwei Wochen ganz genau wissen.«

»Wow. Also, wie geht's dir damit?«

Er ist so, so süß. »Gut.«

»Hat es wehgetan? Ich kenne schließlich deine Bedenken gegen diesen ganzen Medizinkram.«

»Es war überhaupt nicht schlimm. Hat maximal zehn Minuten gedauert.«

»Tut mir leid, dass ich nicht für dich da war. Ich hätte dabei sein sollen.«

»Iris ist mitgekommen.«

»Ich bin froh, dass du nicht allein warst.«

»Ich auch.«

»Du musst wissen …« Er lehnt seine Stirn gegen meine und schließt die Augen. »Die Vorstellung, dass dir etwas zustoßen könnte, erschreckt mich zu Tode …«

»Ich bin jung und gesund, und es wird alles gut gehen. Das verspreche ich dir.«

»Uns ist beiden klar, dass du das nicht versprechen kannst. Aber trotz meiner anfänglichen Reaktion auf die Neuigkeit freue ich mich, dein Baby in unserer Familie willkommen zu heißen und vielleicht …«

»Was?«

»Vielleicht können wir irgendwann noch ein gemeinsames haben.«

»Das fände ich schön.«

»Ich werde immer Angst davor haben, jemanden, den ich so sehr liebe, zu verlieren.«

»Ich weiß. Und ich werde genau hier sein und dich halten, wenn die Angst zu groß wird. Und wenn wir Teenager bändigen müssen, werde ich ebenfalls hier sein.«

»An das Versprechen werde ich dich erinnern.«

»Ich zähle darauf.«

24

Christy

Ich habe es lange genug vor mir hergeschoben, daher antworte ich jetzt endlich auf eine von Treys Textnachrichten.

Hi.

Er schreibt sofort zurück. *Hallo, meine Schöne. Ich hab dich vermisst.*

Wie immer lässt er keine Gelegenheit aus, mir zu sagen, dass er mich schön findet, und ich glaube sogar, dass er das wirklich ernst meint. Er ist niemand, der leere Komplimente macht.

Du hast mir auch gefehlt.

Ich bin wirklich froh, das zu hören. Ich dachte schon, ich hätte dich verscheucht.

Das hättest du tatsächlich fast.

Können wir uns treffen und reden?

Während ich auf seine Worte auf dem Display starre, atme ich tief durch und tippe meine Antwort. *Wann?*

Jetzt?

Jetzt sofort?

Süße, ich hoffe und bange seit Wochen, dass du dich bei mir meldest, also ja, genau jetzt, verdammt noch mal. Wo bist du?

Sosehr ich ruhig bleiben möchte, bei dieser Antwort schmelze ich schon ein bisschen dahin. *Zu Hause.*

Dürfte ich dich bitte besuchen kommen? (Bitte beachte die korrekte Rechtschreibung und Zeichensetzung.)

Hab ich schon erwähnt, dass er auch noch witzig ist? Während ich leise lache, schreibe ich ihm zurück. *Ja, du darfst. Aber nur weil du dir solche Mühe gegeben hast.* Ich habe mich einmal bei ihm darüber beschwert, dass ein Typ, mit dem ich mich verabreden wollte, in seinen Textnachrichten so viele Rechtschreibfehler hatte, wie ich es noch bei keinem Erwachsenen erlebt hatte. Das war für mich ein echtes Ausschlusskriterium.

Bin schon auf dem Weg.

Sofort laufe ich nach oben ins Bad und springe rasch unter die Dusche, rasiere mir die Beine und ziehe mir die Leggings an, von denen Trey mal gesagt hat, dass mein Hintern darin heiß aussieht. Als ich mir ein Oberteil aus dem Schrank schnappe, bin ich so schwungvoll, dass mir der Bügel fast ins Gesicht fliegt. Ich kann ihn in letzter Sekunde mit einer Hand abfangen, wobei ich mir ins Gewissen rede, dass ich mich verdammt noch mal beruhigen muss.

Mein Shirt ist schwarz, schulterfrei und echt sexy, wenn ich das feststellen darf.

Schnell stecke ich mir das Haar mit einer Spange hoch und trage Mascara und etwas Lipgloss auf. Ich möchte nicht den Eindruck erwecken, als hätte ich mich zu sehr angestrengt, trotzdem muss manches einfach sein.

Unten gieße ich mir ein Glas ungesüßten Tee ein und setze mich an den Tresen in meiner Küche, um zu warten.

Er arbeitet zwanzig Minuten von mir entfernt, aber ich bin mir nicht sicher, ob er überhaupt von dort kommt.

Zehn Minuten später klingelt es an der Tür.

Als ich aufstehe, um hinzugehen, wird mir bewusst, dass die nächsten Minuten das neue Leben, das ich mir und meinen Kindern nach dem plötzlichen Tod meines Mannes vor vier Jahren aufgebaut habe, grundlegend verändern könnten. Trey die Tür zu öffnen könnte bedeuten, dass ich mich für sehr viel mehr öffne.

Ich mache auf.

Ich hatte vergessen, wie attraktiv er ist.

Er hat von der Arbeit im Freien ein sonnengebräuntes Gesicht, welliges dunkles Haar, braune Augen und ein wirklich nettes Lächeln, das er mir schenkt, während ich beiseitetrete, um ihn einzulassen.

Als er nach mir greift, werfe ich mich ihm in die Arme.

»Da bist du ja. Ich bin so froh, bei dir zu sein.«

Ich hatte auch vergessen, wie gut er riecht und wie herrlich seine Umarmungen sind. »Geht mir umgekehrt mit dir ganz genauso.«

»Wirklich? Denn ich würde es dir nicht verübeln, wenn du sauer wärst.«

»Du wärst nicht hier, wenn ich dich nicht wirklich vermisst hätte.«

»Das ist das Beste, was ich seit Wochen gehört habe. Seit unserem letzten Zusammensein, um genau zu sein.«

Als wir uns schließlich voneinander lösen, wird mir klar, dass wir uns eine ganze Weile in den Armen gehalten haben.

»Komm mit.« Während ich vor ihm in die Küche gehe, hoffe ich, dass ihm die Leggings noch genauso gut gefallen wie früher.

Ich drehe mich um und ertappe ihn dabei, wie er mir auf den Hintern guckt.

»Tut mir leid. Du bist einfach ein ganz wunderbarer Anblick für meine einsamen Augen.«

»Eistee?«

»Ja, gern.«

Ich bin froh, dass ich etwas zu tun habe, um mich abzulenken, weil ich ihn sonst womöglich mit offenen Armen wieder aufnehme, ohne dass wir irgendeins der Probleme gelöst hätten, die zwischen uns stehen.

Wir setzen uns jeder mit einem Glas Eistee an den Küchentisch.

»Es ist so schön, dich zu sehen«, erklärt er.

»Dich auch.«

»Du hast mich ganz schön leiden lassen.«

»Gut.«

Sein lautes Lachen erfreut mich. »Ich fürchte, das hab ich verdient.«

»Hast du.«

»Ich weiß, und es tut mir leid, wie ich die Sache angegangen habe. Das ist völlig falsch gewesen.«

»Nicht wenn es das war, was du tun musstest. Ich werfe dir das nicht vor. Wir sind schon eine Menge, was mir durchaus bewusst ist, das kannst du mir glauben. Sie sind auch für mich eine Menge, und ich liebe sie.«

»Die beiden sind großartige Kinder. Du kannst mit Fug und Recht stolz auf sie sein.«

»Bin ich auch. Sie haben Dinge erlebt, die kein Kind je erleben sollte, und es war ein langer, harter Weg bis dahin, wo wir jetzt sind. Wobei wir immer noch daran zu knabbern haben.«

»Weißt du, woran ich während der letzten Wochen oft habe denken müssen?«

»Woran?«

»Die Art und Weise, wie du strahlst, wenn du über sie sprichst, selbst wenn du dich bei mir beschwerst, weil sie irgendwas getan haben, das dich wahnsinnig macht.« Er legt seine Hand über meine. »Ich spüre deine Liebe zu ihnen. Sie spricht aus jeder Faser deines Seins.«

»Das stimmt. Und wenn mir jemand erklärt, dass er für die Entscheidung, ob er sie in seinem Leben haben will, Zeit braucht, und dann drei Wochen völlige Funkstille herrscht ...«

»Für mich ist es eine Riesensache, möglicherweise Teil ihres Lebens zu sein. Ich habe so gut wie keine Erfahrung mit Kindern. Meine Nichten und Neffen leben in Montana und Oregon. Ich sehe sie zwar mindestens einmal im Jahr, spreche mit ihnen über FaceTime und schicke ihnen Geburtstagsgeschenke, doch mit ihrer Erziehung habe ich praktisch nichts zu tun. Einige meiner Freunde haben Kinder, aber die sind entweder noch klein oder schon erwachsen. Es gibt keine in dem Alter, in dem deine sind. Mir wurde klar, dass ich Erfahrungen mit Teenagern sammeln musste, wenn wir das hier durchziehen wollen. Also habe ich mich als ehrenamtlicher Helfer bei einem Jugendclub gemeldet.«

Ich bin so verblüfft, dass ich kaum mitkriege, was er danach noch erzählt.

»Ich wollte wissen, wofür Teenager sich interessieren, was ihnen Spaß macht und was sie vor Probleme stellt. Ich wollte ihren Rat dazu, wie ich mit den Kindern meiner Freundin umgehen sollte. Drei Tage die Woche mache ich mit Kids der achten, neunten und zehnten Klasse Hausaufgaben, und ich kann dir gar nicht sagen, wie dumm ich mir neben ihnen vorkomme. Ich tue so, als ob ich wüsste, wie ich ihnen helfen kann. Meistens sorge ich allerdings bloß dafür, dass sie ihre Aufgaben erledigen, bevor wir uns etwas Lustigerem zuwenden.

Ich habe nicht nur viel über Kinder in der Altersgruppe deiner beiden gelernt, sondern auch über die Schwierigkeiten junger Menschen, die zu Hause nicht so viel Unterstützung erhalten wie deine. Einer der Jungs dort war bereits in sechs verschiedenen Pflegefamilien, seit er vier Jahre alt war. Bei einem anderen sind beide Elternteile zum vierten Mal in der Entzugsklinik, während er bei seiner Großmutter lebt.«

Meine Reaktion auf diese Information sind einhundert Prozent Gefühl. Während ich dachte, dass er sich jede Menge Zeit lässt, um zu entscheiden, ob er es aushält, in der Nähe meiner Kinder zu sein, hat er sich richtig reingekniet, um einen besseren Draht zu ihnen finden zu können.

Ich greife nach einer Serviette aus dem Korb auf dem Tisch und wische mir die Tränen weg.

»Jedenfalls hab ich mir überlegt, dass ich Shawn zu einem Spiel der Feds einladen könnte, da er Baseball so liebt, und ich dachte, Josie würde vielleicht gerne mit mir zu diesen Heimwerker-Workshops gehen, die samstags bei Home Depot angeboten werden. Ich weiß noch, dass sie mir von ihrem Plan erzählt hat, Blumenkästen zu bauen, damit ihre Pflanzen vor Wildverbiss sicher sind. Und im Frühling gibt es dort Gärtnerkurse.«

Bevor ich auch nur einen Herzschlag lang darüber nachdenken kann, bin ich schon von meinem Platz aufgesprungen. Da er seitlich auf seinem Stuhl sitzt, setze ich mich ihm rittlings auf den Schoß und schlinge ihm die Arme um den Hals.

»Was ist los?«, fragt er mit einem sexy Lächeln.

»Das.« Ich küsse ihn mit allem, was ich habe, und mit all der Liebe, die ich zu leugnen versucht habe, während ich damit beschäftigt war, voreilige Schlüsse zu ziehen, die sich als völlig falsch erwiesen haben.

Er umfasst mit beiden Händen meinen Hintern und zieht mich fest an sich.

Der Kuss ist einer der besten meines Lebens, weil er so voller Hoffnung ist.

»Es tut mir leid«, erkläre ich ihm, als wir nach einiger Zeit eine Pause einlegen, um Luft zu holen.

»Was denn, Süße?«

»Dass ich deine Nachrichten so lange ignoriert habe. Das war nicht richtig.«

»Du hast getan, was du tun musstest, und ich genauso.«

»Was du alles unternommen hast … Ich kann es nicht glauben.«

»Was kannst du nicht glauben? Dass ich dich genug liebe, um Anstrengungen zu unternehmen, damit es zwischen uns und zwischen mir und deinen Kindern funktioniert?«

»Ja. Das.«

»Nun, tu ich aber.«

»Das seh ich jetzt auch. Sorry, dass ich jemals daran gezweifelt habe.«

»Ich kann das ja verstehen. Ich hab das alles nicht gerade geschickt gehandhabt. Ich hätte meine Bedenken besser in Worte fassen sollen, statt dich in dem Glauben zu lassen, ich hätte ein Problem mit deinen Kids. Ich gebe zu, dass es anfangs erst mal überwältigend für mich gewesen ist, allerdings nur, weil ich es nicht gewohnt bin. Ich will mich daran gewöhnen. Ich will für dich und sie da sein – so viel oder so wenig, wie sie es zulassen –, und ich will uns. Ich will das hier. Das heißt, wenn du es ebenfalls willst.«

»Ich will.«

»Oh, welch bedeutungsvolle Worte.«

Lachend erwidere ich: »Ich hab nicht Ja gesagt.«

»Dazu kommen wir schon noch.«

»Danke, dass du dich ehrenamtlich engagiert hast.«

»Ich hab ja nicht damit aufgehört. Die Kinder sind jetzt in meinem Leben und werden da bleiben. Ich könnte sie niemals aufgeben.«

»Ich liebe dich auch.«

»Ich bin so froh, das zu hören.«

»Allerdings solltest du wissen, ich werde Wes nicht vergessen. Niemals.«

»Das möchte ich auch gar nicht. Was immer wir gemeinsam haben, er wird ein Teil davon sein. Bitte hab nie das Gefühl, dass du nicht mit mir über ihn reden kannst oder ihn nicht erwähnen darfst. Ich will ihn kennenlernen.«

»Ich fühle mich wie im Traum. Die ganze Situation hat mich so viele Nerven gekostet, und wenn ich jetzt daran denke, dass du ...«

»Du hättest mir nur antworten müssen.«

Ich lache unter Tränen, und dann küsst er mich wieder. Zum ersten Mal seit langer Zeit ist in meiner Welt alles in Ordnung. Natürlich ist mir klar, dass das nicht ewig so bleiben wird, daher will ich jede Minute genießen, solange ich kann.

Er unterbricht den Kuss. »Wie lange haben wir noch, bis du die Kinder abholen musst?«

Ich schaue auf meine Uhr. »Zwei Stunden.«

Ohne mich aus seinen Armen zu lassen, steht er auf, setzt mich auf den Tresen und zieht mir das Oberteil über den Kopf. »Das sollte gerade genug Zeit sein, um unsere Abmachung angemessen zu besiegeln.«

Gage

ICH HATTE MIR GESCHWOREN, dass ich nie wieder heiraten würde. Wenn ich jetzt, da ich in meinem neuen Leben mit Iris und ihren drei süßen Kindern aufgehe, daran denke, muss ich lachen, weil es mir so absurd vorkommt. Zu der Zeit, als ich mir das vorgenommen habe, war ich in tiefster Trauer, nachdem ich meine Frau und meine beiden Töchter bei einem Unfall mit einem betrunkenen Autofahrer verloren hatte.

Ich konnte mir einfach keine Umstände vorstellen, die dazu führen könnten, dass ich eine Frau genug liebe, um sie zu fragen, ob sie den Rest ihrer Tage mit mir verbringen will. Der bloße Gedanke daran wäre lächerlich gewesen.

Aber dann ist Iris wie eine Naturgewalt in mein Leben getreten und hat mir gezeigt, wie albern es von mir war, zu glauben, dass ich es allein schaffen müsste, wo sie doch da ist und mir alles bietet, was ich je brauchen oder wollen könnte.

Sie ist alles für mich und noch mehr.

Und heute Abend, vor ihrer Familie und unseren gemeinsamen Freunden, werde ich sie fragen, ob sie mich heiraten möchte.

Sie hat keine Ahnung, dass ich das vorhabe.

Wir haben bisher mit keinem Wort über Heirat gesprochen, vermutlich weil sie weiß, dass es für mich schon eine Riesensache war, mich überhaupt auf eine Beziehung zu ihr und den Kindern einzulassen, bei ihnen einzuziehen und zusammen eine neue Familie zu werden. Wahrscheinlich traut sie sich nicht, auf mehr zu hoffen, als wir bereits haben, weil ich so vehement gegen eine Beziehung war – am Anfang zumindest.

Jetzt habe ich keinerlei Vorbehalte mehr.

Trauer kostet so viel Energie. An den schlechteren Tagen saugt sie einem förmlich den Lebenswillen aus dem Leib. An den besseren ist es ein Schmerz, den keine Menge an Medikamenten jemals lindern kann. Ich habe immer noch schlechte Tage, an denen die Trauer sich zurückmeldet, wie beispielsweise am Geburtstag meiner Töchter oder an meinem und Nats Hochzeitstag oder zu anderen besonderen Gelegenheiten, die uns etwas bedeutet haben. Doch die schlechten Tage sind seltener, und die Abstände zwischen ihnen sind größer geworden, was mir manchmal Schuldgefühle beschert.

Wie kann ich mit meinem Leben weitermachen, während meine wunderbaren, süßen Mädchen niemals älter werden dürfen als acht Jahre? Wie kann ich mit einer anderen glücklich sein, nachdem meine Natasha für immer von uns gegangen ist?

Trotz all dieser Gründe, warum ich es nicht sein dürfte, bin ich glücklich, oder so glücklich, wie ich ohne sie eben sein kann. Ich bin glücklich mit Iris. Ich liebe ihre Kinder. Ich möchte, dass wir in jeder Beziehung eine Familie werden.

Da trifft auf meinem Handy eine Textnachricht von meiner Schwiegermutter Mimi ein. *Wir sind gelandet. Bis bald. Wir freuen uns so für dich.*

Natashas Eltern Mimi und Stan sind extra hergeflogen, um heute Abend bei uns zu sein. Ihre Unterstützung hierbei, bei meinem nächsten Schritt mit Iris und den Kindern, bedeutet mir so viel. Als wir sie zu Weihnachten in Florida besucht haben, hatten wir alle eine tolle Zeit miteinander. Seither schreiben sich Iris und Mimi täglich Textnachrichten, was ich großartig finde.

Auch meine Eltern lieben Iris, ebenso wie meine Schwester, und ihre Eltern und ihre Familie lieben im Gegenzug mich. Ihre Mutter und ihr Stiefvater haben geweint, als ich sie um Erlaubnis dafür gebeten habe, Iris einen Antrag zu machen. Alles ist gut.

Und trotzdem …

Nat und meine Mädchen fehlen mir. Wie kann ich etwas so Wichtiges ohne sie tun? Jahre nach dem Unfall, der sie mir genommen hat, bin ich zu der Erkenntnis gelangt, dass ich sie immer schmerzlich vermissen werde. Diesen Schmerz werde ich zu den besten und zu den schlechtesten Zeiten spüren. Nach einer Katastrophe gehen Freude und Trauer stets Hand in Hand.

Heute steht die Freude im Mittelpunkt, und ich kann nur hoffen, dass meine Mädchen und Nat es begrüßen, dass ich den nächsten Schritt in ein neues Leben mit Iris und den Kindern in Angriff nehme.

Eine Stunde bevor sich die Wilden Witwen treffen, komme ich bei Adrians Haus an. Ich habe Iris gesagt, dass ich vorher noch einen Termin habe und wir uns dort treffen.

Ihre Mutter hatte die Aufgabe, die Kinder zu Adrian zu

bringen. Er hat Iris gegenüber behauptet, Xavier zahne und sei daher unleidlich und schlecht drauf. Daher sei es ihm lieber, wenn wir unser Treffen diese Woche bei ihm abhalten könnten. Natürlich hat Iris ihn mit Tipps zu zahnenden Kindern versorgt, war aber sofort einverstanden und hat keinen Verdacht geschöpft, dass sich mehr dahinter verbergen könnte.

Als ich das Haus betrete, warten die Kinder schon auf mich.

Laney rennt zu mir, wie es Ivy und Hazel früher immer gemacht haben, wenn ich von der Arbeit nach Hause gekommen bin. Ich hatte keine Ahnung, wie sehr ich das vermisst hatte, bis Laney angefangen hat, mich auf die gleiche Weise zu begrüßen. Ich hebe sie hoch und in meine Arme und gebe ihr einen lauten Schmatz, der sie zum Kichern bringt.

»Tyler hat heute in der Schule Ärger gekriegt.«

»Ich dachte, du wolltest nicht mehr so eine Petze sein.«

»Ich versuch's ja, doch das war zu groß.«

Ich muss mich zusammenreißen, um nicht laut loszulachen.

Ich setze sie ab und lasse mich von ihr in Richtung Küche ziehen, wobei sie ihre kleine Hand um meine legt.

Ich umarme rasch Iris' Mutter, die mich anlächelt, und ihren Stiefvater und setze mich an den Küchentisch zu Wynter, Xavier, Tyler und Sophia, die mit Buntstiften malen. Leere Teller zeugen davon, dass sie was gegessen haben.

»Danke für deine Hilfe, Wynter.«

»Gern geschehen. Ich freue mich so für dich und Iris.«

»Danke.« Okay, jetzt kommt der Moment der Wahrheit, auf den ich wochenlang gewartet habe. »Kinder, kann ich kurz mit euch über was reden?«

»Daddy Gage will wissen, was du heute in der Schule angestellt hast«, teilt Laney ihrem Bruder mit.

Der antwortet ihr mit einem bösen Blick.

»Darüber sprechen wir später.« Ich grinse ihn an und zwinkere ihm zu, damit er sich keine Sorgen macht. »Worüber ich jetzt mit euch reden will, ist eure Mom.« Ich habe bis heute gewartet, damit sie unter keinen Umständen als Versehen die große Überraschung platzen lassen.

»Geht es ihr gut?«, will Tyler mit zusammengezogenen Augenbrauen wissen.

»Es geht ihr großartig, und sie ist wunderschön und liebenswert.«

»Sie ist die beste Mommy überhaupt«, verkündet Sophia.

»Das ist sie mit Sicherheit, und ich hab mir überlegt, sie zu fragen, ob sie mich heiraten möchte, damit wir alle verheiratet sind und für immer eine Familie sein können. Was haltet ihr davon, Leute?«

»Wir alle heiraten?«, fragt Sophia mit großen Augen.

»Wenn eure Mom Ja sagt«, entgegne ich, gerührt von ihrer Reaktion.

»Natürlich wird sie das«, meint Tyler. »Sie ist ganz verrückt nach dir.«

»Und sie lacht jetzt die ganze Zeit«, fügt Sophia hinzu. »Das mag ich.«

»Ich mag das auch, Süße. Sie bringt mich ebenfalls zum Lachen, genau wie ihr. Ich hatte ganz vergessen, wie es ist, so fröhlich zu sein. Ich möchte mit euch und eurer Mutter viel mehr lachen und lieben. Also, wollt ihr mich heiraten, Leute?«

»Ja!«, ruft Laney und reckt beide Fäuste in die Luft.

»Ich auch«, erklärt Sophia mit ernster, fast feierlicher Miene. Sie zum Lachen zu bringen ist immer eine echte Herausforderung und etwas, das ich mir täglich vornehme.

»Tyler? Was denkst du, Kumpel?«

»Das ist okay.«

»Bist du dir sicher?«

Er schaut mich an und nickt. »Ganz sicher.«

»Es bedeutet mir unglaublich viel, euch in meinem Leben zu haben. Ich liebe euch wirklich sehr, und daran wird sich auch nie etwas ändern.«

»Wir lieben dich auch«, erwidert Sophia.

Ich blicke rüber zu Wynter und sehe, wie sie sich ein paar Tränchen wegwischt. »Das hast du gut gemacht, Daddy Gage«, stellt sie fest.

Ich hätte nie gedacht, dass ich jemanden, der jung genug ist, meine Tochter zu sein, jemals als so gute Freundin betrachten würde, aber sie ist mir ans Herz gewachsen, und ihre Meinung ist mir wichtig. »Danke.«

»Ich kann es kaum erwarten, dass sie kommt«, sagt Iris' Mutter.

Mir geht es genauso.

25

Iris

*I*ch hasse es, zu spät dran zu sein. Das macht mir
solchen Stress. Ich hatte einen seltenen freien Nachmittag, weil meine Mom darum gebeten hatte, dass die Kinder
nach der Schule zu ihr dürfen, daher hatte ich beschlossen, mir
eine Mani- und Pediküre zu gönnen. Im Nagelstudio war mehr
los, als man an einem Mittwoch erwarten würde, und zu dieser
Tageszeit ist der Verkehr ein Albtraum. Das vergisst man leicht,
wenn man nur selten während der Rushhour unterwegs ist.

Ein Auto schneidet mich, sodass ich voll in die Bremsen
steigen muss. Glücklicherweise ist niemand hinter mir, sonst
wäre das möglicherweise übel ausgegangen.

Ich widerstehe der Versuchung, dem Idioten den Stinke-
finger zu zeigen, weil ich lieber nichts riskieren will. Als alleinerziehende Mutter muss man so was im Auge behalten, wenn man
Fremden gerne sagen würde, was man von ihnen hält.

Obwohl … Eigentlich bin ich ja gar keine alleinerziehende
Mutter mehr. Seit Gage bei uns wohnt, nimmt er mir viel ab,
was eine echte Entlastung für mich ist. Er fährt die Kinder
morgens zur Schule und holt sie nachmittags wieder ab. Er ist
das Beste, was ihren Hausaufgaben je passieren konnte, und er
hat das Lachen zurück in unser Haus gebracht.

Ich bin so dankbar, dass er in unser Leben gekommen ist und sich voll und ganz unserer Beziehung und den Kindern verschrieben hat, obwohl es für ihn so viel einfacher gewesen wäre, ungebunden und frei zu bleiben. Es hat ihn einiges an Mut gekostet, sich auf uns einzulassen, und ich hoffe, wir sorgen dafür, dass es unterm Strich alle Mühen wert ist.

Ich finde keinen freien Parkplatz in der Nähe, daher muss ich das Auto ein Stück entfernt abstellen. Ich schnappe mir die Cupcakes, die ich noch schnell besorgt habe, und laufe zu Adrians Haus, bei dem das Licht über der Eingangstür eingeschaltet ist.

Es ist beinahe halb sieben, als ich das Wohnzimmer betrete, in dem die Wilden Witwen bereits vollzählig versammelt sind. »Tut mir leid, dass ich so spät dran bin.« Ich lege meine Jacke auf den Haufen neben der Tür und schlüpfe rasch in die Küche, um meine Cupcakes zu den anderen Desserts zu stellen. Ich schenke mir ein Glas Wein ein, wenn auch nur ein kleines, denn ich muss ja nachher noch fahren, und nehme es mit ins Wohnzimmer, wo ich Gage mit einem raschen Kuss begrüße, bevor ich mich auf den Platz neben ihm setze, den er mir frei gehalten hat. »Ihr habt heute ja offenbar überpünktlich angefangen. Was hab ich verpasst?«

»Christy hat uns gerade erzählt, dass sie Trey endlich geantwortet hat«, erklärt Brielle.

Das weiß ich schon. Ich lächle Christy zu, die strahlt. Es gibt kein anderes Wort, um ihren Gesichtsausdruck zu beschreiben.

»Ich kann nicht glauben, dass er tatsächlich ehrenamtlich Jugendlichen hilft, damit er Erfahrungen mit Kindern im Alter von deinen sammelt«, meint Joy. »Der Mann ist ein echter Volltreffer.«

»Ja, absolut«, pflichtet ihr Christy mit einem Lächeln bei.

»Und, Lexi, wie geht es dir in deinem neuen Zuhause?«, erkundigt sich Roni.

»Großartig. Tom ist ein wunderbarer Koch. Er bereitet mir jeden Abend irgendwas Leckeres zu. Ich genieße das.«

»Ach, das ist ja schön«, sage ich. »Und wie ist die Lage bei dir, Hallie?«

»Im Großen und Ganzen okay. Ich rede mit Robin, habe allerdings keine Ahnung, in welche Richtung es sich entwickeln wird.«

»Du weißt ja, wohin du dich wenden kannst, falls es irgendwann nicht mehr okay ist«, erinnert Christy sie.

»Ja, und das ist sehr wichtig für mich.«

»Was ist mit euch beiden?«, frage ich Wynter und Adrian, die nebeneinandersitzen, nachdem sie sich bei unseren Treffen mehrere Wochen lang kaum angesehen haben.

»Wir arbeiten dran«, erwidert Adrian mit einem Lächeln für Wynter.

»Er hat erkannt, dass er ohne mich nicht leben kann«, fügt sie hinzu und bringt uns alle zum Lachen, wie nur sie das vermag.

Ich denke, ich habe Halluzinationen, als plötzlich meine Kinder mit Blumen in den Händen auf der Treppe auftauchen und sie mir bringen. »Was? Was geht hier vor?«

Ich sehe zu Gage, aber er hüllt sich in Schweigen, während hinter meinen Kindern meine Mutter, mein Stiefvater, Gages Eltern, seine Schwester und ... Mimi und Stan erscheinen? Was zur Hölle passiert hier? Ich will mich wieder zu ihm umdrehen, doch dann stelle ich fest, dass er direkt vor mir kniet. *O mein Gott!*

Als die Kinder rechts und links von mir Position beziehen, laufen mir die Tränen über die Wangen.

Ein Blick in die Runde verrät mir, dass alle feuchte Augen haben.

Gage schaut mich voller Liebe und Hingabe und Trauer an. »Iris, meine Liebe, meine Freundin, meine Retterin ... Tyler, Sophia, Laney, meine süßen Kleinen. Ich liebe euch so sehr. Wobei das eigentlich gar nicht hätte passieren sollen.«

Ich lache, als ich daran denke, wie sehr er sich gegen die Bezeichnung »Beziehung« gewehrt hat und wie mühelos er sich später dem Unausweichlichen gefügt hat.

»Aber ihr habt es mir unmöglich gemacht, euch zu widerstehen, und jetzt, wo ich meine Tage und Nächte bei euch verbringe, bin ich so glücklich, wie ich nur sein kann.«

Da ist so viel, was er nicht ausspricht, was ich jedoch instinktiv verstehe: Wir sind beide so glücklich, wie wir ohne die Menschen, die wir früher geliebt haben, eben sein können.

»Laney, meine Süße, ich würde gern deine Mom heiraten und für immer dein Daddy Gage sein. Willst du das?«

»Ja!«

Bei Laneys begeisterter Bestätigung müssen alle lachen, auch wenn sich einige gleichzeitig die Tränen wegwischen.

Gage legt ihr eine Kette mit einem Herzanhänger um den Hals.

»Sophia, meine Leseratte und Mit-Harry-Potter-Fan, ich würde gern deine Mutter heiraten und für immer dein Daddy Gage sein. Willst du das auch?«

»Absolut«, erwidert Sophia mit einem glücklichen Lächeln.

Sie bekommt die gleiche Kette mit Anhänger wie ihre Schwester, während ich verzweifelt versuche, meinen Tränen Einhalt zu gebieten, die unaufhaltsam laufen, weil er sich hiermit solche Mühe gegeben hat.

»Tyler, mein Kumpel beim Footballschauen, beim Modellbau und beim Wrestling, ich würde gern deine Mutter heiraten und für immer dein Daddy Gage sein. Möchtest du das ebenfalls?«

»Ja«, sagt Tyler fast ein bisschen unwirsch. »Aber nur, wenn meine Mom es auch will.«

Er ist so umsichtig und erwachsen für sein Alter, was mich zu gleichen Teilen stolz und traurig macht.

Gage befestigt eine beeindruckende Armbanduhr an Tylers Handgelenk. Ich bin sicher, sie hat all den Schnickschnack, den mein Sohn liebt. »Dann wollen wir doch mal sehen, was sie selbst davon hält, okay?«, fragt er die Kinder, die kichern müssen. »Iris, du weißt, wie sehr ich dich liebe, denn wir sagen es einander die ganze Zeit. Wir haben gelernt, niemals eine Minute verstreichen zu lassen, ohne es auszusprechen, es zu leben, es zu zeigen. Ich möchte jede Sekunde, die mir gegeben ist, mit dir und den Kindern verbringen. Heiratest du mich bitte und teilst mit mir, was uns von diesem Leben noch vergönnt ist?«

Während ich in sein faszinierendes Gesicht blicke und seinen wunderschönen Worten lausche, strömen Erinnerungen aus dem Leben auf mich ein, das ich mit Mike zu führen glaubte, bis hin zu Bildern aus dem, dass ich jetzt mit Gage habe. Er ist mein Fels in der Brandung, mein Leitstern, mein Ein und Alles, und obwohl ich komplett unter Schock stehe, weil er mir allen Ernstes einen Heiratsantrag macht, obwohl er doch eigentlich vorhatte, nie wieder zu lieben, gibt es nur eine einzige Antwort, die ich ihm geben kann.

»Ja«, flüstere ich leise. »Ja zu allem.«

Und dann liege ich in seinen Armen, während die anderen lachen und klatschen und johlen.

Die Kinder hüpfen auf und ab und springen aufgeregt herum.

Gage löst sich von mir und schaut mir tief in die Augen, bevor er mich auf den Mund küsst und mir einen Ring an den Finger steckt. Ich bin so auf ihn konzentriert, dass ich dem Ring gar keine große Beachtung schenke. Diese Dinge bedeuten mir nicht mehr so viel, wie es früher mal der Fall war. Gage steht auf und hilft mir hoch, und dann liege ich wieder in seinen Armen.

Wir lassen einander nur los, weil die Kinder unsere Aufmerksamkeit fordern.

Mit Laney im Arm und Tyler und Sophia vor uns posieren wir für Fotos, um diesen aufregenden Moment festzuhalten.

Alle umarmen uns und gratulieren.

»Das war ganz wundervoll«, sagt Roni und wischt sich die Tränen ab. »Ich bin so froh, dass wir dabei waren.«

»Natürlich wart ihr das«, antwortet Gage. »Ohne eure Unterstützung hätten wir niemals diesen Punkt erreicht.«

Adrian und Wynter kommen mit Tabletts voller Sektgläser herein.

»Ein Toast«, erklärt Joy. »Auf Mom und Dad.«

Alle lachen.

»Nein, ehrlich. Wenn diese Gruppe hier eine Mom und einen Dad hat, dann seid das ihr beide«, führt Joy aus. »Ihr seid es, an die wir uns alle wenden, wenn die Not groß ist oder bei Kummer oder Freude. Wenn irgendjemand das hier verdient, dann ihr beide, und wir sind so glücklich, dass wir von Beginn an miterleben durften, wie eine großartige Freundschaft, die aus einem entsetzlichen Verlust entstanden ist, zu einer wunderbaren Liebesgeschichte voller Hoffnung geworden ist. Wir haben euch so lieb. Glückwunsch an Gage und Iris!«

Ich bin derart gerührt von ihren Worten, dass ich kaum sprechen kann. Unsere Gruppe ist so wichtig für mich geworden, während ich die Herausforderungen des Witwendaseins zu meistern gelernt habe. Es fällt mir immer noch schwer, zu glauben, was aus der kleinen Idee erwachsen ist, die meine Freundin Taylor und ich vor ein paar Jahren hatten. Und sieh sich uns einer jetzt an.

Mimi und Stan kommen, um uns zu umarmen.

»Das war so schön, Gage«, meint Mimi. »Vielen Dank, dass du uns in diesen glücklichen Moment einbezogen hast.«

»Ohne euch wäre es nicht dasselbe gewesen«, versichere ich ihr. Seit wir uns an Weihnachten kennengelernt haben, ist sie mir eine gute Freundin geworden, auch wenn es mir immer noch schwerfällt, das zu glauben. Die Mutter seiner verstorbenen Frau ist meine Freundin. Nur eine Witwe kann eine so ungewöhnliche Verbindung begreifen.

Ich war so durcheinander, als ich mit meinen Cupcakes reingekommen bin, dass ich überhaupt nicht die mit Folie abgedeckten Tabletts in der Küche bemerkt habe.

Gage hat einen Partyservice organisiert, um unsere Verlobung angemessen zu feiern.

»Es ist einfach wunderbar«, sage ich ihm, während das Haus vor Aufregung und Energie förmlich summt. Die Kinder sind so aufgedreht, dass sie heute Nacht bestimmt keine Minute schlafen werden. »Vielen Dank, das war perfekt.«

»Es freut mich, dass du das findest.«

»Ich hoffe, dir ist klar, das heißt, dass du jetzt in einer echten Beziehung bist.«

»Ah«, erwidert er lachend. »Und da ist es schon. Du konntest es einfach nicht lassen und musstest es kaputtmachen.«

Ich grinse breit. »Ich sorge nur dafür, dass du voll und ganz begreifst, was du getan hast.«

Er beugt sich vor, um mich zu küssen. »Dessen bin ich mir bereits bewusst, und ich könnte darüber nicht glücklicher sein.«

»Geht mir genauso, Liebster.«

Wynter

DIE NÄCHSTEN BEIDEN Wochen sind die besten und die längsten seit einer ganzen Weile. Ich laufe immer noch wie auf Wolken, nachdem ich bei Gages und Iris' Verlobung dabei war. Die beiden sind zwei meiner absoluten Lieblingsmenschen. Zuzuschauen, wie sie ihr Happy End finden, erfüllt uns andere mit Hoffnung.

Mit Adrian ist alles fantastisch, seit wir beschlossen haben, der Sache noch eine Chance zu geben. Seither habe ich jede Nacht bei ihm verbracht, auch wenn ich die Wohnung meiner Mutter erst mal behalten werde. Er hat mich erneut gefragt, ob ich nicht offiziell bei ihm einziehen möchte, und ich bin mir nicht sicher, warum ich zögere. Doch das zwischen uns hat sich so schnell entwickelt, auch wenn wir einander schon über ein Jahr kennen, und ich möchte vorsichtig sein, um die bestmögliche Entscheidung für mich und unter Umständen mein Baby zu treffen.

Obwohl er das Richtige gesagt und getan hat, gebe ich mich nicht der Illusion hin, dass wir alle Schwierigkeiten hinter uns gelassen haben und er damit klarkommt, dass ich vielleicht schwanger bin und ein Kind auf die Welt bringen werde. Seine Ängste sind gewaltig.

Heute Abend werde ich einen Schwangerschaftstest machen. Zur Sicherheit hab ich gleich vier besorgt. Man weiß ja nie.

Die Warterei ist quälend gewesen.

Ich rufe mir in Erinnerung, dass Dr. Bauer gesagt hat, es seien oft mehrere Versuche nötig, bevor es klappt, und dass ich gegebenenfalls geduldig sein muss. Ich horche in mich hinein und versuche irgendwelche körperlichen Veränderungen aufzuspüren, die darauf hinweisen, dass ich schwanger sein könnte. Aber bislang war da nichts. Ich bin zwar dauernd müde, doch das kann ich nicht allein einer eventuellen Schwangerschaft ankreiden. Dank Adrian bleibe ich immer viel zu lange wach, sodass wir beide unter Schlafmangel leiden.

Für heute haben wir uns vorgenommen, nichts anderes zu tun, als zu schlafen. Wenigstens ist das der Plan.

Während Xaviers Mittagsschläfchen lege ich mich ebenfalls hin und wache eine ganze Weile später davon auf, dass Adrian heimkommt. Ich fühle mich schuldig, weil ich während meiner Arbeitszeit geschlafen habe, wobei es ja andererseits seine Schuld ist, dass ich so müde bin – eine Einschätzung, die ich ihm sofort mitteile, als er auf der Suche nach mir ins Zimmer schaut.

»Ich bin auch total fertig«, sagt er, während er sich neben mir ausstreckt, einen Arm und ein Bein über mich legt.

»Man kann nicht allein von Sex leben«, stelle ich fest.

»Mag sein, aber was für ein Abgang.«

Wir liegen immer noch so da, als sich nach einer Viertelstunde Xavier bemerkbar macht.

Adrian ist fest eingeschlafen, daher löse ich mich vorsichtig von ihm, in der Hoffnung, dass er sich etwas länger ausruhen kann.

Als ich oben Xaviers Zimmer betrete, hüpft er in seinem Bettchen auf und ab. Er freut sich immer so, mich zu sehen. Ich hebe ihn heraus, wechsle ihm die Windel und erkläre ihm, dass wir still sein müssen, weil Daddy schläft.

Er guckt mich ernst an, legt sich einen Finger auf die Lippen und sagt: »Sch.«

Geht es noch niedlicher? Nein. Unmöglich. »Genau.«

Ich nehme ihn mit nach unten in die Küche, setze ihn in seinen Hochstuhl und gebe ihm ein paar Cracker, während ich sein Essen zubereite. Heute gibt es für ihn klein geschnittenes Hähnchen mit Nudeln und den Grüne-Bohnen-Babybrei, den er so liebt.

Er ist beim Nachtisch, der aus schmalen Apfelschnitzen besteht, als Adrian in die Küche kommt. »Da ist ja meine Familie.«

Ich lächle ihn an, als er sich hinter mich stellt.

»Dada.«

»Hey, Kleiner. Was hast du gegessen?«

»Mjam, mjam.«

»Kannst du ihn kurz übernehmen?«, frage ich Adrian.

»Sicher.«

Ich stehe auf und überlasse ihm meinen Platz. »Ich bin gleich zurück.«

Oben hole ich die Tests und nehme sie mit ins Gäste-WC. Ich hab mir die Gebrauchsanweisung schon mindestens zehn Mal durchgelesen, daher bin ich mehr als bereit, das jetzt in Angriff zu nehmen. Ich probiere es erst mal mit zwei Tests und heb mir die beiden anderen für morgen früh auf, falls die heute Abend negativ sind. Ich hab gelesen, dass der Test am Anfang der Schwangerschaft am besten funktioniert, wenn man ihn frühmorgens durchführt. Nach zwei sehr langen Wochen halte ich es aber keine Minute länger aus.

Ich befolge die Anweisungen wie beschrieben und stelle die Tests auf die Ablage vor dem Spiegel.

Bevor ich meine Jeans geschlossen habe, prangen auf beiden Teststreifen fette Pluszeichen.

Verdammt.

O mein Gott.

Ich bin schwanger.

Es hat geklappt.

Ich kann es nicht glauben.

Es hat tatsächlich geklappt.

Und dann muss ich weinen, so wie direkt nach Jadens Tod. Anders als damals mischt sich in diese Tränen neben der Trauer jedoch auch Freude. Mir ist inzwischen klar geworden, dass der Kummer immer ein Teil von mir sein wird, egal, wie glücklich ich gerade bin. Das ist wohl unvermeidlich, wenn man jemanden so liebt, wie ich Jaden geliebt habe, und ihn dann verliert.

»Wir haben's geschafft, Babe«, flüstere ich. »Wir haben ein Baby gemacht.«

Der Schmerz existiert gleich neben der Freude, in einer seltsamen Koexistenz in dieser verdrehten Wirklichkeit, die mein Leben als Witwe darstellt.

Doch jetzt ist da ein Baby. *Sein* Baby. *Unser* Baby. *Mein* Baby.

An der Badezimmertür klopft es leise, was mich aus der Vergangenheit in die Gegenwart zurückholt.

Ich öffne die Tür, und vor mir steht Adrian mit Xavier auf dem Arm.

»Wynter, Süße. Fehlt dir was?«

»Nein, mir fehlt nichts.« Ich halte den Teststreifen hoch, sodass er ihn sehen kann. »Ich bin schwanger.«

Die Veränderung in ihm ist schlagartig da. Sein Gesicht verliert jeden Ausdruck, und sein Körper spannt sich an. »Herzlichen Glückwunsch.«

»Meinst du das ehrlich?«

»Ich möchte, dass du glücklich bist.«

»Und *ich* möchte, dass *du* glücklich bist.«

»Ich werde mein Bestes geben, um dich auf jede Weise zu unterstützen, auf die ich das nur kann.« Er bemüht sich, das Richtige zu sagen. »Aber es ist wirklich schwer für mich. In dem Punkt werde ich dich nicht belügen.«

»Das möchte ich auch nicht, und es tut mir leid, dass es für dich so schwierig ist. Ich wünschte, es wäre anders.«

»Schon okay. Bitte lass dir von mir und meinen Ängsten nicht die Freude verderben. Du verdienst es so sehr.«

»Du auch.«

»Das tun wir alle.«

»Also, was machen wir dann jetzt?«

»Ich wollte Xavier baden. Möchtest du mir dabei helfen?«

»Liebend gern.«

26

Adrian

Mir ist mulmig zumute. Ich liebe sie so sehr. Ich habe es ernst gemeint, als ich sagte, ich will, dass sie glücklich ist. Und Jadens Baby wird sie glücklich machen, da bin ich mir sicher. Sie wird eine tolle Mutter sein. Ich wünschte nur, ich könnte die Uhr um achtunddreißig Wochen vorstellen und sie und das Baby hätten die Geburt schon sicher hinter sich.

Achtunddreißig Wochen sind eine verdammt lange Zeit, wenn man sie in ständiger Angst verbringt.

Sie schläft in meinen Armen, während ich im Dunkeln an die Decke starre.

Ich bin so müde wie seit der Zeit direkt nach Xaviers Geburt nicht mehr, aber ich kann meine Augen nicht schließen, ohne schreckliche Bilder von einer leblosen Wynter vor mir zu sehen. Meine Furcht ist irrational, das weiß ich. Wenn ich sie nur irgendwie in den Griff kriegen könnte.

Gleich morgen werde ich mich an die Psychotherapeutin wenden, zu der mich meine Schwester nach Sadies Tod geschleppt hat. Ich muss etwas gegen diese unkontrollierbare Angst tun, bevor sie meine Beziehung zu Wynter zerstört.

Irgendwann muss ich trotzdem eingeschlafen sein, denn ich schrecke auf, als der Wecker klingelt.

Wynter stöhnt und rollt sich auf die andere Seite des Betts.

Ich küsse sie auf die Schulter. »Schlaf ruhig noch ein bisschen.«

»Mmm.«

Ich nehme mein Handy mit, als ich ins Bad gehe, um mich für die Arbeit fertig zu machen, und schreibe der Therapeutin eine Nachricht, in der ich frage, ob sie mich in den nächsten Tagen irgendwann einschieben kann.

Ich habe gerade eine Absage für heute um drei bekommen, antwortet Candace. *Möchten Sie dann kommen?*

Ich sollte erst Mick fragen, aber ich bin mir sicher, dass er keine Einwände haben wird. *Ja, bitte.*

Gut. Bis nachher.

Während ich mich dusche, rasiere und anziehe, bin ich erleichtert, dass Hilfe in Sicht ist. Als ich fertig bin, schaue ich kurz nach Xavier, der noch nicht aufgewacht ist.

Zurück in meinem Zimmer wecke ich Wynter mit einem Kuss und lächle über den mürrischen Blick, den sie mir zuwirft. »Ich muss los. Xavier schläft noch, daher habe ich das Babyfon auf deinen Betttisch gestellt.«

»Okay.«

»Hab einen schönen Tag.«

»Okay.«

Sie ist so süß, wenn sie griesgrämig ist. Verdammt, sie ist eigentlich immer süß.

Ich küsse sie ein letztes Mal auf die Wange und laufe runter in die Küche zu meinem Kaffee. Ich hasse es, mich so zu fühlen wie in den ersten Tagen nach Sadies Tod, dicht gefolgt von dem ihrer Mutter. Bei den Wilden Witwen habe ich von dem Begriff »vorweggenommene Trauer« gehört. Davon spricht man, wenn man weiß, dass jemand sterben wird, und man schon anfängt, um ihn zu trauern, bevor es überhaupt passiert ist. Genau so fühlt sich das hier an, und es ist absoluter Mist. Wynter geht es gut. Sie ist jung, kerngesund und fit. Doch das war Sadie auch.

Auf dem Weg ins Büro rufe ich Mick an, um ihm mitzuteilen, dass ich um drei einen Arzttermin habe, und frage ihn, ob er einverstanden ist, wenn ich mir dafür freinehme.

»Kein Problem, Mann. Tu, was du tun musst.«

»Danke, Mick. Ich weiß das zu schätzen.«

»Und *ich* weiß *dich* zu schätzen. Trotz allem, was bei dir los ist, bist du mein bester Mann.«

»Echt?«

»Jap. Du bist der Einzige, der immer alles termingerecht erledigt, und die Kunden lieben dich.«

»Davon hatte ich ja gar keine Ahnung.«

»Nun, jetzt weißt du es, also kannst du aufhören, zu glauben, dass ich dich nur aus Mitleid beschäftige.«

Darüber muss ich lachen. »Das wäre mir nie in den Sinn gekommen.«

»Natürlich nicht. Hast du schon gefrühstückt?«

»Nein.«

»Ich bring dir was mit.«

»Danke. Du bist der Beste.«

»Gleichfalls.«

Wow! Ich bin sein bester Mitarbeiter. Davon hatte ich nicht den leisesten Schimmer. Früher wäre mir das total wichtig gewesen, vor allem, weil ich mich so ins Zeug gelegt habe, um das College zu schaffen. Das zeigt nur, wie sehr sich alles verändert hat, seit Sadie gestorben und Xavier das Wichtigste in meinem Leben geworden ist. Allerdings gibt es jetzt auch noch Wynter und ein weiteres Baby, das Teil meines Lebens werden könnte.

Ich habe keine Ahnung, wie ich mich dabei fühlen soll.

In der Versicherungsagentur ist viel los, und im Handumdrehen ist mein Arbeitstag zu Ende. Ich treffe zehn Minuten vor drei in Candace' Praxis ein und warte in einem Raum auf sie, der Erinnerungen an die dunkelste Zeit meines Lebens wachruft. Ich habe hart an mir gearbeitet und bin weit gekommen. Die Vorstellung, dass mir ein Rückfall bevorstehen könnte, ist unerträglich.

Candace, die etwa zehn Jahre älter ist als ich, öffnet mir mit einem freundlichen Lächeln die Tür. »Schön, Sie zu sehen, Adrian.«

»Gleichfalls.«

»Vor ein paar Wochen habe ich Nia beim Einkaufen getroffen. Sie sagte, dass es Ihnen gut gehe und dass Xavier gerade ein Jahr alt geworden sei. Die Zeit rast, nicht wahr?«

»Ja, stimmt. Ich kann kaum glauben, dass er schon ein Jahr alt und Sadie schon ein Jahr nicht mehr da ist.«

»Nia hat gesagt, dass Sie als alleinerziehender Vater unschlagbar sind.«

»Na ja, da bin ich mir nicht so sicher.«

»Ich glaube ihr.« Sie schlägt die Beine übereinander und balanciert einen Block auf ihrem Knie. »Was führt Sie heute her?«

»Hat Nia erwähnt, dass ich mit jemandem zusammen bin?«

»Nein, hat sie nicht, aber das freut mich für Sie. Wie heißt sie?«

»Wynter. Wir haben uns über unsere Selbsthilfegruppe für Witwen und Witwer kennengelernt. Sie ist erst einundzwanzig, was noch recht jung ist, vor allem dafür, bereits Witwe zu sein, doch sie ist eine ›alte Seele‹, wenn Sie wissen, was ich meine.«

»In der Tat. Was ist mit ihrem Ehemann passiert?«

»Er ist nur wenige Tage nach ihrer Heirat im Krankenhaus an Knochenkrebs gestorben. Sie waren vorher aber schon jahrelang zusammen.«

»Wie traurig. Das tut mir sehr leid für sie.«

»Sie ist ein wunderbarer Mensch. Witzig, klug, einfühlsam. Sie kümmert sich um Xavier, wenn ich bei der Arbeit bin.«

»Ach, das ist also kompliziert.«

»Das könnte man meinen, doch es funktioniert großartig. Wir waren schon monatelang befreundet, bevor mehr daraus geworden ist.«

»Lieben Sie sie?«

»Sehr sogar, und sie mich. Sie und Xavier kommen großartig miteinander klar, und sie liebt ihn ebenfalls.«

»Das ist toll, Adrian. Ich bin froh, dass es so gut für Sie läuft und dass Sie einander gefunden haben.«

»Es ist wirklich schön, sich wieder gut zu fühlen.«

»Das kann ich mir vorstellen. Haben Sie Schuldgefühle, weil Sie mit Wynter zusammen sind?«

»Anfangs schon ein wenig, aber inzwischen nicht mehr so sehr. Ich muss hoffen, dass Sadie sich wünschen würde, dass ich glücklich bin, auch wenn sie Wynter die Augen auskratzen würde, wenn sie noch hier wäre.«

Darüber muss Candace lachen. »Sie würde sich für Sie ganz bestimmt wünschen, dass Sie glücklich sind. Warum sind Sie es nicht?«

Ich hole tief Luft und atme langsam wieder aus. Das ist so schwer. »Vor einer Weile hat Wynter erfahren, dass ihr Ehemann vor seiner Krebsbehandlung Sperma von sich hat einfrieren lassen. Er hat damals niemandem davon erzählt, doch seine Eltern haben es eine Weile nach seinem Tod herausgefunden, und seine Mutter hat es schließlich Wynter mitgeteilt. Und jetzt ist sie wild entschlossen, sein Baby zu bekommen. Genau genommen weiß sie seit gestern Abend, dass sie schwanger ist.«

»Verstehe. Es ist keine Kleinigkeit, die Verantwortung für das Kind eines anderen zu übernehmen.«

»Das ist überhaupt nicht das Problem. Ich hab keinen Zweifel daran, dass ich Wynters Sohn oder Tochter lieben könnte und würde, denn ich liebe sie ja auch. Mich treibt vielmehr die Angst um, sie auf die gleiche Weise zu verlieren wie Sadie.«

»O Adrian …«

»Und bevor Sie es sagen: Ich weiß, dass es eine extrem seltene Komplikation war, aber es gehört nun mal zu den Dingen, die geschehen können. Die Leute glauben immer, eine Geburt sei keine große Sache, doch vom medizinischen Standpunkt aus ist es das sehr wohl.«

»Sie haben natürlich recht, auch wenn solche Komplikationen wirklich selten sind.«

»Das weiß ich. Rein verstandesmäßig ist mir bewusst, dass die Wahrscheinlichkeit von irgendwelchen Zwischenfällen sehr gering ist. Aber jedes Mal, wenn ich gestern Nacht die Augen zugemacht habe, habe ich Wynter gesehen, wie sie leblos daliegt

… wie Sadie.« Ich schüttle den Kopf. »Es ist furchtbar, wenn ich mir vorstelle, was ihr passieren könnte.«

Candace legt ihren Block und den Stift weg und beugt sich zu mir vor. »Es gibt eine Million Dinge, die den Menschen, die wir lieben, jederzeit zustoßen können.«

Ich muss an den Tag denken, an dem Wynter und Xavier wie vom Erdboden verschluckt waren, und weiß, dass sie recht hat. »Nia hat das Gleiche gesagt.«

»Das mit Sadie war eine schreckliche Tragödie, doch es war eben auch eine äußerst seltene Geburtskomplikation. Es gibt keinen Grund, zu glauben, dass Wynters Schwangerschaft und Entbindung irgendetwas anderes als Routine sein werden.«

»Das hat man Sadie ebenfalls versichert. Sie war jung und gesund und fit. Und dann war sie tot.«

»Ihre Befürchtungen sind durchaus nachvollziehbar.«

»Selbst wenn sie lachhaft sind?«

»Das sind sie nicht. Sie fühlen so, wie Sie das tun, und das aus gutem Grund. Meiner Ansicht nach bieten sich Ihnen mehrere Möglichkeiten. Erstens könnten Sie Medikamente nehmen, die Ihnen helfen, die Angst in den Griff zu bekommen, damit Sie Wynter in ihrer Schwangerschaft und bei der Geburt so unterstützen können, wie Sie es möchten. Oder Sie können entscheiden, dass es nach Ihren tragischen Erfahrungen zu viel für Sie ist, und die Beziehung mit ihr beenden.«

»Ich liebe sie, auch wenn ich nicht mit ihr zusammen bin.«

»Würden Sie sich auch um sie ängstigen, wenn Sie kein Paar mehr wären?«

»Natürlich.«

»Wäre es für Sie einfacher, mit der Angst umzugehen, wenn Sie zusammen wären oder getrennt?«

»Das wäre beides nicht leicht, aber der Gedanke, ohne sie zu sein, bricht mir das Herz. Das ist das Problem.«

»Ich glaube, Sie wären ein ausgezeichneter Kandidat für eine niedrig dosierte medikamentöse Therapie, um die Angstzustände abzumildern und einzudämmen.«

»Würden die Medikamente auch dagegen helfen, dass ich

mich ständig fühle, als würde die Katastrophe hinter der nächsten Ecke lauern?«

»Das ist es, was sie bewirken sollen.«

»Dann denke ich, ich werde das mal ausprobieren.«

»Ich glaube, das ist in Ihrem Fall das Richtige. Ich werde Ihrem Hausarzt meine Empfehlung aufschreiben.«

»Vielen Dank, Candace.«

»Ich hoffe, dass es Ihnen hilft. Sie verdienen Ihr neues Glück, Adrian, und nach dem, was Sie mir erzählt haben, Ihre Wynter auch.«

»Unbedingt. Das ist alles, was ich mir für sie wünsche.«

»Dann lassen Sie es uns versuchen. Ich möchte, dass Sie außerdem in den nächsten Monaten einmal die Woche zu mir kommen, vor allem wenn der Geburtstermin näher rückt, damit Sie in dieser Zeit möglichst unbelastet für Wynter da sein können.«

»Klingt gut.«

Ich fahre nach Hause und fühle mich deutlich besser als vorher. Vor allem bin ich dankbar, dass sie mir nicht das Gefühl gegeben hat, ich würde mich anstellen oder maßlos übertreiben, selbst wenn ich ihr das nicht verübelt hätte. Es ist verrückt, das, was Sadie passiert ist, auf Wynter zu projizieren, das ist mir klar. Aber ich rege mich deswegen trotzdem auf. Andererseits wird Wynter bei der Geburt ihres Kindes sieben Jahre jünger sein, als Sadie bei Xaviers war. Das ist von Vorteil, habe ich gehört.

Ich halte an einer Ampel an, als die Nachricht von meiner Apotheke eintrifft, dass mein Medikament bereitliegt.

Wow.

Trotz aller Unzulänglichkeiten kann die moderne Medizin auch wunderbar funktionieren, insbesondere wenn Therapeut und Apotheke zum gleichen Konzern gehören.

An der nächsten Ampel biege ich links ab, um das Mittel am Autoschalter der Apotheke abzuholen.

Als ich zu Hause durch die Garage in die Küche gehe, sitzt Xavier auf seinem Hochstuhl, und Wynter steht an der Spüle und wäscht ab.

»Hey, Süße, ich bin zu Hause«, sage ich und gebe ihr einen Kuss auf den Hals, genau dahin, wo sie so kitzlig ist.

Sie lacht und erschauert. »Was hast du da?«, fragt sie und deutet mit dem Kinn auf die Tüte, die ich auf der Arbeitsplatte abgestellt habe.

»Medikamente gegen Angst.«

»Wirklich?«

»Ja.«

»Muss ich fragen, was dafür verantwortlich ist?«

»Wahrscheinlich nicht. Aber ich möchte dich so unterstützen, wie du es verdienst. Ich möchte Aufregung und Vorfreude auf dein Baby verspüren, nicht Angst und Panik. Ich möchte für euch beide da sein, so wie du es für mich und Xavier bist. Ich war gerade bei der Therapeutin, die mir nach Sadies und Alyssas Tod geholfen hat, und sie hat die Medikation vorgeschlagen. Warum weinst du?«

»Weil du das für mich getan hast.«

»Ich hab das für uns beide getan. Ich kann nicht achtunddreißig Wochen lang in ständiger Angst leben und dich dennoch zu den Geburtsvorbereitungskursen begleiten, im Kreißsaal deine Hand halten und dich bei der Geburt unterstützen. Ich musste irgendwas unternehmen.«

Sie umarmt mich fest. »Ich liebe dich so sehr dafür, dass du dich deinen Ängsten gestellt hast, damit du mir zur Seite stehen kannst.«

»Ich möchte bei allem an deiner Seite sein.«

Xavier fängt in seinem Stuhl an zu jammern.

»Er will auch dabei sein.« Ich küsse sie auf die Stirn und gehe zu ihm. »Was will mein Kleiner denn?«

»Dada!«

Ich hebe ihn hoch und gebe ihm einen Kuss, dann nehme ich ihn mit zu Wynter.

»Wyn! Dada!«

Wir lachen und weinen und umarmen einander. Hier ist so viel Liebe, und es wird noch so viel mehr kommen.

»Danke, Adrian. Danke vielmals, dass du verstehst, wie

wichtig das für mich ist, und dass du getan hast, was nötig war, um mich zu unterstützen. Es bedeutet mir unglaublich viel.«

»*Du* bedeutest mir unglaublich viel. Daher solltest du besser gut aufpassen, dass dir nichts passiert. Verstanden?«

Sie lehnt den Kopf an meine Brust, während Xavier an ihren Haaren zieht. »Verstanden.«

EPILOG

Neun Monate später

Wynter

Wehen sind großer Mist. Ich meine mir war klar, dass es wehtun würde, aber nicht so. Nicht als ob jemand mein Inneres mit einer Machete aufschneidet.

Adrian ist ein echter Held. Er ist mir nicht von der Seite gewichen, seit heute Morgen um zwei meine Fruchtblase geplatzt ist. Zwölf Stunden später bin ich immer noch nicht so weit, den Eindringling rauszupressen. Ich weiß nicht, was es wird. Ich wollte mich überraschen lassen. Eileen kann es kaum erwarten, es endlich zu erfahren. Sie ist zusammen mit Jadens Schwestern, seinem Dad, meiner Mom, meinem Stiefvater und den Wilden Witwen im Wartezimmer.

Alle sind herbeigeeilt, als sie die Nachricht erhalten haben, dass ich in den Wehen liege.

Ich hab gehört, die Witwen hätten genug Essen mitgebracht, um die ganze Geburtsstation satt zu kriegen – Patienten und Personal. Das nützt mir persönlich nichts, denn ich darf nichts zu mir nehmen, falls ein Kaiserschnitt nötig wird. Ich bin hungrig und wütend, und mir tut alles weh, ich schwitze wie verrückt. Diese ganze Sache ist totaler Mist.

Dieses Baby sollte besser die Mühe wert sein.

Wenn Xavier irgendwie als Maßstab dienen kann, ist es das auf jeden Fall, doch erst mal muss ich die Geburt überstehen, und die ist viel schlimmer als befürchtet.

»Ich will eine Rückenmarksnarkose«, informiere ich Adrian.

Er dreht schon den ganzen Tag fast durch, aber er hat sich wacker geschlagen, genau wie während der gesamten Schwangerschaft.

»Ich geb das weiter.«

»Und sag Iris, dass ich sie brauche.«

»Ich hole sie.«

Iris kommt ein paar Minuten später, tritt an mein Bett und nimmt meine Hand.

Ich fühle mich sofort besser, einfach weil sie da ist.

»Ich habe Angst, weil es nicht vorangeht.«

»Das ist ganz normal. Bei Sophia hatte ich sechsunddreißig Stunden damit zu tun.«

»Das will ich nicht hören!«

Sie lacht. »Bei dir wird es bestimmt nicht so lange dauern.«

»Jede weitere Sekunde kostet Adrian fünf Jahre seines Lebens. Ich muss was tun, damit wir hier endlich zu Potte kommen.«

Maisie, eine der Krankenschwestern, betritt den Raum. »Und wie läuft es hier?«

»Ich muss mit Ihnen sprechen.«

»Wie kann ich helfen?«

»Adrian, mein Freund … Seine Frau ist unter der Geburt gestorben. Das Ganze ist unglaublich stressig für ihn. Gibt es eine Möglichkeit, dass wir die Sache beschleunigen, ohne das Baby zu gefährden?«

»Es tut mir so leid, das von Adrians Frau zu hören. Das ist furchtbar traurig.«

»Ja, ist es.«

»Ich bin ohnehin hier, um Ihnen mitzuteilen, dass Dr. Bauer Pitocin verschrieben hat, um die Sache in Gang zu bringen. Und Sie möchten eine Periduralanästhesie, hab ich gehört?«

»Ich wollte es eigentlich ohne durchstehen, aber das schaff ich nicht.«

»Wir haben in der Anästhesie Bescheid gegeben, und sie schicken jemanden. Wenn das erledigt ist, geben wir Ihnen das Pitocin. Danach geht es hoffentlich zügig los.«

»Großartig«, seufze ich mit einem tiefen Ausatmen, das sofort von einem scharfen, stechenden Wehenschmerz unterbrochen wird. »Ach du …«

Iris, die blöde Kuh, lacht. »Immer schön atmen.«

»Das Atmen kann mich mal! Das hilft kein bisschen.«

»Ich weiß, doch es ist etwas, was du tun kannst, während du in der Mitte durchgesägt wirst.«

»Du hättest mich warnen können, dass es so sein würde«, zische ich mit zusammengebissenen Zähnen.

»Warum? Du hast schon wegen dem ganzen Medizinkram total am Rad gedreht, wobei du das, wie ich sagen muss, echt super hinkriegst.«

»Na, wenn du meinst …«

Der Anästhesist taucht auf und gibt mir eine Spritze in den Rücken, die mich zu jeder anderen Zeit komplett in Panik versetzt hätte. Im Moment ist das jedoch meine geringste Sorge. Die Erleichterung folgt sofort.

»Wow.«

»Jap«, erwidert Iris. »Lebensrettend.«

Als Nächstes kommt die Schwester mit dem Pitocin, und wie angekündigt geht es danach sehr schnell.

Mit Adrian auf der einen und Iris auf der anderen Seite presse ich kurz nach fünf Uhr nachmittags ein kleines Mädchen auf die Welt. Und sie ist ohne Zweifel das Wunderschönste, was mir in meinem Leben je unter die Augen gekommen ist.

Stunden später ist mein Krankenzimmer voller Leute: Großeltern, Tanten, Freunde. Aber alles, was ich sehe, ist sie – und Jaden. Sie ähnelt ihm so sehr, bis hin zu dem kleinen Grübchen auf der rechten Seite ihres Mundes. Sie hat federiges blondes Haar und große Augen, die mich an seine erinnern.

»Mein Gott«, sagt Eileen und wischt sich die Tränen weg. »Sie ist ihm wie aus dem Gesicht geschnitten.«

»Ich weiß. Es ist unglaublich.«

»Das ist das schönste Geschenk überhaupt, Wynter. Vielen Dank.«

»Vielen Dank für Jaden.«

Sie beugt sich über das Bett und umarmt mich, während wir gemeinsam Tränen des Glücks, der Trauer und der Liebe vergießen, so viel Liebe.

»Ich kann es gar nicht erwarten, Babykleidung für ein kleines Mädchen zu kaufen«, verkündet Eileen.

Wie lachen gemeinsam, bevor sie meiner Mom Platz macht.

Sie ist überglücklich und erschüttert, plötzlich Großmutter zu sein. »Neun Monate waren nicht genug Zeit, um mich an den Gedanken zu gewöhnen«, behauptet sie.

Dabei hab ich sie vom ersten Tag an, an dem ich ihr erzählt habe, dass ich schwanger bin, »Oma« genannt. »Du hattest jede Menge Zeit, um dich darauf vorzubereiten.«

»Nichts kann einen darauf vorbereiten, wie schnell und wie heftig man sie ins Herz schließt«, erwidert sie sanft, während das Baby mit seiner kleinen Hand ihren Finger umfasst. »Ich liebe ihren Namen.«

»Ich auch. Willow Jaden Hartley.« Ich kann nicht aufhören, es zu sagen. Der Name meiner Tochter ist Willow Jaden Hartley.

»Sie ist genauso hübsch wie ihre Mutter. Willkommen auf der Welt, süße Willow.«

Sie macht Fotos von allen mit mir und dem Baby. Die anderen Wilden Witwen strömen herein, um uns kurz Hallo zu sagen, bevor sie uns allein lassen, damit wir den neuen Erdenbürger kennenlernen können. Sie haben eine unglaubliche Babyparty für mich geschmissen, und dank ihnen, Eileen und meiner Mom haben wir alles, was wir nur brauchen könnten, und mehr.

Kurze Zeit später erscheint die Stillschwester, und alle werden gebeten, das Zimmer zu verlassen, um der neuen Mom und dem Baby die Gelegenheit zu geben, miteinander vertraut zu werden.

»Wir schauen morgen wieder vorbei«, verspricht Eileen, ehe sie sich von mir und Willow unter Küssen verabschiedet.

Von mir und Willow.

Ich habe eine Tochter namens Willow.

»Ist es okay, wenn ich bleibe?«, fragt Adrian mich, nachdem die anderen alle gegangen sind.

»Solange Xavier sich bei Nia wohlfühlt.«

»An der Front ist alles prima. Sie hat gesagt, dass ich tun soll, was immer ich tun muss. Sie kümmert sich um ihn.«

»Dann fände ich es sehr schön, wenn du bleibst.«

Die Stillschwester erklärt mir die Grundlagen des Stillens, und meine Kleine und ich machen uns ans Werk. Anfangs fühlt es sich extrem merkwürdig an, als sie an meiner Brustwarze zu saugen beginnt, aber sie hat den Dreh sofort raus.

»Ein echtes Naturtalent«, meint die Frau.

Zwischen meinen Beinen ist alles wund, doch das ist mir völlig egal, solange ich mein Baby habe, das ich stillen und um das ich mich kümmern kann.

»Sieht so aus, als hätten Sie beide alles im Griff.« Die Frau legt ihre Visitenkarte auf den Tisch. »Melden Sie sich gern jederzeit bei mir, wenn Sie Fragen haben. Herzlichen Glückwunsch zu Ihrer Tochter.«

»Danke.«

Adrian dimmt das Licht über dem Bett. »Ist es so besser?«

»Ja, danke. Weißt du, was sogar noch besser wäre?«

»Was denn?«

»Wenn du dich hier zu uns legen könntest.«

»Ist da denn genug Platz?«

»Wir *machen* dir Platz.«

Vorsichtig rutsche ich zur Seite und verziehe das Gesicht, als selbst diese minimale Bewegung fies wehtut. Immerhin hat man mir versichert, diese Schmerzen hielten nur wenige Tage an. Ich hoffe, das stimmt, denn ich habe Wichtiges zu erledigen.

Adrian setzt sich zu uns aufs Bett. »Ist das so in Ordnung?«

»Du kannst noch näher rücken.«

Er dreht sich auf die Seite, damit er mich ansehen kann, und legt unter dem Baby einen Arm um mich. »Gut?«

»Perfekt.«

»Ja, das ist sie tatsächlich.«

Ich bemerke, dass er Tränen in den Augen hat.

»Geht's dir gut?«

»Mir geht's sogar hervorragend. Du hast das toll gemacht. Ich bin so stolz auf dich.«

»*Ich* bin stolz auf *dich*. Du hast während der gesamten Geburt nicht ein einziges Mal geschwächelt.« Die Medikamente gegen seine Angst haben wunderbar gewirkt.

»Du hast mich gebraucht. Darauf habe ich mich konzentriert.« Er streicht mit einem Finger über Willows kleinen Arm, den sie aus der Decke, in die sie gewickelt ist, befreit hat. »Nach Xaviers Geburt gab es das nicht, was wir heute hatten, mit Freunden und Familie, die ihn willkommen geheißen haben. Es war einfach die totale Katastrophe. Ich bin so dankbar, dass ich jetzt neue und schöne Erinnerungen an eine Geburt habe.«

»Darüber bin ich auch froh.«

Als Willow fertig getrunken hat, schaue ich ihn an. »Möchtest du sie gerne halten?«

»Nichts lieber als das.«

Ich lege sie ihm in die Arme und drehe mich dann vorsichtig auf die Seite, damit ich nichts verpasse.

»Hallo, süße Willow. Ich bin Adrian und liebe dich bereits jetzt über alles.«

»Sie und ich würden uns sehr freuen, wenn du ihr Daddy wärst. Wenn du das auch möchtest.«

Er blinzelt Tränen zurück. »Das wäre mir die größte Ehre meines Lebens, außer Xaviers Daddy zu sein natürlich. Aber es wäre dann nur fair, wenn du seine Mommy wärst.«

»So fühlt es sich für mich ohnehin schon an.«

»Du bist seine Mom, und er liebt dich.«

»Und ich ihn.« Während ich zusehe, wie der Mann, den ich liebe, das Kind hält, das ich von dem anderen Mann bekommen habe, den ich geliebt habe, ist mein Herz bis zum Überfließen voll. »Das ergibt bloß in der Welt von Verwitweten Sinn, oder?«

»Ja«, bestätigt er mit einem Lachen. »Das stimmt.«

»Für zwei Menschen, die viel zu viel von dem Schlimmsten

durchgemacht haben, was das Leben zu bieten hat, haben wir eigentlich ganz schön viel Glück, oder?« Nicht dass das mit uns so einfach gewesen wäre. Wir haben den unverhohlenen Rassismus erfahren, vor dem seine Schwester von Anfang an gewarnt hatte. Wir sagen uns allerdings immer, dass die Meinung anderer Leute nicht unser Problem ist. Und glücklicherweise passiert das nicht sehr oft. Wir haben auch immer wieder plötzliche Anfälle von Trauer um Sadie und Jaden, doch die Unterstützung eines Partners zu haben, der das versteht, macht selbst die schlimmsten Tage besser, als sie sonst wären.

»Das stimmt.«

»Danke, dass du heute hier bei mir gewesen bist. Ich weiß, wie schwierig das für dich gewesen ist.«

»Ich möchte nirgendwo anders sein als da, wo du bist.«

»Selbst wenn das im Krankenhaus im Kreißsaal ist?«

»Nun, das ist vermutlich der letzte Ort auf meiner Liste, an dem ich gerne mit dir sein möchte, aber unsere kleine Willow … Sie ist alle Sorgen und Nöte wert, oder?«

»Auf jeden Fall.«

Es gab eine Zeit, die noch gar nicht lange zurückliegt, zu der ich dachte, mein Leben hätte mit Jadens zusammen geendet. Seitdem habe ich herausgefunden, dass es noch so viel gibt, was ich tun und erleben will, so viel Liebe, die ich geben und empfangen kann. Ich bin den Menschen dankbar, die mich in jenen ersten Tagen der nahezu unerträglichen Trauer getragen haben, die mir einen Weg durch den Schmerz zum Licht am anderen Ende des Tunnels gewiesen haben. Sie haben es möglich gemacht, dass ich das bekommen habe, was ich jetzt habe, und das werde ich ihnen nie vergessen und ich weiß, Adrian empfindet genauso.

Sadie und Jaden werden immer bei uns sein, während wir mit den Kindern leben, die sie uns geschenkt haben, und allen, die wir möglicherweise noch zusammen kriegen werden.

Endlich erlaube ich mir, der Erschöpfung nachzugeben, denn ich weiß, dass mein kleines Mädchen bei ihrem Dad sicher ist. Ich kann es gar nicht erwarten, unsere Babys gemeinsam aufwachsen zu sehen.

Währenddessen …

Lexi

ICH SAGE MIR, dass ich aufhören muss, mich auf das Essen mit Tom zu freuen. Er ist einfach bloß nett zu seiner verwitweten Mitbewohnerin, der er jeden Abend die unglaublichsten Mahlzeiten zubereitet und sie mit Wein und Kerzen und etwas serviert, das man nur Romantik nennen kann.

Bevor ich eingezogen bin, war ich mir nicht sicher, ob er mir lediglich einen Gefallen getan hat oder ob er mich auf diese ganz besondere Art mag.

Jetzt weiß ich es und habe keine Ahnung, was ich damit anfangen soll.

Ich mag ihn auch. Natürlich tu ich das. Er ist so nett und süß und aufmerksam und sexy. Er ist all das. Doch er ist auch mein Vermieter, was das Ganze irgendwie verkompliziert. Immerhin steht für mich fest: Aus dem Haus meiner Eltern auszuziehen war das Beste, was ich seit dem Tod meines Ehemanns getan habe.

Ich darf dieses Arrangement auf keinen Fall aufs Spiel setzen, egal wie sehr es mir gefällt, seit Monaten so von ihm verwöhnt zu werden.

Ich komme nach Hause, nachdem ich Wynter und Willow besucht habe, entschlossen, ihm mitzuteilen, dass ich zum Abendessen nicht da sein werde, weil ich eine Verabredung habe, die Vorrang hat. Ich benutze den Funksender, den er mir gegeben hat, um eins der vier Garagentore zu öffnen, damit ich mein Auto neben Toms weißem Ford F-150 abstellen kann.

Ich nehme die Treppe von der Garage ins Erdgeschoss und öffne die Tür, wobei ich schon die Geräusche und den üblichen Duft erwarte, bei dem mir das Wasser im Mund zusammenläuft und der mich jeden Abend empfängt.

Aber im Haus ist es geradezu unheimlich still.

Wenn er kocht, läuft normalerweise Classic Rock in ohrenbetäubender Lautstärke, Led Zeppelin, Aerosmith, AC/DC oder so was.

Beunruhigt laufe ich die nächste Treppe hoch ins Wohnzimmer, schalte das Licht ein und keuche auf, als ich Tom entdecke, der reglos auf dem Boden liegt.

O mein Gott. Er sieht tot aus.

»Tom!«

Ich lasse alles fallen und stürze zu ihm, schaffe es irgendwie, am Hals seinen Puls zu ertasten. Er ist sehr schwach, doch glücklicherweise spürbar. Ich greife mir mein Handy und wähle den Notruf, stottere die Adresse heraus und flehe sie an, sich zu beeilen.

»Tom.« Ich rüttle ihn vorsichtig, was absolut keine Reaktion bei ihm hervorruft. »Ich bin's, Lexi. Ich bin hier. Bitte halt durch. Hilfe ist unterwegs.«

Es ist so still und kalt und falsch in diesem Haus, in dem ich nichts als Wärme und freundliches Willkommen erfahren habe.

»Bitte«, flüstere ich, während ich mich über ihn beuge. »Bitte tu mir das nicht an.«

ANMERKUNG DER AUTORIN

Vielen Dank, dass Sie Wynters und Adrians Geschichte gelesen haben! Ich hoffe, es hat Ihnen genauso viel Spaß gemacht wie mir das Schreiben. Die Wilden Witwen gehören zu meinen Lieblingscharakteren, und ich freue mich darauf, bald wieder Zeit mit ihnen zu verbringen. Wenn Sie möchten, treten Sie der englischsprachigen »Someone to love«-Lesergruppe auf www.facebook.com/groups/someonetolove3/ bei, um über die Geschichte von Wynter und Adrian zu diskutieren, sowie der Gruppe »Wild Widows« unter www.facebook.com/groups/thewildwidowsseries oder der »Wild Widows«-Trauerhilfegruppe unter www.facebook.com/groups/wwsupportgroup1.

Ein besonderes Dankeschön geht an Renita McKinney, die mir mit ihrem Sensitivity Read bei Adrians Geschichte und den Herausforderungen einer Beziehung von zwei Personen aus unterschiedlichen Ethnien geholfen hat. Ich weiß ihre Hilfe sehr zu schätzen.

Meine Nichte Mary Gish, eine Bankfachfrau, hat mir die nötigen Details für die Szene geliefert, in der Wynter versucht, einen Scheck über eine hohe Summe einzureichen, und dazu, wie diese Transaktion ablaufen würde. Ich habe die Arbeit mit Mary sehr genossen!

Vielen Dank an Dr. Sarah Hewitt, die wie immer die medizinischen Fakten gegengecheckt hat.

Danke auch an meine Beta-Leserinnen Anne Woodall, Kara Conrad und Tracey Suppo sowie an meine Continuity-Lektorin Gwen Neff, die dafür sorgt, dass die Handlung der Bücher einer Reihe untereinander stimmig ist. Und an die Beta-Leserinnen der Wilde-Witwen-Serie, Jennifer, Juliane, Marianne, Karina, Mona, Amy und Gina: Herzlichen Dank für eure Hilfe.

Meinen Lektorinnen Linda Ingmanson und Joyce Lamb danke ich dafür, dass sie sich Zeit für mich nehmen, wann immer ich sie brauche.

Meine Heimmannschaft, bestehend aus Julie Cupp, Lisa Cafferty, Jean Mello, Nikki Haley und Ashley Lopez, sorgt dafür, dass alles weiterläuft, während ich schreibe. Ich liebe sie alle und weiß sie mehr zu schätzen, als ich je sagen könnte.

Und schließlich möchte ich mich bei den Leserinnen bedanken, die jedes neue Buch so begeistert aufnehmen und dafür sorgen, dass mir dieser Job so viel Spaß macht, wie es überhaupt nur möglich ist. Ich schätze Sie alle mehr, als Sie ahnen.

XOXO

Marie

Wild Widows

Someone like you – Neues Glück mit dir, Band 1

Someone to hold – Nur mit deiner Liebe, Band 2

Someone to love – Du mein Ein und Alles, Band 3

First Family

State of Affairs – Liebe in Gefahr, Band 1

State of Grace – Für alle Ewigkeit, Band 2

State of the Union – Du und ich gemeinsam, Band 3

State of Shock - Meine Liebe, mein Leben, Band 4

State of Denial – Riskantes Spiel mit dir, Band 5

Die Fatal Serie

One Night With You – Wie alles begann (Fatal Serie Novelle)

Fatal Affair – Nur mit dir (Fatal Serie 1)

Fatal Justice – Wenn du mich liebst (Fatal Serie 2)

Fatal Consequences – Halt mich fest (Fatal Serie 3)

Fatal Destiny – Die Liebe in uns (Fatal Serie 3.5)

Fatal Flaw – Für immer die Deine (Fatal Serie 4)

Fatal Deception – Verlasse mich nicht (Fatal Serie 5)

Fatal Mistake – Dein und mein Herz (Fatal Serie 6)

Fatal Jeopardy – Lass mich nicht los (Fatal Serie 7)

Fatal Scandal – Du an meiner Seite (Fatal Serie 8)

Fatal Frenzy – Liebe mich jetzt (Fatal Serie 9)

Fatal Identity – Nichts kann uns trennen (Fatal Serie 10)

Fatal Threat – Ich glaub an dich (Fatal Serie 11)

Fatal Chaos – Allein unsere Liebe (Fatal Series 12)

Fatal Invasion – Wir gehören zusammen (Fatal Serie 13)

Fatal Reckoning – Solange wir uns lieben (Fatal Serie 14)

Fatal Accusation – Mein Glück bist du (Fatal Serie 15)

Fatal Fraud – Nur in deinen Armen (Fatal Serie 16)

Fatal Serie Bände 1-6

Fatal Serie Bände 7-11

Miami Nights

Bis du mich küsst

Bis du mich berührst

Bis du mich liebst

Bis du mich verzauberst

Bis du mit mir träumst

Die McCarthys

Liebe auf Gansett Island (Die McCarthys 1)

Mac & Maddie

Sehnsucht auf Gansett Island (Die McCarthys 2)

Joe & Janey

Hoffnung auf Gansett Island (Die McCarthys 3)

Luke & Sydney

Glück auf Gansett Island (Die McCarthys 4)

Grant & Stephanie

Träume auf Gansett Island (Die McCarthys 5)

Evan & Grace

Küsse auf Gansett Island (Die McCarthys 6)

Owen & Laura

Herzklopfen auf Gansett Island (Die McCarthys 7)

Blaine & Tiffany

Magie auf Gansett Island (Die McCarthys 22)

Jordan & Mason

Sonnige Tage auf Gansett Island (Die McCarthys 23)

Versuchung auf Gansett Island (Die McCarthys 24)

Cooper & Gigi

Neubeginn auf Gansett Island (Die McCarthys 25)

Jace & Cindy

Sturmwolken über Gansett Island (Die McCarthys 26)

Die Green Mountain Serie

Alles was du suchst (Green Mountain Serie 1)

Endlich zu dir (Green Mountain Serie 1/Story *1)*

Kein Tag ohne dich (Green Mountain Serie 2)

Ein Picknick zu zweit (Green-Mountain-Serie/Story 2)

Mein Herz gehört dir (Green Mountain Serie 3)

Ein Ausflug ins Glück (Green-Mountain-Serie/Story 3)

Schenk mir deine Träume (Green-Mountain Serie 4)

Der Takt unserer Herzen (Green-Mountain-Serie/Story 4)

Sehnsucht nach dir (Green-Mountain Serie 5)

Ein Fest für alle (Green-Mountain-Serie 5/Story 5)

Öffne mir dein Herz (Green-Mountain-Serie 6/Story 6)

Jede Minute mit dir (Green-Mountain-Serie 7)

Ein Traum für uns (Green-Mountain-Serie 8)

Meine Hand in deiner (Green-Mountain-Serie 9)

Mein Glück mit dir (Green-Mountain-Serie 10)

Nur Augen für dich (Green-Mountain-Serie 11)

Jeder Schritt zu dir (Green-Mountain-Serie 12)

Ganz nah bei dir (Green-Mountain-Serie 13)

Meine Liebe für dich (Green-Mountain-Serie 14)

Eine Ewigkeit für uns (Green-Mountain-Serie 15)

Die Neuengland-Reihe

Vergiss die Liebe nicht (Neuengland-Reihe 1)

Wohin das Herz mich führt (Neuengland-Reihe 2)

Wenn das Glück uns findet (Neuengland-Reihe 3)

Und wenn es Liebe ist (Neuengland-Reihe 4)

Für immer und ewig du (Neuengland-Reihe 5)

Die Quantum Serie

Tugendhaft (Quantum-Serie 1)

Furchtlos (Quantum-Serie 2)

Vereint (Quantum-Serie 3)

Befreit (Quantum-Serie 4)

Verlockend (Quantum-Serie 5)

Überwältigend (Quantum-Serie 6)

Unfassbar (Quantum-Serie 7)

Berühmt (Quantum-Serie 8)

Andere Bücher

Sex Machine – Blake und Honey

Sex God – Garrett und Lauren

Five Years Gone – Ein Traum von Liebe

One Year Home – Ein Traum von Glück

Mein Herz für dich

Nicht nur für eine Nacht

Take-off ins Glück

The Fall – Du und keine andere

Dieses Mal für immer

Helden küsst man nicht

Küsse für den Quarterback

Gilded Serie

Die getäuschte Herzogin
Eine betörende Braut

ÜBER DIE AUTORIN

Marie Force ist New-York-Times-Bestseller-Autorin von zeitgenössischen Liebesromanen und Romantic Suspense. Zu ihren Büchern gehören unter anderem die beliebten Reihen „Fatal“, „First Family“, „Gansett Island“, „Butler Vermont“, „Neuengland“, „Miami Nights“ und „Wild Widows“ sowie die erotische „Quantum“-Serie. Ihre Bücher haben sich weltweit bislang mehr als zehn Millionen Mal verkauft, wurden in ein Dutzend Sprachen übersetzt und standen über dreißigmal auf der New-York-Times-Bestseller-Liste. Außerdem ist sie USA-Today- und #1-Wall-Street-Journal-Bestseller-Autorin und in Deutschland Spiegel-Bestseller-Autorin.

Ihre Ziele im Leben sind einfach: Bücher zu schreiben, solange sie kann, ihre beiden Kinder weiter dabei zu unterstützen, glückliche, gesunde und produktive junge Erwachsene zu werden, und niemals in einem Flugzeug zu sitzen, das Schlagzeilen macht.

Tragen Sie sich in Maries Mailingliste ein, um alles Wichtige über neue Bücher und Veranstaltungen zu erfahren. Folgen Sie ihr auf Facebook und auf Instagram.

9 781958 035603